संभवामि युगे-युगे

AF553135

संभवामि युगे-युगे

विदेशी आक्रांताओं के विरुद्ध
भारतवर्ष की अथक संघर्ष-गाथा

कुमार सुरेश

विद्या विहार, नई दिल्ली

प्रकाशक : विद्या विहार
19, संत विहार (पहली मंजिल) गली नं. 2, अंसारी रोड, नई दिल्ली–110002
सर्वाधिकार : सुरक्षित / संस्करण : 2026 / पेपरबैक मूल्य : चार सौ रुपए
मुद्रक : आर–टेक ऑफसेट प्रिंटर्स, दिल्ली ISBN 978-93-89471-50-2

SAMBHAVAMI YUGE-YUGE
by Shri Kumar Suresh ₹ 400.00 (PB)
Published by **VIDYA VIHAR**
19, Sant Vihar (First Floor), Street No. 2, Ansari Road, New Delhi-110002

प्रस्तावना

बिना अपने इतिहास को जाने हम अपने आज को नहीं समझ सकते और वर्तमान का आकलन नहीं कर पाने वाला व्यक्ति भविष्य का अनुमान नहीं लगा सकता। हम आज जो कुछ भी हैं, वह हमारे कल का निर्माण है। हम आज जो कर रहे हैं, उससे हमारा कल निर्मित हो रहा है। यह सीधा कार्यकारण सिद्धांत है।

हम अपनी बात का आरंभ विद्वानों की कुछ सूक्तियों से करते हैं—

जो इतिहास को याद नहीं रखते, उनको इतिहास को दोहराने का दंड मिलता है।

—**जॉर्ज संतायन,** स्पेन के दार्शनिक

ज्ञानी लोगों का कहना है कि जो भी भविष्य को देखने की इच्छा रखते हों, वे इतिहास से सीख लें।

—**मैक्यावेली,** इटली के दार्शनिक

इतिहास खुद को दोहराता है, पहले एक त्रासदी की तरह, फिर एक मजाक की तरह।

—**कार्ल मार्क्स**

हमारे देश भारत का इतिहास केवल उतनी भूमि का नहीं है, जिसे आज राजनीतिक तौर पर भारत कहा जाता है। भारत का इतिहास भारतीय उपमहाद्वीप का इतिहास है। आदिकाल से ही भारतीय उपमहाद्वीप भूगोल, परंपरा और संस्कृति

का साझा मंच रहा है। आज जिस भूमि पर राजनीतिक तौर पर पाकिस्तान स्थित है, उसी में सिंधु नदी बहती है, जिसके किनारे भारतीय सभ्यता के विकास-क्रम के साक्षी रहे हैं।

भारतीय सभ्यता प्राचीन काल से ही उन्नत और समृद्ध रही है। इसने शेष विश्व के लोगों को सदा अपनी ओर आकर्षित किया है। यहाँ की संपदा की खबरें सुनकर समय-समय पर अनेक विदेशी आक्रांता आकर्षित हुए और उन्होंने आक्रमण किए। ईसा पूर्व तीसरी शताब्दी से लेकर दूसरी ईसवी सदी तक अधिकांश आक्रांता चीन और मध्य एशिया की ओर से आए थे। इनमें शक, कुषाण और हूण प्रमुख हैं। इन जातियों को भारत में सफलता भी मिली और इन्होंने अपने राज्य भी स्थापित किए। ये सभी सैनिक दृष्टि से भले जीते हों, लेकिन भारत की श्रेष्ठ सभ्यता ने इन सभी को अपने में समाहित कर लिया। ये सभी प्राचीन सनातन संस्कृति में घुल-मिलकर उसका एक अंग बन गए। आज भारत में कोई भी समूह अपने मूल नाम शक, कुषाण अथवा हूण से नहीं पहचाना जाता है।

इस स्थिति में परिवर्तन तब आया, जब मध्य एशिया में छठवी-सातवीं शताब्दी में इसलाम का उदय हुआ और इसलाम जल्दी ही एक ताकतवर धार्मिक, राजनीतिक विस्तारवादी ताकत बन गया। अपने जन्म के ठीक बाद इसलाम राजनीतिक तौर पर तेजी से फैला। ईरान, इराक, मिस्र, उत्तरी अफ्रीका आदि को सौ साल के भीतर जीत लिया गया। इनमें से अधिकांश देशों के अधिकांश निवासियों ने अपने मौजूदा धर्म छोड़ इसलाम को अपना लिया।

भारत में इसलाम अरब व्यापारियों के माध्यम से सातवीं शताब्दी में ही तटीय प्रदेशों में प्रवेश कर चुका था। भारत को राजनीतिक आक्रामक इसलाम का अनुभव पहली बार 712 ई. में हुआ, जब मोहम्मद बिन कासिम ने सिंध पर आक्रमण किया।

आक्रांताओं के इतिहासकारों द्वारा जो इतिहास लिखा गया है, उसमें आक्रांताओं की विजयों को बहुत बढ़ा-चढ़ाकर दिखाया गया है। भारतीय मध्यकालीन इतिहास जब लिखा गया, तब इन्हीं स्रोतों का उपयोग किया गया, इसके कारण मध्यकालीन इतिहास काफी कुछ पूर्वग्रह से ग्रस्त है।

तसवीर का एक दूसरा पहलू भी है, जो भारतीयों की दृष्टि से बताया जाना आवश्यक है। जिस उभरती इसलामी शक्ति ने उसके आरंभ के लगभग 100 वर्षों के भीतर संसार के एक बड़े भाग पर अधिकार कर लिया था और वहाँ के निवासियों को इसलाम में परिवर्तित कर लिया था, वही शक्ति भारत में आने के बाद अपने विस्तार की गति खो बैठी। उसे खासे प्रतिरोध का सामना करना पड़ा। नए इलाकों

में आगे बढ़ने का काम बहुत कठिन साबित हुआ। उसके लिए बहुत ही ज्यादा संसाधन और मानवशक्ति का व्यय करना पड़ा। इन बाहरी शक्तियों को भारत में लगातार प्रतिरोध झेलना पड़ा।

अपनी स्वतंत्रता की रक्षा के लिए यह प्रतिरोध उन लाखों पुरुषों ने किया, जिनमें किशोर बच्चों से लेकर वृद्ध शामिल थे। एक-एक किले के बाहर आक्रांताओं को महीनों एवं कभी-कभी वर्षों तक रोककर रखा गया। प्रतिरोध उन युवा महिलाओं ने किया, जो अपने सम्मान की रक्षा के लिए जिंदा ही आग में कूद पड़ीं और जल गईं। उन बच्चों ने किया, जिनके माता-पिता ने उन्हें अपने हाथों इस कारण कुएँ में फेंक दिया कि वे गुलामी से बचे रह सकें।

वर्तमान में पढ़ाए जा रहे मध्यकालीन इतिहास में अधिकांशत: उन आक्रांताओं का महिमामंडन है, जो क्रूरता और अत्याचारों के नए रिकॉर्ड बना चुके थे। हमारी इतिहास की किताबें बताती हैं कि पूरे भारत पर आक्रांताओं ने राज किया, जबकि यह बात गलत है। हमें पढ़ाया गया कि मुगल साम्राज्य पूरे भारत तक विस्तृत था, यह बात भी गलत है। भारतीयों ने हमेशा कड़ा प्रतिरोध किया और अनेक युद्ध समय-समय पर जीते, यह बात हमें बताई और पढ़ाई नहीं गई है। भारतीयों ने सुनिश्चित मृत्यु और हार के खतरे को देखते हुए भी खूँखार आक्रांताओं का मुकाबला पूरी वीरता और साहस से किया।

भारत ही एकमात्र ऐसा देश है, जहाँ राजनीतिक इसलाम की आश्चर्यजनक सफलताएँ थम गईं। आक्रमणकारियों को कदम-कदम पर संघर्ष का सामना करना पड़ा। अनेक मौकों पर उनकी शर्मनाक पराजय भी हुई। इतिहास के बड़े-बड़े कालखंड ऐसे थे, जिनमें किसी विदेशी आक्रांता को सफलता की जगह केवल पराजय मिली। ये कालखंड साधारण नहीं, तीन सौ साल तक लंबे हैं। भारत में अनेक हिस्से ऐसे हैं, जिनमें आक्रांता कभी प्रवेश नहीं कर पाए। सैकड़ों वर्षों के राजनीतिक इसलाम के आक्रमणों के बाद भी भारत के अधिकांश हिस्सों के लोग आज भी सनातनी हैं। 'मौलाना अल्ताफ हुसैन हाली' (1837-1914) ने इस परिघटना को बड़ी बेबाकी से इस तरह बयान किया है—

'वो दीने हिजाजी का बेबाक बेड़ा
न ओमां में झिझका, न कुलजम में ठिठका
किए पय सपर जिसने सातों समंदर
वो डूबा दहाने में गंगा के आकर।'

विदेशी आक्रांता राजनीतिक सत्ता स्थापित करने में सफल भी हुए तो उनको

सत्ता बनाए रखने और चलाने के लिए यहाँ के निवासियों को छूटें देनी पड़ीं। धर्म परिवर्तन कराने का उत्साह और अभियान छोड़ना पड़ा। यहाँ के हिंदुओं को प्रशासन में सम्मानजनक जगह देनी पड़ी। अनेक स्थानीय परंपराओं और मान्यताओं को अपनाना पड़ा। जिसने भी ऐसा नहीं किया, उसकी सत्ता जल्दी ही नष्ट हो गई। उदाहरण के तौर पर जिन मुगल सम्राटों ने धार्मिक भेदभाव नहीं किया या कम किया, उनका शासन अधिक स्थायी और संपन्न रहा। जिन्होंने भी धार्मिक भेदभाव और अत्याचार किए, उनका शासन जल्दी ही नष्ट हो गया। औरंगजेब इस घटना का सबसे बड़ा उदाहरण है।

विदेशी आक्रांताओं का सामना करने में हमारी क्या कमजोरियाँ थीं, इसका विवरण जगह-जगह उपलब्ध है, लेकिन हमारी सभ्यता के मजबूत पक्ष पर लिखने में हमेशा कंजूसी बरती गई। आखिर क्यों विदेशी आक्रांताओं को आगे बढ़ने में तीन सौ साल, एक सौ पचास साल या सौ साल लगते थे? दुनिया में ऐसी कौम कहीं है? जिनकी सुंदर युवा स्त्रियाँ निश्चित हार की आशंका से अपने फूल से बच्चों को गोद में लेकर अग्नि में कूद पड़ती थीं। क्यों अनेक राजा और संत धर्म-परिवर्तन और मृत्यु में से एक चुनाव का विकल्प होने पर मृत्यु चुन लेते थे? क्यों एक राजा अधीनता का आसान विकल्प चुनने की जगह अरावली के जंगलों में घास की रोटी खाकर भी संघर्ष का रास्ता नहीं छोड़ता था? सोमनाथ का मंदिर जितनी बार ध्वस्त किया गया, उतनी ही बार पुनः-पुनः बनवा दिया गया। कौन सी आंतरिक ताकत है यह भारत और यहाँ की संस्कृति में, जिसके कारण आक्रांताओं को यहाँ के समाज और संस्कृति में मिल जाना पड़ता है।

किसी भारतीय राजा ने भारतीय उपमहाद्वीप के बाहर किसी दूसरे देश पर कभी आक्रमण नहीं किया और भारत पर हमेशा विदेशी आक्रमण होते रहे। इन आक्रमणों में न जाने कितना खून बहा! कितनी लूट हुई! अमेरिकी इतिहासकार विलियम डयूरेटे ने लिखा है—

"भारत पर इसलामी आक्रमण संभवतः इतिहास की सबसे रक्तरंजित कहानी है। यह बताता है कि किसी भी मूल्यवान सभ्यता की व्यवस्था स्वतंत्रता, संस्कृति तथा शांति को किसी भी समय किसी बर्बर आक्रांता द्वारा नष्ट किया जा सकता है।"*

इतने भीषण अत्याचारों के बाद भी भारत के लोगों ने कभी आसानी से घुटने नहीं टेके। हर आक्रमणकारी को आक्रमण की कीमत चुकानी पड़ी। बीच-बीच

---

* Willium James Durand (Story of civilization) Page 459

में ऐसे काल भी आए, जब विदेशी आक्रांताओं को सफलता मिली। किंतु जैसे ही मौका मिला, कोई–न–कोई वीर उठकर खड़ा हो गया। किसी–न–किसी क्षेत्र के आम लोगों ने विदेशी शासन के खिलाफ संघर्ष किया और उसे पराजित किया या इतना नुकसान तो जरूर पहुँचाया कि आक्रांता को भारतीय इच्छाओं का आदर करना पड़ा। पराजित जनों को उनकी परंपराओं, त्योहारों, संस्कृति के साथ जीने के अधिकार को मान्यता देनी पड़ी। भारतीय संस्कृति को जीवित रहने की ऊर्जा हमारे ही बलिदानों से प्राप्त हुई है।

इस पुस्तक में भारत के इसी प्रकार के संघर्षों की दास्तान कालक्रम में कही गई है।

अनुक्रम

भारत सदा से एक राष्ट्र है ?

राष्ट्र की कोई सुनिश्चित भौतिक परिभाषा नहीं हो सकती है। यह तो एक विचार है, जो लोगों के हृदय में मौजूद होता है। साम्राज्य की परिभाषा भी होती है और सीमाएँ भी होती हैं। साम्राज्य भौतिक रूप से भी मौजूद होता है। भारत के लोगों के हृदय में भारतभूमि की कल्पना एक राष्ट्र के रूप में मौजूद रही है या नहीं, इस पर विचार-विमर्श होता रहता है। भारत प्राचीन काल से ही एक राष्ट्र है अथवा राष्ट्रवाद की भावना ब्रिटिश साम्राज्य द्वारा प्रदत्त राजनीतिक एकता के कारण पैदा हुई है ?

भारतभूमि में भौगोलिक विविधताएँ बहुत हैं। भाषाएँ अनेक हैं। रीति-रिवाज भी अलग-अलग हैं। एक वर्ग है, जो मानता है कि भारत औपनिवेशिक समय से पहले कभी एक राष्ट्र नहीं था। यह विभिन्न भाषाई राष्ट्रों का समूह था और प्रत्येक भाषाई क्षेत्र अपने आप में एक पृथक् राष्ट्र था।

जब ब्रिटिश ईस्ट इंडिया कंपनी ने भारत के अलग-अलग हिस्सों को जीतकर साम्राज्य स्थापित किया, तब समान विदेशी शासन के अधिकार में रहने से यहाँ के लोगों में एकता की भावना विकसित हो गई थी, जिसके कारण भारत का आधुनिक स्वरूप सामने आया है। दूसरा विचार है कि भारत प्राचीन काल से ही एक राष्ट्र है और भारत के लोगों को आपस में जोड़े रखने का माध्यम समान संस्कृति और सनातन मान्यताएँ रही हैं।

क्या किसी राजनीतिक साम्राज्य को राष्ट्र माना जा सकता है या राष्ट्र ऐसा कुछ है, जो साम्राज्य से पृथक् है ? अपनी पुस्तक 'आर्यन इनवेजन थ्योरी एंड इंडियन नेशनलिज्म' में श्रीकांत तालागरी ने इसे इस प्रकार स्पष्ट किया है—

राष्ट्रीयता के संबंध में ये दो परिभाषाएँ ध्यान देने योग्य हैं—

1. "राष्ट्र विदेशी सभ्यताओं से पृथक् एक साझा सभ्यता होती है, जिसके

कारण नागरिकों को एकता की भावना महसूस होती है। यह भावना समान राज्य होने के जुड़ाव से पृथक् है।" (Bluntschli) ब्लंटशली।

2. "अपनी मातृभूमि के प्रति एक जैसी संवेदनाएँ एवं कॉमन फैलो फीलिंग, जो एक समान हेरिटेज से जन्म लेती हैं, इसमें महान् सफलताएँ और साझा कष्ट की स्मृति भी शामिल होती है।" (प्रो. हेल कोम्बे)

"भारत हमेशा से ही विभिन्न साम्राज्यों में बँटा रहा, जिनकी सीमाएँ और नाम लगातार बदलते रहते थे। भारत के अलग-अलग भागों में बसे लोगों के मध्य एक-दूसरे के लिए हमेशा से ही समान सांस्कृतिक अपनेपन की भावना मौजूद थी और अवचेतन में सारे देश के राजनीतिक दृष्टि से एक होने की इच्छा भी मौजूद थी।"

यहाँ साम्राज्य के स्वरूप पर भी विचार किया जाना आवश्यक है। सामान्य तौर पर साम्राज्य वह क्षेत्र होता है, जो किसी राजा या राजवंश द्वारा या किसी शासन द्वारा शासित होता है। साम्राज्य की सीमाएँ बदलती रहती हैं। पूरा साम्राज्य नष्ट भी होते देखा गया है और नए साम्राज्य भी स्थापित होते रहते हैं।"

भारतीय उपमहाद्वीप में प्राचीन काल से ही कभी एक या अधिक विशाल साम्राज्य मौजूद रहे हैं, जैसे मौर्य साम्राज्य, गुप्त साम्राज्य, हर्ष का साम्राज्य, खिलजी साम्राज्य, मुगल साम्राज्य, मराठा साम्राज्य और ब्रिटिश साम्राज्य आदि। जब विशाल साम्राज्य कमजोर होकर नष्ट हो जाते थे, तब छोटे-छोटे राज्य स्थापित हो जाते थे। इन साम्राज्यों तथा राज्यों की सीमाएँ और नाम सदा बदलते रहते थे। अत: भारत में अनेक साम्राज्यों की मौजूदगी तो थी, किंतु क्या भारत में अनेक राष्ट्र भी मौजूद थे?

प्राचीन काल से ही भारत में 'साम्राज्य अनेक और राष्ट्र एक' ही था। इस धारणा के पक्ष में निम्नानुसार परिस्थितियाँ मौजूद हैं—

1. विश्व के नक्शे में भारत स्पष्ट तौर पर एक पृथक् भौगोलिक इकाई दिखाई देता है। भारतीय उपमहाद्वीप शेष एशिया से हिमालय पर्वत द्वारा अलग-थलग है और तीन ओर समुद्र से घिरा है।
2. प्राचीन काल से ही इस भूखंड को एक राष्ट्र माने जाने की भावना यहाँ के निवासियों एवं शेष विश्व के लोगों में मौजूद रही है। विष्णु पुराण (पुस्तक-2, भाग-3, श्लोक-1) में भारत राष्ट्र की सीमाएँ इस प्रकार वर्णित की गई हैं—

'उत्तरं यत्समुद्रस्य हिमाद्रेश्चैव दक्षिणम्।
वर्ष तद् भारतं नाम भारती यत्र सन्तति:॥'

अर्थात् 'समुद्र के उत्तर में तथा हिमालय के दक्षिण में भारतभूमि स्थित है।'

3. 440 ईसा पूर्व यूनानी इतिहासकार हेरोडोटस और 300 ईसा पूर्व मेगस्थनीज ने इस भूभाग को 'इंडिया' कहा है। 200 ईसा पूर्व चाणक्य ने अर्थशास्त्र में 'जंबूद्वीप' संबोधित किया है। इसके बाद रचे गए विष्णु पुराण में भारत एवं भारतवर्ष कहा गया है। 1000 ईस्वी सन् के आस-पास अरब के लोगों ने इस भूभाग को 'हिंद' कहा है। बाद में अरबी और फारसी विद्वानों ने 'हिंदुस्तान' शब्द का उपयोग किया। स्वतंत्रता के बाद बने संविधान में हिंदी में भारत और अंग्रेजी में इंडिया नाम मान्य किया गया है।* अर्थात् प्राचीन काल से ही इस भूखंड के एक राष्ट्र होने की मान्यता थी।
4. यह सही है कि भारतवर्ष में ब्रिटिशों ने एक साम्राज्य स्थापित किया। लेकिन साम्राज्य तो इसके पहले भी अनेक स्थापित हुए थे। जैसे मौर्य साम्राज्य, गुप्त साम्राज्य, मुगल साम्राज्य, मराठा साम्राज्य आदि। जब-जब इन साम्राज्यों का विघटन हुआ, तब छोटे-छोटे राज्य अस्तित्व में आए। बड़े साम्राज्य अथवा छोटे-छोटे राज्यों के होने से समान संस्कृति की भावना प्रभावित नहीं हुई।
5. हिंदुओं के तीर्थस्थल उत्तर में कैलाश मानसरोवर से लेकर सुदूर दक्षिण में रामेश्वरम् तक, सिंध के हिंगलाज मंदिर से अरुणाचल प्रदेश में स्थित परशुराम कुंड तक फैले हुए हैं। भारतीय जन किसी भी साम्राज्य के अंतर्गत रहते हों, उनका तीर्थाटन देश में फैले तीर्थस्थलों के लिए चलता रहता था।
6. सनातन धर्म के पवित्र बारह ज्योर्तिलिंग देश के प्रत्येक भाग में स्थापित हैं—सोमनाथ (गुजरात), मल्लिकार्जुन (आंध्र प्रदेश), महाकालेश्वर (मध्य प्रदेश), ओंकारेश्वर (मध्य प्रदेश), वैजनाथ (बिहार), भीमाशंकर (महाराष्ट्र), रामेश्वरम् (तमिलनाडु), नागेश्वर (गुजरात), विश्वेश्वर (उत्तर प्रदेश), त्र्यंबकेश्वर (महाराष्ट्र), केदारनाथ (उत्तराखंड), घृष्णेश्वर (महाराष्ट्र)।
7. हिंदुओं की सात पवित्र नदियाँ भारत के अलग-अलग भागों मैं फैली हुई हैं—सिंधु, गंगा, यमुना और सरस्वती हिमालय से निकलती हैं। नर्मदा मध्य भारत से निकलती है और पश्चिम की ओर जाकर समुद्र में मिलती

* विकीपीडिया से साभार

है। गोदावरी पश्चिमी भारत से निकलती है और पूर्व की ओर जाकर समुद्र में मिलती है। कावेरी का जन्म दक्षिण में होता है और वह दक्षिण में ही समुद्र में मिलती है।

8. महाभारत के वन पर्व में पांडवों द्वारा सारे भारत में फैले तीर्थ स्थलों में की गई तीर्थयात्राओं का विवरण दिया गया है।
9. 1000 साल से अधिक पहले केरल में जनमे आदिशंकराचार्य ने चार पीठ स्थापित किए, जिनमें बदरीनाथ उत्तराखंड में, पुरी उड़ीसा में, द्वारका गुजरात में और चौथा पीठ श्रृंगेरी कर्नाटक में स्थापित किया गया था। चारों पीठ भारत की चारों दिशाओं में स्थापित करना भारत की सांस्कृतिक एकता को दरशाता है।
10. महावीर स्वामी का कार्यक्षेत्र अधिकतर बिहार प्रदेश था, पर जैन धर्म के अनुयायियों की अधिक संख्या दूसरे राज्यों, जैसे राजस्थान, गुजरात और महाराष्ट्र में है। गुरु नानक देवजी का जन्म पंजाब में हुआ था, पर अपनी पूरी शिक्षाओं में उन्होंने हिंदुस्तान का उल्लेख किया है, पंजाब का नहीं। गुरु गोविंद सिंहजी ने पाँच खास शिष्य, जिन्हें 'पंज प्यारे' कहा जाता है, नियुक्त किए थे। इनमें से दो उत्तर भारत, यानी एक-एक पंजाब एवं दिल्ली से थे। एक पश्चिम भारत यानी गुजरात से, एक पूर्व यानी उड़ीसा से तथा एक दक्षिण भारत यानी कर्नाटक से चुने गए थे।
11. सिख धर्म के चार प्रमुख तख्त भी भारत के चार भागों में स्थापित किए गए थे। एक ननकाना साहिब (अब पाकिस्तान में), दूसरा पंजाब के अमृतसर, तीसरा महाराष्ट्र के नांदेड़ तथा चौथा बिहार के पटना में। हमेशा से ही भारतीय तीर्थयात्री और साधु-संत देश के प्रत्येक कोने में यात्रा और पर्यटन बिना रोक-टोक करते रहे हैं, चाहे इसके लिए उन्हें कितने ही राजाओं के क्षेत्र से गुजरना पड़े।
12. बृहन्नारदीय पुराण में एक श्लोक है, जिसमें भारतीय उपमहाद्वीप की सभी प्रमुख नदियों का उल्लेख आदर के साथ किया गया है—

गङ्गे च यमुने चैव गोदावरि सरस्वति॥
नर्मदे सिन्धु कावेरि जल स्मिन्सन्निधिं कुरु।

(हे गंगा, यमुना, गोदावरी, सरस्वती, नर्मदा, सिंधु, कावेरी नदियो! मेरे स्नान करने के इस जल में आप सभी पधारिए।)

इस मंत्र में सुदूर उत्तर में स्थित ब्रह्मपुत्र नदी से लेकर सुदूर दक्षिण में स्थित कावेरी का उल्लेख इस महादेश की सांस्कृतिक एकता का जीवंत बयान है।

13. सनातनियों की प्रत्येक पूजा का आरंभ पुरोहितजी संकल्प मंत्र के उच्चारण से कराते हैं। संकल्प मंत्र में यह कहा जाता है—

'जम्बू द्वीपे, भरतखण्डे, आर्यावर्त देशान्तर्गते, भारतवर्षे पुण्य---क्षेत्रे।'

यानी समस्त जंबू द्वीप को ही हम एक इकाई मानते रहे हैं।

इन सभी तथ्यों के प्रकाश में अगर विचार किया जाए तो साफ पता चलता है कि पूरा भारतीय उप महाद्वीप ऐतिहासिक काल से ही समान भौगोलिक, धार्मिक और सांस्कृतिक चेतना से जुड़ा रहा है। यह चेतना न केवल प्रत्येक भारतीय के मन में रही है, बल्कि विदेशी लोग भी यह विश्वास करते रहे हैं कि हिमालय से लेकर समुद्री सीमा तक भारत एक राष्ट्र है, चाहे इस भूखंड में राजनीतिक तौर पर अनेक साम्राज्य और राज्य मौजूद रहे हों।

इस प्रकार यह मानना उचित प्रतीत होता है कि भारत आरंभ से ही भावनात्मक रूप से एक राष्ट्र रहा है। प्रत्येक राष्ट्र की एक साझा संस्कृति, साझा इतिहास, साझा सफलताएँ और कष्ट होते हैं और इन सबका कार्यक्षेत्र उस राष्ट्र की भूमि होती है। इस बात से इनकार नहीं किया जा सकता कि संस्कृति एक परिवर्तनशील परंपरा होती है, जिसमें समय के साथ नई बातों का समावेश होता है तथा कुछ चीजों को छोड़ दिया जाता है। इन सब पर विदेशी प्रभाव तो हो सकता है, पर इसका मूल उद्गम क्षेत्र कोई विदेश नहीं हो सकता।

आर्य कौन हैं और उनके मूल निवास का प्रश्न

उपनिवेशवादी इतिहासकारों को जब पहली बार वैदिक और आर्यन संस्कृति की जानकारी हुई और सिंधु घाटी सभ्यता की श्रेष्ठता का ज्ञान हुआ, तब वे इस संस्कृति की प्राचीनता और भव्यता से बहुत प्रभावित हुए। वे विजेता थे और विजित जाति की सभ्यता को अपने से उच्च मानने में भावनात्मक मानवीय अवरोध स्वाभाविक था। मुख्य तौर पर इस कारण से ही उन्होंने एक सिद्धांत का निर्माण किया, जिसे 'आर्यन इनवेजन थ्योरी', यानी 'आर्यों द्वारा भारत पर आक्रमण का सिद्धांत' पुकारा गया।

इस सिद्धांत के अनुसार वैदिक संस्कृति मूल तौर पर आर्य संस्कृति है और आर्य एक जाति है, जो भारत की स्थानीय नहीं है। आर्यों ने किसी बाहरी जगह से

आकर भारत पर आक्रमण किया और सिंधु सभ्यता, जो भारत की स्थानीय द्रविड़ सभ्यता थी, को नष्ट कर दिया और अपनी बस्तियाँ बसा लीं। संक्षेप में इसी सिद्धांत को 'आर्यन इनवेजन थ्योरी', यानी आर्यों के आक्रमण का सिद्धांत कहा जाता है। एक समय तक इस सिद्धांत को अधिकांश लोग सही मानते रहे और सारा विमर्श इस प्रश्न के आस-पास सिमटा हुआ रहा कि आर्य मूल रूप से किस देश या क्षेत्र के निवासी थे। अलग-अलग विद्वानों ने अलग-अलग इलाकों के पक्ष में तर्क रखे पर कोई भी मत पूर्ण रूप से दोषहीन नहीं था और किसी भी मत के पक्ष में ठोस आधार नहीं था।

यह सिद्धांत उस वर्ग को भी सुविधाजनक लगा, जिसे हिंदू राष्ट्रवाद से असुविधा थी, क्योंकि इस सिद्धांत के अनुसार आर्य भी बाहरी थे और उन्होंने भारत पर आक्रमण करके उस पर उसी तरह कब्जा कर लिया था, जैसे बाद में मुसलमानों और ईसाइयों ने किया था। इस सिद्धांत के आधार पर हिंदू धर्म भी उसी तरह से विदेशी सिद्ध होता है, जैसे कि इसलाम और ईसाई धर्म।

नए तथ्यों के प्रकाश में अनेक विद्वानों ने 'आर्यन इनवेजन थ्योरी' को संदेहास्पद और जबरन गढ़ा गया सिद्धांत सिद्ध कर दिया है। सबसे पहले 1946 में यह कार्य संविधान निर्माता एवं युगपुरुष डॉ. बी.आर. आंबेडकरजी ने ही कर दिया था। उन्होंने 1946 में प्रकाशित पुस्तक 'Who were the Shudra' में इस विषय की मीमांसा करते हुए सिद्ध किया है कि आर्यों का मूल स्थान कोई विदेश नहीं है, भारत ही है।

इस पुस्तक के खंड चार 'Shudras verses Aryans' में उन्होंने लिखा है—"पहले जो कुछ भी लिखा जा चुका है, उससे यह तो साफ है कि ब्राह्मण ग्रंथों से हमें इस बात का कोई सूत्र नहीं मिलता कि शूद्र कौन थे और वे चौथा वर्ण कैसे बने। इसलिए यह आवश्यक है कि हम पाश्चात्य लेखकों की ओर देखें। शूद्रों की उत्पत्ति के विषय में पाश्चात्य लेखकों का एक सिद्धांत है। कुछ बिंदु हैं, जिनमें पाश्चात्य लेखकों में आम सहमति है, वे इस प्रकार हैं—

1. वैदिक साहित्य की रचना आर्यों ने की थी।
2. आर्य बाहर से आए थे और इन्होंने भारत पर आक्रमण किया था।
3. भारत के मूल निवासी दास या दस्यु थे तथा यह प्रजाति आर्यों से भिन्न थी।
4. आर्य गोरे रंग के और दास या दस्यु काले रंग के थे।
5. आर्यों ने आक्रमण करके दास और दस्युओं को पराजित कर दिया था।

6. आर्य मनुष्यों की चमड़ी के रंग के बारे में पूर्वग्रह से ग्रस्त थे। उन्होंने चातुर्वर्ण्य व्यवस्था कायम की थी और इसके अंतर्गत गोरी प्रजाति (नस्ल) को काली प्रजाति, जैसे—दास और दस्यु से अलग माना जाता था।"*

अंबेडकरजी ने 'आर्यन इनवेजन थ्योरी' को भाषाई, पुस्तकीय, जिनमें वेद एवं अन्य ग्रंथ शामिल हैं, मानवमिति (anthropometree) आदि कसौटियों पर कसा—

पाश्चात्य सिद्धांत की मीमांसा से निम्न निष्कर्ष निकालते हैं—

1. वेद के रचयिताओं को आर्य जैसी किसी भी प्रजाति की जानकारी ही नहीं है।
2. वेदों में इस बात का कोई उल्लेख नहीं है कि आर्य प्रजाति ने भारत पर कभी आक्रमण किया और भारत के मूल निवासी दासों और दस्युओं को अपने अधीन कर लिया था।
3. इस बात का भी कोई प्रमाण नहीं है कि आर्यों और दासों-दस्युओं के बीच प्रजातिगत अंतर था।
4. वेद में आर्यों और दासों-दस्युओं का अलग-अलग रंग होने का कहीं उल्लेख नहीं किया है।**

पुस्तक के अध्याय-5 (Aryan Against Aryan) में उन्होंने आर्यों के मूल स्थान के प्रश्न का परिणाममूलक निष्कर्ष इस प्रकार दिया है—

"यह स्पष्ट है कि पाश्चात्य सिद्धांत (आर्यन इनवेजन थ्योरी) एक हड़बड़ी में निकाला गया निष्कर्ष है, जो तथ्यों की अपर्याप्त जाँच पर आधारित है। यह असाधारण बात है कि ऐसे विरल और असुरक्षित आधार वाले सिद्धांत को पाश्चात्य विद्वानों ने गंभीर अध्येताओं के लिए प्रतिपादित किया और वह इतने लंबे समय तक मान्य रहा। इस अध्याय में प्रस्तुत नए तथ्यों की खोज के आलोक में यह सिद्धांत अब चल नहीं सकता और रद्दी के ढेर में डाल देना चाहिए।"***

भीमराव आंबेडकरजी ने 1946 में ही यह सिद्ध कर दिया था कि आर्य कहीं बाहर से नहीं आए थे।

---

* Dr. Baba Saheb Ambedkar source material publication committee Maharashtra State Volume-7, Page 65.

** वही, पेज 85

*** वही, पेज 100

श्रीकांतजी तालागेरी ने आर्यों के मूल स्थान के बारे में अपनी पुस्तक (The Aryan Invasion Theory and Indian Nationalism) में इस विषय की विस्तृत मीमांसा करते हुए इस मान्यता को खंडित किया है कि हिंदू धर्म भारत में विदेशी आर्य आक्रमणकारियों द्वारा लाया गया था और भारत के तीनों प्रमुख धर्म विदेशी हैं। उनके निष्कर्ष इस प्रकार हैं—

1. हिंदू धर्म का संस्थापक कोई नहीं है। हिंदू धर्म का प्रत्येक संत, साधु और देवता, जिनका भी विवरण हिंदू ग्रंथों में है, उसका मूल भारत ही है।
2. हिंदू धर्म के पवित्र ग्रंथों की भाषा संस्कृत है। संस्कृत का संबंध केवल भारत से ही है, अन्य किसी देश से नहीं है।
3. भारत ही हिंदुओं (इसमें जैन, बौद्ध और सिख धर्म को भी जोड़ा जा सकता है) की पवित्र भूमि है। हिंदुओं के सभी तीर्थ और पवित्र स्थल भारत या इसके आस-पास ही स्थित हैं। जबकि इसलाम के पवित्र स्थल अरब देशों में हैं। इसी प्रकार ईसाई धर्म के पवित्र स्थल फिलिस्तीन में हैं।
4. हिंदू धर्म की पुस्तकें भारत एवं इसके आस-पास के स्थलों पर ही केंद्रित हैं। ईसाई धार्मिक पुस्तकों का केंद्र फिलिस्तीन और आस-पास के क्षेत्रों तक सीमित है। इसलाम की पुस्तकों का केंद्रीय क्षेत्र अरब और फिलिस्तीन का क्षेत्र है।
5. हिंदू धर्म के सभी मतों एवं संस्थाओं के प्रमुख भारतीय हैं, जबकि इसलाम और ईसाई धर्म के सर्वोच्च धर्म गुरु भारत के बाहर कहीं हैं। हिंदुओं के सारे धर्म स्थल यहीं भारत में या आस-पास हैं।
6. प्रत्येक मुसलिम और ईसाई को उसके धर्म के आरंभ के समय और स्थान का पूरा ज्ञान है, जो भारत से बाहर हैं। उनका धर्म भारत में किस तरीके से एवं कब आया, इसकी उन्हें जानकारी है और इस पर उन्हें गर्व है। 'आर्यन इनवेजन थ्योरी' के पूर्व तक किसी हिंदू की कल्पना में भी उसके धर्म के विदेशी मूल का होने की बात नहीं थी।*

इस संबंध में कुछ विदेशी मूल के विद्वानों का शोध भी महत्त्वपूर्ण है। इनमें

---

* The Aryan invasion Theory and Indian Nationalism (Shrikant G Talageri) Page 17-18.

'माइकल डेनिनो' का नाम अग्रणी है। उनकी 2004 में प्रकाशित पुस्तक (The invasion that neve was.) में उन्होंने सिद्ध किया है कि वास्तव में सिंधु और आर्य सभ्यता एक ही थीं और सिंधु तथा आर्य सभ्यता कहने की जगह समग्र रूप से इसे 'सरस्वती सिंधु सभ्यता' कहा जाना चाहिए। आर्य कहीं बाहर से नहीं आए थे। आर्य सभ्यता अपने मूल में ही भारतीय है और सिंधु सभ्यता भी आर्य सभ्यता का ही एक भाग था।

सिंधु सभ्यता और आर्य सभ्यता एक ही सभ्यता के शहरी और ग्रामीण संस्करण थे। पहले इस सभ्यता के केंद्र सरस्वती नदी के किनारे थे, जो कालांतर में सिंधु के तट हो गए। इन नदियों के किनारों पर ही वेदों की अधिकांश ऋचाएँ बोली गई थीं। ऋग्वेद में पच्चीस नदियों का उल्लेख है। सरस्वती और सिंधु नदी का नाम बार-बार, यमुना का तीन बार और गंगा का नाम केवल एक बार ही आया है।

इस प्रश्न पर भी बहुत विचार किया गया है कि क्या सरस्वती नदी वास्तव में मौजूद थी ? और अगर थी तो कहाँ पर बहती थी ? आधुनिक खोजों ने सरस्वती नदी के अस्तित्व को सिद्ध कर दिया है। माइकल डेनिनो ने एक पुस्तक लिखी है The Lost River, इसमें प्रमाण एवं तर्क सहित सरस्वती नदी के अस्तित्व को प्रमाणित किया गया है।

प्रत्येक विकासमान सभ्यता और संस्कृति की ही तरह भारतीय सभ्यता के निवासियों के बीच भी आपसी संघर्ष होते थे। महाभारत का युद्ध इसका प्रमाण है। भारतीय परंपरा के अनुसार इस युद्ध का समय 3102 ईसा पूर्व ठहरता है।* आधुनिक खोजें इस युद्ध का समय लगभग 1400 से 950 ईसा पूर्व मानती हैं। जो भी हो, यह युद्ध इतना पहले हुआ था कि उस समय महाभारत में वर्णित विकसित सभ्यता का होना इस महादेश के सांस्कृतिक विकास को बताता है।

आर्य को जाति या रेस मानना ठीक नहीं है। भीमराव आंबेडकरजी की पुस्तक Who were the Shudra के अध्याय चार में ही आर्य शब्द के अर्थ के बारे में मीमांसा कर निष्कर्ष निकाला है—"इस चर्चा का निर्विवाद निष्कर्ष यह निकलता है कि वेदों में आने वाले अर्य और आर्य शब्द का प्रयोग प्रजाति के अर्थ में तो बिल्कुल नहीं किया गया है।"

मैक्समूलर ने लिखा है—"आर्य प्रजाति का संबंध रक्त से नहीं है।

* The wonder that was india. A.l. Basham; Page 323.

वैज्ञानिक भाषा में आर्य शब्द प्रजाति के संबंध में तो हो ही नहीं सकता। इसका अर्थ भाषा होता है। भाषा के अलावा और कुछ नहीं और यदि हम आर्य प्रजाति की बात करते भी हैं तो हमें मालूम होना चाहिए कि इसका अर्थ और कुछ नहीं, बस आर्य भाषा है। मैं बार-बार यह कह चुका हूँ कि जब मैं आर्य शब्द का प्रयोग करता हूँ तो मेरा आशय न तो रक्त से होता है, न ही अस्थियों से, न तो बालों से और न ही खोपड़ी से। मेरा आशय तो बस उन लोगों से है, जो एक आर्य भाषा बोलते हैं।

आर्य शब्द का संस्कृत में अर्थ श्रेष्ठ होता है। इस प्रकार आर्य से आशय कोई प्रजाति नहीं था।

आर्यों की कर्मभूमि

यह तय होने के बाद कि आर्य कहीं बाहर से आए हुए लोग नहीं थे, वे स्थानीय ही थे, तब जिज्ञासा होती है कि भारत में आर्यों की कर्मभूमि कहाँ थी? आर्यों की कर्मभूमि का उल्लेख ऋग्वेद के सूक्त क्रमांक 1075, जिसे 'नदी सूक्त' कहा जाता है, में किया गया है। सप्तसिंधु प्रदेश, जो तत्समय आर्यों की कर्मभूमि था, की सीमा पश्चिम में सिंधु नदी से पूरब में गंगा तक दरशाई गई है। सिंधु की सहायक नदियों तथा अन्य नदियों यमुना, सरस्वती, सतलुज, रावी, चिनाब आदि का भी उल्लेख इस सूक्त में है। वेद में सरस्वती नदी का भी विवरण है। यानी यह नदी वैदिक काल में मौजूद थी। पंचविंश ब्राह्मण में सरस्वती नदी के सूखने की चर्चा की गई है। आधुनिक समय में कार्बन डेटिंग से पता चला है कि सरस्वती नदी मौजूद थी और लगभग 2000 ईसा पूर्व सूख गई थी। सरस्वती नदी यमुना और सतलुज के बीच बहती थी और आर्य सभ्यता इसी नदी के किनारे विकसित हुई थी। सरस्वती नदी के सूखने के कारण यही लोग पश्चिम की ओर जाकर सिंधु के तटों पर बस गए थे।

सिंधु सभ्यता और वैदिक सभ्यता में अनेक समानताएँ थीं, जो दोनों को एक ही सभ्यता सिद्ध करती हैं। शव का पैर दक्षिण की ओर रखने की परंपरा सिंधुघाटी में थी और इसका उल्लेख ऋग्वेद में भी है। सिंधु सभ्यता में भैंसा, भेड़, बकरी, हाथी, गधा, घोड़ा, ऊँट, सूअर, बैल और मुरगे की तसवीरें मुहरों पर उत्कीर्ण की जाती थीं। इन्हीं पशुओं का उल्लेख ऋग्वेद में भी है।

आर्य सभ्यता और सिंधु सभ्यता का एक अंतर घोड़े की उपस्थिति को माना जाता है। इसके अनुसार सिंधु सभ्यता में घोड़े नहीं पाए जाते थे, जबकि आर्य

सभ्यता घोड़ों का उपयोग करती थी। आधुनिक खोजों से सिद्ध हो चुका है कि सिंधु निवासी टट्टू नस्ल के घोड़ों का उपयोग करते थे। सिंधु सभ्यता काल के स्थल 'सुरकोतड़ा' (कच्छ, गुजरात) में घोड़े की अस्थियाँ भी मिली हैं। स्वास्तिक चिह्न, कमंडल, पत्थर और धातु से बनी गदाओं का उपयोग सिंधु और वैदिक, दोनों स्थानों पर होता था। ऋग्वेद के विवरण और सिंधु सभ्यता के अवशेषों में अद्‌भुत समानताएँ मिलती हैं।

वैदिक संस्कृति और सभ्यता का कालखंड बहुत ही विस्तृत रहा है। ऐसे में यह सामाजिक और सांस्कृतिक दृष्टि से पूरी तरह से एक समान हो ही नहीं सकती थी। आर्य पूरे भारतवर्ष में बिखरे हुए थे और हर स्थान पर अपनी-अपनी तरह से विकास कर रहे थे।

अब यह माना जाता है कि सिंधु सभ्यता के नगरों का निर्माण वैदिक सभ्यता के परिपक्व चरणों में हुआ था। सिंधु सभ्यता को नगरीय सभ्यता कहा गया था, लेकिन बिना गाँवों के नगर नहीं हो सकते हैं। बाहरी आक्रमणों से कभी भी नगरीय सभ्यताएँ समाप्त नहीं होती हैं, उनमें बदलाव के साथ निरंतरता दिखाई देती है। यह कहना कि आर्य पहले पशुपालक थे और सिंधु सभ्यता जैसी नगरीय सभ्यता को जीतकर वापस पशुपालक बन गए! विश्वास योग्य नहीं है। कोई भी नगर विजेता वापस पशुपालक नहीं बनता है।

इस संबंध में माइकल डेनिनो की पुस्तक 'Invasion that never was' का यह अंश स्थिति को स्पष्ट कर देता है—

"हड़प्पा संस्कृति को 'गैर-आर्य' दिखाने के प्रयासों ने वास्तविक मुद्‌दे को भ्रमित कर दिया है। उत्तर भारत पर आक्रमण करने वाले आर्यों ने, जो अपनी अलग संस्कृति लेकर आए थे, खैबर दर्रे (या किसी अन्य दर्रे, जैसे कि बोलन) से होकर नीचे बहुत बड़े सिंधु मैदानों और फिर विशाल भारतीय भूमि पर आक्रमण किया होगा तो उनकी बहुत बड़ी संख्या आई होगी। और उनके आगमन ने अनिवार्य तौर पर कुछ निशान छोड़े होंगे।"

पर हमको क्या मिलता है ? कुछ नहीं! न तो मिट्टी के बरतन और न ही कोई पात्र, न ही कोई उपकरण और न ही हथियार, शस्त्र और न कब्र, न किसी भी प्रकार की कला का चिह्न। अजीब तरह से आक्रमणकारियों ने उनके आने का कोई निशान नहीं छोड़ा है। आर्यों ने मोटे-मोटे ग्रंथों को रचा। इतिहास की किताबों के अनगिनत पन्नों को भर दिया, लेकिन एक छोटे-से-छोटे बरतन को पीछे छोड़ने का शिष्टाचार भी नहीं निभाया!

इस एक बिंदु पर कम-से-कम पूर्ण एकमत है कि "साक्ष्य का एक भी टुकड़ा नहीं।" जे.एम. कीनोयर (JM Kenoyer) ने लिखा है—"आक्रमण का कोई पुरातात्त्विक या जैविक साक्ष्य नहीं है। न ही सिंधु घाटी में किसी बड़े माइग्रेशन का कोई साक्ष्य है।"*

सही बात तो यह है कि भारत की भूमि पर बहुत पुराने समय से विकसित सभ्यताएँ मौजूद थीं। हाल ही के दशकों में किए अन्वेषणों व खुदाइयों में नर्मदा घाटी से ऐसी शिलाएँ, शिलालेख, निर्मितियाँ, भित्ति चित्र आदि मिले हैं, जिनसे पता चलता है कि भारत में विश्व की प्राचीनतम संस्कृतियों में से एक विद्यमान थी। मध्य प्रदेश के रायसेन जिले में 'भीमबैठका' क्षेत्र में पाए गए 25 हजार वर्ष पुराने शैलचित्र एवं पुरातात्त्विक प्रमाण इसकी गवाही देते हैं।

'भीमबैठका' को भारतीय पुरातत्त्व सर्वेक्षण विभाग ने अगस्त 1990 में राष्ट्रीय महत्त्व का स्थल और यूनेस्को ने 2003 में विश्व धरोहर स्थल घोषित किया है। भीमबैठका की खोज वर्ष 1957-1958 में डॉक्टर विष्णु श्रीधर वाकणकर द्वारा की गई थी। यहाँ 750 शैलाश्रय हैं, जिनमें 500 शैलाश्रय चित्रों द्वारा सज्जित हैं। इन चित्रों से पता चलता है कि ये अलग-अलग समय में अलग-अलग लोगों ने बनाए होंगे।

इन चित्रों के काल की गणना कार्बन डेटिंग सिस्टम से की गई है, जिनमें अलग-अलग स्थानों पर पूर्व पाषाणकाल से लेकर मध्यकाल तक की चित्रकारी मिलती है। इनमें से कुछ चित्र तो लगभग 25 से 35 हजार वर्ष पुराने हैं। इन चित्रों में शिकार, नृत्य, गीत, घोड़े व हाथी की सवारी, लड़ते हुए पशु, शृंगार, मुखौटे और घरेलू जीवन-शैली का शानदार चित्रण किया गया है। इसके अलावा वन में रहने वाले बाघ, शेर से लेकर जंगली सूअर, भैंसा, हाथी, हिरण, घोड़ा, कुत्ता, बंदर, छिपकली व बिच्छू तक चित्रित हैं। चित्रों में प्रयोग किए गए खनिज रंगों में मुख्य रूप से गेरुआ, लाल और सफेद हैं; कहीं-कहीं पीला और हरा रंग भी प्रयोग हुआ है। इन चित्रों को विभिन्न रंगों के प्रयोग से बनाया गया है। इन रंगों में चित्रों को दीर्घकाल तक सुरक्षित रखने हेतु वैज्ञानिक रीति से विभिन्न पदार्थों, जैसे मैंगनीज, हैमेटाइट, नरम लाल पत्थर व लकड़ी के कोयले के मिश्रण आदि का बड़ा ही कुशल, सटीक व सिद्धहस्त उपयोग किया गया है। इन रंगों में पशुओं की चर्बी एवं पत्तियों का अर्क भी मिला दिया जाता था। आज भी ये रंग वैसे के वैसे अक्षुण्ण ही हैं।

---

* The Invasion that never was (Michel Danino) Page 50.

सिनोली के उत्खनन से प्राप्त मूल्यवान सामग्री

हाल ही में उत्तर प्रदेश में गंगा और यमुना नदी के दोआब में स्थित बागपत जिले के सिनौली गाँव में हुए उत्खनन से मिली पुरातात्त्विक सामग्री ने उपमहाद्वीप की सभ्यता के बारे में मौजूद ज्ञान में हलचल मचा दी है। 2005 में इस गाँव के कुछ किसानों ने सरकार को सूचना दी कि उनके खेतों में पुराने जमाने के बरतन मिल रहे हैं। भारतीय पुरातत्त्व विभाग ने इस स्थान पर खुदाई की और वहाँ से कुछ ऐसी वस्तुएँ मिलीं, जो भारत में इससे पहले कभी नहीं पाई गई थीं। 2005 के इस उत्खनन में लगभग 4000 वर्ष पुराने 100 से अधिक अंतेष्टि स्थल मिले हैं। इन स्थलों में पुरुष, महिलाएँ और बच्चों के कंकाल पाए गए हैं। यहाँ ताँबे से बने हथियार, ताँबे और मिट्टी से बने बरतन, मूर्तियाँ, कटोरे, सोने के कंगन तथा मनकों की मालाएँ पाई गई हैं। यह अनुमान लगाया गया है कि यह कोई योद्धा सभ्यता थी।

महिलाओं के समाधि-स्थल में भी बड़ी मात्रा में हथियार पाए गए हैं, जिससे पता चलता कि इस सभ्यता की महिलाएँ भी पुरुषों के समान योद्धा रही होंगी। हथियारों में ताँबे की दो नोक वाली तलवारें, जिन्हें एंटीना सोर्डस कहा जाता है, तीर-धनुष, ताँबे के हैलमेट तथा लकड़ी व ताँबे से बनी शील्ड (ढाल) मिली हैं। 2005 में इस उत्खनन स्थल पर उत्खनन कार्य समाप्त कर दिया गया था।

सन् 2018 में इसी सिनौली गाँव के किसानों को पुरानी उत्खनन जगह से मात्र 100 मीटर दूर फिर से पुरातात्त्विक वस्तुएँ मिलने लगीं। भारतीय उत्खनन विभाग ने मार्च 2018 में यहाँ फिर से उत्खनन कार्य आरंभ किया। इस बार खुदाई में शाही परिवार के अंत्येष्टि स्थल मिले। शवों को लकड़ी के बने ताबूतों में रखा गया था। ताबूत के पायों पर तीन मिलीमीटर मोटी ताँबे की चादर लपेटी गई थी और कोनों पर फूलों की नक्काशियाँ बनाई गई थीं।

सबसे आश्चर्यजनक चीज जो मिली, वह लकड़ी और ताँबे से बने तीन रथ हैं। रथ रचना में अद्‌भुत और बनावट में परिष्कृत हैं। निश्चित धुरी पर घूमने वाले इनके पहिए लकड़ी की तीन पर्तों से बने हैं, जिस पर ताँबे की सूर्य प्रकाश की भाँति दिखने वाली नक्काशी बनाई गई है। रथ में छत की व्यवस्था भी थी।

गंगा-जमुना के दोआब में यह सभ्यता सिंधु सभ्यता के समानांतर फल-फूल रही थी। सभ्यता अस्त्र-शस्त्र में प्रवीण होने के साथ कला-कौशल और आर्थिक तौर पर भी समृद्ध थी। यह सभ्यता महाभारत में वर्णित योद्धा सभ्यता से मिलती-जुलती नजर आती है। इस खोज ने इस धारणा पर गंभीर प्रश्नचिह्न लगा दिया है कि

भारत में घोड़े नहीं पाए जाते थे। इस प्रकार के विकसित रथ बिना घोड़ों के चलना संभव ही नहीं था।

सरस्वती सिंधु सभ्यता की ज्ञात 2600 बस्तियों में से आज के पाकिस्तान में 265 स्थान मिले हैं एवं शेष भारत में अलग-अलग जगहों पर पाए गए हैं। वैदिक युग के प्रारंभिक कालखंड का केंद्र सरस्वती नदी के आस-पास था। बाद में यह केंद्रस्थान सिंधु नदी के तट हो गए और कालांतर में हस्तिनापुर तथा अयोध्या हो गए। आर्य भारत के भीतर से बाहर की ओर बसे थे, न कि कहीं बाहर से भीतर की ओर आए थे।

आधुनिक जीन अध्ययन से भी ज्ञात हुआ है कि भारत के लोगों का जो जीन पूल है, वह यूरोपीय और यूरोशियन से पूरी तरह अलग है एवं उत्तर और दक्षिण भारत के लोगों का जीन पूल एक समान है। अभी हाल ही में पुणे के डेक्कन कॉलेज डीम्ड यूनिवर्सिटी के पूर्व वाइस चासंलर प्रोफेसर वसंत शिंदे एवं जिनेटिक साइंटिस्ट डॉ. नीरज राय की महत्त्वपूर्ण रिसर्च प्रतिष्ठित जर्नल 'सेल' में प्रकाशित हुई है। हरियाणा के हिसार जिले में स्थिति राखीगढ़ी हड़प्पाकालीन बस्ती है। यहाँ 5000 वर्ष पुराने दो कंकाल मिले थे। इनकी डी.एन.ए. जाँच की गई। इससे यह पता चला है कि अफगानिस्तान से अंडमान तक सभी भारतीयों का जीन पूल समान है। मध्य एशिया का जीन पूल इन कंकालों में नहीं है। इससे सिद्ध होता है कि आर्य न तो विदेशी थे और न ही उन्होंने कभी भारत पर आक्रमण किया था। आर्य और द्रविड़ मूलतः एक ही हैं।

□

सोने की चिड़िया पर बुरी नजरें

हर महत्त्वाकांक्षी युवा जीवन में कुछ कर दिखाने, पद और प्रतिष्ठा पाने तथा धन कमाने का सपना देखता है। वह खोज करता है उन परिस्थितियों की, उस जमीन की, जहाँ उसके सपने पूरे हो सकें। प्राचीन काल से ही भारत ऐसे गंतव्य की तरह मशहूर था, जहाँ महत्त्वाकांक्षियों के सपने पूरे होते थे। भारत में ज्ञान, धन, सम्मान सबकुछ मौजूद था। भारत तत्कालीन दुनिया के लिए आकर्षण का केंद्र और सपनों की भूमि था।

धरती का दो-तिहाई भाग जल में डूबा हुआ है। जल से घिरे सात महाद्वीप हैं—एशिया, अफ्रीका, यूरोप, उत्तरी अमरीका, दक्षिण अमरीका, ऑस्ट्रेलिया और अंटार्कटिका। लगभग साढ़े चार करोड़ वर्ग किलोमीटर में फैला हुआ एशिया सबसे विशाल है। एशिया महाद्वीप के दक्षिणी भाग में विशाल हिमालय पर्वत श्रृंखला द्वारा एशिया की शेष मुख्य भूमि से अलग-थलग किया हुआ लगभग 44 लाख वर्ग किलोमीटर क्षेत्रफल का विशाल भारतीय उपमहाद्वीप (Indian Sub Continent) है। एशिया से भारतीय उपमहाद्वीप को अलग करने वाली हिमालय पर्वत-श्रृंखला की लंबाई लगभग तीन हजार किलोमीटर और चौड़ाई 240 से 320 किलोमीटर तक है। इस पर्वत-श्रृंखला में 7200 मीटर से अधिक ऊँचे सौ से अधिक शिखर हैं। कम ऊँचाई के शिखरों की संख्या अनगिनत है। संसार की सबसे ऊँची पर्वतीय चोटी एवरेस्ट, जिसे नेपाल में 'सरग माथा' यानी 'आकाश का माथा' कहा जाता है, इसी पर्वतमाला में मौजूद है। समुद्र तल से इस चोटी की ऊँचाई 8848 मीटर है। इस महा भूभाग की पश्चिम से पूर्व की ओर कुल चौड़ाई लगभग 2933 किलोमीटर और उत्तर से दक्षिण तक की कुल लंबाई 3214 किलोमीटर है। इसकी स्थल सीमा लगभग 9600 किलोमीटर और समुद्री सीमा 7516 किलोमीटर है।

पृथ्वी पर मौजूद प्रत्येक प्रकार की भौगोलिक संरचना और जलवायु इस

भूक्षेत्र में मौजूद है। ऊँचे पर्वत, उर्वर मैदान, घने जंगल, बड़े शहर, विशाल नदियाँ, सूखे मरुस्थल और विस्तृत समुद्र तट। यहाँ ऐसे प्रदेश हैं, जो वर्ष भर बर्फ से ढके रहते हैं। ऐसे भी, जो वर्ष भर खासे गरम रहते हैं। ऐसे इलाके हैं, जहाँ साल भर बारिश होती है और ऐसे भी, जहाँ धरती पानी की बूँदों को तरसती है। किसी महाद्वीप में जितनी भौगोलिक विविधताएँ हो सकती हैं, वे सब इस उपमहाद्वीप में साकार तौर पर मौजूद हैं।

उत्तर की ओर हिमालय द्वारा संरक्षित भारतीय उप महाद्वीप दक्षिण, पूर्व और पश्चिम दिशा में समुद्र से घिरा हुआ है। पूर्व की ओर बंगाल की खाड़ी (Bay of Bengal), पश्चिम की ओर अरब सागर (Arabion Sea) और दक्षिण की ओर हिंद महासागर (Indian Ocean) मौजूद है। संसार की शेष मुख्य भूमि से अलग-थलग होने के कारण भारतीय उपमहाद्वीप की अपनी विशिष्ट सभ्यता विकसित हुई, जिसे भारतीय संस्कृति कहा जाता है।

एक ओर से हिमालय और तीन ओर से समुद्र से घिरे इस महादेश तक आना कठिन तो था, लेकिन हिमालय पर्वत-शृंखला के बीच के कुछ सँकरे प्राकृतिक दर्रों से होकर संभव था। सबसे ज्यादा प्रयोग किया जाने वाला दर्रा 'खैबर दर्रा' था। यह आज के पाकिस्तान के खैबर पख्तूनख्वा प्रांत में पाकिस्तान और अफगानिस्तान की सीमा पर है। पाँच किलोमीटर लंबा यह दर्रा पाकिस्तान के 'लांडी कोटल' और अफगानिस्तान के 'जमरूद' को जोड़ता है। पूरे ऐतिहासिक काल में भारत और मध्य एशिया के बीच व्यापार का मार्ग खैबर दर्रा ही था। यहीं से प्रवेश करके मध्य एशिया के आक्रमणकारियों ने भारत पर आक्रमण किए थे। महमूद गजनवी, मोहम्मद गोरी और मंगोल आक्रमणकारी इसी रास्ते से आए थे। 1834 में यह दर्रा महाराजा रणजीत सिंह के अधिकार में आ गया था। हरीसिंह नलवा उनकी सेना का प्रसिद्ध सेनानायक था। उसने अफगान सेनाओं को अनेक युद्धों में परास्त किया था। महाराजा रणजीत सिंह ने नलवा को कश्मीर हजारा और पेशावर का गवर्नर बनाया था। खैबर दर्रा अनेक वर्षों तक नलवा के अधिकार में रहा और उसने इस दर्रे से किसी अफगान आक्रमणकारी का भारत में घुसना असंभव बना दिया था।

दूसरा दर्रा बोलन दर्रा है, जिसका उपयोग भी मध्य एशिया से भारतीय उपमहाद्वीप आने हेतु व्यापारी और आक्रमणकारियों ने किया। यह दर्रा पाकिस्तान के सिबि और क्वेटा को जोड़ता है। यह दर्रा पाकिस्तान, अफगानिस्तान और ईरान तीनों के लिए रणनीतिक महत्त्व रखता है। 1748 ई. में अहमदशाह दुर्रानी इसी दर्रे से भारत पर आक्रमण करने हेतु आया था।

भारत तक पहुँचने के लिए समुद्री रास्ते हमेशा ही मौजूद थे। समुद्री मार्ग से एशिया के अनेक देशों से व्यापार होता था। यूरोप के लोगों को 1400 ईस्वी सन् तक यूरोप से भारत के समुद्री रास्ते का ज्ञान नहीं था। भारत से उनका व्यापार भूमि मार्ग से होता था। 1299 में मध्य एशिया में आटोमन (तुर्क) साम्राज्य स्थापित हो गया। यूरोप से भारत आने के सारे रास्ते इस साम्राज्य से होकर गुजरते थे, इसलिए यूरोप से भारत आने के जमीनी रास्ते बंद हो गए। अब यूरोप के लोगों को भारत आने के लिए समुद्री रास्तों की खोज की जरूरत महसूस हुई। 1492 में वास्को द गामा ने यूरोप से भारत तक के समुद्री रास्ते की खोज कर ली तो उसे 'भारत को खोज लेना' कहा गया।

'इंडिया', 'हिंद' या 'भारत' किसी भी नाम से पुकारो, इस भूक्षेत्र में ऐसा जादू था कि सदियों से शेष संसार इस भूखंड की तरफ खिंचाव महसूस करता था। यूरोप और मध्य एशिया इसके आकर्षण की गिरफ्त में थे। वहाँ इसकी समृद्धि की कहानियाँ कही-सुनी जाती थीं। वहाँ का हरेक महत्त्वकांक्षी युवा भाग्य आजमाने के लिए यहाँ आने का सपना देखता था। ये भूभाग उनके सपनों का देश था। यहाँ की समृद्धि, सभ्यता और विविधता विदेशियों को मोहित करती थी। इंडिया नाम का जादू ऐसा था कि एक पूरे समुद्र का नामकरण ही इंडिया नाम पर कर दिया गया। आशय हिंद महासागर (Indian Ocean) से है। यह संसार का एकमात्र ऐसा समुद्र है, जिसका नामकरण किसी देश के नाम पर किया गया है।

इस महादेश के आकर्षण में बँधे विदेशी खुद को यहाँ आने से रोक नहीं सके। मध्य एशिया से शक, कुषाण, हूण और यवन आए। अरब और तुर्क भी आए। आक्रमणकारी, फकीर और व्यापारी भी आए। सबने यहाँ से कुछ-न-कुछ पाया ही। जो आए अधिकतर यहीं बस गए, यहीं की मिट्टी के हो गए। जो वापस गए, वे भी भरे हाथों से गए। कोई ज्ञान लेकर गया। कोई अनुभव लेकर गया। धन लेकर तो अनगिनत लोग गए। जो देश, विदेशियों के इतने आकर्षण का केंद्र रहा हो, वहाँ के निवासी कभी ये देश छोड़ बाहर नहीं जाना चाहते थे। इस देश के दंड विधान में मूल निवासियों के लिए सबसे बड़ा दंड निर्वासन और देश निकाला था। जिसे देश से निकालने का आदेश दे दिया, उसका सबकुछ छीन लिया गया। अपने निवास की जगह से संतुष्ट यहाँ के निवासियों ने कभी किसी बाहरी देश पर आक्रमण कर उसे जीतने का सपना नहीं देखा। उपमहाद्वीप के बाहर के किसी दूसरे देश पर कभी आक्रमण नहीं किया।

भारत की विविधता, संपन्न धरती और मौसम तथा प्रचुर प्राकृतिक संसाधनों

के कारण यहाँ इस तरह की अनेक वस्तुओं का उत्पादन होता था, जिनकी दूसरे देशों में माँग थी। भारत उत्तर-पूर्वी व्यापारिक हवाओं के मार्ग में है, जो अक्तूबर से फरवरी तक चलती हैं। इन हवाओं की सहायता से मिस्र, मेसोपोटामिया और अन्य भूमध्य देशों से भारत तक व्यापारिक पोतों का आना संभव होता था। प्राचीन संस्कृत साहित्य में इस तरह के अनेक उल्लेख हैं, जिनसे पता चलता है कि भारतीय लोग व्यापार में बहुत रुचि लेते थे।

ईसा से चार हजार वर्ष पूर्व भारतीय समाज में व्यापारियों की बहुतायत थी। व्यापारियों के कारण भारत में औद्योगिक क्रांति आरंभ हुई थी और भारत एक बड़ा निर्यातक देश बन गया था। मोहनजोदड़ो में इस तरह की मोहरें (सील) मिली हैं, जिनसे पता चलता है कि सिंधु सभ्यता के लोग समुद्री व्यापार से पूरी तरह परिचित थे। सिंधु घाटी सभ्यता के लोग सुमेरी, मिस्र और अन्य तत्कालीन सभ्यताओं से समुद्री व्यापार करते थे। हाथी, गेंडा और घड़ियाल मुद्रित मोहरें मिली हैं, जो भारतीय व्यापारियों के व्यापार चिह्न थे। भारत दूसरे देशों से सोना, चाँदी, ताँबा, टिन और सीसा आयात करता था। फारस और अफगानिस्तान से सोने का अयस्क आता था। अरब से चाँदी, ताँबा, सीसा और ईरान से टिन आता था।

बदख्सा से (लेपिस लैज्यूली यानी राजावर्त) रत्न आता था। खुरासान और सीस्तान से (Turquoise फिरोजा) पामीर, तुर्किस्तान और तिब्बत से (Jadeite)जेडस्टोन आते थे। भारत से गहने, शिलाजीत, कपड़े और मसाले निर्यात किए जाते थे।

उत्तरापथ और दक्षिणापथ मार्ग

प्राचीन भारत में आवागमन की अच्छी सुविधाएँ मौजूद नहीं थीं, तब भी पांड्य साम्राज्य (तीसरी सदी ईसा पूर्व से दसवी ईस्वी सन् तक तमिलनाडु में स्थापित साम्राज्य) से मोती और सूती धागा पाटलिपुत्र आता था। धार्मिक और सामाजिक विचार पूरे भारत में एक से दूसरी जगह पहुँच जाते थे। ये सब उन व्यापारिक मार्गों के माध्यम से होता था, जो पूरे भारत में रंगीन धागों की तरह मौजूद थे।

उत्तरापथ का उल्लेख सर्वप्रथम पाणिनि के 'अष्टाध्यायी' में मिलता है। जातक कथाओं में भी ये विवरण मौजूद हैं। उत्तरापथ उत्तरपश्चिमी भारत में फैला व्यापारिक मार्ग था, जो लाहौर, जालंधर, सहारनपुर, बिजनौर, गोरखपुर, बिहार और बंगाल में ताम्रलिपि बंदरगाह तक जाता था। इसका एक भाग लाहौर से दिल्ली, हस्तिनापुर, वाराणसी, इलाहाबाद, पाटलिपुत्र से राजगीर तक जाता था। दक्षिणापथ

मार्ग पाटलिपुत्र, कौशांबी, विदिशा, उज्जैन से प्रतिष्ठान तक जाता था। भारत के विभिन्न भागों से छोटे-छोटे पहुँच मार्ग इन मार्गों से जुड़े थे।

विदेशी व्यापार के चलते भारत बहुत समृद्ध हो गया था। इसके कारण भारत पर विदेशी लोगों की लालची निगाहें भी लगी थीं। सिकंदर के नेतृत्व में भारत पर आक्रमण का प्रमुख कारण भारत के व्यापार पर अपना नियंत्रण स्थापित करना था। मौर्य साम्राज्य की स्थापना के बाद भारत के विदेशी व्यापार में नए आयाम जुड़ गए। मौर्य साम्राज्य का प्रसार हिंदुकुश पर्वत के पार बैक्ट्रिया तक था। इस समय राज्य ने व्यापार को अपने संरक्षण में ले लिया था। राज्य ने इसके लिए अधिकारियों की नियुक्ति की तथा व्यापार को अधिक लाभप्रद बनाने के उपाय भी किए थे।

दूसरी शताब्दी ईसा पूर्व मौर्य साम्राज्य नष्ट हो गया, तब विदेशी व्यापार को झटका लगा। छोटे-छोटे राज्य स्थापित हो गए। व्यापारिक मार्ग एक से अधिक राज्यों के अधीन आने से वस्तुओं का स्वतंत्र आवागमन प्रभावित हुआ। इसके बाद समुद्री व्यापार अधिक प्रभावी हो गया। व्यापारिक केंद्र दक्षिण भारत की ओर चले गए, जो अधिकतर समुद्री बंदरगाह थे।

समुद्री मार्ग

भारतभूमि की तीन दिशाओं में समुद्री बंदरगाह हैं। भारत की नदियाँ जमकर कभी बंद नहीं होतीं। जहाज और नाव बनाने के लिए अच्छी लकड़ी बड़ी मात्रा में उपलब्ध थी। भारत से हिंद महासागर, अरब सागर, फारस की खाड़ी, लाल सागर, भूमध्य सागर तथा बंगाल की खाड़ी के माध्यम से समुद्री व्यापार होता था। खंभात की खाड़ी में स्थित लोथल बंदरगाह से बेहरीन के टापू तक जहाज जाया करते थे। ईसा पूर्व तीसरी शताब्दी में खंभात की खाड़ी से फारस की खाड़ी तक व्यापारिक मार्ग बड़ा व्यस्त था।

उर (वर्तमान इराक इलाके का एक प्राचीन महत्त्वपूर्ण नगर) के खँडहरों में भारतीय सागौन की लकड़ी मिली है। इसके बारे में हैविट का मत है कि यह लकड़ी अवश्य ही मालाबार के किसी समुद्री तटीय मार्ग से भेजी जाती रही होगी, क्योंकि इस तरह की सागौन केवल मालाबार इलाके में ही पाई जाती है। इससे पता चलता है कि दक्षिण भारत और सिंधु घाटी के बीच तटीय समुद्री मार्ग था। लोथल से कन्या-कुमारी तक भी तटीय समुद्री मार्ग था, जो पश्चिमी तट पर अनेक प्रमुख बंदरगाहों से होकर गुजरता था। मिस्र से व्यापार के लिए प्रमुख जलमार्ग लाल सागर था।

प्राचीन काल में भारतीय संस्कृति का प्रसार व्यापारियों, शिक्षकों, दूतों और मिशनरियों के माध्यम से विदेशों में हुआ। भारत के व्यापारी नए अवसरों की तलाश में दूर देशों तक जाते थे। वे पश्चिम में रोम और पूर्व में चीन तक गए। उन्होंने सोने की तलाश में इंडोनेशिया और कंबोडिया जैसे देशों की यात्रा की। यही कारण है कि इन देशों को सुवर्णद्वीप कहा जाता था। ये व्यापारी काशी, मथुरा, उज्जैन, प्रयाग और पाटलिपुत्र जैसे कई समृद्ध नगरों और पूर्वी तट पर बंदरगाह वाले नगरों, जैसे ममल्लापुरम्, ताम्रलिप्ति, पुरी और कावेरीपट्टनम की यात्रा किया करते थे।

व्यापारी जहाँ भी गए, उन्होंने उन स्थानों के साथ सांस्कृतिक संबंध स्थापित किए। इस तरह व्यापारियों ने सांस्कृतिक राजदूत के रूप में कार्य किया और बाहरी दुनिया के साथ व्यापारिक संबंध स्थापित किए। पूर्वी तट की तरह पश्चिमी तट पर और उसके पास भी कई सांस्कृतिक प्रतिष्ठान पाए गए हैं। कार्ले, भाजा, कन्हेरी, अजंता और एलोरा प्रसिद्ध स्थानों में गिने जाते थे। इनमें से अधिकांश केंद्र बौद्ध मठवासी प्रतिष्ठान थे। भारतीय विश्वविद्यालय सांस्कृतिक संपर्क के सबसे महत्त्वपूर्ण केंद्र थे। उन्होंने बड़ी संख्या में छात्रों और विद्वानों को आकर्षित किया। विदेश से आने वाले विद्वान् अकसर नालंदा विश्वविद्यालय के पुस्तकालय का दौरा करते थे। इन विश्वविद्यालयों के छात्रों और शिक्षकों ने भारतीय संस्कृति को विदेशों तक पहुँचाया। चीनी तीर्थयात्री ह्वेनसांग ने भारत में उनके द्वारा देखे गए विश्वविद्यालयों के बारे में पर्याप्त जानकारी दी है। ह्वेनसांग ने दो बहुत महत्त्वपूर्ण विश्वविद्यालयों में उनके प्रवास का वर्णन किया है—पूरब में नालंदा और दूसरा पश्चिम में वल्लभी।

विक्रमशिला एक अन्य विश्वविद्यालय था, जो गंगा के दाहिने किनारे पर स्थित था। इसका विवरण तिब्बती विद्वान् तारानाथ ने दिया है। एक अन्य विश्वविद्यालय बिहार में ओदंतपुरी था, जो पाल राजाओं के संरक्षण में विकसित हुआ था। कई भिक्षु इस विश्वविद्यालय से निकलने के बाद तिब्बत में बस गए। 67 ई. में चीनी सम्राट् के निमंत्रण पर दो भारतीय शिक्षक चीन गए थे। उनके नाम कश्यप मार्तंगा और धर्मरक्षित थे।

नालंदा विश्वविद्यालय के आचार्य कमलशील को तिब्बत के राजा ने आमंत्रित किया था। एक अन्य प्रतिष्ठित विद्वान् ज्ञानभद्र थे। वे अपने दो पुत्रों के साथ धर्म का प्रचार करने तिब्बत गए थे। बिहार में ओदंतपुरी विश्वविद्यालय के मॉडल पर तिब्बत में एक मठ की स्थापना की गई थी। विक्रमशिला विश्वविद्यालय के प्रमुख आचार्य अतिश थे, जिन्हें 'दीपांकर श्रीज्ञान' के नाम से भी जाना जाता है। वह ग्यारहवीं शताब्दी में तिब्बत गए थे और उन्होंने तिब्बत में बौद्ध धर्म की नींव मजबूत थी।

चीनी तीर्थयात्री हुआन-त्सांग ने भारत का दौरा किया और नालंदा में शिक्षा प्राप्त की थी। थोनमी संभोता नाम के तिब्बती विद्वान् ने भी नालंदा में अध्ययन किया था और वापस जाकर तिब्बत में बौद्ध धर्म का प्रचार किया।

कुछ भारतीय समूह पथिक के रूप में विदेश चले गए थे। वे खुद को 'रोमास' कहते थे। उनकी भाषा रोमानी थी, लेकिन यूरोप में वे 'जिप्सी' के नाम से मशहूर हैं। वे वर्तमान पाकिस्तान और अफगानिस्तान को पार करते हुए पश्चिम की ओर गए थे, जहाँ से उनका कारवाँ ईरान और इराक होते हुए तुर्की पहुँचा था। फारस और कॉन्स्टेंटिनोपल से यात्रा करते हुए वे यूरोप के कई देशों में फैल गए। आज वे ग्रीस, बुल्गारिया, पूर्व यूगोस्लाविया के राज्यों, रोमानिया, हंगरी, चेक और स्लोवाक गणराज्य, रूस, पोलैंड, स्विट्जरलैंड, फ्रांस, स्वीडन, डेनमार्क और इंग्लैंड में रहते हैं। इन देशों में फैलने में उन्हें लगभग चार सौ साल लगे। उस समय तक, हालाँकि वे अपने मूल घर को भूल चुके थे, उन्होंने अपनी भाषा, रीति-रिवाजों, रहन-सहन के तरीकों और अपने व्यवसायों को बरकरार रखा। रोमा लोग अपने नृत्य और संगीत के लिए भी जाने जाते हैं। रोमा लोगों की भाषा और हिंदी में अनेक समानताएँ पाई जाती हैं।

भारत और अरब सभ्यता के बीच संपर्क भूमि और समुद्री मार्गों से हुआ। दो संस्कृति क्षेत्रों के बीच ये संबंध पश्चिम एशिया में इसलामी सभ्यता के उदय और प्रसार के साथ घनिष्ठ हो गए। भारत और पश्चिम एशिया के बीच लाभकारी सांस्कृतिक संबंध के परिणामस्वरूप इसलामी दुनिया भी समृद्ध हुई। खगोल विज्ञान के क्षेत्र में महत्त्वपूर्ण ब्रह्म-स्फुता-सिद्धांत (ब्रह्मगुप्त ने 628 में खगोल शास्त्र गणित और रेखागणित पर पुस्तक लिखी, उससे आशय है। जिसे अरब दुनिया में 'सिंधिन' के रूप में जाना जाता है) को सिंध के दूतावासों द्वारा बगदाद लाया गया था। इसे अल्फाजरी द्वारा अरबी में अनुवादित किया गया। बाद में अरबों ने आर्यभट्ट और वराहमिहिर के खगोल विज्ञान के कार्यों का भी अध्ययन किया और उसे अरबों के वैज्ञानिक साहित्य में शामिल किया गया। अरब सभ्यता में भारत का एक महत्त्वपूर्ण योगदान गणित है। अरबों ने गणित को 'हिंदीसा' (भारत से संबंधित) कहकर भारत के प्रति अपने ऋण को स्वीकार किया है।

दसवीं से तेरहवीं शताब्दी के कई अरब स्रोत हमें चिकित्सा और चिकित्सा विज्ञान पर भारतीय योगदान के बारे में सूचित करते हैं। इस भारतीय ज्ञान को बगदाद के शासक खलीफा हारून अल-रशीद के आदेश पर 786 से 809 ईस्वी के मध्य अरबी में अनुवादित किया गया था। अनुवादकों में भारतीय विद्वान् भी शामिल थे।

सुश्रुत संहिता का अरबी में अनुवाद 'मनख' नामक एक भारतीय द्वारा किया गया था। खगोल विज्ञान, ज्योतिष, गणित और चिकित्सा के अलावा अरबों ने भारतीय संस्कृति और सभ्यता के कई अन्य पहलुओं की भी गहरी प्रशंसा की है। उन्होंने विभिन्न विषयों पर भारतीय रचनाओं का अनुवाद किया।

भारतीय ज्ञान के जिन अन्य क्षेत्रों का उन्होंने अध्ययन किया, उनमें सर्प विष, पशु चिकित्सा, कला और तर्क, दर्शन, नैतिकता, राजनीति और युद्ध विज्ञान पर पुस्तकें शामिल हैं। इस प्रक्रिया में उनकी शब्दावली भी काफी समृद्ध हुई थी। उदाहरण के लिए, जहाजरानी के क्षेत्र में भारतीय मूल के कई अरबी शब्दों की पहचान की जा सकती है, जैसे होरी से हूरती (एक छोटी नाव), बनवी से बनिया या वानिक, डोंगी से डोंगी आदि।

दक्षिण भारत के कुछ उत्पादों की पश्चिम में बड़ी माँग थी। पहली से तीसरी ईस्वी सन् तक पश्चिम के साथ खूब समुद्री व्यापार होता था। मुख्य रूप से यह व्यापार रोमन साम्राज्य के साथ था। साहित्यिक ग्रंथों में मिले विवरण एवं कोयंबटूर और मदुरै में रोमन सिक्कों के मिलने से ये तथ्य प्रमाणित हुए हैं। काली मिर्च, सुपारी, मसाले, सुगंध और बेरिल, हीरा, माणिक, नीलम, मोती, हाथी दाँत, रेशम, मलमल आदि की बहुत माँग थी। रोम के साथ यह व्यापार भारत में सोना लेकर आता था। इससे भारत को व्यापार में बहुत लाभ हुआ। इसी समृद्धि के कारण कुषाण साम्राज्य ने स्थिर सोने की मुद्रा की स्थापना की थी। रोमन साम्राज्य के साथ इस फलते-फूलते व्यापारिक संपर्क की पुष्टि रोमन इतिहासकार प्लिनी (पहली शताब्दी में रोमन विद्वान्, जिसने Natural History किताब लिखी, जिसमें भारत का भी उल्लेख है) ने की है। उसने भारत से श्रृंगार सामग्री के आयात पर रोम से सोने की निकासी की निंदा की है।

चोल शासकों (850 से 1250 ईस्वी सन् तक तमिलनाडु का शक्तिशाली साम्राज्य) ने एक मजबूत नौसेना का निर्माण किया था, इस समय तक कावेरीपट्टनम विदेशी व्यापार का महत्त्वपूर्ण केंद्र बन चुका था। कावेरीपट्टनम में समुद्र तट पर जहाजों से उतारे गए सामानों के भंडारण के लिए प्लेटफॉर्म और गोदाम बनाए गए थे। समुद्र तट पर जहाजों का निर्माण किया जाता था। सीमा शुल्क के भुगतान के बाद इन सामानों पर चोल साम्राज्य के 'टाइगर' प्रतीक के साथ मुहर लगाई जाकर फिर व्यापारियों के गोदामों (पट्टिनप्पलई) को भेजा जाता था।

इनके पास ही यवन (यूनानी) व्यापारियों की बस्तियाँ और विभिन्न भाषाएँ बोलने वाले विदेशी व्यापारियों के आवास थे। इनकी सुविधा के लिए पास में ही बड़े

बाजार थे, जहाँ सभी आवश्यक चीजें उपलब्ध थीं। यहाँ फूलों और धूप के विक्रेता, रेशम, ऊन या कपास पर काम करने वाले दर्जी, चंदन, मूँगा, मोती, सोना और कीमती पत्थरों के व्यापारी, अनाज व्यापारी, धोबी, मछली और नमक के डीलर, कसाई, लोहार, बढ़ई, ताम्रकार, सुनार, चित्रकार, मूर्तिकार, मोची और खिलौना बनाने वाले आदि उपलब्ध थे। समुद्र पार दूर देशों से घोड़े भी बाजार में लाए जाते थे। प्लिनी के अनुसार, भारत के निर्यात में काली मिर्च और अदरक शामिल थे, जिनकी कीमत उनके असली मूल्य से सौ गुना अधिक मिलती थी।

पूर्व में कोरोमंडल तट से 'गोल्डन चेरोनीज' (सुवर्णभूमि) के साथ व्यापार होता था। चोल राजाओं ने अपने बंदरगाहों को प्रकाशस्तंभों से सुसज्जित किया था, जिनमें रात के समय जहाजों को बंदरगाहों तक ले जाने के लिए जोरदार रोशनी का इंतजाम किया गया था। पांडिचेरी के पास अरिकामेडु नामक एक स्थल पर प्रसिद्ध इतालवी मिट्टी के बरतनों के नमूने, जिन्हें 'अरेंटिन' के नाम से जाना जाता है, मिले हैं। उन पर इतालवी कुम्हारों की मुहरें भी अंकित हैं। रोमन दीपक का टुकड़ा भी मिला है। आंध्र प्रदेश में भी विदेशी व्यापार के प्रमाण मिलते हैं। पैठन (प्रतिष्ठान) शहर से विदेशों में पत्थर, तगार, कपास, मलमल और अन्य वस्त्र भेजे जाते थे। आंध्र के राजा यज्ञश्री ने एक सिक्का जारी किया था, जिसमें जहाज को राज्य के समुद्री व्यापार के प्रतीक के रूप में दरशाया गया था।

पड़ोसी देशों के साहित्य, कला और मूर्तिकला में भारतीय संस्कृति और सभ्यता का प्रभाव दिखाई देता है। यहाँ तक कि सूरीनाम और कैरेबियन द्वीप समूह जैसी जगहों पर भी, जो अमेरिकी तट तक हैं, प्राचीन भारतीय संस्कृति के प्रमाण मिलते हैं।

भारतीयों ने इस संपर्क से विदेशियों से कई नई चीजें सीखीं, उदाहरण के लिए ग्रीस और रोम के लोगों से सोने के सिक्कों की ढलाई। चीन से रेशम बनाने की कला, इंडोनेशिया से पान उगाना सीखा। विभिन्न देशों की कला और संस्कृति भारतीय संस्कृति में और भारतीय संस्कृति अन्य देशों की संस्कृति में परिलक्षित होती थी।

इस प्रकार भारतीय उपमहाद्वीप प्राचीन काल से ही शेष दुनिया के लिए आकर्षण और रहस्य का केंद्र था। यहाँ की समृद्धि की चर्चा सारे संसार में थी। इसी समृद्धि को वर्णित करने के लिए कहा जाता था कि भारत एक 'सोने की चिड़िया' है। संसार भर के महत्त्वाकांक्षी और धन प्राप्त करने के इच्छुक साहसियों के लिए भारत आना एक सपना बन गया था। महान् सेनापतियों के लिए भारत को जीतना

और लूटना एक बड़ा आकर्षण होता था। समय-समय पर भारत पर इन विदेशी आक्रमणकारियों ने आक्रमण किए। लूटपाट और हत्याएँ की गईं। कुछ ने यहाँ अपना साम्राज्य स्थापित करने में भी सफलता प्राप्त की। यहाँ की संस्कृति को नष्ट करने के प्रयास भी किए गए।

इन आक्रमणों के प्रतिरोध में भारतीयों ने जो अतुल वीरता का परिचय दिया, अनगिनत बलिदान दिए। इन्हीं बातों का लेखा-जोखा देने का प्रयास आगे के अध्यायों में किया गया है।

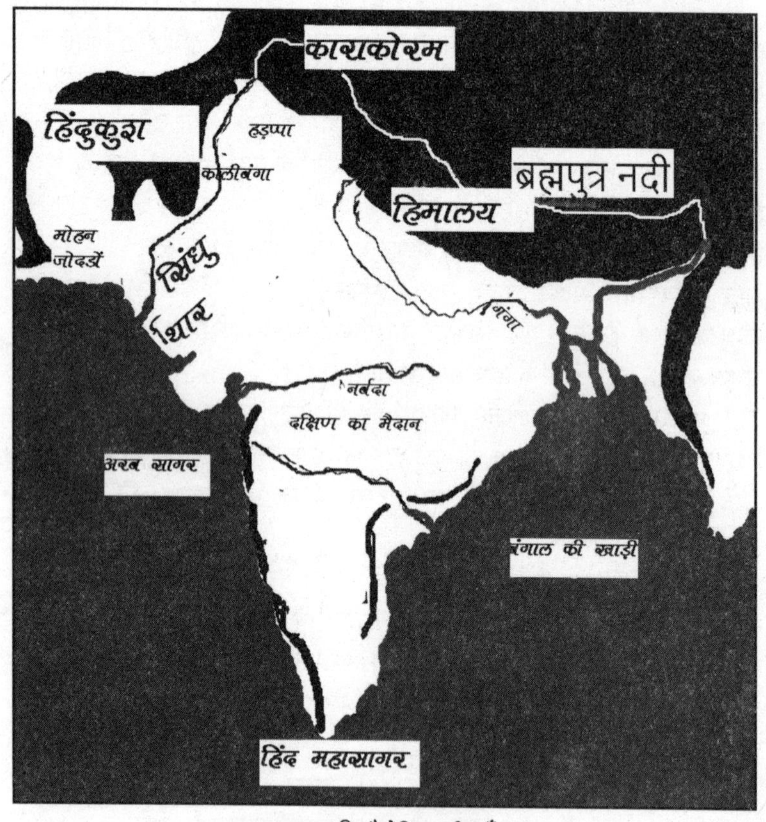

भारत की भौगोलिक सीमाएँ

□

जब सिकंदर आता है, कोई पोरस खड़ा हो जाता है

भारत पर पहला बड़ा विदेशी आक्रमण सिकंदर (अलेक्जेंडर) ने किया था। ईसा पूर्व 330 में सिकंदर ने यूरोप में स्थित अपने छोटे से राज्य ग्रीस (यूरोप के दक्षिण पूर्वी भाग में तुर्की के बगल में स्थित देश) से निकलकर उस समय तक ज्ञात विश्व के एक बड़े हिस्से को जीत लिया था। उस समय भूगोल का ज्ञान सीमित था और यूनान में विश्वास किया जाता था कि इंडिया दुनिया के छोर पर है। हेरोडोटस (यूनानी इतिहासकार 484-425 ईसा पूर्व) ने लिखा है—

"ज्ञात दुनिया के मनुष्यों में इंडियंस पूर्वी छोर पर सबसे दूर और उगते सूरज के सबसे नजदीक रहते हैं। इंडिया के आगे केवल रेत का निर्जन रेगिस्तान है।"

सिकंदर का जन्म 356 ई.पू. में मैसीडोनिया (तत्कालीन ग्रीस के उत्तर में एक प्रदेश) के पेला नामक स्थान पर हुआ था। राजा फिलिप द्वितीय उसका पिता और रानी ओलंपियास उसकी माता थी। सिकंदर का पिता फिलिप द्वितीय योग्य सेनापति था। उसने मैसीडोनिया को एक सैन्य ताकत में बदल दिया था। फिलिप का सपना तत्कालीन महान् पर्शियन साम्राज्य को जीतने का था। पर्शियन साम्राज्य अपने समय का दुनिया का सबसे विशाल साम्राज्य था, जिसका केंद्रबिंदु आधुनिक ईरान था। पर्शियन साम्राज्य छठवीं शताब्दी ईसा पूर्व से बीसवी शताब्दी तक अलग-अलग रूपों और क्षेत्रफल में मौजूद रहा है। 550 ईसा पूर्व में सायरस महान् ने इस साम्राज्य की स्थापना की थी। उस समय इस साम्राज्य में वर्तमान यूरोप के बल्कान इलाकों के देश (बुल्गारिया, रोमानिया और यूक्रेन) से लेकर अफगानिस्तान तक का इलाका शामिल था। अफ्रीका के मिस्त्र और लीबिया के इलाके भी इसका भाग थे।

सिकंदर की शिक्षा दार्शनिक अरस्तू की देखरेख में हुई थी, जिसने उसे साहित्य, विज्ञान, चिकित्सा और दर्शन का ज्ञान दिया। जब सिकंदर 16 साल का था, तब उसका पिता फिलिप एक युद्ध के लिए जाते समय उसे मैसेडोनिया का प्रभारी बना गया। सिकंदर ने इस मौके का लाभ उठाया और अपनी वीरता और प्रबंधन की योग्यता सिद्ध कर दी। 336 ईसा पूर्व सिकंदर के पिता फिलिप की उसके ही अंगरक्षक ने हत्या कर दी। इस हत्या का आरोप सिकंदर पर लगा। जो भी हो, सिर्फ 20 साल की उम्र में सिकंदर मैसीडोनिया का राजा बन गया।

सिकंदर ने महान् पर्शिया साम्राज्य पर आक्रमण कर दिया। उस समय पर्शिया का सम्राट् डेरियस तृतीय था। 333 ईसा पूर्व दक्षिणी तुर्की में इस्सस शहर के पास राजा डेरियस के नेतृत्व में विशाल फारसी सेना को सिकंदर ने परास्त कर दिया। डेरियस अपने परिवार के साथ भाग खड़ा हुआ। 332 ईसा पूर्व सिकंदर ने टायर की लड़ाई में विजय प्राप्त की। अब सिकंदर ने मिस्र को जीतकर एक शहर की स्थापना की, जिसका नाम 'अलेक्जेंड्रिया' रखा गया। अक्तूबर 331 ई.पू. में गौगामेला में डेरियस और सिकंदर के बीच आखिरी निर्णायक युद्ध हुआ, जिसमें डेरियस मारा गया और फारस का साम्राज्य सिकंदर के कब्जे में आ गया।

सिकंदर ने अब भारत को जीतने पर ध्यान लगाया। 327 ईसा पूर्व सिकंदर भारत की ओर बढ़ा। दस दिन में उसने (Khawak Pass) (खवाक दर्रा, हिंदुकुश पर्वत में अफगानिस्तान के उत्तरी भाग में स्थित एक दर्रा) को पार कर लिया।

उस समय भारत के उत्तर-पश्चिमी भाग में अनेक छोटे-छोटे राज्य थे। सिकंदर ने इन सभी को संदेश भेजा कि उनके शासक आएँ और सिकंदर के प्रति निष्ठा प्रकट करें। अनेक राजा आए, जिनमें तक्षशिला का शासक आंभी भी था (आंभी का राज्य सिंधु नदी के ठीक दक्षिण में सिंधु और चिनाब नदी के बीच था।) और अपनी निष्ठा सिकंदर के प्रति प्रकट की। आंभी सिकंदर की मदद से अपने शत्रु पोरस का हराना चाहता था। आंभी ने युद्ध के कुछ हाथी भी सिकंदर को भेंट किए।

सिकंदर ने अब सेना को दो भागों में बाँट दिया। एक भाग को खैबर दर्रे के रास्ते से जाने का कहा गया। इस दौरान रास्ते में पड़ने वाले कबीलों को अधीनता स्वीकार कराने के अलावा इस सेना को सिंधु नदी तक पहुँचकर नावों का एक पुल बनाने का भी निर्देश दिया गया। सिकंदर ने खुद के लिए हिंदुकुश पर्वत का पूर्वी रास्ता चुना। रास्ते में जिस भी राज्य ने समर्पण करने से इनकार किया, उसे ताकत के बल पर जीत लिया गया और निवासियों को बेरहमी से कत्ल कर दिया गया।

खूबसूरत स्वात घाटी (पाकिस्तान के खैबर पख्तूनख्वा इलाके का सुंदर इलाका, जिसे प्राचीन काल में गांधार कहा जाता था।) से गुजरते हुए जब बजीरा शहर के नजदीक आया, तब उसे पता लगा कि इस नगर के निवासी शहर खाली करके नजदीक के पर्वत 'एरोनस' पर चले गए हैं, जिसे जीतना असंभव माना जाता था। सिकंदर ने कठिन प्रयास करके इसे भी जीत लिया।

सिकंदर सिंधु नदी के तट पर पहुँचा तो उसने पाया कि पहले भेजी गई सेना ने नावों का पुल तैयार कर लिया है। सिंधु के पार ही था सपनों का देश इंडिया। ग्रीक इतिहासकार हेरोडोटस ने इंडिया के बारे में विवरण लिखा था कि इंडिया अत्यधिक धनी इलाका है, जहाँ सोने की बहुतायत है।

सिकंदर का विचार था कि अगर वह सिंधु घाटी पर विजय प्राप्त कर लेगा तो उसकी विजय संसार की ऐसी सारी जगहों पर पूर्ण हो जाएगी, जहाँ इनसान रहते हैं। यहाँ आकर सिकंदर को पता लगा कि भारतभूमि उसकी कल्पनाओं से बहुत ज्यादा बड़ी है। सिंधु नदी को नावों के पुल से पार करके सिकंदर और उसकी सेना तक्षशिला पहुँच गई। तक्षशिला से काफी पहले ही तक्षशिला के राजा ने सिकंदर का स्वागत सेना की एक बड़ी टुकड़ी के साथ खुद किया। उसने अपना राज्य सिकंदर को अर्पित कर दिया। सिकंदर ने उसकी निष्ठा के मूल्य पर राज्य उसे वापस लौटा दिया।

आंभी ने सिकंदर को चाँदी, सोना आदि उपहार में दिए। सिकंदर ने उदारता दिखाते हुए उससे भी अधिक सोना-चाँदी आंभी को मित्रता के प्रतीक स्वरूप लौटा दिया। यह नजारा देखकर सिकंदर के एक सेनापति ने तंज कसते हुए सिकंदर को बधाई दी और कहा कि 'इतनी लंबी यात्रा करने के बाद आखिर आपको एक आदमी तो ऐसा मिला, जो इतने सारे धन का अधिकारी है।' सिकंदर ने इस व्यंग्य का बुरा माना और सेनापति से कहा कि ईर्ष्यालु व्यक्ति केवल अपने आपको ही कष्ट देते हैं। सिकंदर अपनी मुख्य भूमि से इतनी दूर एक महत्त्वपूर्ण स्थानीय राजा की निष्ठा सुनिश्चित करना चाहता था।

सिकंदर के आक्रमण के समय पंजाब की राजनीतिक स्थिति

पंजाब में तब कोई विशाल साम्राज्य नहीं था। इलाके में अनेक छोटे-छोटे राज्य थे। वनवासियों के कुछ गणतंत्र भी थे। प्रत्येक नजदीकी राजा की अपने पड़ोसी से शत्रुता होती थी। शत्रु के शत्रु को मित्र समझा जाता था। राजा के नजदीकी रिश्तेदार भी अकसर उसके शत्रु होते थे।

सिकंदर अपने समय का बड़ा सेनानायक था। ग्रीस से वह भारत की सीमा तक अनेक देशों को जीतता हुआ आया था। उसका रास्ता तुर्क, अफगान, समुद्र, चट्टानें, जंगल रेगिस्तान, वन कोई नहीं रोक पाया था। सिकंदर के सैनिक युद्ध के लिए बहुत अच्छी तरह से प्रशिक्षित अपने समय के उत्तम सैनिक थे। सिकंदर की सेना के पास उस समय की श्रेष्ठ युद्ध सामग्री थी। यूरोपियन युद्धकला का एक पक्ष ऐसा था, जो उसे भारतीय सेनाओं से अधिक प्रभावशाली बनाता था। महत्त्वपूर्ण अंतर यह था कि यूरोपियन सामूहिक तौर पर एक समूह के रूप में लड़ते थे, जबकि भारतीय सैनिक व्यक्तिगत वीरता प्रदर्शन पर अधिक ध्यान देते थे। वास्तविक युद्ध के मौके पर व्यक्तिगत वीरता प्रदर्शन के स्थान पर रणनीतिक चतुराई और सामूहिक लड़ना अधिक प्रभावशाली सिद्ध होता था।

तक्षशिला के दक्षिण में झेलम और चिनाब नदी के बीच पोरस का राज्य था। सिकंदर ने पोरस के पास भी संदेश भेजा कि वह उसकी अधीनता स्वीकार कर ले और आत्मसमर्पण कर दे। पोरस अलग ही मिट्टी से बना था। उसने उत्तर भेजा कि वह शस्त्रों के साथ सिकंदर का मुकाबला करने को तैयार है। सिकंदर की योजना थी कि वह रास्ते में बिना किसी बड़े संघर्ष में उलझे भारत की मुख्य भूमि पर आगे बढ़ जाए। उसकी बिना युद्ध के भारत में आगे बढ़ने की योजना को इस चुनौती से झटका लगा। उसके जासूसों ने उसे खबर दी कि पोरस के पास एक बड़ी सेना है, जिसमें सौ से अधिक युद्ध के हाथी हैं।

अब तक मानसून का मौसम आरंभ हो गया था। भारत का मानसून मेसीडोनियन सैनिकों के लिए नई चीज था। मेसीडोनियन सैनिकों ने कभी इस तरह की मूसलधार बारिश नहीं देखी थी। वे ठंडे इलाकों के निवासी थे और इस भारतीय इलाके की गरमी भी उनको सता रही थी।

पोरस से मुकाबला करने के लिए सिकंदर अपनी मुख्य सेना के साथ झेलम नदी के पश्चिमी तट पर पहुँच गया। सावधानी के तौर पर उसने अपनी सेना का एक भाग तक्षशिला में छोड़ दिया था। बताया जाता है कि सिकंदर की सेना में तकनीशियन, इंजीनियर, सैनिक मजदूर आदि को मिलाकर एक लाख बीस हजार के लगभग व्यक्ति थे। इनमें लगभग पैंतालीस हजार सैनिक थे। सेना ने झेलम नदी के तेज बहाव और विशालता को देखा, जो बारिश के मौसम में लगभग आधा मील चौड़ी थी। नदी के दूसरे किनारे पर पोरस अपनी सेना सहित आ गए थे। पोरस की सेना में लगभग तैंतीस हजार सैनिक थे।

विशाल झेलम नदी को पार करने के लिए सिकंदर ने सिंधु नदी पर बनाए

गए पुल को तुड़वाकर उसकी सामग्री वहाँ मँगवा ली। अब सिकंदर ने नदी पर ऐसे स्थान की खोज पर ध्यान लगाया, जहाँ पुल बनाया जा सकता हो और जो पोरस की नजरों से दूर भी हो। ऐसा स्थान नदी के ऊपरी हिस्से में लगभग सत्रह मील दूर मिला। सिकंदर ने सेना के कुछ भाग को अपने मुख्य कैंप में बनाए रखा और उन्हें शोर-शराबा करते रहने का कहा, ताकि पोरस को उसकी योजना का पता न लगे। यह खबर भी फैला दी गई कि वे लोग कम-से-कम दो माह तक यहीं रहकर नदी की बाढ़ उतरने की प्रतीक्षा करेंगे।

पोरस को भ्रम में रखकर सिकंदर की मुख्य सेना ने नदी की ऊपरी तरफ 17 मील दूर झेलम नदी पार कर ली। जैसे ही पोरस को सिकंदर की मुख्य सेना के नदी पार करने की सूचना मिली, वह भी मूल कैंप में थोड़ी सी सेना छोड़कर मुकाबले के लिए चल पड़े। सिकंदर की सेना का पहला सामना पोरस की सेना की अग्रिम पंक्ति के 1000 सैनिकों से हुआ, जिनका नेतृत्व पोरस का एक पुत्र कर रहा था। युद्ध में इस छोटी सी सेना के 400 सैनिक तथा पोरस का पुत्र युद्ध में वीरगति को प्राप्त हो गए।

अब पोरस की मुख्य सेना से मुकाबला हुआ, जिसके सामने की ओर पचासी युद्धक हाथियों की पंक्ति थी। मध्य में पोरस सबसे विशाल हाथी पर खुद बैठे थे। पोरस का कद लगभग सात फीट ऊँचा था। यूनानी लेखकों ने लिखा है कि पोरस के विशाल हाथियों ने बहुत नुकसान किया और भय पैदा किया। युद्ध के लिए प्रशिक्षित ये हाथी अपनी सूँड़ से सैनिकों को दूर फेंक देते थे या अपने पैरों से कुचल देते थे। इन हाथियों की चिंघाड़ से सिकंदर की सेना के घोड़े भी डरकर दूर हटने लगे।

प्रारंभिक नुकसान के बाद युद्ध के हाथियों को मारने के लिए मेसीडोनिया की सेना ने एक तकनीक ईजाद कर ली। सेना की एक टुकड़ी हाथी को चारों ओर से घेरकर लंबे भालों से उसे घायल करती थी। इसी दौरान तीरंदाज हाथी की आँखों और महावत पर तीर चलाते थे। इसके बाद घायल और अंधा हाथी अकसर पीछे की ओर मुड़कर अपनी ही सेना को नुकसान पहुँचाने लगता था और दोस्त और दुश्मन का भेद भूल जाता था।

यूरोप की युद्धनीति वही थी, जिसे बहुत बाद में बाबर ने भी तुगलुमा नाम से प्रयुक्त किया था। सिकंदर ने सेना के तीन हिस्से किए। दो हिस्सों को दाएँ तथा बाएँ से पोरस की सेना के पीछे जाकर हमला करने के निर्देश दिए गए। लगभग तीन घंटे के युद्ध में भारतीय सेना में दरारें और भ्रम दिखाई देने लगा। भारतीय घुड़सवार सेना पूरी तरह नष्ट हो गई। पैदल सेना को इससे भी ज्यादा नुकसान हुआ, क्योंकि

गीली जमीन पर उनके विशाल धनुष को पैर से भूमि पर दबाकर चलाना असंभव हो गया था। खून और मिट्टी से बनी कीचड़ के बीच घमासान युद्ध हुआ, जिसमें दोनों तरफ के बहुत सारे सैनिक मारे गए। सिकंदर के प्रिय घोड़े बूसीफेलस को गंभीर घाव लगा इसलिए सिकंदर को दूसरे घोड़े पर सवारी करना पड़ी।

युद्ध आरंभ हुए आठ घंटे बीत जाने पर सिकंदर ने सेनाओं को संगठित कर पोरस पर चारों ओर से आक्रमण कर दिया। अभी तक पोरस के दो पुत्र तथा एक प्रिय मित्र इस युद्ध में वीरगति को प्राप्त हो चुके थे। शत्रु जब पोरस के नजदीक आने लगा, तब उन्होंने हाथी पर रखे भालों से हमला आरंभ कर दिया। पोरस को तीरों के नौ घाव लगे थे। शरीर से इतना रक्त बहा था कि वह बेहोश होकर हौदे में गिर गए। इसी समय तक 'क्रेटर' ने, जिसे सिकंदर ने सेना के मुख्य पड़ाव पर तीन हजार सैनिकों के साथ छोड़ दिया था, नदी पार कर ली। सिकंदर ने पराजित सैनिकों को बंदी बनाने से इनकार कर सीधे उन्हें मारने का हुक्म दिया।

सिकंदर ने आंभी को अपना दूत बनाकर पोरस की जान की सुरक्षा की गारंटी देकर आत्मसमर्पण करने का संदेश भेजा। पोरस ने आंभी को देखते ही उस पर बाण चलाना आरंभ कर दिया। तब सिकंदर ने दूसरा संदेश वाहक भेजा, जिसने पोरस को राजी कर लिया।

जब दोनों राजा मिले, तब सिकंदर ने पोरस से पूछा कि उसके साथ कैसा व्यवहार किया जाए। पोरस ने उत्तर दिया कि जैसा एक राजा दूसरे राजा के साथ करता है। सिकंदर ने पोरस को उसकी राजधानी लौटकर घावों का इलाज कराने की अनुमति दी और उनका राज्य वापस कर दिया। सिकंदर ने इस कठिन विजय के उपलक्ष्य में धार्मिक विधियाँ कीं और अपने प्रिय घोड़े की स्मृति में एक नगर बसाने का हुक्म दिया।

डियोडोरस (यूनानी इतिहासकार 90 से 30 ईसा पूर्व) ने लिखा है कि इस लड़ाई में सिकंदर की सेना के 280 घुड़सवार और सात सौ सैनिक मारे गए तथा पोरस की सेना के 12000 सैनिक शहीद हो गए और 9000 को बंदी बनाया गया। ये विवरण विश्वसनीय प्रतीत नहीं होता है।

प्लूटार्क (यूनानी इतिहासकार 46 से 119 ईस्वी सन्), जो सिकंदर की जीवनी लिखने वाला प्रमुख इतिहासकार है, ने इस युद्ध के परिणाम के बारे में लिखा—"पोरस के साथ हुए इस युद्ध ने सिकंदर के सैनिकों का मनोबल तोड़ दिया था और उनके मन में भारत में अब और आगे न बढ़ने का विचार जड़ पकड़ गया था।"

सिकंदर ने अपने कुछ लोगों को पहाड़ों की ओर जहाज बनाने की लकड़ी लाने के लिए भेज दिया। उसकी योजना झेलम में जहाजों के माध्यम से आगे बढ़कर सिंधु नदी के किनारे के राज्यों को जीतने की थी। सिकंदर इसके बाद गंगा के मैदानों की ओर बढ़ना चाहता था। पोरस के राज्य की सीमाओं के पास 37 छोटे-छोटे राज्य हिमालय की तलहटी में बसे थे। सिकंदर ने इन्हें आसानी से जीतकर पोरस के हवाले कर दिया, जो अब उसके मित्र बन चुके थे। चिनाब नदी, जो पंजाब की नदियों में सबसे तेज बहाव वाली है, को पार करने के प्रयास में सिकंदर के अनेक सैनिक मारे गए। आखिर में सिकंदर की सेना व्यास नदी के किनारे पहुँच गई। यहाँ सिकंदर को जानकारी मिली कि व्यास नदी के पार भारत की मुख्य भूमि पर नंद वंश का शक्तिशाली शासन है, जिसका राजा घनानंद है। इस खबर से भयभीत होकर सिकंदर की सेना ने व्यास नदी के तट से आगे बढ़ने से इनकार कर दिया।

सैनिकों का मनोबल बढ़ाने के लिए सिकंदर ने सेना के सामने एक भावनात्मक भाषण दिया, जिसमें कहा गया कि "विगत आठ वर्षों में हमने एशिया माइनर, सीरिया, मिस्र, बेबीलोन, पर्सिया, बैक्ट्रिया आदि को जीत लिया है। हम लगभग 10,000 मील की यात्रा इस अभियान में कर चुके हैं। यदि हम थोड़ा और आगे बढ़ें तो सारा संसार हमारे कदमों में होगा। महान् आत्माओं वाले लोगों के लिए कोई भी लक्ष्य असंभव नहीं होता है।"

सिकंदर को आशा थी कि उसके सैनिक भाषण के बाद हर्षध्वनि से अपनी सम्मति व्यक्त करेंगे। पर उसे घोर निराशा हुई, जब उसने पाया कि सैनिकों के सिर झुके हुए हैं और उन्होंने चुप्पी साध ली थी। इसके बाद सिकंदर के एक पुराने वफादार सेनापति ने अपनी बात रखी कि सैनिक अब थक चुके हैं। उनके अनेक मित्र मारे जा चुके हैं। अब वे अपने देश वापस लौटकर अपने माता-पिता, पत्नी और बच्चों से मिलना चाहते हैं। उसने सम्राट् से आग्रह किया कि वह उनके साथ मेसीडोनिया लौट चले और बाद में नई पीढ़ी के सैनिकों की सेना के साथ वापस विजय अभियान को आगे बढ़ाने के लिए लौटे। यह देख-सुनकर सिकंदर नाराज होकर अपने शिविर में चला गया और तीन दिन तक किसी से बात नहीं की। उसे उम्मीद थी कि उसके लोग आकर उसे मनाएँगे और योजना के लिए सहमति देंगे। लेकिन कोई नहीं आया और आखिर सिकंदर को झुकना पड़ा।

अपनी प्रतिष्ठा बचाने के लिए उसने देवताओं की पूजा की और जानवरों की बलि दी। यह खबर फैला दी गई कि आगे बढ़ने के लिए सगुन अच्छा न होने से

वह स्वदेश लौट रहा है। उसने बारह ओलंपियन देवताओं को समर्पित बारह स्तंभ व्यास नदी के किनारे बनवाए और वापस लौट चला।

वापस लौटते समय नया रास्ता पकड़ा गया, जिससे रास्ते में पड़ने वाले और इलाकों को अधीनता मनवाई जा सके। रास्ते में माली जाति ने उसका कड़ा प्रतिरोध किया और इस हमले में सिकंदर खुद गंभीर रूप से घायल हो गया। बेबीलोन नाम की जगह पहुँचकर सिकंदर बीमार पड़ा और वहीं उसकी मृत्यु हो गई।

उसकी मृत्यु के बाद उसका साम्राज्य संबंधियों और मित्रों ने आपस में बाँट लिया। पोरस ने अपनी छोटी सी सेना के साथ एक ताकतवर सेना का मुकाबला साहस के साथ किया। आज सिकंदर के साथ ही पोरस का नाम हर कोई जानता है। भारतीय इतिहास में राजा पोरस का यह शौर्य अनूठा था। पोरस ने अपनी स्वतंत्रता तथा सम्मान की रक्षा के लिए अपने से बहुत शक्तिशाली सेना से भिड़ने में कोई संकोच नहीं दिखाया। सिकंदर और पोरस के युद्ध की घटना भारतीय वीरों की वीरता और स्वाभिमान का अच्छा उदाहरण है, जिसे हम बाद की ऐतिहासिक घटनाओं में बार-बार घटित होते देख सकते हैं।

चंद्रगुप्त मौर्य ने सिकंदर के उत्तराधिकारी सेल्यूकस को हराकर यूनानियों को भारत से निकाल बाहर किया।

ईस्वी पूर्व चौथी शताब्दी में भारत में महान् मौर्य साम्राज्य की स्थापना हो गई। मौर्य वंश के शासकों ने ऐसे विशाल साम्राज्य की स्थापना भारत में की, जिसकी समता मध्य युग तक कोई भी भारतीय शासक नहीं कर सका।

मौर्य वंश के संस्थापक चंद्रगुप्त मौर्य (322-298 ईसा पूर्व) थे। चंद्रगुप्त मौर्य अपने साम्राज्य का विस्तार करने में व्यस्त थे, तभी सिकंदर के साम्राज्य के पूर्वी भाग के उत्तराधिकारी सैल्यूकस ने भारत पर आक्रमण किया था। सिंधु नदी के तट पर दोनों सेनाओं का सामना हुआ। यूनानी लेखक 'एकियानस' ने लिखा है कि "सैल्यूकस ने सिंधु नदी पार कर चंद्रगुप्त से युद्ध किया। अंत में उनमें संधि हो गई और वैवाहिक संबंध स्थापित हुए।"

1. सैल्यूकस और चंद्रगुप्त के बीच जो संधि हुई उसकी शर्तों से पता चलता है कि विजय चंद्रगुप्त की हुई थी। सैल्यूकस ने भारत के उत्तर-पश्चिमी वे सभी क्षेत्र चंद्रगुप्त को सौंप दिए, जिनकी राजधानियाँ हेरात, कंधार तथा काबुल थीं।
2. सैल्यूकस ने अपनी पुत्री का विवाह चंद्रगुप्त के साथ किया।
3. चंद्रगुप्त ने सैल्यूकस को पाँच सौ हाथी भेंट किए।

4. सैल्यूकस ने मैगस्थनीज को चंद्रगुप्त के दरबार में अपना राजदूत नियुक्त किया।

इस तरह भारत के उत्तरी-पश्चिमी सीमा क्षेत्र से यूनानी प्रभुत्व बीस वर्षों के भीतर ही समाप्त हो गया। आक्रांताओं को यह अहसास भी हो गया कि भारत एक ऐसी जगह है, जहाँ किसी भी आक्रांता के लिए विजय प्राप्त करना बहुत कठिन होने वाला था।

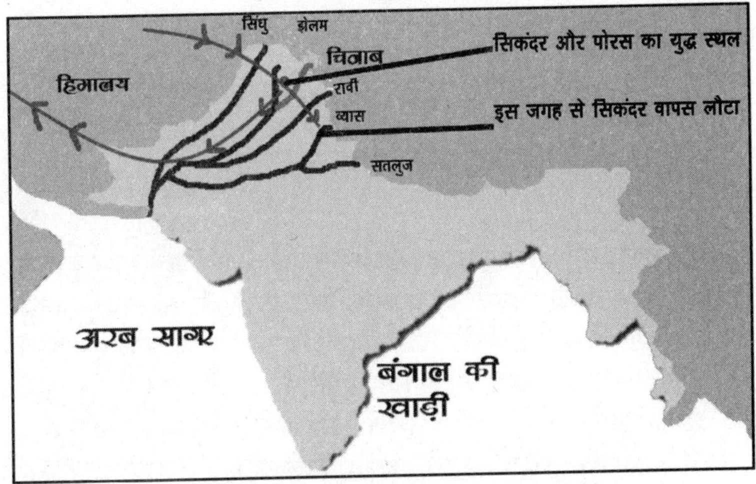

सिकंदर के आक्रमण एवं वापिसी का मार्ग

□

सिंध पर अरबों का आक्रमण उनके लिए एक न भूलने वाली असफलता बन गया

अरब व्यापारियों का भारतीय उपमहाद्वीप में आना-जाना प्राचीन काल से ही होता आ रहा है। अरबों का भारत के केरल प्रदेश और श्रीलंका से समुद्री मार्ग से व्यापार होता था। अरबों ने जब सातवीं शताब्दी में मुसलिम धर्म ग्रहण कर लिया, तब अरब व्यापारियों के साथ मुसलिम धर्म भी केरल में आ गया। कुछ व्यापारी भारत में ही ठहर गए। इस तरह भारत में इसलाम सबसे पहले केरल में आया और शांतिपूर्ण ढंग से आया। केरल के हिंदू राजाओं ने मुसलिम सौदागरों के साथ कभी कोई धार्मिक भेदभाव नहीं किया।

570 ईस्वी में पैगंबर मोहम्मद साहब का जन्म मक्का में हुआ था। मोहम्मद साहब ने एक नए धर्म इसलाम को फैलाया। मुहम्मद साहब ने अरबों से मूर्तिपूजा बंद करने और इसलाम को मानने का दवाब डाला, तब अरबों ने मुहम्मद साहब और उनके अनुयायियों का विरोध आरंभ कर दिया। उत्पीड़न से बचने के लिए मुहम्मद साहब और उनके अनुयायी 622 ईस्वी में मक्का से मदीना चले गए।

मदीना से मुहम्मद साहब के अनुयायी विरोधी अरबों के व्यापारी कारवाओं पर छापा मारने लगे। 624 ईस्वी में मुसलमानों ने एक बड़ी सुरक्षा वाले व्यापारी कारवाँ पर हमला किया और उसे हराकर कई अरबों को बंदी बना लिया। इस घटना को 'बद्र की लड़ाई' के रूप में जाना जाता है और यह अरब में मुसलिम विजय में पहली बड़ी लड़ाई थी। इसलाम की सत्ता अरब में एक छोटे से इलाके में स्थापित हो गई।

पैगंबर मोहम्मद साहब ने उनकी मृत्यु 632 तक कोई उत्तराधिकारी नियुक्त नहीं किया था। उनकी मृत्यु के बाद मदीना में हुई एक जनसभा में 'अबूबक्र' को उनका उत्तराधिकारी चुना गया। अबूबक्र मुहम्मद साहब के श्वसुर और इसलाम में परिवर्तित होने वाले पहले व्यक्ति थे। पैगंबर मोहम्मद के उत्तराधिकारी रशीदुन खलीफा कहलाए। अरब में विद्रोह दबाने के बाद अबूबक्र ने क्षेत्र की दो प्रमुख महाशक्तियों, भूमध्य सागर के बीजांटिन साम्राज्य और फारस के ससानिद साम्राज्य पर आक्रमण शुरू कर दिए। ये दोनों साम्राज्य तब कमजोर स्थिति में थे।

अबूबक्र की मृत्यु 634 ईस्वी सन् में हो गई और नेतृत्व खलीफा उमर के पास चला गया। उमर की खिलाफत के दौरान मुसलिम सेनाओं ने लगभग पूरे मध्य पूर्व पर विजय प्राप्त कर ली, जिसमें सीरिया, मिस्र और फारस का अधिकांश भाग शामिल था। शेष फारस को बाद के दो रशीदुन खलीफाओं (उस्मान 644-656 तथा अली 656-661) के शासनकाल में जीत लिया गया। 661 ईस्वी सन् में एक गृहयुद्ध में रशीदुन खिलाफत का अंत हो गया, और एक नया राजवंश उभरा, जिसे 'उमय्यद खिलाफत' के नाम से जाना जाता है।

698 ईस्वी सन् में माघरेब (उत्तर-पश्चिमी अफ्रीका, जिसमें अल्जीरिया, लीबिया, ट्यूनीशिया आदि शामिल हैं।) जीत लिया गया। पूरा उत्तरी अफ्रीका इसलामिक खिलाफत के शासन में आ गया। अब अरबों ने जिब्राल्टर के जलडमरूमध्य को पार करके यूरोप पर आक्रमण किया। स्पेन कुछ ही वर्षों में आसानी से जीत लिया गया। 733 ईस्वी में टूर्स की लड़ाई में फ्रांसीसी सेनाओं द्वारा इसलामी सेनाओं को परास्त करने से यूरोप में आगे इसलाम का प्रसार रुक गया।

फिर भी इसलाम का विस्तार आश्चर्यजनक था। केवल 100 वर्षों में इसलाम हथियारों के बल पर पूरे अरब, उत्तरी अफ्रीका, यूरोप में स्पेन तथा पूर्व में अफगानिस्तान तक विजय प्राप्त की। इसलामी खिलाफत उस वक्त की दुनिया का सबसे बड़ा साम्राज्य बन गया, जो सभ्यता के कुछ सबसे महत्त्वपूर्ण केंद्रों को नियंत्रित करता था। यहाँ से भूमध्यसागरीय इतिहास का अधिकांश भाग ईसाई और इसलाम धर्म के बीच संघर्षों की कहानी बन गया। ईसाई भूमध्य सागर के उत्तर की ओर तथा मुसलमान उसके दक्षिण की ओर थे। युद्ध के मैदान स्पेन, यरूशलम, कॉन्स्टेंटीपोल और बीच के द्वीप थे।

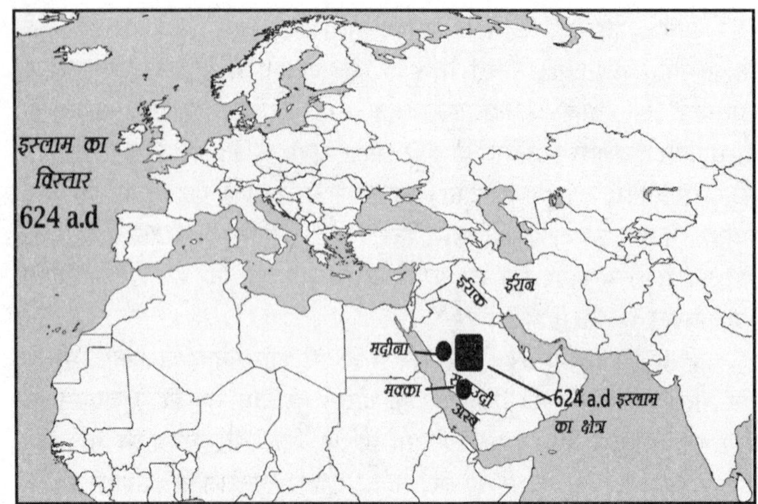

624 ईस्वी सन् में इसलाम का विस्तार

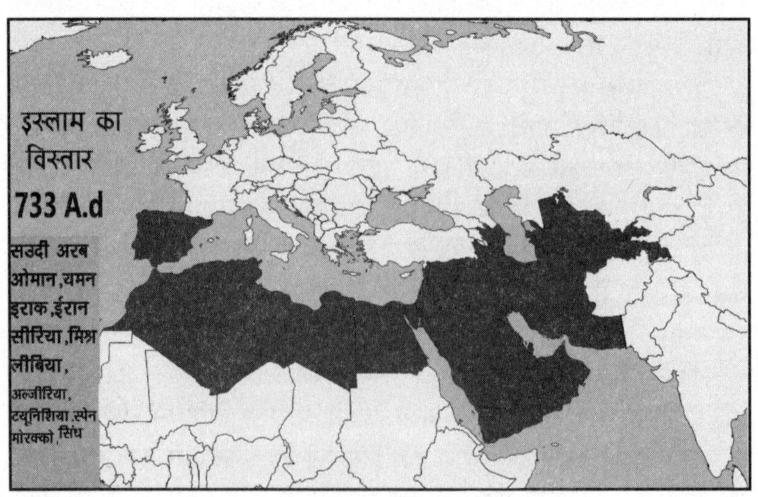

733 ईस्वी सन् में इसलाम का विस्तार

अरबों का भारत में घुसना उनके लिए विनाशकारी रहा

इसी दौरान भारत की दिशा में भी अरबी इसलामी सेनाएँ विजय का प्रयास कर रही थीं। कहानी आरंभ होती है 636 से, जब उस्मान को बहरीन का गवर्नर नियुक्त किया गया था। उस्मान ने एक जलसेना मुंबई के नजदीक थाने पर आक्रमण करने हेतु भेजी। भारत में अरब सेनाओं ने पहली बार हार का स्वाद चखा और ये सेनाएँ हारकर वापस आ गईं। इसके बाद दो अभियान और किए गए, इनमें से एक आक्रमण वर्तमान भरूच पर एवं दूसरा आक्रमण देबल पर किया गया, जो आधुनिक कराची के पास एक बंदरगाह है। ये दोनों सेनाएँ भी भारतीयों द्वारा परास्त कर भगा दी गईं। 662 में जमीनी मार्ग से हरास आब्दी के नेतृत्व में सिंध पर आक्रमण किया गया। किकान प्रदेश के निवासी जाटों ने, जो बोलान दर्रे की हिफाजत करते थे, इस सेना को बुरी तरह से हराकर नष्ट कर दिया। खलीफा ने इसके बाद भी लगातार सिंध को जीतने के लिए सेनाएँ भेजीं। कम-से-कम पाँच अभियानों को भारतीय योद्धाओं द्वारा विफल कर दिया गया। 680 में छठवें अभियान को कुछ सफलता मिली और मकरान पर कुछ समय के लिए अरब आधिपत्य हो गया।

उमय्यद खलीफाओं के दौर में खलीफा 'अब्द अल मलिक' (685-705) के शासन काल में फिर सिंध पर अभियान करने का सोचा गया। खलीफा के अनेक राजनीतिक विरोधी मकरान और सिंध में पनाह लिये हुए थे। खलीफा सिंध के व्यापारिक मार्गों पर अधिकार करना चाहता था। साथ-ही-साथ आक्रमण से आर्थिक लाभ उठाने का लक्ष्य तो था ही। अरबों के हृदय में राजनीतिक एवं क्षेत्रीय विस्तार की उत्कट अभिलाषा भी थी और उनकी प्रेरणा का मुख्य आधार धार्मिक जोश भी था। 'अब्द अल मलिक' ने हज्जाज बिन यूसुफ को इराक का गवर्नर नियुक्त किया, जिसके अधिकार में खिलाफत के पूरे पूर्वी भाग आते थे। हज्जाज ने जो एक पहली सेना भेजी, वह बहुत जल्दी नष्ट हो गई। 696 में हज्जाज ने एक नए कमांडर नुमारी को भेजा। नुमारी कुछ बरस तक मकरान (बलूचिस्तान का एक भाग) पर अधिकार बनाए रखने में कामयाब हुआ। अंत में वह भी असफल ही रहा।

अब हज्जाज ने अपने चचेरे भाई व दामाद इमादउद्दीन मुहम्मद बिन कासिम को एक विशाल एवं शक्तिशाली सेना के साथ सिंध पर आक्रमण करने के लिए भेजा। मुहम्मद बिन कासिम 17 साल का साहसी एवं महत्त्वाकांक्षी युवक था। शीराज से रवाना होकर वह मकरान पहुँचा, जो उस समय अरबों के अधिकार में था और वहाँ से कराची के पास देबल के पास आ गया।

अरब-आक्रमण के समय सिंध की दशा

वर्तमान सिंध प्रांत की अपेक्षा आठवीं शताब्दी के हिंदू सिंध राज्य का क्षेत्र अधिक विस्तृत था। यह उत्तर में कश्मीर तक, पूरब में कन्नौज तक तथा दक्षिण में समुद्र तक फैला हुआ था। उत्तर-पश्चिमी सीमा में वर्तमान बलोचिस्तान का बहुत बड़ा भाग तथा मकरान का समुद्री तट भी सम्मिलित था। इसकी राजधानी अलोर (वर्तमान रोहरी) थी। सारा राज्य चार प्रांतों में बँटा हुआ था और प्रत्येक प्रांत एक अर्द्ध-स्वतंत्र गवर्नर के अधिकार में था। स्वयं राजा के अधिकार में केवल राज्य का केंद्रीय भाग ही था और प्रांतों का वास्तविक अधिकार गवर्नरों के हाथ में था। ये गवर्नर सामंत राजा कहलाते थे।

सिंध की जनसंख्या बहुत कम थी। इसके आर्थिक साधन निर्बल थे और आय भी कम थी। सातवीं शताब्दी के आरंभ में सिंध के राजा चच थे। चच की मृत्यु के बाद संपूर्ण राज्य उनके पुत्र दाहिर के अधिकार में आ गया था। दाहिर को ही उस समय के सबसे बड़े और सबसे शक्तिशाली साम्राज्य के प्रबल आक्रमण का सामना करना पड़ा।

आक्रमणकारी सेना की शक्ति

मुहम्मद बिन कासिम ने पंद्रह हजार सेना लेकर प्रस्थान किया। उसमें 6,000 सीरियन अश्वारोही थे, जो खलीफा की सेना के सर्वोत्तम अंग माने जाते थे; 600 ऊँटों की सेना थी तथा 3,000 सामान ढोने वाले ऊँट थे। चूँकि उन्हें भी युद्ध की शिक्षा दी गई थी, इसलिए उन्हें भी सेना का ही अंग समझना चाहिए। मकरान के पास मुहम्मद हारूँ के नेतृत्व में कुछ और सेनाएँ आकर उससे मिल गईं। उसके तोपखाने में पत्थर फेंकने वाली पाँच मशीनें (बालिश्ता) थीं। प्रत्येक मशीन (बलिश्ता) को चलाने के लिए 500 आदमी जुटाए जाते थे। इस प्रकार उसके तोपखाने की संख्या 2,500 थी। इसमें अरबों के अग्रगामी दल को जोड़ देने पर जो अबुल अस्वदजहाँ के नेतृत्व में सिंध की सीमाओं पर मुहम्मद बिन कासिम की सेना में सम्मिलित होने के लिए भेजा गया था, अरबों की आक्रमणकारी सेना की संख्या 25,000 थी।

प्रारंभिक सफलताओं के फलस्वरूप इस सेना की संख्या बढ़ती गई; दूसरी ओर दाहिर के साधन सीमित थे। उनके राज्य की कुल जनसंख्या भी इतनी न थी कि बड़ी सेना की भरती की जा सकती।

देबल की विजय

जब अरब सेना देबल के नजदीक आ गई, तब दाहिर अपनी राजधानी अरोर में, जो देबल से 150 मील दूर थी, में मौजूद थे। यह माना जाता है कि उन्होंने आक्रमणकारी सेना की शक्ति को कम आँका और उसकी प्रगति को रोकने का गंभीर प्रयास नहीं किया। देबल की रक्षा के लिए भी अतिरिक्त सेना नहीं भेजी जा सकी। देबल में उस समय 25,000 अरब सेना के मुकाबले में केवल 4,000 सैनिक थे। मोहम्मद बिन कासिम ने नगर को, जिसकी रक्षा एक पत्थर की सुदृढ़ दीवार करती थी, घेर लिया और बलिश्तों ने समुद्र की ओर से पत्थर बरसाना आरंभ कर दिया। इसी समय एक देशद्रोही अरबों से जा मिला और उसने उन्हें सूचना दी कि जब तक वह लाल झंडा, जिसके नीचे ताबीज बँधा है, मंदिर के शिखर पर फहराता रहेगा, तब तक नगर को नहीं जीता जा सकता। मुहम्मद के बलिश्तों ने झंडे पर पत्थर बरसाना शुरू कर दिया और कुछ प्रारंभिक कठिनाई के बाद ही झंडा गिर पड़ा। इस घटना से अरबों के उत्साह का पार न रहा और नगर की रक्षा करने वाले सैनिक हतोत्साहित हो गए।

अरबों को अपने संख्या बल पर भरोसा था, इसलिए वे सीढ़ियाँ लगाकर दीवारों पर चढ़ गए और देबल पर अधिकार कर लिया। नगर निवासियों से इसलाम और मृत्यु में से किसी एक को चुन लेने के लिए कहा गया। इन वीरों ने अपने धर्म पर टिके रहकर मृत्यु को चुन लिया। तीन दिन तक भयंकर हत्याकांड चलता रहा। 17 वर्ष तथा उससे अधिक अवस्था के सभी पुरुषों की हत्या कर दी गई और उनके बच्चों तथा स्त्रियों को दास बना लिया गया। विजेताओं को विभिन्न प्रकार की बहुमूल्य वस्तुएँ लूट में मिलीं, जिनमें दास भी सम्मिलित थे। लूट के सामान का भाग नियमानुसार हज्जाज के द्वारा खलीफा के पास भेज दिया गया। इस प्रकार पहला भारतीय नगर अरबों के हाथों में आ गया।

मोहम्मद ने देबल के लिए एक शासक नियुक्त किया और उसकी सहायता के लिए 4,000 सैनिक छोड़कर वह निरून नगर की ओर बढ़ा। निरून देबल से 75 मील की दूरी पर उत्तर-पूरब में एक महत्त्वपूर्ण नगर था और आधुनिक हैदराबाद के ठीक दक्षिण में स्थित था। सात दिन की यात्रा के बाद मुहम्मद बिन कासिम वहाँ जा पहुँचा और नगर पर उसका अधिकार हो गया।

विजय से उल्लसित अरब सेना सेहवान की ओर वेग से बढ़ी और एक सप्ताह के घेरे के बाद सेहवाग पर भी उसका अधिकार हो गया। सेहवान के शासक दाहिर के चचेरे भाई बाझरा थे, जिन्हें पीछे हटना पड़ा। इसके बाद सीसम इलाके की

बारी आई। सीसम में जाटों ने जिनकी संख्या अरबों के मुकाबले में बहुत कम थी, दो दिन तक भीषण युद्ध किया, किंतु अंत में उन्हें नगर छोड़ना पड़ा।

सीसम से मोहम्मद बिन कासिम निरून की ओर वापस लौटा, क्योंकि सिंधु की प्रमुख धारा मेहरान को पार करके वह दाहिर से युद्ध करना चाहता था, जो ब्राह्मणाबाद में मोर्चा लगाए थे। कई महीनों तक अरब सेना को नदी के पश्चिमी किनारे पर पड़े रहना पड़ा, क्योंकि एक तो नावों की कमी थी और दूसरे एक बीमारी के फैल जाने के कारण उसके बहुत से घोड़े नष्ट हो गए थे। जब इराक से 2,000 घोड़ों की कुमुक और बीमार पशुओं के लिए औषधि आ गई, तब मोहम्मद बिन कासिम ने संपूर्ण सेना के साथ नदी को पार किया।

राजा दाहिर ने एक घमासान युद्ध पर ही भरोसा कर रखा था। अरब लेखकों का कहना है कि राजा दाहिर ने 50,000 सैनिक इकट्ठे कर लिये थे, जिनमें से अधिकतर तत्काल ही भरती किए गए थे। आक्रमणकारी का सामना करने के लिए राजा दाहिर ब्राह्मणाबाद से रावर की ओर बढ़े। दोनों ओर के स्काउटों में कई दिन तक छुटपुट झपटें होती रहीं। अंत में 20 जून, 712 ई. के दिन विकट युद्ध हुआ।

हाथी पर सवार होकर राजा दाहिर ने स्वयं सैन्य-संचालन किया। वीरतापूर्वक युद्ध करके उन्होंने एक सैनिक की हैसियत से अपनी प्रतिष्ठा स्थापित की। दुर्भाग्य से उनके हाथी को एक आग्नेय बाण (आग लगाने वाला) लगा, जिससे हौदे में आग लग गई। हाथी भागकर नदी में जा गिरा और सेना में घबराहट फैल गई। किसी प्रकार बीच धार में से हाथी को लौटाकर राजा दाहिर ने शत्रु पर भयंकर प्रहार किए। खूब वीरता से युद्ध करते-करते उनको स्वयं एक तीर लगा और वह हाथी से गिर पड़े। एक क्षण में ही उन्होंने अपने को फिर सँभाला और घोड़े पर सवार हो गए। राजा दाहिर ने वीरतापूर्वक युद्ध करते हुए वीरगति प्राप्त की।

राजा दाहिर की वीरगति के बाद उनकी विधवा रानीबाई के नेतृत्व में सिंध की स्त्रियों ने आक्रांता अरबों से जम कर लोहा लिया। रावर के किले के भीतर से इन वीरांगनाओं ने वीरतापूर्वक युद्ध किया और 15,000 सैनिकों ने घेरा डालने वाले अरबों पर पत्थरों और चक्रों की भयंकर वर्षा की। जब और आगे युद्ध चलाना असंभव हो गया तो राजपूत-प्रथा के अनुसार रानी ने अन्य स्त्रियों के साथ जौहर कर लिया और सेना ने वीरतापूर्वक लड़ते हुए अपनी आहुति दी।

रावर के बाद ब्राह्मणाबाद (हैदराबाद के उत्तर में) ने भी अपनी उज्ज्वल कीर्ति की रक्षा की। दाहिर की सेना के बचे हुए सैनिकों ने वहाँ से अटूट संकल्प के साथ युद्ध किया और उनमें से 8,000 (दूसरे कथन के अनुसार 20,000) खेत

रहे, किंतु उन्होंने अधिक नहीं तो कम-से-कम उतने ही शत्रुओं का अवश्य संहार किया। दाहिर के पुत्र जयसिंह ने जब देखा कि आगे प्रतिरोध करना व्यर्थ है, तब चित्तूर में जाकर शरण ली।

दाहिर का खजाना कासिम के हाथ लगा। दाहिर की दूसरी विधवा रानी लाड़ी और उसकी दो कुमारी पुत्रियाँ सूर्यदेवी और परमालदेवी भी कैद कर ली गईं। आक्रमणकारी का दूसरा अभीष्ट सिंध की राजधानी प्रारोर अथवा अलोर थी। दाहिर का एक अन्य पुत्र उसकी रक्षा कर रहा था। उसने वीरता से नगर को बचाने का प्रयत्न किया और तभी छोड़ा, जब आगे युद्ध करना निरर्थक हो गया। इस प्रकार इतिहास में सिंध पर अरबों का पहली बार अधिकार हो गया।

मुल्तान की विजय

सिंध में सफलता प्राप्त करने के उपरांत मुहम्मद बिन कासिम ने 713 ई. के प्रारंभ में मुल्तान की ओर कूच किया। आरोर से आगे मार्ग में उसे हर जगह कठिन प्रतिरोध का सामना करना पड़ा। उसकी सेना की संख्या बहुत अधिक थी और अस्त्र-शस्त्र भी अच्छे थे, इसलिए उसे सफलता मिली।

अनेक स्थानों पर अधिकार करता हुआ वह मुल्तान के फाटकों पर जा धमका। देबल तथा ब्राह्मणाबाद की भाँति इस प्राचीन नगर का पतन भी एक देशद्रोही भगोड़े की गद्दारी के कारण हुआ, जिसने शत्रु को उस जलधार का पता बता दिया, जिससे नगर-निवासियों को पानी मिलता था। अरबों ने जल लाने के मार्ग को काट दिया। अतः नगर को आत्मसमर्पण करना पड़ा, जिसके उपरांत वही पूर्ववत् हत्या, लूट और दास बनाने का कांड प्रारंभ हुआ। यहाँ पर अरबों को इतना धन मिला कि उन्होंने मुल्तान का नाम 'स्वर्ण-नगर' रख दिया।

इस प्रकार मोहम्मद बिन कासिम ने 712 में भारत के एक भाग सिंध पर बलपूर्वक कब्जा कर लिया। जो हिंदू मुसलमान नहीं बने, वे जजिया देकर नए बने इसलामी राज्य में रहते रहे। अरबों की इस सिंध विजय ने भारत के उत्तर-पश्चिम सीमा पर पहला मुसलिम राज्य स्थापित हो गया।

अरबों की सिंध विजय को भारत में इसलामी आक्रमणों का आरंभ माना जाता है। सिंध पर अरब आक्रमण साफ तौर पर एक विदेशी ताकत का आक्रमण था। अरबों को न तो भारत की भाषा आती थी, न ही उनकी और भारत की संस्कृति समान थी। इस आक्रमण को नैतिकता का जामा पहनाने के लिए एक कहानी गढ़ी गई, जो तेरहवीं शताब्दी में सिंध की राजधानी उच्छ में 'अलीकुफी' द्वारा फारसी

में लिखी गई एक किताब 'चचनामा' में वर्णित है। अलीकुफी ने इस किताब को आठवीं शताब्दी में अरब में लिखी गई एक किताब का अनुवाद बताया है।

चचनामा में 680 ईस्वी सन् से 716 सन् तक का सिंध का राजनीतिक इतिहास लिखा गया है। यह किताब हिंदू ब्राह्मण राजा चच की कहानी कहती है, जिसने इस इलाके पर शासन किया था। यह किताब मुसलिम कमांडर मोहम्मद बिन कासिम की भी कहानी बताती है, जिसने राजा दाहिर पर आक्रमण करके उसे मार डाला था और सिंध में इसलामी शासन स्थापित किया था। इस किताब की सबसे पुरानी उपलब्ध प्रति 1651 में तैयार की गई थी, जो पंजाब विश्वविद्यालय लाहौर की लाइब्रेरी में मौजूद है।

'चचनामा' में वर्णित कहानी इस प्रकार है—

चचनामा का आरंभ सिंध के नगर आरोर से होता है, जहाँ एक युवा और प्रतिभाशाली ब्राह्मण चच को राज्य के प्रधानमंत्री का सचिव नियुक्त किया गया था। युवा रानी चच से प्रेम करने लगी और राजा की मृत्यु के बाद चच राजा बन गया।

चच ने राजा बनने के बाद सैनिक अभियान करके पूरे सिंध पर अधिकार जमा लिया। चच की मृत्यु के बाद उसके दो पुत्रों दाहिर और दहारसिया में सिंहासन के लिए संघर्ष हुआ। दाहिर का अधिकार राज्य पर हो गया। दाहिर ने अरब सत्ता के विद्रोहियों, डाकुओं तथा उपद्रवियों को संरक्षण दिया, जिससे इराक के मुसलिम साम्राज्य को समस्याएँ आने लगीं। इस प्रकार किताब के पहले खंड में यह स्थापित करने का प्रयास किया गया है कि सिंध का राजा एक तरह से कानूनी नहीं था और उसका प्रशासन भी अच्छा नहीं था। यानी एक सही शासन स्थापित किए जाने की आवश्यकता थी।

कहानी के अनुसार श्रीलंका के राजा ने कुछ मुसलिम महिलाओं को 8 जहाज से अरब की ओर भेजा था। इन महिलाओं के व्यापारी पिताओं की मृत्यु श्रीलंका में हो गई थी। देबल बंदरगाह सिंध के पास कुछ डाकुओं ने इन जहाजों को पकड़ लिया। इन जहाजों में खलीफा के लिए भेजे गए उपहार भी थे।

डाकुओं ने इन महिलाओं को बंदी बना लिया। सिंध के राजा एवं अरबों के बीच संघर्ष इसी घटना से आरंभ हुआ।*

इस घटना के बाद खलीफा ने मोहम्मद बिन कासिम को सिंध पर आक्रमण हेतु भेजा। जिसने दाहिर को हराकर सिंध पर कब्जा कर लिया और इसलाम का राज्य कायम कर दिया।

---

* A Book of Conquest (Manan Ahmed Asif) Paage-7.

कोलंबिया विश्वविद्यालय अमेरिका के इतिहास विभाग में पाकिस्तानी मूल के एसोसिएट प्रोफेसर मन्नान अहमद आसिफ ने चचनामा और सिंध विजय की इस कहानी पर महत्त्वपूर्ण शोध करके एक पुस्तक 'अ बुक ऑफ कनक्वेस्ट' लिखी है।

उन्होंने सिद्ध किया है कि चचनामा किसी पुरानी अरबी में लिखी पुस्तक का अनुवाद नहीं है। 'अलीखुफी' ने ही तत्कालीन राजनीतिक परिस्थितियों का लाभ उठाने के लिए तेरहवीं शताब्दी में सिंध में इस पुस्तक को लिखा था। दूसरा, यह इसलाम के विजय की कहानी नहीं है। यह कहानी विदेशी अरबों द्वारा भारत के एक हिस्से पर साम्राज्यवादी इरादे से किए गए आक्रमण की है। इस आक्रमण को वैधानिकता का जामा पहनाने के लिए इसमें इसलामी महिलाओं की रक्षा की काल्पनिक कहानी जोड़ दी गई है। मन्नान ने लिखा है कि महिलाओं की रक्षा की यह घटना यदि हुई भी हो तो इस घटना और मोहम्म्द बिन कासिम के आक्रमण के बीच कम-से-कम दस साल का अंतर तो रहा ही है।

सिंध पर अरबों के आक्रमण के समय सिंध के राजा और जनता ने बड़ी वीरता से आक्रमणकारी सेना का सामना किया। पूरे राजपरिवार ने अपने प्राणों की आहुति दी। यहाँ तक कि महिलाएँ भी जी जान से लड़ीं और हार जाने पर उन्होंने जौहर कर लिया। सिंध के आम लोगों ने भी विदेशी आक्रमणकारी सेना का प्रतिरोध अपनी पूरी शक्ति से किया और भयंकर शत्रु को अपने प्रतिरोध का स्वाद चखाया। लेकिन सिंध के निवासियों का पराक्रम अभी आगे प्रकाश में आने वाला था, जब उन्होंने आक्रांता अरबों को सिंध में रहना एक दुःस्वप्न बना दिया।

मोहम्मद बिन कासिम की सिंध विजय भारतीय इतिहास का एक परिर्वतनकारी बिंदु है। इस घटना ने भारत के इतिहास में अनेक नए आयाम जोड़े। 'मोहम्मद बिन कासिम' का यह आक्रमण हमलावर द्वारा विजित जनता पर धार्मिक आधार पर किए जाने वाले अत्याचार का पहला क्रूर उदाहरण बना। इसके पहले से ही भारत के राजा भी आपस में एक-दूसरे पर आक्रमण करते थे। लेकिन कोई भी राजा कभी यह सोचकर आक्रमण नहीं करता था कि विजयी होने पर उसे क्रूरतापूर्वक विजित जनता की संस्कृति, धर्म या आचार-विचार को बदलना है। भारतीय राजा एक-दूसरे की भाषा चाहे न भी समझते हों, उनके मन में इस भूभाग की परंपराओं और संस्कृति के प्रति समान आदर था।

अरब हमला ऐसे विदेशी हमलावर द्वारा किया गया था, जो न तो विजित देश की भाषा बोलता-समझता था, न वहाँ की संस्कृति से कोई ताल्लुक रखता था। जो शासन स्थापित हुआ, वह ऐसे लोगों द्वारा संचालित नहीं था, जो शासित

लोगों के समान थे। "इस आक्रमण से भारत को पहली बार पता लगा कि विदेशी इसलामी आक्रमण वास्तव में होता क्या है। भारत में वैदिक काल से चले आ रहे युद्धक नियम माने जाते थे। कालिदास द्वारा 'रघुवंशम्' में तीन तरह की युद्ध विजय बताई गई हैं, जिन्हें बाद में कश्मीरी विद्वान् 'वल्लभदेव' ने और स्पष्ट किया था। पहली विजय 'धर्मविजय' कहलाती थी। इसमें विजेता विजित को अपने अधीनस्थ रूप में विजित इलाके पर शासन करने की अनुमति देता था। दूसरी विजय 'लोभविजय' कही जाती थी। विजेता विजित की भूमि और धन छीन लेता था, पर हारे गए राजा की जिंदगी सुरक्षित रहती थी। तीसरी विजय 'असुरविजय' थी, जिसमें हारे गए राजा की भूमि, धन और जीवन, तीनों छीनकर उसके परिवार को बंधक बना लिया जाता था।

मोहम्मद बिन कासिम के हमले ने भारत को जिस विजय नीति से परिचित कराया, वह असुर विजय से भी कहीं आगे की चीज थी। इसमें विजेता फौज विजितों के धन और भूमि पर तो कब्जा करती ही थी। विजित प्रदेश के सभी वयस्क पुरुषों को मौत के घाट उतारकर औरतों और बच्चों को गुलाम बना लिया जाता था। हारे हुए लोगों के पूजा-स्थलों को लूटकर नष्ट कर दिया जाता था।"*

मोहम्मद बिन कासिम के आक्रमण से यह भी साफ हो गया कि भारत के लोगों में ऐसे धोखेबाजों को आसानी से ढूँढ़ा जा सकता है, जो अपने स्वार्थ के लिए विदेशी आक्रांता से मिलकर अपनी सेना और देश की कमजोरियाँ बता देते थे।

इस आक्रमण ने भारतवासियों की शूरवीरता और अपनी स्वतंत्रता तथा संस्कृति के लिए बलिदान की तत्परता को भी सिद्ध कर दिया। सिंध के लोग मोहम्मद बिन कासिम के जाने का इंतजार ही कर रहे थे। उसके जाते ही दाहिर के पुत्र 'जयसिम्हा' ने 'ब्राह्मणाबाद' और 'आलोर' पर वापस कब्जा जमा लिया। सिंध के दूसरे इलाकों में भी स्थानीय सरदारों ने अपने-अपने इलाके स्वतंत्र करा लिये।

खलीफा 'उमर' को इन घटनाओं का पता चला तो विद्रोहों को दबाने के लिए नई सेनाएँ भेजी गईं। जयसिन्हा ने इस बार आक्रामक नीति अपनाई। खुद आगे बढ़कर आक्रमण किया और 6 माह तक वीरता से युद्ध किया। प्रस्ताव दिया गया कि जो भी सरदार इसलाम ग्रहण कर लेगा, उसे उसके इलाके पर शासन करने दिया जाएगा। 'जयसिम्हा' ने इस प्रस्ताव को स्वीकार कर लिया। दवाब कम होते ही जयसिम्हा पुनः

---

* Invaders and infidels (Sandeep Balakrishna) Page 40-41.

हिंदू बन गया और सिंध के तत्कालीन अरब गवर्नर जुनैद के खिलाफ युद्ध छेड़ दिया। दुर्भाग्य से जयसिम्हा बंदी बना लिया गया और इसी के साथ सिंध की हिंदू राजसत्ता समाप्त हो गई। जयसिम्हा सिंध के नाटक का आखिरी दुखांत हीरो था, जिसने जीवन के आखिरी क्षण तक विदेशी सत्ता के खिलाफ संघर्ष जारी रखा।

सिंध के लोगों, जिनको अपनी परंपराओं और संस्कृति पर अगाध विश्वास था, ने संघर्ष जारी रखा। लोग मौका मिलते ही विदेशी आक्रांताओं पर हमला कर देते थे। स्थानीय लोगों के इस असहयोग के कारण सिंध में अरब आधिपत्य कभी मजबूत नहीं हो पाया।

723 ई. में जब जुनैद को सिंध का गवर्नर बनाया गया तो उसने भारत के विभिन्न भागों को जीतने के लिए पूरी तैयारी के साथ सेनाएँ भेजीं। राजस्थान में जैसलमेर, जोधपुर आदि को जीतने के लिए सेना भेजी गई। एक सेना उज्जैन पर आक्रमण करने हेतु गई। उज्जैन के पूर्व में मालवा इलाके को जीतने के लिए भी एक सेना गई। एक और सेना गुजरात में कच्छ, भरूच और सौराष्ट्र पर आक्रमण हेतु भेजी गई। परंतु किसी भी सेना को सफलता नहीं मिली। राजपूत राजाओं ने सबको पीछे खदेड़ दिया। जो भी सफलता मिली, वह भी अल्पकालिक थी।

भारत में (712 से 1000) तक के काल में, जिसे राजपूत काल के नाम से जाना जाता है, भारत में तीन ताकतवर राजपूत राज्य स्थापित हो गए थे। इनमें कन्नौज का प्रतिहार, दक्षिण भारत का राष्ट्रकूट और बंगाल का पाल साम्राज्य था। प्रतिहारों की राजधानी कन्नौज थी और साम्राज्य की सीमाएँ सिंध तक विस्तृत थीं। इस राजवंश का आरंभ नागभट्ट प्रथम से हुआ था।

726 ई. में खलीफा ने 'तमीम' को सिंध का गवर्नर बनाकर भेजा। अब अरबों का सामना प्रतिहार राजा नागभट्ट तथा चालुक्य राजा 'अवनिजनाश्रय पुलकेशन' से हुआ। अरब बुरी तरह परास्त हुए और उन्हें बहुत हानि उठाना पड़ी। उत्तर भारत में आक्रमणकारी फौजों को तब और भी भारी अपमान झेलना पड़ा, जब कश्मीर के राजा ललितादित्य मुक्तापीड़ और कन्नौज के राजा यशोवर्मन की सम्मिलित सेनाओं ने अरबों को हराया। ललितादित्य मुक्तापीड़ ने आदेश दिया कि पराजित शत्रु अपने सिर के आधे बाल पराजय के निशान के तौर पर मुड़वाएँ। कुछ ही वर्षों में अरबों ने भारत में वह सारा इलाका खो दिया, जो जुनैद के कार्यकाल में जीता गया था। अरब सेनाएँ और तमीम वहाँ से भागकर सिंध आ गए।

731 में 'अल हकाम' को नया गवर्नर बनाकर भेजा गया। वह जुनैद द्वारा जीते गए प्रदेशों को वापस लेने के लिए आगे बढ़ा। इस सेना को वल्लभी के राजा ने

निर्णायक तौर पर हराकर भगा दिया। अब अरब सेनाएँ गुजरात के दक्षिण में नवासरी की तरफ बढ़ीं। नवासरी के चालुक्य वायसराय पुलकेशिन ने अरब सेनाओं को बुरी तरह हराया और दक्षिण के मजबूत स्तंभ की उपाधि ग्रहण की। निराश होकर 737 ईस्वी सन् में अल हकाम ने खलीफा से और सैनिक सहायता की माँग की।

नागभट्ट द्वितीय ने 738 में उज्जैन में अरब सेनाओं को बुरी तरह परास्त किया। 740 में अल हकाम भी प्रतिहारों के साथ युद्ध में मारा गया। हकाम की मृत्यु के बाद भारत के भीतर अरबों की उपस्थिति समाप्त हो गई। हकाम के बाद भेजे गए गवर्नर को सिंध के लोगों ने ही विद्रोह करके उसकी राजधानी मंसूरा में घेर लिया। उसकी सहायता के लिए खलीफा को भेजना पड़ा। अब प्रतिहार साम्राज्य इतना ताकतवर हो गया कि अरबों का भारत में प्रवेश असंभव सा हो गया।

अरब इतिहासकार 'एल. बालाधुरी' ने लिखा है—

'भारत में मुसलिम लोग अनेक स्थानों से पीछे हट चुके हैं। भारत के लोग वापस मूर्तिपूजा करने लगे हैं। ऐसा कोई स्थान उपलब्ध नहीं है, जहाँ मुसलिम लोग शरण ले सकें, इसलिए अरब गवर्नर ने हिंद की सीमाओं पर झील के दूसरे किनारे पर एक शहर बसाया है, जहाँ अरब लोग सुरक्षित रह सकते हैं। इसका नाम 'महफूजा' रखा गया है।'

नागभट्ट द्वितीय के बाद यशस्वी सम्राट् मिहिरभोज (836 से 885) हुए। अरब यात्री सुलेमान ने 851 में मिहिर भोज के प्रशासन और सैन्य क्षमता की प्रशंसा करते हुए लिखा है—'वह अरबों के प्रति मित्रता भाव नहीं रखता और इसलामी मजहब का बड़ा शत्रु है।'

776 में अरबों की जलसेना को सैंधव जलसेना ने 'अगुका प्रथम' के नेतृत्व में पराजित किया।

भारतीयों का यह प्रतिरोध इसलिए महत्त्वपूर्ण है कि आठवीं शताब्दी के अंत तक इसलामी सेनाओं का दबदबा दुनिया के बड़े हिस्से पर कायम हो चुका था। मिडिल ईस्ट, उत्तरी अफ्रीका, पुर्तगाल और स्पेन की विजय के बाद इसलामी सेनाएँ फ्रांस के द्वार पर खड़ी थीं, जबकि इसी समय भारत में इसलामी ताकत निचली पायदान पर पहुँच गई थी। दसवी शताब्दी के अंत तक अरब यात्रियों के विवरण से पता चलता है कि उस वक्त तक भारत में केवल दो छोटे इलाके 'मुल्तान' और 'मंशूरा' ही बचे थे, जिन पर अरबों का कब्जा था।

इनमें से भी मुल्तान निरंतर खतरे में बना रहता था, क्योंकि कन्नौज के प्रतिहार राजाओं ने इस नगर को वापस पाने के लिए निरंतर युद्ध छेड़ा हुआ था। मुल्तान में

प्रसिद्ध सूर्य मंदिर था। इतिहास की यह अजीब विडंबना है कि इसी सूर्य प्रतिमा के कारण अरबों की रक्षा हो सकी।

अरब इहिसकार अल इस्ताखरी ने लिखा है कि जब भारतीयों ने मुल्तान पर आक्रमण करके इस मंदिर को कब्जे में करने का प्रयास किया, तब अरबों ने इस मूर्ति को बाहर निकाल लिया और धमकी दी कि वे इस मूर्ति को तोड़कर जला देंगे। यह सुनकर आक्रमणकारी वापस चले गए।

इतिहासकार राम गोपाल मिश्रा ने लिखा है—"तीन शताब्दियों के निरंतर प्रयासों के बाद भी अरबों के अधिकार में केवल दो छोटे स्थान 'मुल्तान' और 'मंशूरा' ही रह गए थे। यहाँ भी वे अपनी परंपराओं को बदलकर और मूर्तियों को उनके राजनीतिक हित में उपयोग करके ही बचे हुए थे। यह देखना बड़ा आश्चर्यजनक था कि वे जिन मूर्तियों को तोड़ने हेतु आए थे, उन्हीं के पीछे अपनी सुरक्षा के लिए छिप गए थे।"

सिंध पर अरबों का आक्रमण अरबों के लिए स्मरणीय असफलता बन गई थी। तीन शताब्दियों के लगातार प्रयास तथा बड़ी मात्रा में धन और मनुष्यों को गँवाने के बाद भी कुल परिणाम दो बहुत छोटे-छोटे प्रदेश मंशूरा और मुल्तान तक सीमित रहा। अरबों की इस असफलता का मुख्य कारण भारत के लोगों का अपनी संस्कृति और परंपराओं पर अटूट विश्वास और भारतीय सैनिक ताकत के विकेंद्रीकरण की वह परंपरा थी, जिसे कौटिल्य ने आरंभ कराया था और जो बाद में गुप्त काल में भी जारी रही थी। इसके अंतर्गत प्रत्येक गाँव के मुखिया को अपनी छोटी सी सेना रखनी पड़ती थी और वह अपने इलाके की कानून और व्यवस्था के लिए जिम्मेदार होता था।

भारतीयों के इस प्रतिरोध और संघर्ष का महत्त्व तब साफ पता चलता है, जब हम इसलामी सेनाओं द्वारा दूसरे देशों को जीतने में लगे समय और विजित देशों की हालात पर नजर डालते हैं। बहुत ही कम समय में इन सेनाओं ने ईरान, मिस्र, स्पेन और उत्तर अफ्रीका को जीत लिया था और आक्रमणकारी सेनाओं ने गैर-मुसलिमों का संहार किया, धन लूटा, लोगों को गुलाम बनाया, उनके पूजा स्थलों को नष्ट किया और बड़े पैमाने पर धर्म-परिवर्तन कराया गया।

आक्रमणकारियों द्वारा थोड़े ही समय में मध्य एशिया में मूर्तिपूजा को पूरी तरह से समाप्त कर दिया गया था, लेकिन यह प्रयोग भारत में असफल रहा। यहाँ आक्रांताओं का सामना ऐसे लोगों से हुआ, जो मूर्तिपूजक थे और मृत्यु से नहीं डरते थे, क्योंकि जन्म और मृत्यु को एक सतत क्रम का भाग मानते थे।

सिंध के हिंदू उन दूसरे देशों के निवासियों से बहुत अधिक स्वतंत्रता का उपभोग करते रहे, जिन्हें इसलामी सेनाओं ने जीता था। सिंध के हिंदुओं के साथ अरबों की इन रियायतों को इसलाम के उदारवाद का लक्षण बताया जाता है, जो कि दूसरे विजित प्रदेशों से बिल्कुल अलग था। इस उदारता का वास्तविक कारण आक्रांताओं की खुद की सुरक्षा के लिए बरती गई विवशता थी।

□

हिंदूशाही वंश का शौर्य

खैबर दर्रा के आगे काबुल घाटी एक बौद्ध राज्य था, इसे तुर्कशाही कहा जाता था। तुर्कशाही राज्य को 815 ईस्वी सन् में अब्बासियों ने हरा दिया और तुर्कशाही राजाओं को इसलाम कुबूल करना पड़ा तथा अपने राज्य के अनेक महत्त्वपूर्ण भागों को खोना पड़ा। 822 ईस्वी सन् में तुर्कशाही के आखिरी राजा को हटाकर राज्य का एक मंत्री कल्लर शासक बन गया और उसने काबुल और गांधार इलाके में हिंदूशाही राज्य की स्थापना कर दी। लेकिन हिंदूशाही राजाओं को काबुल छोड़ना पड़ा और इन्होंने नई राजधानी हुंद (उदभंदपुर) में स्थापित कर ली, जो सिंधु नदी के दाएँ तट पर पेशावर से अस्सी किलोमीटर की दूरी पर स्थित थी।

870 में याकूब बिन लायथ नाम के एक भाड़े के तुर्की फौजी ने काबुल के राजा से दोस्ती की आड़ में भेंट की और उसे धोखे से मार डाला गया। तुर्की सेनाओं ने काबुल पर अधिकार कर लिया। काबुल पर आक्रमण कर उसे जीत लिया गया और वहाँ पूरी जनसंख्या को जबरदस्ती मुसलमान बना लिया गया।

879 में याकूब बिन लायथ की मृत्यु के बाद हिंदू राजा 'कल्लर' ने काबुल पर वापस अधिकार कर लिया। लेकिन इस समय तक काबुल अपनी मूल हिंदू पहचान खो चुका था। एक तुर्क सेनापति अल्पतगीन ने 963 ईस्वी सन् में इस इलाके को जीतकर यमनी या गजनी इसलामी राज्य स्थापित कर लिया और काबुल को केंद्र बनाकर हर साल तुर्क घुड़सवारों के साथ कुछ अफगान सहायक लेकर भारत पर लूटने के लिए आक्रमण आरंभ किए।

जो भी हो, भारत के उत्तर-पश्चिमी भाग में सिंधु नदी के दाहिनी तरफ हिंदूशाही राज्य की स्थापना हो गई थी, जिसका इलाका वर्तमान पाकिस्तान में बलोचिस्तान और खैबर पख्तूनख्वा का इलाका है। इस राज्य की सीमाएँ अफगानिस्तान और सिंध से मिलती थीं।

काबुल की तरफ से हो रहे इन आक्रमणों को सबसे पहले हिंदूशाही राजाओं को ही झेलना पड़ा, जिनका राज्य पहले ही सिकुड़ चुका था। अल्पतगीन के पुत्र सुबुक्तिगीन (963-997) ने हिंदूशाही राजा जयपाल पर आक्रमण करना आरंभ कर दिया। अरब यात्री अल इस्ताखरी ने 921 के काबुल के बारे में लिखा है—

'काबुल में एक मजबूत किला है, जिसमें केवल मुसलमान रहते हैं, किले के बाहर विधर्मी हिंदू निवास करते हैं।'

दसवीं शताब्दी आने तक भारत के तत्कालीन तीनों प्रमुख राजपूत साम्राज्य प्रतिहार, पाल और चालुक्य लगातार आपसी संघर्ष के कारण कमजोर हो गए थे। आपसी संघर्षों में उलझे रहने के कारण उत्तर-पश्चिमी सीमा के हालात और गतिविधियों की उपेक्षा हो गई थी। प्रतिहार राजा राजपाल की सीमाएँ हिंदूशाही राज्य से मिलती थीं, जिसकी सीमाएँ गजनी के साम्राज्य से मिलतीं थी। प्रतिहार साम्राज्य की शक्ति बहुत सीमित रह गई थी, फिर भी प्रतिहार राजा उत्तर-पश्चिमी सीमा से संभावित खतरे के प्रति आशंकित थे। उन्होंने सीमावर्ती हिंदूशाही राज्य को गजनी के विरुद्ध दो बार सैनिक मदद भी भेजी थी।

इसलाम का नेतृत्व अरबों से ईरानियों और फिर तुर्कों के हाथ में चला गया था। सिंध में भी अरब अपनी सत्ता बरकरार रखने में असफल रहे थे। इस तरह के हालात में मध्य एशिया में नए मुसलमान हुए तुर्कों की राजनीतिक ताकत बढ़ना आरंभ हुई। भारत में इसलामी राज्य की स्थापना भी अंततः तुर्कों ने ही की थी। तुर्क अरबों और ईरानियों से अलग थे। उनकी बुद्धि और व्यवहार का मुख्य आधार तलवार की शक्ति था। वे अत्यंत भौतिकतावादी और व्यावहारिक थे। समय-समय पर तुर्क अधिक क्रूरता का प्रदर्शन करते थे। इसलाम के नए अनुयायी होने के कारण उनमें धार्मिक कट्टरपन अधिक था।

दसवीं शताब्दी के उत्तरार्ध में भारत के उत्तर-पश्चिमी प्रदेशों की राजनीतिक हालत इस प्रकार थी—

"सिंध और मुल्तान में दो छोटे शिया इसलामी राज्य थे। हिंदूशाही राज्य अफगानिस्तान से चिनाब नदी तक फैला हुआ हुआ था, इसकी सीमाएँ गजनी से मिलती थीं। हिंदूशाही राज्य के दक्षिण-पूर्व में गुर्जर प्रतिहार साम्राज्य और उत्तर-पूर्व में कश्मीर का हिंदू राज्य था, जिसका शासन रानी दिद्दा के हाथ में था। दसवीं शताब्दी के मध्य में अफगानिस्तान में एक तुर्क वंश का उदय हुआ, जो 'यमीनी' कहलाते थे, लेकिन व्यवहार में गजनवी कहलाए, ने गजनी को केंद्र बनाकर अफगानिस्तान में नया तुर्क इसलामी राज्य स्थापित कर लिया।

इस राज्य की स्थापना 'अलप्तगीन' ने ईस्वी सन् 963 में की थी। 977 में गद्दी पर सुबुक्तिगीन बैठा, जो अलप्तगीन का दामाद था। इसने हिंदूशाही राज्य पर आक्रमण आरंभ किए और उसके राज्य के कुछ हिस्सों पर कब्जा कर लिया। इतिहासकार फरिश्ता ने लिखा है कि जयपाल ने सुबुक्तिगीन को हराने के लिए एक बड़ी सेना गठित की, जिसमें उसकी सहायता दिल्ली, अजमेर और कलिंजर आदि के राजाओं ने की। इससे यह सिद्ध होता है कि जयपाल कोई असावधान शासक नहीं था और भारत के दूसरे राजा उत्तर-पश्चिमी सीमा से उठ रहे इस खतरे से उदासीन नहीं थे। इस प्रकार सुबुक्तिगीन के समय से गजनी और हिंदूशाही राज्य में संघर्ष आरंभ हुआ, जो बाद में महमूद गजनवी ने आगे बढ़ाया और इसका अंतिम परिणाम हिंदूशाही राज्य की समाप्ति के रूप में हुआ।

महमूद गजनवी ने 998 में सत्ता प्राप्त कर ली। महमूद अनुभवी और साहसी सेनापति था। उसने भारत पर आक्रमण करने के पहले मध्य एशिया के हिरात, बल्ख, खुरासान को जीत लिया था। बगदाद के खलीफा ने उसकी इन विजयों को स्वीकार कर लिया था।

सन् 1000 से महमूद गजनवी ने भारत पर आक्रमण आरंभ किए। इन आक्रमणों के उद्देश्य के बारे में उसके दरबारी इतिहासकार उतबी ने 'तारीख-ए-यमीनी' में लिखा है—

"सुल्तान महमूद ने पहले सीजिस्तान पर आक्रमण करने का संकल्प किया, किंतु बाद में उसने हिंद के विरुद्ध जिहाद (धर्मयुद्ध) करना ही अधिक अच्छा समझा, सुल्तान ने अपने मंत्रियों की सभा बुलाई और उनसे कहा कि मुझे आशीर्वाद दो, जिससे मैं धर्म का झंडा ऊँचा करने, सदाचार का क्षेत्र विस्तृत करने, सत्य को प्रकाशित करने और न्याय की जड़ों को दृढ़ करने की अपनी इस योजना में सफलता प्राप्त कर सकूँ।"*

महमूद गजनवी के भारत पर आक्रमण

भारत पर महमूद ने कितने आक्रमण किए, इस संबंध में इतिहासकारों के विभिन्न मत हैं। सबसे अधिक महत्त्वपूर्ण आक्रमणों का उल्लेख इस प्रकार है—

भारत पर सबसे पहला हमला 1000 ई. में हुआ और महमूद ने कुछ सीमांत किलों पर अधिकार करके जयपाल के विरुद्ध कूच किया। इस आक्रमण के समय

---

* History of India as told by It's own historians, (Turbner and Co. London-1869) Vol-2, Page-24.

महमूद ने अत्यधिक सावधानी से काम लिया और स्वयं सेना का निरीक्षण करके उसमें से 15,000 सर्वोत्तम घुड़सवार छाँटे। 27 नवंबर, 1001 ई. के दिन पेशावर के निकट भीषण संग्राम हुआ। वीरतापूर्वक युद्ध करने पर भी दुर्भाग्य से जयपाल की पराजय हो गई। अपने पुत्रों, पौत्रों तथा अनेक संबंधियों और पदाधिकारियों सहित उन्हें बंदी बना लिया गया।

महमूद का धर्मांध दरबारी इतिहासकार उतबी लिखता है—"उन सबको जिनके चेहरे पर कुफ्र के चिह्न स्पष्ट दीख पड़ते थे। मजबूत रस्सियों से बाँधकर पापियों की भाँति सुल्तान के सम्मुख उपस्थित किया गया। ऐसा प्रतीत होता था, मानो बाँधकर उन्हें नरक भेजा जा रहा है। उनमें से कुछ के हाथ बलपूर्वक पीछे बाँध दिए गए थे और कुछ को गरदन पकड़कर घूसों द्वारा धकेला गया था। महमूद के सैनिकों ने जयपाल के कंठ से मणियों की माला उतार ली थी, जिसका मूल्य दो लाख दिरहम था। इसी प्रकार उनके साथियों के आभूषण छीन लिये गए थे।"*

विजेताओं को लूट में इतना धन मिला कि उसका हिसाब लगाना भी असंभव है। जयपाल को मुक्त कर दिया गया और उसके बदले में उन्होंने महमूद को बहुत सा धन तथा 50 हाथी देने का वचन दिया। अपनी इस विजय के उपरांत महमूद जयपाल की राजधानी वैहंद (उद्भंडपुर, आधुनिक हुंद) तक आगे बढ़ा और मार्ग के प्रदेश को उसने निर्दयतापूर्वक लूटा। लूट का अपार धन लेकर महमूद गजनी लौट गया।

जयपाल स्वाभिमानी राजपूत राजा थे, इसलिए अपनी हार और अपमान सहन नहीं कर पाए और शोक से पीड़ित होकर उसने चिता में खुद को आग में भस्म कर लिया। 1002 ई. में उनका पुत्र आनंदपाल सिंहासन पर बैठा। आनंदपाल ने अपने राज्य की सुरक्षा व्यवस्था को मजबूत बनाने पर ध्यान दिया और महमूद के आगामी संभावित आक्रमणों के प्रतिरोध की तैयारियाँ शुरू कर दीं।

महमूद का दूसरा आक्रमण 1006 में मुल्तान पर हुआ, जहाँ करमाथी संप्रदाय का 'फतेह दाऊद' शासन करता था। मुल्तान को विजय करने से पूर्व महमूद ने झेलम के बाएँ किनारे पर स्थित भेरा नगर पर आक्रमण किया। आनंदपाल ने उसका विरोध किया, किंतु उसे मार्ग से धकेलते हुए महमूद ने मुल्तान पर अधिकार कर लिया। मुल्तान को महमूद ने जयपाल के एक पौत्र सुखपाल के सुपुर्द कर दिया। जयपाल की पराजय के बाद सुखपाल को महमूद बंधक बनाकर गजनी ले गया

---

* वही, पेज-26

था और उसे बलपूर्वक मुसलमान बनाकर 'नौशाशाह' नाम रख दिया था, लेकिन सुखपाल जो जयपाल का नाती था, स्वाभिमानी था। पहला अवसर पाते ही उन्होंने इसलाम त्याग दिया और महमूद के विरुद्ध विद्रोह का झंडा खड़ा कर किया। सुखपाल की शक्ति कम थी, फिर भी उन्होंने ताकतवर महमूद से युद्ध किया। 1008 ई. में सुल्तान ने मुल्तान लौटकर विद्रोह को दबा दिया और सुखपाल तथा दाऊद को कैद कर लिया। मुल्तान, महमूद के विशाल साम्राज्य का अंग बन गया।

राजा आनंदपाल ने अपने राज्य को बचाने एवं महमूद गजनवी को हराने के अपने प्रयास कम नहीं किए थे। उन्होंने महमूद के विरुद्ध दाऊद करमाथी को सहायता दी थी, इससे महमूद बहुत कुपित हुआ था। महमूद के हाथों में मुल्तान चले जाने से आनंदपाल के राज्य पर दो ओर से आक्रमण का भय उपस्थित हो गया था। दोनों प्रतिद्वंद्वियों में संघर्ष होना अवश्यंभावी था। महमूद का विश्वास था कि पंजाब पर पूर्णतया अधिकार किए बिना भारत में आगे बढ़ना और अपार धन लूटना असंभव है। आनंदपाल भी स्थिति को भली-भाँति समझते थे। उन्होंने एक विशाल सेना तैयार की। पड़ोसी राजाओं ने भी जो आक्रांता तुर्कों की बढ़ती हुई शक्ति को रोकने के इच्छुक थे, आनंदपाल के सहायतार्थ सेनाएँ भेजीं।

राजा आनंदपाल ने खुद आगे बढ़कर महमूद पर आक्रमण करने का निर्णय किया और सेना लेकर पेशावर की ओर कूच किया। महमूद से वैहंद के सामने के मैदान में उसका मुकाबला हुआ (1009 ई. के लगभग)। भीषण युद्ध हुआ, लेकिन दुर्भाग्य से आनंदपाल की पराजय हो गई और महमूद को लूट में बहुत सा धन मिला, जिसमें सोना व अन्य बहुमूल्य वस्तुएँ सम्मिलित थीं। इस तरह सिंध से नगरकोट तक का समस्त प्रदेश गजनी सुल्तान के अधीन आ गया।

भारत क्यों सोने की चिड़िया कहा जाता था, इसका पता महमूद के इतिहासकार उतबी के विवरण से लगता है—'नगरकोट की लूट में इतना धन मिला कि जितने भी ऊँट मिल सके, उन पर उसे लाद दिया गया, फिर भी बच रहा, जिसे अफसरों में बाँट दिया गया। केवल सिक्कों का मूल्य ही 70,000 दिरहम था। 7 लाख दिरहम के मूल्य का सोना-चाँदी भी मिला, जिसका वजन 400 मन था। इसके अतिरिक्त मोती और सुंदर वस्त्र भी अत्यधिक मात्रा में प्राप्त हुए। इतने सुंदर, कोमल और जड़ाऊ वस्त्र महमूद के लोगों ने कभी न देखे थे। लूट में एक चाँदी का घर भी मिला, जिसकी बनावट धनी पुरुषों के घरों की सी थी और जो तीस गज लंबा और पंद्रह गज चौड़ा था। उसके विभिन्न भागों को अलग-अलग करके पुनः पूर्ववत् जोड़ा जा सकता था। एक रूमी कपड़े का शामियाना भी था, जिसकी लंबाई 40

गज और चौड़ाई 20 गज थी। वह ढले हुए सोने के दो और चाँदी के दो खंभों पर सधा हुआ था।*

इन पराजयों के कारण हिंदूशाही राज्य संकुचित होकर बहुत छोटा रह गया। भारतीय योद्धाओं की वीरता का असली स्वरूप अब जाकर प्रकट हुआ कि इस निराशाजनक हालात में भी वीर राजा आनंदपाल हतोत्साहित नहीं हुए, अपितु और भी अधिक दृढ़ता के साथ शत्रु का प्रतिरोध करने का संकल्प किया। उसने नंदन नाम की जगह को अपनी राजधानी बना लिया। छोटी सी सेना एकत्र करके नमक की पहाड़ियों के क्षेत्र में उसने अपनी स्थिति को सुदृढ़ करने का प्रयत्न किया। वहीं पर शांतिपूर्वक उनकी मृत्यु हो गई और उनका पुत्र त्रिलोचनपाल गद्दी पर बैठा।

नए राजा को भी महमूद ने चैन नहीं लेने दिया और 1014 ई. में अल्पकालीन घेरे के बाद उसने नंदन पर भी अधिकार कर लिया। इस घेरे में त्रिलोचनपाल के पुत्र भीमपाल ने अतुल वीरता का परिचय दिया। पराजय के उपरांत त्रिलोचनपाल ने कश्मीर में शरण ली। महमूद वहाँ भी पीछा करता हुआ पहुँच गया, लेकिन कश्मीर में प्रवेश नहीं कर पाया।

त्रिलोचनपाल शरणार्थी की भाँति कश्मीर में अपने दिन नहीं काटना चाहता था और अपने पूर्वजों के राज्य पंजाब पर शासन करने की उसकी आकांक्षा थी। इसलिए लौटकर वह फिर पूर्वी पंजाब में आ गया और शिवालिक पहाड़ियों में पुनः अपनी शक्ति की स्थापना कर ली। उन्होंने बुंदेलखंड के चंदेल राजा विद्याधर को अपना मित्र बना लिया। इस काल में विद्याधर की उत्तरी भारत के शक्तिशाली शासकों में गणना थी। महमूद ने इस संगठन को तोड़ने के उद्देश्य से 1019 ई. में फिर भारत पर आक्रमण किया और रामगंगा के निकट युद्ध में त्रिलोचनपाल को पराजित किया। अब त्रिलोचनपाल के पास केवल नाममात्र का राज्य रह गया था और अनुयायियों में फूट पड़ गई थी। उनमें से ही किसी ने 1021-22 ई. में उनकी हत्या कर दी। उनका उत्तराधिकारी पुत्र भीमपाल हुआ, जिसकी स्थिति एक साधारण सामंत की सी थी। 1026 ई. में उसकी भी मृत्यु हो गई और उसके साथ ही उत्तर-पश्चिमी भारत का शक्तिसंपन्न तथा गौरवशाली हिंदूशाही राज्य भी पतन के गर्त में विलीन हो गया।

अब तक हिंदूशाही राज्य एक मजबूत बाँध की भाँति तुर्की आक्रमणों की बाढ़ को रोके हुए था। उसके टूट जाने से समस्त उत्तरी भारत के उसमें डूबने का खतरा

* History of India as told by It's own historians Vol 2 (Turbner and Co. London-1869) Page-34.

पैदा हो गया। अवसर का भरपूर लाभ उठाने के उद्‌देश्य से महमूद ने गंगा की घाटी की ओर कूच किया और 1018 ई. में पवित्र नगर मथुरा के लिए प्रस्थान किया, जो उत्तरी भारत का सबसे घना बसा हुआ तथा समृद्धशाली नगर था। मथुरा पर महमूद गजनवी के इस आक्रमण से विदेशी आक्रांताओं के धार्मिक दुराग्रह और क्रूरता का असली रूप सामने आ गया।

मथुरा में महमूद की सेना ने अनेक मंदिरों को ध्वस्त कर दिया तथा उनकी युग-युग से संचित संपत्ति पर अधिकार कर लिया। मथुरा कितना भव्य नगर था और धर्मांध विदेशी सेना ने किस प्रकार उसका सत्यानाश किया, इसका अनुमान महमूद के दरबारी इतिहासकार उतबी के लेख से लगा सकते हैं। वह लिखता है—"महमूद ने एक ऐसा नगर देखा, जो योजना तथा निर्माण-कला की दृष्टि से आश्चर्यजनक था। ऐसा प्रतीत होता था, मानो उसके भवन स्वर्ग के हैं। किंतु नगर का सौंदर्य शैतानी लोगों की कृति का परिणाम था, इसलिए कोई बुद्धिमान व्यक्ति उसके वर्णन को सुनकर विश्वास नहीं कर सकता था···" उसके चारों ओर पत्थर के बने हुए एक हजार भवन थे, जिनका मंदिरों की भाँति प्रयोग किया जाता था। उनके मध्य में एक सबसे ऊँचा मंदिर था, जिसके सौंदर्य और सजावट का वर्णन करने में न किसी लेखक की लेखनी समर्थ है और न किसी चित्रकार की तूलिका। उस पर मन को स्थिर करना और विचार करना भी कठिन है। मंदिरों में सोने की बहुमूल्य मूर्तियाँ थीं और एक की आँखों की जगह 50,000 दीनार के मूल्य की लाल मणियाँ जड़ी हुई थीं। एक अन्य मूर्ति में शुद्ध ठोस नीलम जड़ा हुआ था, जिसका वजन 400 मिश्काल था। सभी मूर्तियों से प्राप्त सोने का कुल वजन 98,300 मिश्काल था। सुल्तान ने मथुरा के सभी मंदिरों को जलाने एवं धूल में मिलाने का आदेश दिया।"*

मथुरा से महमूद ने कन्नौज की ओर कूच किया, जो हर्ष के समय से उत्तरी भारत के अनेक सम्राटों की राजधानी रह चुका था। वहाँ पर इस समय गुर्जर-प्रतिहार वंश का अंतिम शासक राज्यपाल शासन कर रहा था। आक्रमणकारी ने नगर को घेर लिया और बिना युद्ध के ही उस पर अधिकार कर लिया। कन्नौज को भी मथुरा की भाँति लूट तथा हत्याकांड देखना पड़ा। यहाँ भी महमूद को लूट में अपार धन मिला। मार्ग के कुछ छोटे किलों को जीतता हुआ महमूद गजनी लौट गया।

पवित्र मथुरा नगरी के मंदिरों को जो अपवित्र और ध्वस्त होने और राज्यपाल द्वारा पलायन कर देने से उत्तरी भारत के कुछ प्रमुख राजाओं की आत्मा को बड़ी

---

* History of India as told by Its's own historians Vol-2 (Turbner ANI) Co. London-1869 Page-44-4.

ग्लानि हुई। इनमें बुंदेलखंड के चंदेल राजा का नाम अग्रगण्य है। इस शक्तिशाली राजा ने (उसे कोई गंड कहता है और कोई विद्याधर) देश और धर्म की रक्षा के लिए कुछ प्रमुख शासकों का एक संघ बनाया। इस संघ के सदस्यों ने राज्यपाल पर आक्रमण किया और युद्ध में उसे मार डाला। इस पर कुपित होकर महमूद ने फिर भारत पर आक्रमण किया, क्योंकि वह अपने विरुद्ध भारतीय नरेशों का संघ नहीं बनने देना चाहता था।

1019 ई. में महमूद गजनी से भारत के लिए चला। मार्ग में हिंदूशाही राजा त्रिलोचनपाल ने उसका मुकाबला किया, किंतु उसको परास्त करता हुआ महमूद बुंदेलखंड की ओर बढ़ा। इस प्रकार हिंदूशाही राजाओं ने अपनी पूरी क्षमता एवं संसाधनों को महमूद गजनवी के विरुद्ध युद्ध में लगाया पर दुर्भाग्य से उन्हें सफलता नहीं मिल सकी।

□

उसके फरोग-ए-हुस्न में झमके है सब में नूर

'उसके फरोग-ए-हुस्न में झमके है सब में नूर/शम्मा-ए-हरम हो या हो दीया सोमनाथ का।'

('काबा और सोमनाथ दोनों ही में जो दीपक जलता है, उनके प्रकाश का स्रोत एक ही है। —मीर तकी मीर)

उत्तर-पश्चिमी सीमा से प्रवेश करने वाले आक्रांताओं का ऐसा विश्वास नहीं था। उनमें से अधिकांश को सोमनाथ का दीया बुझाना धार्मिक जिम्मेदारी लगता था। जिम्मेदारी को पूरा करने से जो धन की लूट मिले, वह पुरस्कार था।

गुजरात के सौराष्ट्र में समुद्र तट पर बेरावल नाम का एक छोटा सा बंदरगाह है। अभी कुछ समय पूर्व तक बेरावल पश्चिमी तट पर रेलवे का आखिरी बिंदु था, लेकिन अब सोमनाथ तक रेल जाने लगी है। बेरावल के आस-पास की भूमि अत्यंत उपजाऊ है। मीलों तक विस्तीर्ण तटरेखा का सौंदर्य अनोखा है। बेरावल के दक्षिणी भाग की भूमि कुछ दूर तक समुद्र में धँस गई है, उसी पर प्रभास पट्टन, जिसे अब केवल सोमनाथ के नाम से जाना जाता है, की अति प्राचीन नगरी है।

प्रभास पट्टन तत्समय एक विशाल दुर्ग था, जिसका निर्माण बड़े-बड़े शिलाखंडों से किया गया था। दुर्ग के चारों ओर गहरी खाई का निर्माण कराया गया था। खाई को चाहे जब समुद्र के जल से लबालब भरा जा सकता था। दुर्ग में बड़े-बड़े विशाल फाटक और अनगिनत बुर्ज थे। वर्तमान में दुर्ग के बाहर दूर तक प्राचीन नगर के ध्वंसावशेष बिखरे पड़े हैं।

महमूद गजनवी के समय यहाँ सोमनाथ का भव्य मंदिर था। यह मंदिर पूरे भारत में विख्यात और पूजनीय माना जाता था। इसका दर्शन करने उत्तराखंड से

लेकर सुदूर दक्षिण तक से यात्री आया करते थे। कितने ही राजा-रानी, धनी और साहूकार, यात्री आकर विपुल धन, रत्न, गाँव, धरती सोमनाथ के चरणों पर चढ़ा जाते थे। इससे इस स्थान का वैभव अवर्णनीय एवं अतुलनीय हो गया था।

सोमनाथ मंदिर के निर्माण में स्थापत्य-कला का भरपूर उपयोग किया गया था। मंदिर बहुत विशाल था। मंदिर प्रांगण के चारों ओर काले पत्थर का अत्यंत सुदृढ़ परकोटा बँधा हुआ था। स्थान-स्थान पर बुर्ज बने हुए थे। मंदिर के बाहर बहुत बड़ा मैदान था। परकोटे के भीतर बाजार नागरिकों के आवास आदि थे। देश के भिन्न-भिन्न राजाओं की ओर से बारी-बारी पहरे चौकी की व्यवस्था की जाती थी।

मंदिर के स्तंभों पर माणिक, नीलम आदि रत्नों की पच्चीकारी की गई थी। सोने-चाँदी के पत्र खंभों पर मढ़े थे। गर्भगृह की छत और दीवारों पर रत्न और जवाहर जड़े थे। इस मंदिर और प्रांगण में सोने-चाँदी का विशाल भंडार था। कहा जाता है कि दो सौ मन सोने की जंजीर से लटका हुआ तो एक विशाल घंटा ही था, जिसकी आवाज मीलों दूर तक सुनाई देती थी।

1024 ई. में महमूद गजनवी एक विशाल सेना लेकर सोमनाथ पर आक्रमण करने निकला। मुल्तान के रास्ते से पहले वह कठियावाड़ की राजधानी अन्हिलवाड़ आया और उसे जीत लिया। सोमनाथ मंदिर की रक्षा के लिए लगभग पचास हजार की विशाल सेना गुजरात के चालुक्य राजा वीर भीमदेव के नेतृत्व में इकट्ठी हो गई थी। घमासान युद्ध हुआ। रक्षक सेनाओं ने अद्भुत वीरता से युद्ध किया, पर हजारों योद्धओं के प्राण निछावर करने के बाद भी दुर्दांत लुटेरे को नहीं रोका जा सका। महमूद ने मंदिर और मूर्ति को नष्ट कर दिया और अतुल संपत्ति और दास लेकर वह वापस लौटा।

इतिहासकार रोमिला थापर ने एन.सी.ई.आर.टी. की कक्षा 7 के लिए प्रकाशित 'मेडीवल हिस्टरी ऑफ इंडिया' में महमूद गजनवी के आक्रमणों के बारे में लिखा है—1010 से 1026 के बीच महमूद गजनवी ने उत्तरी भारत के केवल मंदिर शहरों पर आक्रमण किया। उसने सुन रखा था कि इन मंदिरों में विपुल मात्रा में सोना और जवाहरात एकत्र हैं। उसने इन मंदिरों को नष्ट करके सोना और जवाहरात लूट लिया। इनमें से पश्चिमी भारत में सोमनाथ के मंदिर को तोड़ने का बार-बार उल्लेख होता है। मंदिरों को तोड़ने का एक लाभ और था कि वह मूर्तियों को तोड़कर धार्मिक श्रेष्ठता का दावा कर सकता था, जो उसने किया भी।

महमूद गजनवी के इस सारे आख्यान में भारतीय राजाओं की वीरता कहीं कम

प्रतीत नहीं होती। भारत की राजनीतिक स्थिति तब ऐसी थी कि भारत छोटे-छोटे राज्यों में बँटा हुआ था। उनमें एकता नहीं थी। सैनिक दृष्टि से भी विदेशी सेनाएँ अधिक शक्तिशाली थीं। इसके बाद भी हिंदूशाही राजाओं ने बार-बार आक्रमणकारी सेनाओं से युद्ध किया। प्राणों की आहुति दी और यह सिलसिला तभी समाप्त हुआ, जब हिंदूशाही राजवंश पूरी तरह से समाप्त हो गया।

सोमनाथ की रक्षा के लिए भी गुजरात के भीमदेव के नेतृत्व में पूरे भारत की सैनिक टुकड़ियाँ एकत्र हुईं और उन्होंने आक्रांताओं से वीरतापूर्वक युद्ध किया। यद्यपि उनकी पराजय हो गई, पर उन्होंने समर्पण नहीं किया।

महमूद गजनवी के आक्रमणों के बाद काबुल और पश्चिमी पंजाब हिंदू शासित भारत से अलग हो गए।

□

भारत की समृद्धि की खबरों से लुटेरों का ताँता लग गया

महमूद गजनवी के आक्रमणों को मिली सफलता, लूट में मिला अकूत धन की खबरों और महमूद गजनवी को इसलामी दुनिया से मिले सम्मान आदि प्रोत्साहन साबित हुए और भारत की उत्तर-पश्चिमी सीमा (जो अब काफी पीछे तक खिसक आई थी, क्योंकि पंजाब गजनी के साम्राज्य का भाग बन गया था, से आक्रमणों का एक ताँता लग गया। "इन सभी आक्रमणों की क्रियाविधि एक ही तरह की थी और परिणाम भी सदा ही एक जैसे आते रहे। उत्तर के बर्फीले पहाड़ों में रहने वाले इन आक्रमणकारियों के पास भारत पर आक्रमण करने के लिए अक्तूबर से फरवरी तक पूरे पाँच महीने रहते थे, जिनमें वे आक्रमण और लूटपाट कर सकते थे। इन आक्रमणकारियों ने भारत के सीमावर्ती हिंदू राज्यों को अस्थिर कर दिया। लगभग हर वर्ष वे उनके शहरों को नष्ट करके स्थानीय निवासियों को आतंकित करके और लूट का अकूत धन लेकर वापस लौट जाते थे।"*

भारत में मिलने वाली लूट की कहानियाँ दूर-दूर तक फैलने से लूट के लालच में हजारों नए तुर्क और पठान हर वर्ष बसंत के मौसम में आक्रमणकारी सुल्तान के झंडे तले इकट्ठा होने लगे। ये सैनिक बिना किसी वेतन के केवल लूट की खुली छूट की सुविधा पर शामिल होते थे। इस तरह साल-दर-साल विदेशी शक्ति का केंद्र भारत में भीतर की तरफ सरकने लगा। यदि किसी वर्ष देशी राजा कड़ा मुकाबला करके आक्रमणकारियों को रोक देते तो आक्रमणकारी आसानी से अतिरिक्त सेना बुला लेते थे या फिर अगले साल नई तैयारी के साथ आने के लिए वापस लौट आते थे। इन आक्रमणकरियों के पास मध्य एशिया से नए सैनिकों तथा अच्छे घोड़ों की आवक सदा बनी रहती थी। हिंदू राजा छोटे-छोटे राज्यों में बँटे थे तथा उनमें एकता नहीं थी।

---

* Military History of India (Sir Jadunath Sarkar) Page-24.

इन सीमावर्ती आक्रमणकारियों को हथियारों तथा घोड़ों के मामले में भारतीय राजाओं से बढ़त हासिल थी। तुर्की घोड़े बहुत कुशल और ऊँचे होते थे। आक्रमणकारियों के पास हथियार अधिक घातक थे। तुर्की आक्रमणकारियों की युद्धनीति प्रसिद्ध प्राचीन पर्शियन एंपायर के समय विकसित हुई थी। इसके बाद भी स्थानीय राजाओं ने इन आक्रमणकारियों का मुकाबला वीरता से किया। गजनवी के उत्तराधिकारियों के काल में कम-से-कम दो बार भारत के भीतर आक्रमणों का उल्लेख मिलता है, जिनमें 1033 में बनारस पर आक्रमण किया गया और 1037 में हांसी (वर्तमान में हरियाणा के हिसार जिले में) के किले पर अधिकार किया गया। इस किले को जल्दी ही 1043 में चौहान राजपूतों ने वापस ले लिया। इसके बाद लगभग 125 वर्ष तक शक्तिशाली चौहान वंश, मालवा के भोज और गुजरात के चालुक्यों ने विदेशी आक्रमणकारियों को कोई महत्त्वपूर्ण सफलता हाथ नहीं लगने दी।

1026 से 1175 ई. लगभग 150 वर्षों तक सिंध, मुल्तान और पंजाब में अलग-अलग विदेशी राज्य, जिन्हें हम इसलामिक राज्य कह सकते हैं, मौजूद थे। सिंध में सुम्र वंश के और मुल्तान में करमाथी वंश के शिया शासन कर रहे थे। पंजाब में गजनवी वंश का शासन था। शेष भारत में राजपूतों के राज्य थे। बारहवीं शताब्दी में भारत के राजनीतिक परिदृश्य पर प्रमुख शक्तियाँ निम्नानुसार थीं—

1. कन्नौज का राज्य

कन्नौज का शक्तिशाली प्रतिहार वंश महमूद गजनवी के आक्रमण के समय नष्ट हो गया था और इस खाली स्थान की पूर्ति गहड़वाल वंश ने की थी। 1080 से 1194 ईस्वी सन् तक कन्नौज पर गहड़वाल वंश का शासन रहा। गहड़वालों की शत्रुता चौहानों से हो गई थी।

2. सांभर और अजमेर के चौहान

हर्ष के शासन के बाद दिल्ली और अजमेर में चौहान वंश का शासन स्थापित हो गया था। अजयराज चौहान ने अजमेर की स्थापना की थी। चौहान वंश ने लंबे समय तक विदेशी आक्रमणकारियों से भारत की रक्षा की। अर्णोराज चौहान ने 1133 ईस्वी के आस-पास महमूद गजनवी के उत्तराधिकारी को अजमेर के निकट हराया। विग्रहराज चतुर्थ (1153 से 1163) ने चौहान साम्राज्य को बहुत शक्तिशाली बना दिया। इस वंश के अंतिम यशस्वी शासक पृथ्वीराज तृतीय या राय पिथौरा थे, जिन्हें बार-बार मोहम्म्द गोरी के आक्रमणों का सामना करना पड़ा, जो

पश्चिमी पंजाब में महमूद गजनवी के उत्तराधिकारियों को समाप्त कर चुका था और अब भारत में प्रवेश करना चाहता था।

गुजरात के राजपूत राजा

गुजरात में चालुक्य वंश का शासन था। इस वंश का उत्थान मूलराज प्रथम के समय से 941 ईस्वी सन् में हुआ था। 1022 से 1064 ई. तक चालुक्य भीमराज राजा रहे। इन्हीं के समय में महमूद गजनवी ने 1025 ईस्वी में सोमनाथ के मंदिर पर आक्रमण कर उसे लूटा था। भीमराज ने महमूद गजनवी का सामना साहस से किया था, किंतु युद्ध में घायल होने पर उनके सहायक उन्हें बचाकर ले गए थे। इसी वंश के मूलराज द्वितीय ने मोहम्मद गोरी को 1178 में माउंट आबू पहाड़ के पास बुरी तरह से परास्त किया था। इस वंश के अंतिम शासक भीमदेव द्वितीय थे। इसके बाद गुजरात की सत्ता बघेल वंश के हाथों में आ गई, जिन्होंने 1239–1297 ई. तक शासन किया।

मालवा का परमार वंश

नौवीं शताब्दी के आरंभ में मालवा पर परमार वंश का शासन स्थापित हो गया था। मालवा की राजधानी पहले उज्जैन थी, लेकिन परमार वंश ने अपनी राजधानी 'धार' को बना लिया था। इसी वंश में प्रसिद्ध राजा भोज हुए, जिन्होंने 1000 से 1055 ईस्वी सन् तक मालवा पर शासन किया। भोज को योद्धा और विद्वान् दोनों ही दृष्टियों से महान् माना गया है। भोज ने अनेक युद्ध किए और जीते। राजा भोज ने 1008–1009 में हिंदूशाही शासक आनंदपाल को महमूद गजनवी के विरुद्ध सहायता दी थी। उन्होंने 1043 में अन्य राजपूत शासकों के साथ मिलकर हाँसी, थानेश्वर, नगरकोट आदि को महमूद गजनवी के प्रतिनिधियों से छीन लिया था। उनका राज्य चित्तौड़, भिलसा, खानदेश, कोंकण और गोदावरी तट तक विस्तृत था। भोज महान् विद्वान् थे। उन्होंने तेईस ग्रंथों की रचना की थी। उन्होंने धार में एक नवीन विद्यालय बनवाया था। भोजपुर नाम का एक नया नगर भी बसाया था।

मेवाड़ का गुहिल (सिसोदिया वंश)

छठी सदी में उदयपुर के निकट गहदत्त नामक स्थान पर गुहिल वंश की नींव डाली गई थी। बप्पा रावल नवे शासक थे, जिन्होंने अरबों को परास्त कर मेवाड़ को मुक्त कराया था। बप्पा रावल को इस वंश का संस्थापक माना जाता है। चौदहवीं सदी से इस वंश का महत्त्व बढ़ा और राजपूताने में मेवाड़ प्रमुख राज्य बन गया।

कश्मीर के राजवंश

कश्मीर का इतिहास जानने का साधन कल्हण द्वारा 1050 ई. में लिखी गई पुस्तक 'राजतरंगिणी' है। कश्मीर में सातवीं शताब्दी में कार्कोट वंश का शासन था। 713 में अरबों ने कश्मीर पर आक्रमण किए, पर ये विफल कर दिए गए।

ललितादित्य मुक्तापीड़ कश्मीर के यशस्वी शासक थे, जिन्होंने 720 से 760 ईस्वी सन् तक शासन किया। इन्होंने हिंदू और बौद्ध, दोनों ही धर्मों को संरक्षण दिया। उनकी बनवाई सबसे सुंदर इमारत कश्मीर का सूर्य मंदिर था, जिसके अब भग्नावशेष ही बचे हैं। ललितादित्य मुक्तापीड़ ने अरब आक्रमणकारियों का कश्मीर पर आक्रमण पूरी तरह से विफल कर दिया था।

ईस्वी सन् 1000 में कश्मीर में लोहर वंश का शासन स्थापित हो गया। 1339 ई. में शहमीर नाम का मुसलमान व्यक्ति कश्मीर के सिंहासन पर अधिकार कर शम्शुद्दीन नाम से सुल्तान बन गया।

बंगाल के पाल और सेन वंश

बंगाल में 750 ईस्वी से 1203 ईस्वी तक पाल वंश का शासन रहा। प्रायः 400 वर्षों तक इन्होंने बंगाल को स्थिरता और समृद्धि प्रदान की। पाल वंश के कमजोर पड़ने के बाद बंगाल में सेन वंश की प्रमुखता हो गई। इस वंश का शासन 1095 से लेकर 1245 ईस्वी सन् तक रहा। 'गीत गोविंद' के रचयिता जयदेव सेन वंश के ही समकालीन थे।

बुंदेलखंड का चंदेल राज्य

आठवीं से बारहवीं शताब्दी तक यमुना और नर्मदा के बीच की भूमि पर चंदेल राजवंश का शासन था। स्वतंत्र होने से पहले चंदेल कन्नौज के प्रतिहारों के सामंत थे। चंदेलों को कला एवं वास्तुकला प्रेमी माना जाता है। चंदेलों का कार्यकाल बुंदेलखंड के लिए समृद्धि और शांति का काल था। चंदेलों ने ही खजुराहों के मंदिरों का निर्माण कराया था। 1182–1183 के आस-पास दिल्ली के सम्राट् पृथ्वीराज चौहान ने चंदेल राज्य पर आक्रमण किया था। इस आक्रमण में चंदेलों के सेनापति आल्हा और ऊदल ने जिस वीरता का परिचय दिया था, उसका यशोगान आज भी आल्हा-ऊदल लोकगीतों के माध्यम से बुंदेलखंड में गाया जाता है।

□

सम्राट् पृथ्वीराज चौहान, जिन्हें केवल धोखे से पराजित किया जा सका

तराईन का पहला युद्ध 1191 एवं दूसरा युद्ध 1192

महमूद गजनवी के बाद अफगानिस्तान का गजनी का साम्राज्य कमजोर होता चला गया और मध्य एशिया में दो नई ताकतें ख्वारिज्म वंश और गोर वंश तेजी से शक्तिशाली होने लगीं। गोर अफगानिस्तान में गजनी और हिरात के बीच दस हजार फीट से भी अधिक ऊँचाई पर स्थित प्रदेश है। यहाँ के निवासी पहले बौद्ध और हिंदू थे, किंतु महमूद गजनवी ने इन्हें जबरदस्ती इसलाम में परिवर्तित करा लिया था। गोर का शासक गजनी के सुल्तान के अधीन था। गजनी के सुल्तान बहराम के समय किसी बात पर गोर और गजनी के शासकों में गंभीर विवाद हो गया और गजनी के सुल्तान ने गोर के शासक अलाउद्दीन के भाई कुतुबुद्दीन गोरी की हत्या करवा दी और फिर शिहाबुद्दीन का अपमान किया। अलाउद्दीन ने बदला लेने के लिए गजनी पर आक्रमण कर दिया। बहराम ने एक विशाल सेना के साथ मुकाबला किया। बहराम की सेनाएँ हार गईं और बहराम को गजनी छोड़कर पंजाब की ओर भागना पड़ा। गजनी को सात दिन तक लूटा और जलाया गया। पुरुषों की हत्या कर दी गई और बच्चों तथा महिलाओं को गुलाम बना लिया गया। महमूद गजनवी के वंश के हर स्थान को बुरी तरह से तहस-नहस कर दिया गया। सुल्तान ने गजनी का इलाका अपने भाई शिहाबुद्दीन को दे दिया, जो इतिहास में 'मोहम्मद गोरी' के नाम से विख्यात हुआ।

बहराम पंजाब के रास्ते में ही मर गया। उसका पुत्र सुल्तान खुसरू उत्तराधिकारी हुआ। पंजाब में थोड़े दिन राज करके सुल्तान खुसरू भी मर गया। उसका पुत्र

'खुसरू मलिक' सुल्तान बना। मोहम्मद गोरी ने 1185 में सियालकोट और 1186 में लाहौर पर अधिकार कर लिया। गजनवी वंश के अंतिम शासक खुसरू मलिक को कैद कर लिया गया और कैद में ही उसकी हत्या करा दी गई। गोरी के राज्य की सीमाएँ अब राजपूत सम्राट् पृथ्वीराज चौहान के दिल्ली और अजमेर के राज्य से मिलने लगी थीं। मोहम्मद गोरी ने अब भारत के राजपूत राजाओं से लड़ने का इरादा किया।

एक बालक मूलराज द्वितीय ने मोहम्मद गोरी को पराजित कर भगा दिया

मोहम्मद गोरी ने पहले गुजरात की ओर से प्रवेश किया। गुजरात में उन दिनों चालुक्य वंश का शासन था। चालुक्य राजा अजयपाल के स्वर्गवासी होने के बाद उनका बालक पुत्र मूलराज गद्दी पर बैठा। उसकी माता उसकी संरक्षक बनीं। मुहम्मद गोरी ने 1178 में गुजरात पर आक्रमण किया। उस समय मूलराज द्वितीय की आयु तेरह वर्ष के लगभग थी। वर्तमान माउंट आबू के नजदीक मोहम्मद गोरी की सेना को राजपूतों ने बुरी तरह से हराया और गोरी की लगभग पूरी सेना नष्ट हो गई। इतिहास में इस युद्ध को 'कसाहरादा' के युद्ध के नाम से जाना जाता है। हार के बाद मोहम्मद गोरी किसी तरह जान बचा वापस भागकर गजनी पहुँच गया।

वीर सम्राट् पृथ्वीराज चौहान, जिनकी उदारता का पूरे भारत को नुकसान हुआ

सम्राट् पृथ्वीराज चौहान तृतीय, जिन्हें रायपिथौरा के नाम से भी जाना जाता है, के पिताजी का नाम सोमेश्वर था। पृथ्वीराज चौहान 1177 ईस्वी सन् से 1192 ईस्वी सन् तक चौहान साम्राज्य के सम्राट् रहे। इस साम्राज्य की राजधानी अजमेर थी एवं इसका विस्तार उत्तर की ओर थानेश्वर तक तथा दक्षिण में मेवाड़ तक था। आज की दिल्ली का इलाका भी इसी साम्राज्य का भाग था, जिसका एक पृथक् सूबेदार होता था।

पृथ्वीराज चौहान वीर एवं शक्तिशाली सम्राट् थे। राज्य का भार ग्रहण करने के बाद ही पृथ्वीराज चौहान को उनके एक रिश्तेदार नागार्जुन के विद्रोह का सामना करना पड़ा। पृथ्वीराज चौहान ने इस विद्रोह को ताकत के बल पर दबा दिया। पृथ्वीराज चौहान ने जैजाकभुक्ति (आधुनिक बुंदेलखंड), जिसे चंदेल राज्य भी कहा जाता था, पर भी आक्रमण किया। उस समय चंदेल सम्राट् परमारदी थे।

आल्हा और ऊदल उनके प्रसिद्ध सेनापति थे। युद्ध में आल्हा-ऊदल ने जबरदस्त वीरता का परिचय दिया। इन दोनों योद्धाओं की वीरता के गीत आज भी बुंदेलखंड में 'आल्हा-ऊदल' नाम से गाए जाते हैं। सम्राट् पृथ्वीराज चौहान ने संभवतः चंदेल साम्राज्य के कुछ भाग को कुछ समय के लिए अपने अधिकार में कर लिया था।

सम्राट् पृथ्वीराज चौहान की कन्नौज गहड़वाल नरेश जयचंद से शत्रुता थी, ऐसा पृथ्वीराज रासो ग्रंथ से पता चलता है। इस ग्रंथ में एवं जनश्रुति में इसका कारण पृथ्वीराज द्वारा जयचंद की बिना सहमति के उसकी पुत्री संयोगिता से विवाह कर लेना था।

मोहम्मद गोरी को बार-बार पराजित करना एवं अंत में उसके छल को न समझ पाना

भारतीय उपमहाद्वीप के उत्तर-पश्चिमी हिस्से की तरफ से बार-बार मुसलिम आक्रांताओं के आक्रमण होने लगे थे। ईस्वी सन् 1175 में मोहम्मद गोरी ने सिंधु नदी पार करके मुल्तान पर अधिकार कर लिया था। 1178 ईस्वी सन् में गोरी को गुजरात में मूलराज द्वितीय के हाथों पराजय होने से गोरी की हिम्मत कुछ वर्षों के लिए पस्त हो गई।

अगले कुछ वर्षों तक मोहम्मद गोरी अपनी ताकत को बढ़ाता रहा एवं चौहान साम्राज्य के नजदीक अपने सैनिक अड्डे भी स्थापित करता रहा। भारतीय स्रोत पृथ्वीराज चौहान एवं गोरी के बीच अनेक युद्ध होने की बात कहते हैं, जिनमें आखिरी को छोड़कर प्रत्येक में पृथ्वीराज की विजय हुई थी और उन्होंने मोहम्मद गोरी को हर बार सुरक्षित भाग जाने दिया था। इसलामी इतिहासकार केवल दो लड़ाइयों का उल्लेख करते हैं—तराईन का प्रथम एवं दूसरा युद्ध। कुछ इसलामी इतिहासकार केवल तराईन के केवल दूसरे युद्ध का उल्लेख करते हैं। ऐतिहासिक आधार पर इतना तय है कि कम-से-कम दो बड़े युद्ध 1191 एवं 1192 ईस्वी सन् में तराईन में हुए थे। पहले युद्ध में मोहम्मद गोरी की बुरी पराजय हो गई थी और वह बुरी तरह से घायल हो गया था।

तराईन की पहली लड़ाई

1190 एवं 1191 के दौरान गोरी ने पृथ्वीराज चौहान के राज्य की सीमा में मौजूद भटिंडा पर अधिकार कर लिया। जब पृथ्वीराज चौहान को इस अतिक्रमण की खबर मिली, तो वह अपनी सेना सहित भटिंडा की ओर बढ़े। उनकी सेना में

दिल्ली के गोविंद राय भी थे, जो हाथी पर सवार थे। सुल्तान, जो कि घोड़े पर सवार था, ने अपना बरछा गोविंद राय के मुँह पर मारा, जिससे उनके दो दाँत टूट गए। राय के जवाबी हमले से सुल्तान का एक हाथ गंभीर रूप से घायल हो गया। सुल्तान ने अपना घोड़ा वापस मोड़ लिया। पीड़ा के कारण उसका घोड़े पर बैठे रहना मुश्किल हो गया और वह गिरने लगा, तभी एक अफगान सैनिक ने उसकी मदद की और उसे सुरक्षित निकाल ले गया। उसकी सेना को लगा कि सुल्तान मारा गया है और सेना भाग खड़ी हुई। इस प्रकार 1191 में तराईन के पहले युद्ध में गोरी की पराजय हुई। करनाल जिले के 1918 के गजेटियर में इस युद्ध का स्थान नार्दिना नाम का गाँव बताया गया है, जो थानेश्वर से बारह मील दक्षिण में और तिराउरी गाँव से तीन मील दूर स्थित है। राजपूत सेनाओं ने गोरी का पीछा नहीं किया और भठिंडा पर घेरा डाले रहे, जिसे काफी संघर्ष के बाद अधिकार में कर लिया गया।

तराईन की दूसरी लड़ाई

अगले साल खूब सैनिक तैयारी करने के बाद गोरी वापस लौटा। गोरी और पृथ्वीराज चौहान के बीच दूसरा निर्णायक युद्ध 1192 में तराईन के मैदान में ही हुआ। मिन्हाज उस सिराज की पुस्तक 'तबकाते नासिरी' में उल्लेख है कि गोरी की सेना में एक लाख बीस हजार घुड़सवार थे। पृथ्वीराज चौहान ने गोरी को पत्र लिखकर प्रस्ताव दिया कि यदि चुपचाप अपने देश को लौट जाए तो उसे जाने दिया जाएगा। गोरी ने पृथ्वीराज को संदेश भेजा कि उसने इस संबंध में अपने भाई से अनुमति माँगी है, वह उसका इंतजार करेगा। यह भी तय हुया कि संदेश आने तक दोनों सेनाएँ एक-दूसरे पर आक्रमण नहीं करेंगी। गोरी ने इस संदेश के द्वारा पृथ्वीराज को धोखा दिया था। सुबह के समय जब राजपूत सैनिक दैनिक कार्यों में लगे थे, तब गोरी ने धोखे से अचानक आक्रमण कर दिया। उस समय सम्राट् पृथ्वीराज नींद में थे। इसके बाद भी उठकर राजपूतों ने जबरदस्त मुकाबला किया। सम्राट् पृथ्वीराज चौहान ने आक्रमणकारी सेनाओं को पीछे हटा दिया और फिर उनका पीछा करना आरंभ किया। दोपहर तक राजपूत सेनाएँ इस भागदौड़ से थक गईं। इस समय गोरी ने सुरक्षित सेना के साथ राजपूत सेना पर आक्रमण कर दिया। यह वही युद्धनीति था, जिसका उपयोग महमूद गजनवी ने जयपाल और आनंद पाल के विरुद्ध किया था।

अचानक धोखे से आक्रमण के बाद भी लड़ाई कठिन थी और भीषणता से लड़ी गई। चौहान सेना ने कड़ा संघर्ष किया। खुद पृथ्वीराज चौहान ने वीरतापूर्वक युद्ध किया। उनका भाग्य आज उसके साथ नहीं था। आक्रमणकारी सेनाओं को

विजय मिली, पर बहुत कठिनाई से। 'तबकाते नासिरी' में लिखा गया है कि अल्लाह की मदद से विजय मिली। पृथ्वीराज घोड़े पर बैठकर बचकर जाते हुए गिरफ्तार कर लिये गए और उनकी हत्या कर दी गई।

चंदबरदाई की पुस्तक 'पृथ्वीराज रासो' में पृथ्वीराज की वीरगति के संबंध में एक अलग विवरण दिया गया है, जो ऐतिहासिक तौर पर तथ्यों से मेल नहीं खाता है। वह इस प्रकार है कि पृथ्वीराज को कैद करने के बाद अंधा कर दिया गया था, सम्राट् पृथ्वीराज शब्द भेदीबाण चलाने में सक्षम थे। गोरी ने एक दिन पृथ्वीराज को दरबार में बुलवाया और धनुर्विद्या के कौशल को प्रमाणित करने को कहा।

पृथ्वीराज का दरबारी कवि चंदबरदाई उस मौके पर मौजूद था। उसने एक दोहा पढ़ा, जिसमें गोरी जहाँ बैठा था, उस स्थान की सटीक जानकारी देकर इशारा किया था कि वे सुल्तान को अपने बाण का निशाना बनाकर अपने अपमान का बदला ले लें। दोहा इस प्रकार है—

चार बाँस चौबीस गज अंगुल अष्ट प्रमान,
ता ऊपर सुल्तान है मत चूके चौहान॥

पृथ्वी राज ने इस अनुमान के आधार पर बाण चलाकर गोरी को मार दिया। इस घटना के बाद पृथ्वीराज और चंदबरदाई की हत्या कर दी गई। यह कहानी जनमानस में प्रचलित है, किंतु ऐतिहासिक तथ्य इसका अनुमोदन नहीं करते हैं।

मान्य तथ्य यह है कि सम्राट् पृथ्वीराज की मृत्यु तराईन के दूसरे युद्ध के दौरान हो गई थी और उसी दिन उत्तर भारत के एक हिस्से की स्वतंत्रता भी समाप्त हो गई थी। इस पराजय से भारतीय संस्कृति और सभ्यता पर जो दूरगामी विपरीत प्रभाव आए, वे अलग से चर्चा का विषय हैं।

अजमेर और कन्नौज ने भी मरते दम तक संघर्ष किया

पृथ्वीराज चौहान की पराजय के बाद गोरी ने उनकी राजधानी अजमेर पर आक्रमण करके उसे लूटा। उसे पृथ्वीराज के पुत्र रायन को अधीनता और वार्षिक खिराज देने की शर्त पर अजमेर को सौंप दिया गया। अब गोरी ने दिल्ली पर हमला किया। दिल्ली के सूबेदार ने कड़ा प्रतिरोध किया, पर अंत में हार हुई। हाँसी और दूसरे जिले भी नियंत्रण में ले लिये गए और सुल्तान सेना का एक भाग कुतुबुद्दीन ऐबक की अधीनता में दिल्ली के नजदीक छोड़कर गजनी लौट गया।

अजमेर में पृथ्वीराज के भाई हरीराम चौहान ने, जो पृथ्वीराज के पुत्र रायन के बाद अजमेर के शासक हो गए थे, संघर्ष किया और वे सेना सहित दिल्ली की ओर

बढ़े। दुर्भाग्य से हरीराम चौहान की भी हार हो गई। इस घटना के बाद कतुबुद्दीन ऐबक ने अजमेर को दिल्ली सल्तनत का एक प्रदेश बना लिया। चौहान वंश ने अभी भी रणथंभौर पर अपना अधिकार बनाए रखा।

सम्राट् पृथ्वीराज चौहान की पराजय के भारत पर दीर्घकालीन प्रभाव पड़े। भारत के मुख्य भाग के एक अंश पर विदेशी सत्ता पृथ्वीराज चौहान की इस पराजय के बाद ही संभव हो पाई थी। कुतुबुद्दीन ऐबक गोरी का एक गुलाम था, जो अपनी योग्यता के कारण गोरी का चहेता बन गया था। जब गोरी जीते हुए प्रदेशों को कुतुबुद्दीन ऐबक की देखरेख में उसे सौंपकर वापस लौट गया था, तब ऐबक ने बुलंदशहर, दिल्ली, मेरठ, रणथंभौर, कोल (अलीगढ़) को भी जीत लिया और 1193 में नए जीते प्रदेश की राजधानी दिल्ली बना दी गई।

कन्नौज और बनारस भी भीषण प्रतिरोध बिना नहीं झुके

अजमेर और देहली के पतन के बाद उत्तर भारत का शक्तिशाली स्वतंत्र राज्य गहड़वालों की अधीनता में 'कन्नौज' शेष बचा था। बनारस जैसा प्रसिद्ध नगर भी कन्नौज राज्य का ही भाग था। पृथ्वीराज रासो में उल्लेख है कि कन्नौज के राजा ने पृथ्वीराज पर आक्रमण करने के लिए गोरी को प्रोत्साहित किया था, लेकिन इस बात का कोई ऐतिहासिक साक्ष्य उपलब्ध नहीं है, न ही इस बात का उल्लेख मोहम्मद गोरी के दरबारी इतिहासकार हसन निजामी ने अपने विवरण में किया है।

कन्नौज उस समय के भारत का प्रमुख राज्य था। 'तबकाते नासिरी' में उल्लेख है कि मोहम्मद गोरी 1193 में गजनी से वापस लौटा और उसने कन्नौज पर आक्रमण किया। इटावा और बनारस के बीच चंदावर नाम के स्थान पर राजा जयचंद ने वीरता और साहस से गोरी का सामना किया। जयचंद वीरतापूर्वक युद्ध करते हुए वीरगति को प्राप्त हो गए। कन्नौज और बनारस को भी गोरी ने लूटा। गोरी कुतुबुद्दीन को जीते प्रदेशों का सूबेदार बनाकर वापस गजनी लौट गया।

गोरी आखिरी बार 1196 में वापस आया। कुतुबुद्दीन ऐबक सेना सहित उसके साथ शामिल हो गया। सम्मिलित सेनाओं ने बयाना और ग्वालियर पर अधिकार कर लिया। गजनी वापस लौटने के बाद गोरी सिंधु नदी के तट पर खोकर जाति द्वारा मार डाला गया। तुर्की सरदारों ने कुतुबुद्दीन ऐबक को भारतीय प्रदेशों का सुल्तान मान लिया। अब भारत के उत्तरी भाग के एक हिस्से में तुर्की मूल की गुलाम सल्तनत का आंरभ हुआ।

उत्तर भारत के दूसरे राजपूत राज्यों ने मुकाबला किया

दो शक्तिशाली राजपूत राज्यों चौहान एवं गहड़वाल की हार हो जाने पर भी उत्तर भारत के बाकी राजपूत राज्यों ने भी आसानी से घुटने नहीं टेके। सभी ने अपनी स्वतंत्रता बचाने अथवा उसे वापस प्राप्त करने हेतु प्राणपण से संघर्ष किया।

कुतुबुद्दीन ऐबक ने 1197 में गुजरात के अन्हिलवाड़ पर आक्रमण किया। चालुक्य राजा भीम द्वितीय ने माउंट आबू के निकट उसका सामना किया। युद्ध में कुतुबुद्दीन ऐबक जीत गया। गुजरात को बहुत हानि उठानी पड़ी। लेकिन जल्दी ही 1201 तक चालुक्यों ने अपना पूरा राज्य उससे वापस छीन लिया।

अगला निशाना चंदेलों की राजधानी कालिंजर और महोबा बने। माना जाता है कि चंदेलों की पराजय हो गई थी, लेकिन इतिहास गवाह है कि चंदेल राजा इसके बाद लंबे समय तक बुंदेलखंड पर राज करते रहे थे और बुंदेलों तथा बघेलों ने इनका स्थान ले लिया था। यह तय है कि अगले एक सौ साल तक चंदेलों का राज कायम रहा था।

पृथ्वीराज चौहान की वीरगति के बाद से भारत के प्रमुख हिंदू राजा अपनी खोई हुई स्वतंत्रता प्राप्त करने हेतु संघर्ष करने लगे। मेरठ, बुलंदशहर, कोल (अलीगढ़) बयाना, ग्वालियर, कालिंजर, बदायूँ आदि अनेक क्षेत्रों में कुतुबुद्दीन ऐबक को हिंदू राजाओं का सशस्त्र प्रतिरोध झेलना पड़ा। चंदेल राजपूतों ने कालिंजर, अजयगढ़, झाँसी, पन्ना, छतरपुर आदि को आक्रांताओं से मुक्त करा लिया। ग्वालियर प्रतिहारों राजाओं ने वापस छीन लिया। कोई राजपूत राजा झुका नहीं किसी ने संघर्ष से मुँह नहीं मोड़ा।

□

असम के वीरों ने रोका आक्रांताओं का कारवाँ और उत्तर-पूर्व सदा के लिए बचा लिया

बिहार तथा बंगाल को जीतने का ऐबक ने कोई प्रयास नहीं किया। यह काम उसके एक साधारण सेनानायक बख्तियार खिलजी ने 1202-03 में पूरा किया। मिनहाज उस सिराज की किताब 'तबकाते नासिरी' में बख्तियार खिलजी द्वारा असम पर आक्रमण और इस आक्रमण का असम के लोगों ने जो प्रतिकार किया, उसका पूरा विवरण मौजूद है, जो इस प्रकार है—

"मोहम्मद बख्तियार खिलजी एक अफगान था। भारत में अवध में आकर उसने मलिक हिसामुद्दीन के यहाँ नौकरी कर ली। उसने काफी अच्छा काम करके दिखाया, इसलिए उसे कुछ छोटी जागीरें दे दी गईं। वह मुंगेर और बिहार पर हमले और लूटपाट करने लगा। उसने बड़ी संपत्ति और सेना इकट्ठी कर ली। उसकी इस लूटपाट की खबरें सुल्तान कुतुबुद्दीन तक भी पहुँच गईं। उसने बख्तियार खिलजी का सम्मान किया और उसे उपहार भेजे। अब बिहार में उसने अपने अभियान और लूटपाट बढ़ा दी। उसने नालंदा एवं विक्रमशिला के बौद्ध विहारों पर अचानक आक्रमण कर उन्हें नष्ट कर दिया। वहाँ बहुत अधिक संख्या में किताबें थीं। पूरे पुस्तकालय को आग के हवाले कर दिया गया, ताकि भारतीय संस्कृति को आघात पहुँचाया जा सके।"

बख्तियार खिलजी ने लूट का बड़ा हिस्सा जाकर कुतुबुद्दीन ऐबक को सौंप दिया। एक साल बाद बख्तियार खिलजी ने एक सेना एकत्र की और बंगाल की राजधानी नदिया में अचानक केवल अठारह घुड़सवारों के साथ पहुँच गया। वह घोड़ों के व्यापारी के रूप में राजा लक्ष्मण सेन के महल के बाहर पहुँचा और अचानक महल पर आक्रमण कर दिया। अफरातफरी मच गई और राजा लक्ष्मण

सेन को यह भी पता नहीं लगा कि हुआ क्या है और वह महल के पीछे के द्वार से निकल गया। राजा की सारी संपत्ति और परिवार बख्तियार खिलजी के कब्जे में आ गया। कुछ ही देर में बख्तियार खिलजी की बाकी बची सेना शहर में आ गई और शहर पर कब्जा कर लिया। मोहम्मद बख्तियार खिलजी ने नदिया शहर को नष्ट कर दिया और लखनौती को अपनी राजधानी बनाया।

बंगाल में ही बख्तियार खिलजी ने लखनौती के पूर्व में स्थित तिब्बत प्रदेश के बारे में सुना। इसको जीतने के लिए उसने दस हजार घुड़सवारों की सेना तैयार की। लखनौती और तिब्बत के बीच कामरूप (असम) का प्रदेश था। यहाँ तीन जातियों के लोग रहते थे। पहला कूच, दूसरा मेख और तीसरा तिहारू या नेहारू। कूच और मिख जाति के एक सरदार को बख्तियार खिलजी ने धर्म-परिर्वतन कराकर अपने साथ मिला लिया। उसने बख्तियार खिलजी को रास्ता बताने का विश्वास दिलाया। वह बख्तियार खिलजी को एक नगर तक ले गया, जिसका नाम 'मरदान कोट' था। इस शहर के पहले एक नदी थी, जो बहुत ही विशाल थी। इसका नाम 'बागमती' था। (बह्मपुत्र) यह नदी गंगा से तीन गुना अधिक विशाल थी।

रास्ता दिखाने वाला बख्तियार खिलजी को नदी के ऊपर की तरफ ले गया, जहाँ दस दिन की यात्रा के बाद एक पुल मिला। बख्तियार खिलजी ने अपने दो अधिकारियों को बड़ी सेना के साथ इस पुल की रक्षा के लिए नियुक्त कर दिया, जिनमें एक तुर्क था और दूसरा खिलजी। इसके बाद बख्तियार खिलजी आगे बढ़ गया।

जब कामरूप के राजा पृथु को बख्तियार खिलजी के आगे बढ़ने की सूचना मिली तो उन्होंने उसे चेतावनी भेजी कि वह वापस लौट जाए। बख्तियार खिलजी ने उनकी चेतावनी पर ध्यान नहीं दिया। बख्तियार खिलजी देवकोट और बागवान के बीच एक जगह पर रुका। यहाँ उसे जानकारी मिली कि आगे 15 बार कठिन पहाड़ी चढ़ाई और पर्वतीय रास्ते हैं। सोलहवें चरण के बाद ही सपाट जमीन मिलेगी। जहाँ बहुत अधिक लोग रहते हैं और सारा इलाका समृद्ध है।

आगे बढ़ने पर जो पहला ही गाँव मिला, वहाँ एक किला था। इस इलाके में बोड़ो, राजबोंगसी और केवट जनजाति के लोग अधिक थे। इन्होंने बख्तियार खिलजी को असम से बाहर निकालने के काम में राजा पृथु की सहायता करने का निश्चय किया था। बख्तियार खिलजी ने जब इस किले पर आक्रमण किया, तब आस-पास के इलाके से लोग वहाँ इकट्ठे हो गए और लड़ाई आरंभ हो गई। रक्षा करने वाली सेना के पास लंबे-लंबे धनुष और केवल बाँस के तीर थे।

इन्हीं हथियारों से उन्होंने खिलजी की सेना का काफी भाग नष्ट कर दिया।

लड़ाई सुबह से शाम तक चलती रही। बख्तियार खिलजी के बहुत सारे सैनिक मारे गए और अनेक घायल हो गए। जब बख्तियार खिलजी ने देखा कि उसकी सेना बुरी हालत में हैं, तब उसने अपने सरदारों के साथ चर्चा करके निर्णय किया कि वापस लौट जाया जाए और अगले साल ज्यादा तैयारी के साथ वापस लौटा जाए।

वापस लौटते समय राजा पृथु ने अपनी सेना सहित खिलजी पर आक्रमण कर दिया। खिलजी के बहुत से सैनिक मारे गए और बहुत से बंदी बना लिये गए। खिलजी केवल कुछ सौ सैनिकों के साथ जान बचाकर वापस भागा। वापसी के रास्ते पर इस सेना को कहीं एक भी दाना अनाज या घास का तिनका भी नहीं मिला। स्थानीय लोगों ने सबकुछ आग के हवाले कर दिया था। रास्ते के आस-पास के गाँवों के लोग भी अपनी जगह खाली करके दूर जंगलों में चले गए थे।

खाना और घास न मिलने से यह हालत हो गई कि बख्तियार खिलजी के लोगों को अपने ही घोड़ों को मारकर खाना पड़ा। जब किसी तरह वह नदी के उस पुल तक पहुँचे, जहाँ बख्तियार खिलजी ने पुल की रक्षा के लिए सेना छोड़ी थी। कामरूप की सेना और लोगों ने पुल को पूरी तरह से नष्ट कर दिया था। नदी को पार करने का अब कोई साधन नहीं था। कोई नाव नहीं थी।

राजा पृथु की सेनाएँ खिलजी का पीछा करते-करते निकट आ गईं। खिलजी और उसकी आक्रमणकारी सेना घबराकर नदी में उतरकर उसे पार करने की कोशिशें करने लगी। घेरने वाली सेना ने इन पर तीर चलाना आरंभ कर दिया। नदी का बहाव बहुत तेज था। बहुत सारे सैनिक नदी के तेज बहाव में बह गए। बख्तियार खिलजी और केवल सौ घुड़सवार ही किसी तरह बचकर दूसरे किनारे पर पहुँच पाए। असम राज्य पर दस हजार की सेना आक्रमण करने गई थी, पर लौटकर आए केवल सौ।

जब ये लोग देवकोट पहुँचे तो दुःख के मारे बख्तियार खिलजी बीमार पड़ गया। उसने अपने खेमे से बाहर निकलने से भी मना कर दिया, ताकि उन सैनिकों के परिवारों का सामना न करना पड़े, जो वापस नहीं लौटे हैं। बख्तियार खिलजी के ही एक साथी ने उसके तंबू में घुसकर उसकी हत्या कर दी। यह 1205 ईस्वी सन् की बात है।

इस प्रकार राजा पृथु और असम के लोगों ने विदेशी आक्रमणकारियों को नष्ट करके सारे उत्तर-पूर्व को आक्रांताओं से बचा लिया। राजा पृथु ने खिलजी के जिन सैनिकों को बंदी बनाया था, उन्हें सनातन के संस्कार के अंतर्गत सुरक्षा का आश्वासन दिया गया और इन्हें असम में ही बसा लिया गया।

□

आक्रांताओं द्वारा स्थापित सल्तनत को उखाड़ फेंकने का संघर्ष जारी रहा

1206 से 1290 तक दिल्ली सल्तनत के सुल्तान गुलाम वंश के नाम से जाने गए। यद्यपि इस अवधि में कुतुबी, शम्सी और बलबनी वंश ने भी शासन किया, जो गुलाम नहीं थे। गुलाम वंश के रहे हों या दूसरे वंश के, ये सभी तुर्क ही थे। लगभग 100 साल के काल में दिल्ली सल्तनत की सीमाएँ वही रहीं, जो गोरी के समय में बन गई थीं, यानी आज के उत्तर प्रदेश के भाग, बिहार, बंगाल, सिंध और पंजाब। राजपूतों ने इनमें से भी अनेक प्रदेश संघर्ष करके वापस ले लिये थे।

सौ साल कोई छोटा वक्त नहीं होता। सौ साल तक उस आतंकी ताकत को आगे बढ़ने से रोककर रखना, जिसने पूरे मध्य एशिया को बहुत कम समय में ही अपने अधीन कर लिया था, किसी भी राष्ट्र के इतिहास में असाधारण घटना है।

यह चमत्कार कैसे संभव हुआ ? निस्संदेह इसके लिए स्थानीय शासकों की वीरता और बलिदान उत्तरदायी था। भारत की आम जनता भी विदेशी शासकों को, विशेष तौर पर उनकी भेदभावपूर्ण धार्मिक नीति का पसंद नहीं करती थी।

कुतुबुद्दीन ऐबक ने अपना शासन सैनिक शासन की भाँति चलाया। जनता के सहयोग पर नहीं, केवल सेना के भय से उसका शासन बना रहा। जनता से जुड़ाव नहीं होना, सांप्रदायिकता की नीति पर चलकर मंदिरों को तोड़कर मसजिदें बनवाना आदि कार्यों से स्थानीय जनता का समर्थन मिल भी नहीं सकता था। कुतुबुद्दीन ऐबक की मृत्यु 1210 ईस्वी में हो गई। 1211 ईस्वी में इल्तुतमिश सुल्तान बना। जिसे भारतीय सैनिकों की वीरता का स्वाद चखना पड़ा।

भारतीय राजाओं ने इल्तुतमिश को बार-बार हराया

इल्तुतमिश ने उसके राज्य क्षेत्र के उत्तर-पश्चिमी सीमा पर आए चंगेज खान जैसे संकटों का समाधान निकाल लिया, लेकिन भारत के भीतरी भागों में उसे ज्यादा संकटों का सामना करना पड़ा। सल्तनत की सीमा से लगे प्रदेशों में राजपूत राजाओं ने अपने प्रदेशों पर वापस अधिकार कर लिया। रणथंभौर के गोविंदराज चौहान ने तुर्की गवर्नर को भगा दिया और जोधपुर तथा उसके आस-पास के इलाके में सत्ता स्थापित कर ली। जालौर, नांदोल, मंडोर, रतनपुर, खेरा, अलवर, भीनमाल, बयाना और अजमेर सभी को स्वतंत्र करा लिया गया। परिहारों ने ग्वालियर को भी मुक्त करा लिया। कालिंजर और अजयगढ़ को चंदेलों ने वापस छीन लिया।

1226 में इल्तुतमिश ने इन प्रदेशों को वापस लेने हेतु अभियान छेड़ा। उसने रणथंभौर, मंडोर, जालौर आदि प्रदेशों को जीत लिया, लेकिन इसके लिए बड़ी संख्या में सैनिकों की जान के रूप में बड़ी कीमत चुकानी पड़ी। इन राज्यों को पूरी तरह से इसलामी राज्य बनाना असंभव जानकर उसे मजबूर होकर इनके राजाओं के राज्य वापस देने पड़े।

उसे दो जगह अपमानजनक हार का भी सामना करना पड़ा। नागदा (मेवाड़ की प्राचीन राजधानी) में गहलोत राजा जैत्रसिंह के हाथों उसकी बुरी तरह पराजय हुई। गुजरात में चालुक्य राजा ने भी उसे हराकर वापस भगा दिया। उसके द्वारा बुंदेलखंड और मालवा पर किए हमले भी असफल रहे। इसके बाद लगभग एक पूरी शताब्दी तक दिल्ली के सुल्तान मालवा के परमारों को छू भी नहीं पाए। इल्तुतमिश ने अपने सेनापति मलिक तायसी को बुंदेलखंड पर आक्रमण के लिए भेजा। जब वह आक्रमण के बाद लूट का माल लेकर लौट रहा था, तब 'चहददेव' (नरवर के राजा) ने बुरी तरह लूटा। बुंदेलखंड के चंदेल राजपूतों का शासन भी यथावत् जारी रहा।

इल्तुतमिश ने अपने पुत्र नसीरूद्दीन महमूद को अवध का सूबेदार बना दिया। अवध इलाके के लोगों ने बड़ा विद्रोह खड़ा कर दिया। इल्तुतमिश के बहुत सारे सैनिकों को मार डाला गया। 'मिन्हाज उस सिराज' ने बड़े क्रोध से लिखा है कि लगभग एक लाख बीस हजार मुसलिम सैनिक शहीद हो गए। चंदावर और तिरहुत में भी स्वतंत्रता का संघर्ष आरंभ हो गया। इल्तुतमिश के पुत्र की मृत्यु 1229 में हो गई। इस प्रकार इल्तुतमिश से राजपूत राजाओं ने निरंतर संघर्ष किया और उसे कभी चैन की साँस नहीं लेने दी। इल्तुतमिश की भी मृत्यु 1236 ईस्वी में हो गई।

अनेक वर्षों तक गृहयुद्ध और खूनी षड्यंत्रों के बाद 1266 में 'बलबन' नाम का सरदार सुल्तान बना, जो सक्षम और ताकतवर सुल्तान सिद्ध हुआ।

बलबन के अत्याचारों का दौर, जिसने सल्तनत की रक्षा हो गई

1265 में दिल्ली सल्तनत का सुल्तान बलबन बना। उसके समय तक भारतीय राजाओं ने राजस्थान, गुजरात आदि स्थानों से विदेशी विजेताओं को निकालकर भगा दिया था और अपने राज्यों पर वापस अधिकार कर लिया था।

राजस्थान का रणथंभौर स्वतंत्र होकर पहले से अधिक शक्तिशाली हो गया था। हालात यहाँ तक थे कि दिल्ली के आस-पास के प्रदेश भी अब आक्रांताओं के लिए सुरक्षित नहीं थे। दिल्ली से अस्सी मील दक्षिण-पूर्व में मेवातियों ने अपनी स्वतंत्र सत्ता स्थापित कर ली थी और वे लगभग रोजाना ही दिल्ली पर धावा मारकर लूटपाट करते थे। मेवातियों का इतना आतंक था कि सुरक्षा की दृष्टि से रोज शाम के बाद दिल्ली के गेट बंद कर दिए जाते थे, जो सुबह ही खोले जाते थे।

मेवाती स्वतंत्रता को प्यार करने वाले लोग थे और उस अपमान का बदला लेना चाहते थे, जो उन्हें विदेशी आक्रमण और विदेशी शासन के दौरान झेलना पड़ रहा था। यह स्मरण रखना चाहिए कि मेवाती कुछ वर्षों पहले तक इन इलाकों पर राज किया करते थे और अब उन्होंने एक तरह से गुरिल्ला लड़ाई आरंभ कर दी थी। जब भी राजस्थान के राजपूतों और तुर्कों के बीच युद्ध होता था, तब मेवाती राजपूतों की सहायता करते थे।

1258 ई. में बलबन ने मेवातियों के विरुद्ध बड़े पैमाने पर अभियान आरंभ किया, जिनमें से कुछ हमलों में वह खुद भी शामिल रहा। मेवातियों के गाँव के गाँव जला दिए गए। उन पर अमानुषिक अत्याचार किए गए। अनेक की हत्या कर दी गई। तब कहीं जाकर विदेशी आक्रांता कुछ सुरक्षित हो पाए। गंगा-यमुना के दोआब में भी अधिकांश जगह पर तुर्कों का अधिकार समाप्त कर दिया गया था। लगान की वसूली बहुत कम हो पा रही थी। कटेहर में तो लगान की वसूली शून्य हो गई थी। बंगाल में भी हालात बहुत विपरीत थे।

बलबन ने इन हालातों को सँभालने के लिए क्रूरता का रास्ता अपनाया। 1266 में मेवातियों के विरुद्ध एक बड़ी सेना भेजी गई। फरिश्ता ने लिखा है कि लगभग एक लाख मेवातियों की हत्या कर दी गई। दिल्ली के आस-पास के सौ मील तक जंगल कटवा दिए गए और चार जगहों पर किले बनाकर वहाँ फौज नियुक्त कर दी गई।

अब उसने गंगा-जमुना दोआब पर ध्यान दिया। एक बड़ी सेना दोआब भेजने के बाद वह खुद भी दोआब में पहुँच गया। बलबन ने जौनपुर और वाराणसी में हजारों निवासियों की हत्याएँ करा दीं। सबसे ज्यादा आतंक कटेहर में फैलाया गया, जहाँ पूरे इलाके के गाँवों को जला दिया गया। इसके बाद जितने भी बालिग पुरुष थे, सबकी हत्या करने करने का आदेश दिया गया। महिलाओं तथा बच्चों को गुलाम बनाकर बेच दिया गया। बरनी ने लिखा है कि इसके बाद कटेहर के लोगों ने कभी भी विद्रोह करने की हिम्मत नहीं की। बलबन का पूरा कार्यकाल इसी तरह की क्रूरता से भरा हुआ रहा। लेकिन इस कूररता से भी भारतीय वीर हतोत्साहित नहीं हुए।

बलबन की मृत्यु के बाद अगला उल्लेखनीय सुल्तान जलालुद्दीन खिलजी (1290-1296) बना, जो तुर्क तो था, पर उसके पूर्वज दो सौ वर्ष से अफगानिस्तान में रह रहे थे, इस कारण खिलजियों को अफगानी माना जाने लगा था। सौ वर्षों के निरंतर संघर्ष और शासन के बावजूद तुर्क भारत में साम्राज्य बढ़ाने में असफल रहे थे। कुतुबुद्दीन ऐबक से बलबन तक सभी सुल्तान केवल मोहम्मद गोरी द्वारा जीते गए राज्य को बचाने में ही लगे रहे। स्वतंत्र हिंदू राजा और प्रजा इन आक्रांताओं से लगातार संघर्ष करते रहे।

इस प्रकार ईस्वी सन् 1200 से 1300 ईस्वी तक के सौ साल राजस्थान, गुजरात, मालवा के राजाओं तथा जनता की स्वतंत्रप्रियता के साल थे, जब दिल्ली सल्तनत अनेक प्रयास करने के बाद भी नए इलाकों पर कब्जा नहीं जमा सकी। केवल इतना हुआ कि दिल्ली और उसके आस-पास के क्षेत्रों पर अधिकार को ही आक्रांता किसी तरह बचाने में लगे रहे।

□

राजस्थान के वीरों की धमक से आक्रांताओं के दिल दहल जाते थे

आगे बढ़ने से पहले एक बार विषयवस्तु का सिंहावलोकन कर लिया जाए। अनेक असफलताओं के बाद सिंध पर अरबों का पहला सफल आक्रमण 712 ईस्वी सन् में हुआ। सिंध पर आक्रांताओं का आधिपत्य हो तो गया, किंतु वहाँ के मूल निवासी हिंदुओं ने अरबों का ऐसा प्रबल प्रतिरोध किया कि आखिर में सिंध पर आक्रमण अरबों की बड़ी भूल साबित हुआ। सिंध के आम नागरिक जब जहाँ मौका मिलता था, तब आक्रांताओं पर आक्रमण कर देते थे। आखिर में हालात ऐसे हो गए कि अरबों को अपने प्राण सुरक्षित रखने के लिए कुछ सुरक्षित स्थान बनवाना पड़े, जिनमें वे छुपकर रहते थे। इन जगहों का नाम महफूजा रखा गया था।

आक्रांताओं को सिंध से आगे भारत के भीतरी भागों में बढ़ने के लिए लगभग तीन सौ वर्ष लग गए, जब महमूद गजनवी ने लूटपाट के लिए आक्रमण किए। महमूद गजनवी को भी भारत में लूट के अलावा और अधिक सफलता नहीं मिली। केवल पंजाब के कुछ हिस्से पर उसका अधिकार हो गया।

भारत के वीर राजपूत राजाओं ने किसी विदेशी आक्रांता को अगले एक सौ पचास साल तक भारत की मुख्य भूमि में घुसने नहीं दिया। ईस्वी सन् 1000 के आस-पास मोहम्मद गोरी को दिल्ली और आस-पास के इलाके जीतकर तुर्की सल्तनत स्थापित करने में सफलता मिली। राजपूतों ने तुर्की सल्तनत के उखाड़ फेंकने के प्रयासों में कोई शिथिलता नहीं आने दी। लगभग सौ वर्ष तक तुर्की सल्तनत दिल्ली और आस-पास के इलाकों तथा पश्चिमी उत्तर प्रदेश तक ही सीमित रही। 100 लंबे साल बीत गए। सन् 1300 ईस्वी सन् के बाद अलाउद्दीन खिलजी को गुजरात, मालवा और दक्षिण में कुछ सफलताएँ मिलीं, लेकिन अधिकतर ये लूटपाट तक ही सीमित थीं।

इतनी लंबी-लंबी अवधि तक उन आक्रांताओं को रोककर रखना इतिहास का एक आश्चर्य ही है, जिन्होंने बहुत ही कम समय में मध्य एशिया, उत्तरी अफ्रीका और स्पेन को पूरी तरह जीत लिया था। अरबों ने इसलाम को इराक, तुर्की आदि में फैलाया। कालांतर में इसलाम में नए दीक्षित हुए तुर्कों, ईरानियों, अफगानों ने भारत पर आक्रमण किए। भारत ही एकमात्र ऐसी जगह थी, जहाँ इस दानवी आक्रामक शक्ति को गंभीर प्रतिरोध का सामना करना पड़ा। भारत की कोई भी जगह आसानी से जीती नहीं जा सकी। जीत ली गई तो उसे अपने अधीन रखना मुश्किल हुआ। भारतीय लोगों ने अनेक प्रलोभनों तथा बलप्रयोग के बावजूद इसलाम को स्वीकार करने में तत्परता नहीं दिखाई।

जलालुद्दीन खिलजी की कहानी भी इसी प्रकार रही। उसने 1291 में राजस्थान में रणथंभौर पर आक्रमण करने हेतु प्रस्थान किया, जिसके शासक उस समय राजा हम्मीरदेव थे। हम्मीरदेव की ताकत और वीरता के बारे में जानकारी मिलने पर जलालुद्दीन बिना आक्रमण किए ही सेना सहित वापस लौट गया।

अलाउद्दीन खिलजी (अलीगुर्शस्प) सुल्तान जलालुद्दीन फिरोज खिलजी का सगा भतीजा था। सुल्तान ने इसे दिल्ली के पूर्व में स्थित कड़ा मानिकपुर प्रदेश (जो आज के उत्तर प्रदेश में स्थित है) का इक्तेदार बना दिया था। अलीगुर्शस्प के साथ सुल्तान ने अपनी पुत्री का विवाह भी कर दिया था। अलीगुर्शस्प का पारिवारिक जीवन उसकी पत्नी के अति अहंकारी स्वभाव के कारण सुखी नहीं था। कड़ा मानिकपुर में ही अलीगुर्शस्प ने विद्रोह की योजना बनानी आरंभ कर दी। इस के लिए धन की जरूरत थी। और धन प्राप्त करने का एकमात्र तरीका था लूटपाट। 1292 में सुल्तान की अनुमति लेकर अलाउद्दीन ने मालवा में स्थित भेलसा पर आक्रमण किया। यहाँ पर उसने बड़ी मात्रा में संपत्ति लूटी और इसका अधिकांश भाग सुल्तान के पास भेज दिया। इस आक्रमण के अवसर पर उसने दक्षिण में देवगिरि के राज्य की धनसंपत्ति और समृद्धि के बारे में सुना। वास्तव में देवगिरि का राज्य तेरहवीं शताब्दी में दक्षिण का एक शक्तिशाली और धनी राज्य था। उस समय तक उत्तर भारत से कोई भी आक्रांता दक्षिण में प्रवेश का साहस नहीं कर सका था। अलाउद्दीन ने देवगिरि के धन को लूटने का निश्चय किया।

सुल्तान से उसने चंदेरी पर आक्रमण की अनुमति प्राप्त की। आठ हजार चुने हुए घुड़सवारों को लेकर वह भेलसा और चंदेरी होता हुआ देवगिरि की उत्तरी सीमा पर स्थित एलिचपुर नामक जगह पर जाकर रुका। यहाँ वही धोखा देने की उसी नीति का उसने आश्रय लिया, जिसका आश्रय अनेक आक्रांता लेते आए थे। उसने

यह खबर फैला दी कि वह तेलंगाना में नौकरी प्राप्त करने की आशा से जा रहा है। देवगिरि से पहले लासूड़ा दर्रे में वहाँ के सरदार कान्हा ने अलाउद्दीन का मार्ग रोका और भयंकर युद्ध किया। इन्हें परास्त करने के बाद ही अलाउद्ददीन आगे बढ़ पाया और अचानक देवगिरि पर आक्रमण कर दिया।

सहसा हुए इस आक्रमण से देवगिरि के राजा रामचंद्रदेव चकित रह गए। किले के चारों ओर की खाई में न तो पानी भरा था और न ही किले के अंदर अनाज इकट्ठा किया गया था। अलाउद्दीन ने यह अफवाह भी फैला दी कि उसकी सेना तो दिल्ली से और बीस हजार आने वाली सेना की अग्रिम पंक्ति मात्र है। युद्ध के लिए दूर गया हुआ रामचंद्रदेव का पुत्र संकट का समाचार सुनकर वापस आ गया। उसने अलाउद्दीन का मुकाबला वीरता से किया, लेकिन वह युद्ध हार गया।

अब अलाउद्दीन ने संधि के लिए कठोर शर्तें प्रस्तुत कीं और बड़ी मात्रा में धन लेकर वापस लौटा। अलाउद्दीन ने अपनी राजधानी कड़ा मानिकपुर पहुँचकर सुल्तान की बिना आज्ञा देवगिरि पर आक्रमण करने के लिए माफी माँगी और यह भी आश्वासन दिया कि यदि सुल्तान खुद कड़ा मानिकपुर आकर उससे मिलें तो वह न केवल समक्ष में माफी माँग लेगा, अपितु सारा लूटा धन सुल्तान को सौंप देगा। अपने दामाद और भतीजे के मोह में फँसकर जलालुद्दीन खिलजी बिना सेना लिये अपने कुछ सरदारों के साथ नाव में बैठ कड़ा मानिकपुर पहुँच गया। अलाउद्दीन के इशारे पर सुल्तान की हत्या कर दी गई और इस प्रकार धोखे से अपने पिता समान चाचा की हत्या कर अलाउद्दीन सुल्तान बन गया।

मेवाड़ जिसने अलाउद्दीन खिलजी के आक्रमण का मुकाबला तलवार और आग से किया

मेवाड़ पर गुहिलोत वंश के राजपूतों का शासन था। तेरहवीं शताब्दी तक चित्तौड़ के गुहिल अपनी वीरता से तुर्कों को अपने राज्य से दूर रखने में सफल रहे। चित्तौड़ पर गंभीर खतरा ईस्वी सन् 1303 में आया, जब दिल्ली के सुल्तान अलाउद्दीन खिलजी ने चित्तौड़ पर आक्रमण किया।

चित्तौड़ का दुर्ग लगभग आठ किलोमीटर लंबा और दो किलोमीटर चौड़ा है। यह दुर्ग क्षेत्रफल की दृष्टि से भारत का सबसे विशाल दुर्ग है। यह दुर्ग जिस पहाड़ी पर स्थित है, वह 152 मीटर ऊँचा है। चित्तौड़ दुर्ग में पहुँचने के लिए सात दरवाजे पार करने पड़ते हैं। इस दुर्ग में अनेक प्राचीन एवं ऐतिहासिक महल, हवेली, मंदिर, शस्त्रागार और तहखाने स्थित हैं। दुर्ग के भीतर पानी के अनेक स्रोत मौजूद हैं।

इस दुर्ग की विशालता के कारण दुर्ग में हजारों किसान, श्रमिक एवं सैनिक निवास करते थे।

1273 से 1302 तक राणा समर सिंह ने चित्तौड़ पर शासन किया। उनके बाद उनके पुत्र राणा रतन सिंह ने 1302 में मेवाड़ की राजगद्दी सँभाली। राणा रतनसिंह को समकालीन ग्रंथों में 'महारावल' संबोधित किया गया है। चित्तौड़ के राणा को हिंदू राजाओं में श्रेष्ठ समझा जाता था। इस समय दिल्ली पर काबिज अलाउद्दीन खिलजी ने जनवरी 1303 में चित्तौड़ पर आक्रमण किया। अलाउद्दीन का चित्तौड़ अभियान भारत के इतिहास में राजपूतों की वीरता और रानी पद्मिनी के बलिदान के कारण बहुत प्रसिद्ध है। इस युद्ध को संसार के उन युद्धों में गिना जाता है, जिनमें किसी आक्रांता के विरुद्ध अप्रतिम वीरता का परिचय दिया गया हो।

इस युद्ध के बारे में अलग-अलग लेखकों ने अलग-अलग विवरण दिए हैं, किंतु लोकस्मृति में मलिक मोहम्मद जायसी द्वारा ईस्वी सन् 1540 में लिखित पुस्तक 'पद्मावत' का विवरण अधिक रचा-बसा है। इस पुस्तक में काव्य रूप में चित्तौड़ की रानी पद्मावती और राजा रतन सिंह की कहानी कही गई है। इस कहानी का विलेन अलाउद्दीन खिलजी है, जो रानी पद्मावती की सुंदरता का विवरण सुनकर उन्हें प्राप्त करने की इच्छा से चित्तौड़ पर आक्रमण कर देता है। कथा कहती है कि अलाउद्दीन के आक्रमण का चित्तौड़ के वीरों ने डटकर सामना किया और लगभग आठ महीने तक अलाउद्दीन को सफलता नहीं मिली। तंग आकर आक्रांता ने कपट का सहारा लिया और प्रस्ताव रखा कि उसे रानी पद्मावती का प्रतिबिंब मात्र दर्पण में दिखा दिया जाए तो वह घेरा हटाकर वापस लौट जाएगा। राजपूतों ने अनावश्यक खून-खराबे को टालने की दृष्टि से अलाउद्दीन की यह माँग स्वीकार कर ली। अलाउद्दीन किले में अकेला आया और राजपूतों ने अपने वचन का मान रखते हुए उसे कोई हानि नहीं पहुँचाई।

सरल और सहज तथा स्वाभिमानी राजपूत अलाउद्दीन के छल को समझ नहीं पाए और राणा रतन सिंह अलाउद्दीन को विदा करने के लिए उसके साथ किले की तलहटी तक आए। यहाँ अलाउद्दीन के सैनिक पहले से ही तैयार थे। राणा रतन सिंह को धोखे से गिरफ्तार कर लिया गया। राणा रतन सिंह को अलाउद्दीन के शिविर में ले जाकर कैद कर दिया गया और उनकी आजादी के बदले रानी पद्मावती की माँग की गई।

इस गंभीर घटनाक्रम को जानकर पद्मावती परेशान हो गईं। ऐसे में राणा रतन सिंह के सेनापति गोरा और उनके भतीजे बादल ने उन्हें सांत्वना दी और राणा रतन

सिंह की मुक्ति के लिए एक योजना बनाई गई। अलाउद्दीन को संदेशा भेजा गया कि जैसे ही उसकी फौज सारे मोर्चे समेटकर वापस लौटने लगेगी, रानी पद्मावती डोली में बैठकर वहाँ आ जाएँगी। लेकिन रानी पद्मावती जैसी सम्माननीय स्त्री के लिए यही उचित होगा कि वे पूरे सम्मान एवं अपनी सारी सेविकाओं के साथ आएँ।

नियत दिन किले से निकलकर सात सौ बंद पालकियाँ अलाउद्दीन के पड़ाव की ओर चल पड़ीं। प्रत्येक पालकी में चित्तौड़ का एक वीर योद्धा बैठा हुआ था और पालकी ढोने वाले कहारों के वेश में भी सशस्त्र सैनिक ही थे। जब ये पालकियाँ शत्रु शिविर तक पहुँचीं, तब रानी पद्मावती को राणा रतन सिंह को आधा घंटे का समय आखिरी बार बातचीत करने हेतु दिया गया।

इस अवसर पर सभी वीर राजपूतों ने अपने शस्त्र निकाल लिये और राणा रतन सिंह को छुड़ाकर एक घोड़े पर बिठाकर दुर्ग की ओर जाने की व्यवस्था कर दी गई। पीछा करने वाले तुर्कों को रोकने के लिए राजपूतों ने तलवारें खींच लीं। गोरा, बादल और साथी सैनिकों ने अपूर्व वीरता से युद्ध किया। इस युद्ध में वीर गोरा और उनके साथी वीरगति को प्राप्त हो गए। बादल गंभीर रूप से घायल हो गए। अलाउद्दीन खिलजी को वापस लौटना पड़ा। कुछ समय बाद अलाउद्दीन के पुत्र खिज्र खाँ के नेतृत्व में चित्तौड़ पर आक्रमण किया गया। इस युद्ध में भी राजपूतों ने जमकर लोहा लिया। जब पराजय निश्चित लगने लगी, तब राजपूत स्त्रियों ने जौहर और पुरुषों ने केसरिया करने का निश्चय किया।

रानी पद्मावती अन्य राजपूत स्त्रियों के साथ चिता में कूदकर पवित्र हो गईं। राजपूत पुरुषों ने केसरिया बाना पहनकर दुर्ग से नीचे उतरकर शत्रु की विशाल सेना पर आक्रमण कर दिया और लड़ते-लड़ते वीरगति प्राप्त की।

मलिक मोहम्मद जायसी की पद्मावत में वर्णित कहानी अलग-अलग रूपों में जनमानस में प्रचलित रही है। अनेक लेखकों ने इस कथा को अपने ग्रंथों का आधार बनाया है। 1586 ईस्वी सन् में जैन कवि हेमरत्न ने 'गोरा-बादल चउपई' और कवि लब्धोदय ने 1649 में 'पद्मिनी चरित्र चउपई' लिखा। कवि जटमल नाहर ने पद्मिनी चरित्र, कवि मल्ल ने गोरा-बादल कवित्त लिखे। इस तरह से इस कथा के विविध रूप लोक में लोकप्रिय बने रहे। इतिहासकार गौरीशंकर ओझा तथा किशोरी शरण लाल आदि पद्मावत की कथा को ऐतिहासिक घटनाक्रम की जगह कल्पना मानते हैं। स्मरण रखना चाहिए कि मलिक मोहम्मद जायसी ने पद्मावत मूल घटना काल के लगभग दो सौ पचास वर्ष बाद लिखी थी।

जो भी हो, यह ऐतिहासिक दृष्टि से प्रमाणित है कि अलाउद्दीन खिलजी

ने 1303 ईस्वी सन् में विशाल सेना के साथ चित्तौड़ पर आक्रमण किया था और राजपूतों ने पूरी वीरता के साथ इस शत्रु का आठ माह तक डटकर मुकाबला किया था। जब दुर्ग से रसद समाप्त होने लगी और दुर्ग की रक्षा करना आगे संभव नहीं रहा, तब महारानी पद्मावती ने राजपूत स्त्रियों के साथ जौहर किया। राणा रतन सिंह वीरतापूर्वक युद्ध करते हुए वीरगति को प्राप्त हो गए। अलाउद्दीन को चित्तौड़ में केवल तलवार और राख मिली। इस घटना को मेवाड़ के इतिहास में 'प्रथम साका' कहा जाता है। महारानी पद्मिनी अपने अदम्य साहस एवं पवित्रता के लिए समर्पण के कारण भारत में सीता और सावित्री की तरह आदर की पात्र बन गईं। गोरा और बादल लोककथाओं के नायक बन गए।

भारत पर आक्रमण करने वाले विदेशी आक्रांताओं का मुकाबला पहली बार ऐसी कौम से हुआ, जिनके पास युद्ध के भी नैतिक नियम थे और जिनके लिए अपने धर्म तथा राष्ट्र के लिए मर जाना सहज संभव था। जबकि भारतीय लोगों का मुकाबला ऐसी ताकतों से हुआ, जिनके पास युद्ध के कोई नैतिक नियम नहीं थे।

भारत के राजा भी आपस में युद्ध करते थे। कोई जीतता था, कोई हारता था। एक अलिखित नियम था कि हारे हुए शत्रु की स्त्रियों का अपमान नहीं किया जाता था। विदेशी आक्रांता एक नया युद्ध शास्त्र लेकर आए, जिसमें हारे हुए देश की स्त्रियों का अपमान, बलात्कार और खुले बाजार में विक्रय जायज था। भारतीयों का मानना था, ऐसी अपमानजनक हालत से सम्मान सहित मृत्यु बेहतर है। राजपूत स्त्रियों के लिए तो उनके सम्मान का प्रश्न उनकी जिंदगी से भी मूल्यवान था। भारतीय राजपूत ऐसे वीर थे कि कोई उपाय शेष न रहने की दशा में स्त्रियाँ श्रृंगार करके मासूम बच्चों सहित आग में कूद जाती थीं और पुरुष केसरिया बाना पहनकर निश्चित मृत्यु के सामने कूद जाते थे।

चित्तौड़ पर अलाउद्दीन खिलजी के आक्रमण के समय हुए जौहर का हृदय विदारक विवरण स्वर्गीय श्री श्याम नारायण पांडेय के महाकाव्य 'जौहर', जो 1944 में सरस्वती मंदिर काशी से प्रकाशित हुआ था, में मिलता है। इस महाकाव्य के प्रारंभिक गद्य भाग का एक अंश जौहर की घटना का कुछ परिचय हमें दे सकता है—

"संध्या काल की लाली धीरे-धीरे मिट रही थी और उस पर निशा कालिख पुत रही थी, बड़ी लगन के साथ। न मालूम क्यों! आकाश पर तारे झिलमिला रहे थे, मानो काली चादर पर किसी ने बेलबूटे काढ़ दिए हों।"

महारानी पद्मिनी चंद्र-ज्योत्स्ना सी राजमहल से निकलीं, जाति-धर्म की रक्षा

के लिए बलिदान हुए हुतात्माओं पर फूल चढ़ाती और विदा के गीत गाती हुई रावल रतन सिंह के साथ वहाँ पहुँची, जहाँ वीर देश की प्रजा चिंता सागर में डूब-उतरा रही थी।

'महारानी की जय' के निनाद से रात्रि का नीरव वातावरण मुखरित हो उठा। दुःख और चिंता की जगह साहस उमड़ने लगा। रगों में रक्त की गति तीव्र हो गई, क्षण भर बाद रानी की निर्भीक वाणी गरज उठी—"धर्म की बलिदेवी पर बलि हो जाना चित्तौड़ ने सीखा है और किसी देश ने नहीं। माँ-बहनों के सम्मान पर मिट जाना राजपूतों ने समझा है और किसी जाति ने नहीं और स्वाभिमान के रक्षण के लिए जीवन को तृण की तरह बहा देना बप्पा रावल के वंशज जानते हैं, दूसरे नहीं। तुम्हारे गौरव की गाथा पवन के हिंडोलों पर झूलती रहेगी और वीरता की कहानी दिशाओं में गूँजती रहेगी रामायण और महाभारत की तरह।"

राजपूतों के लिए तो युद्ध ही शिवपुरी और वाराणसी है, स्वर्ग तक सीढ़ी लगा दो, तुम्हारे स्वागत के लिए देव आतुर हो उठे हैं। वीरो, आगे से तुमको मुक्ति बुलाती है और पीछे मुँह बाए भयंकर नरक खड़ा है। बोलो, आगे बढ़ोगे या पीछे हटोगे? नरसिंहो, गढ़ की काली रूठ गई है, अब दुर्ग की रक्षा हो नहीं सकती। हाँ, उसका गौरव तुम्हारे साहस की ओर देख रहा है। शत्रु की असंख्य वाहिनी की विजय मुट्ठी भर राजपूतों की वीरता से दब जाएगी, इसलिए एक बार फिर साहस करो, आन की रक्षा के लिए, एक बार फिर हुंकार करो नारियों के पतिव्रत के लिए और एक बार फिर गरजो कुल की मर्यादा के लिए। सफलता जीवन और मृत्यु के उस पार है।

क्षत्रियों के आत्मबल की और क्षत्राणियों की दृढ़ता की कठिन परीक्षा अब है। अब तक का युद्ध तो खिलवाड़ था, यह तो चित्तौड़ का नित्यकर्म है। तुम्हारे सौभाग्य से कर्तव्य अब आया है, पालन करोगे? बोलो तो!

अनेक दृढ़ कंठों से निकल पड़ा—हाँ, राजलक्ष्मी की आज्ञा सिर आँखों पर।

"वीरो, चित्तौड़ की भूमि कृतार्थ हुई। जौहर के लिए सन्नद्ध हो जाओ। आबाल-वृद्ध राजपूत केसरिया बाना पहन और हाथों में नंगी तलवार लेकर अंतिम बार दुर्ग से बाहर निकल पड़ें, मिटने और मिटाने के लिए। लेकिन यह याद रहे कि यदि फाटक के भीतर एक भी राजपूत का बच्चा रह जाएगा तो व्रत भंग होने का भय है और क्षत्राणियाँ धधकती हुई चिता की भयंकर ज्वाला में कूद पड़ें। दीपशिखा पर पतंगों की तरह। स्वाभिमानी राष्ट्रों के सामने एक आदर्श के लिए। पुरुषों के व्रत में सबसे आगे मेरे पतिदेव और नारियों के व्रत में मैं रहूँगी। स्वाभिमान की रक्षा के लिए एक यही उपाय है, बस?"

महारानी और रावल के व्योम विदारक जय-निनाद से चित्तौड़ की तोपें गरज उठीं।

जौहर का हृदय-दावक कार्य आरंभ हो गया। राजपूतों ने कठिन परिश्रम कर धूप, चंदन, आम और गुग्गुल की सुगंधित लकड़ियों की विशाल चिता बनाई। उस पर मनों घी, तेल आदि अनेक दह्न पदार्थ छिड़क दिए गए। बात की बात में चिता से सटकर एक ऊँचा चबूतरा बन गया, ताकि उस पर चढ़कर देश की वीरांगनाएँ चिता की प्रचंड लपटों में कूद-कूदकर जौहर व्रत की साधना करें। वीर राजपूत केसरिया वस्त्र धारण कर चिता के चारों ओर बैठ गए। उनकी बगल में नंगी तलवार और सामने शाक्लय, घी, खीर आदि हवन के सामान थे। चिता में आग लगा दी गई और स्वाहा-स्वाहा कर भयद और करुण मंत्रों से आहुति देने लगे। अग्नि की भयावह लपटें खीर खाती और घी पीती हुई आकाश की ओर बढ़ चलीं।

इधर चित्तौड़ की वीरांगनाओं के साथ वीर सती पद्मिनी ने श्रृंगार किया, माथे पर सिंदूर चमक उठा, पैरों में महावर की लाली दमक उठी, शरीर से सौंदर्य फूट पड़ा, शत-शत प्रकाश से। किसी ने कहा लक्ष्मी, किसी ने सरस्वती, किंतु यह न लक्ष्मी थी न सरस्वती, वह थी पद्मिनी, जो मेधा, धृति और क्षमा की तरह पवित्र अपने ही समान सुंदर। पूजा की थाली लेकर वह दुर्ग की वीर नारियों के साथ शिव मंदिर की ओर चली, तारों में चाँद की तरह, घनमाल में बिजली की तरह।

कुलवधुओं ने शिव प्रतिमा को तो दूर से ही अभिवादन किया, किंतु पार्वती के चरणों पर सबकी सब गिरकर रोने लगीं—"माँ दक्षयज्ञ के हवन कुंड में जिस साहस से कूद पड़ी, वही साहस हम अबलाओं को दे।" पाषाण की प्रतिमा पसीज उठी। देवताओं ने नारियों पर फूलों की वर्षा की। सतियाँ चिता की ओर चल पड़ीं।

पृथ्वी वेदना के भार से दबी जा रही थी। चित्तौड़वासियों की दशा पर प्रकृति फूट-फूटकर रो रही थी। मारुत तीव्र गति से भागा जा रहा था, यामिनी चीख रही थी, तारे गगन पर काँप रहे थे और दिशाएँ त्राहि-त्राहि पुकार रही थीं, किंतु उस समय चित्तौड़ निवासियों को कोई देखता तो आश्चर्य में डूब जाता। उनके मुख मंडल पर विषाद का कोई चिह्न नहीं था। वे हर्ष से उत्फुल्ल हो रहे थे।

देखते ही देखते पद्मिनी अपनी सहचरियों को लेकर चबूतरे पर खड़ी हो गई। भाई ने बहन को, पुत्र ने माता को, पिता ने कन्या को और पति ने पत्नी को देखा, किंतु जैसे के तैसे स्थिर रहे। हिल न सके। पारिवारिक प्रेम को देश के प्रेम ने दबा दिया।

महारानी ने पहले अग्नि की पूजा की। इसके बाद हवन करते हुए राजपूतों पर दृष्टि डाली, वह्नि की प्रचंड लपटों पर आँखें फेरीं और अनंत आकाश की ओर

देखा। राजपूतों ने साँस रोक ली। तारे गगन की छाती से चिपक गए और दिशाएँ सिहरकर दुबक गईं। राजपूतों के साथ रावल ने काँपते हुए हाथों से चिता में घी डाला और चरू की आहुति दी।

आग हाहाकार करती हरहराती हुई आती हुई पद्मिनी का रूप ज्वाला में पचाने के लिए आकाश की छाती जलाने लगी। इधर राजपूतों के शत-शत कंठों से स्वाहा का कंपित स्वर निकला, उधर रूप-यौवन के साथ पद्मिनी का शरीर घास-फूस की तरह जलने लगा। अब देर क्या थी। वीर ललनाएँ एक-एक कर आग में कूद-कूदकर मौत को ललकारने लगीं। आसमान टूटकर गिरा नहीं, चाँद फूटकर गिरा नहीं, पृथ्वी फटी नहीं, दुनिया घटी नहीं, किंतु चित्तौड़ की वीर नारियाँ जलकर राख हो गईं। सतीत्व की रक्षा का अमोघ अस्त्र मृत्यु है।

अपनी माँ-बहनों को इस तरह मृत्यु के मुख में जाते हुए देखकर राजपूतों की आँखों से चिनगारियाँ निकलने लगी, भौहें तन गईं और चेहरे तमतमा उठे, आग सहित चिता की राख को शरीर में मल लिया। नंगी तलवारें आकाश में चमचमाईं और दूसरे ही क्षण वे भी अपने गौरव की रक्षा के लिए घायल सिंह की तरह वैरी-दल पर टूट पड़े और गाजर-मूली की तरह काटने लगे। मुर्दों से भूमि पट गई। अरि-दल चकित और चिंतित हो उठा, किंतु अलाउद्दीन की विशाल सेना के सामने सौ-पचास राजपूतों की गणना ही क्या। उनका सारा पौरुष रक्त के रूप में बहने लगा। प्रत्येक राजपूत अपनी अंतिम साँस तक लड़ता रहा। किसी ने भी अपनी जीवन-रक्षा कर अपने को तथा चित्तौड़ को कलंकित नहीं किया। जौहर का भयंकर व्रत समाप्त हो गया।"

वीर राणा हम्मीर देव ने चित्तौड़ वापस ले लिया

चित्तौड़ के राणा रतन सिंह और रानी पद्मावती तथा चित्तौड़ के वीरों के महान् बलिदान के बाद भी उस समय चित्तौड़ की रक्षा नहीं हो सकी। लेकिन राजपूतों ने चित्तौड़ को वापस लेने के प्रयास जारी रखे। अलाउद्दीन ने अपने पुत्र खिज्र खाँ को चित्तौड़ का सूबेदार बना दिया था। उसे चित्तौड़ जल्दी ही छोड़ना पड़ा, तब अलाउद्दीन ने चित्तौड़ का किला जालौर के मालदेव को दे दिया।

1838 ईस्वी सन् में गुहिल वंश की एक शाखा सीसोद में जागीरदार के तौर पर शासन कर रही थी। दिल्ली सल्तनत पर उस समय मोहम्मद बिन तुगलक का शासन था। सीसोद के गुहिल वंश के राणा हमीर ने इस समय चित्तौड़ को वापस लेने का निश्चय कर लिया। 1338 ईस्वी सन् में एक दिन राणा हमीर के सैनिकों ने अचानक

चित्तौड़ दुर्ग पर आक्रमण कर दिया। दुर्ग में मौजूद सिपाहियों को राणा हमीर के सैनिकों ने पकड़कर रस्सी से बाँधकर दुर्ग की प्राचीर से नीचे फेंक दिया और चित्तौड़ पर गुहिलोतों का वापस अधिकार हो गया। इस प्रकार से छल-बल से 1303 में हथियाए गए इस दुर्ग को वापस लेकर राणा रतन सिंह की पराजय का बदला ले लिया गया। महाराणा हम्मीर बहुत प्रतापी शासक थे। राणा हमीर ने इसके बाद एक-एक करके मेवाड़ राज्य के समस्त पुराने प्रदेश कुछ नए इलाकों के साथ ही वापस जीत लिये और चित्तौड़ में गुहिलों को शासन फिर से स्थापित हो गया। उनके पुत्र महाराणा क्षेत्रसिंह ने मेवाड़ के राज्य को संगठित करने एवं विस्तार करने का कार्य जारी रखा। 1388 ईस्वी सन् में दिल्ली सल्तनत के सुल्तान फीरोज शाह तुगलक की मुत्यु के बाद सुरक्षा की चिंता कम हो जाने से चित्तौड़ के विस्तार में और तेजी आई।

महाप्रतापी राणा कुंभा

मेवाड़ के प्रतापी शासक कुंभकरण सिंह, जिन्हें राणा कुंभा नाम से जाना जाता है, ने ईस्वी सन् 1433 ईस्वी में गद्दी सँभाली। राणा कुंभा के राज्यारोहण के समय चित्तौड़ गंभीर संकटों से घिरा हुआ था। उस समय मालवा एवं गुजरात में मुसलिम सत्ताएँ थीं। उस समय मालवा का सुल्तान महमूद खिलजी था और गुजरात का सुल्तान अहमदशाह था। गुजरात और मालवा के ये शासक मेवाड़ पर बुरी नजर रखते थे।

राणा कुंभा प्रबल पराक्रमी थे। कुछ इतिहासकारों का मानना है कि राणा ने मालवा के सुल्तान पर पहले आक्रमण करके उसे 1439 में सारंगपुर के पास बुरी तरह पराजित किया था। मालवा के अनेक इलाकों पर राणा कुंभा का अधिकार हो गया था, जिन्हें भारी कर लेकर ही वापस लौटाया गया। मालवा के सुल्तान पर हुई इस विजय की स्मृति में चित्तौड़ के दुर्ग में विजय-स्तंभ का निर्माण आरंभ कराया, जो 1448 ईस्वी में पूर्ण हुआ। यह विशाल एवं शानदार विजय-स्तंभ आज भी किले के भीतर शान से सिर उठाकर राणा कुंभा की वीरता की कहानी कह रहा है।

राणा कुंभा ने इसके बाद सांभर, अजमेर, रणथंभौर आदि पर अधिकार करके चित्तौड़ की सीमाएँ खूब बढ़ा लीं। राणाजी ने नागौर पर भी आक्रमण कर दिया। नागौर का सुल्तान गुजरात के सुल्तान का रिश्तेदार था, अतः गुजरात का सुल्तान भी राणाजी से खार खाने लगा और गुजरात के सुल्तान के साथ एक लंबे संघर्ष का आरंभ हो गया। राणा कुंभा की इन सभी विजयों का उल्लेख रनकपुर जैन मंदिर अभिलेख में मौजूद है, जिसका निर्माण 1439 ईस्वी सन् में हुआ है।

मालवा के सुल्तान ने 1442 ईस्वी में मेवाड़ पर आक्रमण किया। इसके साथ ही मेवाड़ और मालवा के बीच लंबे संघर्ष का युग आरंभ हुआ। राणा ने महमूद खिलजी को हराकर वापस भगा दिया। अगला युद्ध 1444 ईस्वी में आरंभ हुआ, जब महमूद खिलजी ने मांडवगढ़ के दुर्ग पर आक्रमण किया। राजपूतों ने उसका मुकाबला वीरता के साथ किया और उसे भारी नुकसान उठाकर खाली हाथ वापस लौटना पड़ा। यही आक्रमण और पराजय की कहानी 1446 ईस्वी में दोहराई गई। 1447 ईस्वी में राणा कुंभा ने आबू को अपने अधिकार में ले लिया। 1455 ईस्वी में भी महमूद लोदी को मांडलगढ़ लेने के प्रयास में फिर हराया गया।

इसी समय मेवाड़ का संघर्ष गुजरात के सुल्तान के साथ भी आरंभ हो गया। राणा कुंभा ने नागौर पर अधिकार कर लिया था, जो गुजरात के सुल्तान के एक रिश्तेदार के अधिकार में था। बदला लेने के लिए गुजरात के सुल्तान ने आबू और कुंभलगढ़ पर आक्रमण कर दिया। उसकी सेनाओं को राजपूत सेनाओं ने बुरी तरह से पराजित करके वापस अहमदाबाद भगा दिया। ठीक इसी समय मालवा के सुल्तान ने मौके का फायदा उठाने के उद्देश्य से कुंभलगढ़ पर तब आक्रमण कर दिया, जब राणा कुंभा गुजरात के सुल्तान के साथ युद्ध में व्यस्त थे। कुछ समय के लिए महमूद खिलजी का अधिकार मांडलगढ़ पर हो गया, पर राणा ने वापस आकर मांडलगढ़ को अपने अधिकार में कर लिया।

इस मौके पर गुजरात और मालवा के सुल्तान ने चित्तौड़ को हराने के लिए आपस में समझौता कर लिया और 1457 में सम्मिलित रूप से मेवाड़ पर हमला कर दिया। यह संघर्ष 1459 तक चलता रहा। राणा कुंभा ने इन सम्मिलित सेनाओं को सफल नहीं होने दिया। इस तरह चित्तौड़ के प्रतापी और वीर राजा कुंभा ने विदेशी मूल के गुजरात और मालवा के सुल्तानों को बार-बार हराया और चित्तौड़ राज्य का अभूतपूर्व विस्तार किया।

महाराणा संग्रामसिंह या महाराणा सांगा

चित्तौड़ के अगले प्रतापी शासक राणा साँगा ने 1508 ईस्वी सन् में गद्दी सँभाली। उन्होंने लगभग पूरे राजस्थान को राजनीतिक एकता के सूत्र में पिरो दिया। उनका लक्ष्य दिल्ली पर अधिकार करके विशाल हिंदू राज्य स्थापित करना था। भारत के इतिहास में राणा साँगा अपनी तरह के अकेले वीर थे, जिनका पूरा जीवन ही युद्ध के मैदानों में बीता था। इन युद्धों के कारण राणाजी के शरीर पर घावों के अनेक निशान थे।

राणा साँगा ने इब्राहीम लोदी के पिता सिकंदर लोदी के समय से ही दिल्ली की ओर प्रभाव बढ़ाना आरंभ कर दिया था। इब्राहीम लोदी जब दिल्ली में काबिज हुआ, तब राणा साँगा ने हाड़ोती की सीमा के निकट खातोली गाँव के पास उसे युद्ध में बुरी तरह हराया। 1518 ईस्वी में इब्राहीम लोदी और राणा साँगा के बीच धौलपुर के पास युद्ध हुआ। राणा साँगा जीत गए और दिल्ली सल्तनत का कुछ भाग मेवाड़ राज्य में मिला लिया गया। राणा साँगा ने चंदेरी पर भी अधिकार कर लिया और चंदेरी को अपने सरदार मेदिनी राय को जागीर में दे दिया।

1520 ईस्वी सन् में मालवा और गुजरात ने एक साथ मिलकर महाराणा साँगा पर आक्रमण किया। राणाजी ने इस सम्मिलित सेना को भी परास्त कर दिया। इस समय हालात ऐसे थे कि दिल्ली, गुजरात और मालवा के मुसलिम सुल्तान मेवाड़ की शक्ति को समाप्त करने के लिए संगठित हो गए थे। इन तीनों इसलामी राज्यों से राणा साँगा ने अकेले ही लोहा लिया और इन्हें बार-बार हराया तथा अपनी प्रतिष्ठा को बढ़ाया।

यह तो तय है कि राणा साँगा ने आक्रांताओं को बार-बार पराजित कर एक विशाल एवं शक्तिशाली हिंदू राज्य की स्थापना के पथ पर कदम बढ़ा दिए थे। यदि दुर्भाग्य आड़े नहीं आता और खानवा के युद्ध में राणा की बाबर पर जीत हो जाती तो यह उद्‌देश्य पूरा हो जाता। खानवा का युद्ध 16 मार्च, 1527 के दिन भरतपुर जिले के खानवा नामक स्थान पर लड़ा गया था। विदेशी आक्रांता बाबर पानीपत का पहला युद्ध 1526 ईस्वी में जीत गया था। अब उसके सामने राणा साँगा जैसा वीर प्रतिद्वंद्वी था, जिसे हराए बिना उसका भारत में रहना संभव नहीं था।

बाबर को आगरा से निकालने के लिए राजपूत सेना ने आगरा की ओर आगे बढ़ना आरंभ कर दिया था। बाबर अपनी सेना सहित मुकाबले हेतु आगे बढ़ा। मुगलों की दो अग्रिम टुकड़ियों को राजपूत वीरों ने नष्ट कर दिया। बाबर की फौज में राजपूतों का डर फैल गया। बाबर ने अब धार्मिक दाँव खेला, जो आक्रांता सेनानायक अकसर खेलते थे। उसने युद्ध को जिहाद कहना आरंभ कर दिया, सैनिकों को कुरान पर हाथ रखकर शपथ दिलाई गई। शराब के बरतन तोड़कर फैंक देने का नाटकीय प्रदर्शन भी किया गया। उसके इन कामों से उसकी सेना में कुछ उत्साह वापस आया। 16 मार्च, 1527 को फतहपुर सीकरी से दस मील दूर खानवा नाम की जगह पर दोनों सेनाओं में युद्ध हुआ। राणा साँगा घायल हो गए और उन्हें अचेत अवस्था में उनके साथी युद्धभूमि से बाहर ले गए। बाबर के तोपखाने और तुगलुमा युद्ध पद्धति के कारण बाबर की जीत हो गई। इस युद्ध में यदि राणाजी की विजय हो गई होती तो भारत में

मुगल राज्य कभी स्थापित नहीं हो पाता। 30 जनवरी, 1528 को राणा साँगा का देहांत हो गया। राजस्थान को एक करने वाले शक्तिशाली भारतीय हिंदू राजा के जाने से भारतीय उम्मीदों को झटका लगा। फिर भी खानवा के युद्ध में राजपूतों के पराक्रम ने बाबर को डरा दिया। जीतने के बाद भी उसका साहस राजस्थान की ओर अधिकार हेतु बढ़ने का नहीं हुआ।

राष्ट्रीय नायक वीर महाराणा प्रताप

मेवाड़ के अगले प्रतापी और विश्वप्रसिद्ध राजा महाराणा प्रताप हुए। 1567 ईस्वी में राणा उदय सिंह मेवाड़ के शासक थे। अकबर मेवाड़ पर आक्रमण कर उसे मुगल राज्य में मिलाना चाहता था। राणा उदय सिंह शक्ति एकत्र करने के लिए अरावली की पहाड़ियों में किसी गुप्त स्थान पर थे और चित्तौड़ की रक्षा का भार जयमल तथा फत्ता नाम के दो राजपूत योद्धाओं को सौंपा गया था।

23 अक्तूबर, 1567 को अकबर ने चित्तौड़ दुर्ग को अचानक घेर लिया। महीनों बीत गए। दुर्ग में मौजूद राजपूतों ने न तो आत्मसमर्पण किया न हार मानी। अकबर ने दुर्ग को बाहर से आने वाली सहायता के सारे रास्ते बंद कर दिए थे। दुर्ग को पराजित न कर पाने की निराशा के बीच अकबर ने दुर्ग की दीवारों के नीचे से सुरंगे बनाने का काम आरंभ किया। राजपूतों ने इसका भी जोरदार प्रतिरोध किया।

एक दिन अकबर ने किले की दीवार की मरम्मत के कार्य की निगरानी कर रहे एक राजपूत सरदार पर अपनी बंदूक का निशाना लगाया। वह सरदार वीरगति को प्राप्त हो गया। दुर्भाग्य से वह सरदार और कोई नहीं, जयमल ही थे। लगभग पाँच महीने तक वीरतापूर्वक किले की रक्षा करने के बाद किले के भीतर रसद भी चुक गई थी। सेना के अनेक वीर योद्धा भी वीरगति को प्राप्त हो गए थे। कोई और उपाय न देखकर दुर्ग में मौजूद राजपूतों ने अंतिम युद्ध का निर्णय ले लिया। 24 फरवरी, 1568 को किले में मौजूद वीरांगनाओं ने चरम वीरता दिखाई और जौहर की आग में प्रवेश किया। अगले दिन सुबह राजपूतों ने गढ़ के दरवाजे खोल दिए और महाकाल की भाँति मुगल सेना पर टूट पड़े। हजारों मुगल सैनिकों को मारने के बाद वे मुट्ठी भर राजपूत वीरगति को प्राप्त हो गए।

अकबर ने दुर्ग में प्रवेश करने के बाद आम नागरिकों के कत्लेआम का आदेश दिया। लगभग तीस हजार निरीह नागरिक एक ही दिन में मार डाले गए। इन अत्याचारों और आक्रमणों के बाद भी मेवाड़ नहीं झुका और स्वतंत्रता का संग्राम जारी रहा। संघर्ष के इस दौर में ही राणा उदय सिंह स्वर्गवासी हो गए। विषम

परिस्थितियों में उनके पुत्र महाराणा प्रताप चित्तौड़ की गद्दी पर बैठे। उनके समक्ष परिस्थितियाँ बहुत कठिन थीं। चित्तौड़ हाथ से निकल चुका था। राज्य के साधन कम थे। मुगलों के आक्रमण राज्य के अलग-अलग इलाकों में होते रहते थे। सेना कमजोर हालात में थी। राज्य की राजधानी मुगलों के अधिकार में थी। मित्र कम, शत्रु अधिक थे। ऐसी विकट परिस्थितियों के बीच महाराणा प्रताप ने मेवाड़ की स्वतंत्रता का व्रत लिया और संघर्ष करने लगे। महाराणा ने अपने व्यवहार एवं आचरण से पूरे मेवाड़ में उत्साह एवं बलिदान की भावना जगा दी। अनेक लोगों का विश्वास और वफादारी महाराणाजी ने अर्जित कर ली और एक सेना का गठन कर लिया। महाराणा प्रताप मेवाड़ की जीत और पुन: शक्तिशाली तथा स्वतंत्र मेवाड़ की स्थापना को इसलिए आवश्यक मानते थे, क्योंकि इसी से राजपूतों का गौरव फिर से स्थापित हो सकता था।

महाराणा प्रताप ने अपने लोगों में आत्मसम्मान की भावना भरने के लिए खुद भी कठिन व्रत लिये। उन्होंने चाँदी के बरतनों में खाना बंद कर दिया, रेशमी और मखमली परिधानों का उपयोग बंद कर दिया। अपने सैनिकों की ही तरह भूमि पर सोने लगे। उन्होंने शपथ ली कि मेवाड़ की राजधानी को जब तक स्वतंत्र नहीं करा लेंगे, तब तक वे अपने परिवार सहित विलासिता की किसी सामग्री का उपयोग नहीं करेंगे। राणा के आह्वान पर मेवाड़ के अनेक प्रजाजन अपनी सुख-सुविधाएँ छोड़कर उनके आह्वान पर सेना में भर्ती हो गए।

अकबर मेवाड़ के पराक्रम से परिचित था। उसने महाराणा प्रताप को समझाने एवं संधि के लिए तैयार करने के अनेक प्रयास किए। इसी क्रम में अकबर ने जयपुर के युवराज मानसिंह को महाराणा के पास भेजा, ताकि उन्हें संधि के लिए तैयार कर लिया जाए। मानसिंह जयपुर के राजा भगवान सिंह का पुत्र था एवं 1565 ईस्वी से ही मुगल दरबार में मनसबदार के रूप में मुगलों की सेवा कर रहा था।

मानसिंह ने मेवाड़ जाकर राणा प्रताप से भेंट की और उन्हें अनेक प्रलोभन देकर अकबर की अधीनता मान लेने हेतु तैयार करने का प्रयास किया। लेकिन महाराणा अपने निश्चय से जरा भी नहीं डिगे।

एक प्रसिद्ध जनश्रुति है कि मानसिंह के स्वागत के क्रम में उदयपुर में झील के किनारे भोज का आयोजन किया गया था। मानसिंह से जब भोजन ग्रहण करने का निवेदन किया गया तो उन्होंने पूछा कि महाराणा कहाँ हैं? उनके बिना कैसे भोजन किया जा सकता है। मानसिंह को बताया गया कि राणा साहब के पेट में तकलीफ है, इसलिए वे नहीं आ सकते। मानसिंह का साथ देने के लिए कुँअर अमर सिंह तो हैं

ही। लेकिन इतना सुनकर मानसिंह उठ खड़ा हुआ और बोला कि नहीं, अब मैं भोजन नहीं करूँगा और शीघ्र ही महाराणा के उदरशूल की दवाई लेकर आऊँगा।

सलुंबर राज कृष्ण सिंह चूड़ावत ने कहा, "हमारे महाराणा ऐसे राजपूतों के साथ भोजन करना अपमान समझते हैं, जिनकी बहन-बेटियाँ मुगलों के हरम में जाती हैं। यदि तुम्हें तब भी इतना मान है तो जरूर आना, तुम्हारा स्वागत मालपुरा में किया जाएगा (जयपुर राज्य की सीमा का प्रदेश) अगर अपने फूफा अकबर को साथ लाओगे तो जहाँ भगवान् एकलिंग चाहेंगे, वहाँ स्वागत किया जाएगा।"

यह घटना सत्य हो या नहीं, किंतु यह निश्चित है कि महाराणा प्रताप ने मुगलों से संधि करने से साफ इनकार कर दिया। अब अकबर ने मेवाड़ पर आक्रमण करना तय कर लिया। आमेर के राजा मानसिंह को ही विशाल मुगल सेना की कमान सौंपी गई। इस सेना में अनेक प्रसिद्ध मुगल मुसलिम सेनापति भी थे।

3 अप्रैल, 1576 को मुगल सेना ने मेवाड़ का अभियान आरंभ किया। मुगल सेना की संख्या लगभग अस्सी हजार मानी गई है। महाराणा के पास अधिकतम बीस हजार सैनिक थे। जो भी हो, यह तय था कि मुगल सेना महाराणा की सेना से बहुत विशाल थी। मुगल सेना के पास तोपखाना भी था, जबकि महाराणा की सेना में कोई तोप नहीं थी। महाराणा ने तय किया कि प्रसिद्ध तीर्थ स्थान 'नाथद्वारा' से पंद्रह किलोमीटर दूर हल्दीघाटी को युद्ध के लिए चुना जाए। मेवाड़ की सेना में अनेक प्रसिद्ध राजपूत सरदार थे, जो अपने प्राणों का मोह छोड़कर मुगलों से युद्ध करने की मंशा से एकत्र हो गए थे।

मानसिंह मुगल सेना को लेकर हल्दीघाटी के नजदीक तो आ गया, पर घाटी में घुसने का साहस उसने नहीं किया। महाराणा अनेक दिन प्रतीक्षा करते रहे, फिर हल्दीघाटी के मैदानी क्षेत्र में युद्ध के लिए आ गए। पहला आक्रमण मेवाड़ की सेना ने किया और ऐसा प्रलय मचाया कि अनेक मुगल सैनिक पहले ही हल्ले में मारे गए और भागने लगे।

मेवाड़ की छोटी सी सेना और भी छोटी हो गई थी। इसी समय राणा प्रताप ने अपने कुछ चुने हुए साथियों को लेकर मुगल सेना के मध्य में मौजूद मानसिंह पर हमला कर दिया। मानसिंह हाथी पर बैठा था और महाराणा घोड़े पर सवार थे। महाराणा ने इशारा किया और अचानक ही चेतक ने अपने दोनों अगले पैर हाथी के मस्तक पर जमा दिए और महाराणा का बरछा चला। मानसिंह हौदे में छुप गया। बरछा हौदे से टकरा गया और मानसिंह की जान बच गई। इस समय राजपूत वीरों ने इतनी वीरता दिखाई कि मुगल सेना युद्ध छोड़कर भागने लगी। अपने सैनिकों का

मनोबल बनाए रखने के लिए मुगल सेनापतियों ने यह झूठ प्रचारित किया कि खुद अकबर ही युद्धभूमि के नजदीक आ गया है। इस झूठे प्रचार के कारण मुगल सैनिक वापस लौटने लगे।

महाराणा प्रताप को अनेक मुगलों ने घेर लिया और आक्रमण पर आक्रमण होने लगे। अपने महाराणा को संकट में देखकर अनेक राजपूत योद्धा युद्धस्थल पर जा पहुँचे और घोर युद्ध कर राणाजी को बचाने का जतन करने लगे। सरदार झाला बीदा ने अचानक आकर महाराजा का छत्र अपने सिर पर ले लिया। इस घटना से महाराणा प्रताप के ऊपर से शत्रुओं का दबाव कम हो गया एवं वे गोगुंदा की ओर चले गए।*

महाराणा के पास अब केवल सात हजार सैनिक ही बचे थे। महाराणा ने अरावली पर्वत के जंगलों में रहते हुए गुरिल्ला युद्ध की नीति आरंभ की। राजपूत अचानक प्रकट होते और मुगल टुकड़ियों और थानों पर हमला कर गायब हो जाते। महाराणा ने देश की स्वतंत्रता के लिए कठिन व्रत लिये। उन्होंने देश को स्वतंत्र कराने तक जमीन पर सोने और थाली में खाना नहीं खाने का निर्णय लिया। महाराणाजी को नष्ट करने के लिए अकबर ने बार-बार ताकतवर सेनाएँ भेजीं, पर राणाजी को झुकाया नहीं जा सका।

इसी समय महाराणा प्रताप के खजांची भामाशाह ने राणाजी को बड़ी धन राशि दी, जिससे उन्होंने नई सेनाओं का गठन किया। 1582 से महाराणा ने इस नई सेना की मदद से जोरदार संघर्ष आरंभ कर दिया। दिवेर के मुगल थाने पर महाराणा के पुत्र अमर सिंह के नेतृत्व में भीषण हमला किया गया और सभी मुगलों को काटकर दिवेर को मुक्त करा लिया गया। इस बार मेवाड़ से मुगल अधिकांश चौकियाँ छोड़कर भाग गए। दिवेर के युद्ध ने मुगलों के दिलों में महाराणा प्रताप का खौफ भर दिया और लगभग पूरे मेवाड़ पर महाराणा प्रताप का अधिकार हो गया। 19 जनवरी, 1597 को इस महावीर ने स्वतंत्र रहते हुए ही अंतिम साँस ली। महाराणा प्रताप का नाम आज भी पूरी दुनिया में स्वतंत्रता के लिए संघर्ष करने वाले महान् प्रतापी वीर के रूप में याद किया जाता है।

□

---

* महाराणा प्रताप स्मृतिग्रंथ, संपादक डॉ. देवीलाल पालीवाल, प्रकाशक; साहित्य संस्थान, राजस्थान विद्यापीठ, उदयपुर, पेज-180

आक्रांता समझ गए कि भारतीयों के धर्म और संस्कृति को समाप्त करना संभव नहीं है

1400 ईस्वी सन् आते-आते विदेशी आक्रांताओं को अच्छी तरह पता चल गया कि भारत को सैनिक दृष्टि से अधीन करना कठिन है और उससे भी अधिक कठिन और आत्मघाती इनकी धर्म और संस्कृति को नष्ट करने का प्रयास है।

सल्तनत काल में सबसे अधिक राज्य क्षेत्र सुल्तान मोहम्मद तुगलक के पास था। मोहम्मद तुगलक की मृत्यु ईस्वी सन् 1351 में हो गई। इसके पहले ही लगभग पूरा दक्षिण भारत और बंगाल दिल्ली सल्तनत की अधीनता से मुक्त हो गया था। तुगलक वंश के अंत तक गुजरात, मालवा, राजस्थान, बुंदेलखंड आदि भी दिल्ली सल्तनत के भाग नहीं रह गए थे। पंद्रहवीं शताब्दी के भारत में अनेक स्वतंत्र और शक्तिशाली राज्य बन गए थे, जिनमें राजस्थान के मेवाड़ के अलावा दक्षिण के विजय नगर साम्राज्य ने आक्रांताओं का डटकर सामना करते हुए अपनी संस्कृति एवं धर्म को तो बचाए रखा ही, शक्तिशाली स्वतंत्र हिंदू राज्य भी स्थापित किए।

विजय नगर साम्राज्य

दक्षिण भारत में तेरहवीं शताब्दी तक हिंदू राज्यों की शक्ति सुरक्षित रही। हिंदू धर्म, उसकी संस्थाओं और सामाजिक व्यवस्थाओं का जैसा विकास दक्षिण में हुआ, वैसा गुप्त साम्राज्य को छोड़कर उत्तर भारत में शायद कभी भी नहीं हो सका। चीन, मध्य एवं पश्चिम एशिया की बर्बर जातियों के लगातार आक्रामक दबाव से हिंदू सभ्यता उत्तर में व्यवस्थित तरीके से विकासमान नहीं हो सकी।

ऐसी प्रतिकूल परिस्थिति के कारण हिंदू संस्कृति और सभ्यता का केंद्र धीरे-धीरे उत्तर भारत की जगह दक्षिण भारत में स्थापित हो गया। दक्षिण भारत में इसकी और अभिवृद्धि हुई, जिसके प्रमाण दक्षिण की चित्रकला, वास्तुकला, मानसिक वृत्तियाँ, साहित्य, धार्मिक और सामाजिक जीवन आज तक प्रत्यक्ष तौर पर दिखा रहे हैं।

तेरहवीं शताब्दी के आखिरी वर्षों में आक्रांता तुर्कों और अफगानों ने दक्षिण की ओर बढ़ना आरंभ कर दिया। उचित सतर्कता के अभाव ने दक्षिण में भी वैसी ही परिस्थितियाँ बनने लगीं, जैसी उत्तर में बन चुकी थीं। खिलजी सेनाएँ तेजी से कांची और रामेश्वर तक पहुँच गईं। दक्षिण की हिंदू संस्कृति के हालात भी पतनोन्मुख हो गए। ऐसे समय में आत्मगौरव की रक्षा के लिए प्रयत्न होते रहे। इन्हीं प्रयत्नों के चलते दक्षिण में विजय नगर राज्य की स्थापना हुई। इस राज्य ने दो सौ वर्षों तक न केवल हिंदू संस्कृति की रक्षा की, उसका संवर्धन भी किया।

विजय नगर राज्य ने 1336 से 1565 तक हिंदू स्वतंत्रता एवं संस्कृति की पताका को ऊँचा रखा। इस पूरे कार्यकाल के कारण दक्षिण के लोगों में वह आत्मविश्वास एवं अपनी संस्कृति के लिए आदर का भाव आ गया कि विजय नगर के समाप्त हो जाने के बाद भी आक्रांताओं को दक्षिण में उत्तर की तरह से सफलता नहीं मिल सकी। यह भी उल्लेखनीय है कि दक्षिण से ही मराठा शक्ति का उदय हुआ, जिसने पूरे भारत में कुछ समय के ही लिए सही, स्थानीय भारतीय साम्राज्य स्थापित किया।

यदि आज के समय हम मुंबई से चेन्नई तक के लिए एक सीधी रेखा खींचे तो ठीक आधी दूरी पर तुंगभद्रा नदी को रेखा पार करेगी। इसी के पास एक छोटा किला और नगर था 'अनेगुंडी।' जब मोहम्मद बिन तुगलक ने दौलताबाद को राजधानी बनाने का प्रयास किया, तब वह दौलताबाद से कुछ सौ किलोमीटर दूर अनेगुंडी भी आया और आक्रमण करके वहाँ के राजा जंबुकेश्वर राया को परिवार सहित मार डाला। उसने अनेगुंडी में मलिक नायब को अनेगुंडी का सूबेदार बना दिया। इस सूबेदार ने पूरी तरह से हिंदू इलाके में इसलामी कानून और रवायतें चलाने का प्रयास आरंभ कर दिया। इसका स्वाभाविक तौर पर विरोध हुआ।

उस समय तक अनेगुंडी छोटा सा अनजान सा इलाका था, इसलिए इस समय की घटनाओं का अधिक विस्तार से उल्लेख नहीं मिलता है। इसी कारण हरिहर, जिन्होंने विजय नगर साम्राज्य की आधार शिला तैयार की, के बारे में

अधिक विवरण उपलब्ध नहीं होता है। अधिक प्रचलित विश्वास यह है कि हरिहर और बुक्का अनेगुंडी के राजा के यहाँ अधिकारी थे। जब मोहम्मद बिन तुगलक ने अनेगुंडी के राजा की हत्या कर वहाँ नायब मलिक को सूबेदार बना दिया, तब ये दोनों नायब मलिक की मदद करने लगे। स्थानीय जनता के विद्रोह के कारण नायब मलिक को सूबेदार का पद छोड़ना पड़ा और हरिहर को सूबेदार बना दिया गया। हरिहर या हक्का ने तुगंभद्रा नदी घाटी में अपना अधिकार स्थापित कर लिया। भारतीयों की वीरता के कारण दिल्ली सल्तनत का इलाका घटता जा रहा था और छोटे-छोटे राज्य स्थापित हो रहे थे। हरिहर ने तुंगभद्रा नदी के किनारे नई राजधानी विजय नगर की नींव 1335 ईस्वी सन् में डाली। हरिहरन की मृत्यु के बाद बुक्का ने, जो हरिहरन के छोटे भाई थे, विजय नगर राज्य की कमान सँभाली और लगभग तीस वर्षों तक शासन किया। इन तीस वर्षों में विजय नगर का विस्तार तेजी से हुआ। इसी समय विजय नगर के उत्तर में इसलामी बहमनी साम्राज्य की स्थापना हसन गंगू नाम के आदमी ने कर ली थी। बहमनी साम्राज्य और विजय नगर साम्राज्य एक लंबे संघर्ष में संलग्न रहे। बहमनी साम्राज्य पूरे दक्षिण में अपने राज्य का विस्तार चाहता था, वहीं विजय नगर साम्राज्य के राजा दक्षिण के हिंदू राज्य को सुरक्षित रखना चाहते थे। बहमनी राज्य की राजधानी गुलबर्गा बनाई गई, जो 1347 से 1425 तक रही।

बुक्का के राज्य काल में सनातन धर्म की उन्नति के लिए कुछ अनोखे कार्य किए गए। सायण नाम के विद्वान् को वेदों का भाष्य लिखने हेतु नियुक्त किया गया। वेदों का सरल भाष्य उपलब्ध होने पर लोग सनातन परंपरा को आसानी से आत्मसात् कर सकेंगे, यही उद्देश्य था। बुक्का के राज्यकाल में विजय नगर का बहमनी राज्य से संघर्ष आरंभ हो गया। विजय नगर साम्राज्य का तुंगभद्रा कृष्णा दोआब पर अधिकार हो गया। मदुरै पर अधिकार कर लिया गया।

विजय नगर के राजाओं के काल में पश्चिम में गोवा तक राज्य का विस्तार पहुँच गया। पूर्वी दिशा में उड़ीसा के राजा को हराया गया। मालाबार के जमोरिन को भी विजय नगर को कर देने के लिए बाध्य कर दिया गया। विकास कार्यों पर भी बहुत ध्यान लगाया गया। तुंगभद्रा नदी पर बाँध बनाए गए। अनेक उद्योग भी स्थापित किए गए और व्यापार को बढ़ावा दिया गया। अरब देशों, ईरान, पुर्तगाल और बर्मा, मलय आदि से व्यापार होने लगा। साम्राज्य को अनेक छोटी प्रशासनिक इकाइयों में बाँट दिया गया—मंडलम, नाडू, स्थल एवं ग्राम।

सन् 1485 में सालुव वंश के नरसिंह सालुव राजा बने। वो अपने वंश के

अकेले ही राजा हुए। 1505 से तुलुव वंश की स्थापना हुई। तुलुव वंश के शासक राजा कृष्णदेव राय विजय नगर के सबसे प्रतापी राजा सिद्ध हुए। इसके समय तक विजय नगर अपनी शक्ति के शिखर पर पहुँच गया था। इनके बुद्धिमान मंत्री तेनालीराम के किस्से हमने बचपन में पढ़े हैं। अभी तक विजय नगर साम्राज्य ने बहमनी साम्राज्य का सामना सफलतापूर्वक किया था, लेकिन दोनों में से ही कोई भी दूसरे को नष्ट नहीं कर सका था। बहमनी साम्राज्य अभी तक पाँच भागों में बँट चुका था, लेकिन ये पाँचों भाग विजय नगर के शत्रु थे।

कृष्णदेव राय ने अपने जीवन में जितने युद्ध किए, सभी में विजय प्राप्त की। बहमनी सुलतानों को भी हराया और अपने राज्य का विस्तार किया। 1565 में चार मुसलमान राज्यों बीजापुर, गोलकुंडा, अहमदनगर और बीदर ने धर्म के आधार पर एक संयुक्त मोर्चा बना लिया और विजय नगर पर आक्रमण किया। 23 जनवरी, 1565 को तालीकोट का युद्ध हुआ और विजय नगर की सेनाएँ हार गईं। जब इस बड़ी हार की खबर विजय नगर पहुँची, तब भी वहाँ के निवासी ज्यादा डरे नहीं। उन्होंने सोचा कि पहले की ही तरह विजेता और विजित में समझौता हो जाएगा और विजेता पक्ष को धन तथा कुछ भूमि देकर संतुष्ट कर दिया जाएगा। राजपरिवार के तीन भाइयों में से केवल एक तिरूमाल बचा था। तिरूमाल विजय नगर लौटे, तब लोगों ने सोचा कि वे नगर के प्रमुख व्यक्तियों की बैठक बुलाकर आगे का निर्णय करेंगे। लेकिन तिरूमाल ने अपने खजाने के साथ विजय नगर का छोड़कर सुरक्षित जगह पर जाने का निर्णय कर लिया। नागरिकों को उनके अपने हाल पर छोड़ दिया गया। नगर की सुरक्षा पूरी तरह से समाप्त हो गई। लुटेरों ने नगर को लूटना आरंभ कर दिया। तीन दिन के बाद विजेता सेना राजधानी में आई और निराश्रित आम जनता की हत्या की। स्त्रियों की बेइज्जती की गई। पूरे नगर को लूटने के बाद ध्वस्त कर दिया गया। इस तरह से दक्षिण का विशाल देशी हिंदू साम्राज्य लगभग दो सौ वर्षों तक भारतीय संस्कृति का केंद्र बना रहने के बाद धूल में मिल गया।

विजय नगर को पूरी तरह से बरबाद कर दिया गया। विजय नगर राज्य की राजधानी अब वैनुगोंडा बनाई गई और तिरूमाल ने विजय नगर का अस्तित्व बनाए रखा। धीरे-धीरे विजय नगर राज्य कमजोर होता गया। 1556 में तालीकोटा के युद्ध के बाद दक्षिण भारत में बीजापुर और गोलकुंडा के राज्य बने रहे तथा नीचे तमिलनाडु और केरल के निचले भाग में कुछ स्वतंत्र हिंदू राज्य बने रहे।

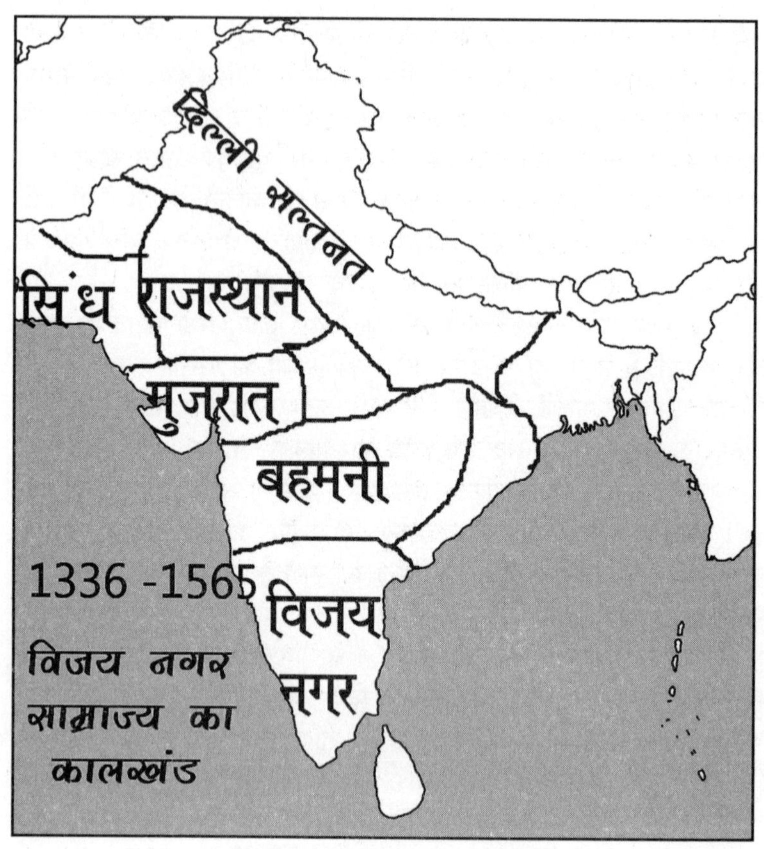

विजय नगर साम्राज्य की भारत में स्थिति

मध्य एशिया से आए बाबर को रोकने का संघर्ष

भारत की उत्तर-पश्चिम से तैमूर ईस्वी सन् 1398 में आया और लूटपाट तथा हिंसा करने के बाद लौट गया। इस आक्रमण के 120 साल बाद तक कोई ताकतवर आक्रांता बाहर से नहीं आया। 120 साल के बाद मध्य एशिया के समरकंद से बाबर नाम के आक्रमणकारी ने आकर भारत पर आक्रमण किया। ये वह समय था, जब भारत के उत्तरी भाग में विदेशी मूल के मुसलमान शासकों का शासन था और राजस्थान, दक्षिण और उत्तर पूर्व में हिंदू राजाओं के राज्य मौजूद थे।

बाबर का पिता मिर्जा उमर शेख मध्य एशिया के एक छोटे से राज्य फरगना का शासक था। बाबर 1494 में जब इस राज्य की गद्दी पर बैठा, तब उसकी उमर केवल ग्यारह साल थी। बाबर महत्त्वाकांक्षी था, इसलिए अपने राज्य का विस्तार करना चाहता था और अपने पूर्वजों के शहर समरकंद को जीतना चाहता था। बाबर ने मध्य एशिया में बहुत से युद्ध लड़े। एक से अधिक बार समरकंद को भी जीता। उसकी शत्रुता उजबेगों से थी और उजबेगों की शक्ति उस समय शैबानी खान के नेतृत्व में काफी अधिक थी। बाबर ने अपने सारे जीते हुए प्रदेश वापस गँवा दिए। मध्य एशिया में पराजित होने के बाद बाबर ने मौका देखकर 1504 में काबुल जीत लिया। इसके बाद पुनः मध्य एशिया में उसने अनेक प्रदेश जीते। लेकिन मध्य एशिया के प्रदेश फिर उसके हाथ से निकल गए और 1513 में उसे वापस काबुल आना पड़ा। मध्य एशिया की असफलता से निराश होकर उसने अब भारत की ओर ध्यान लगाया।

मध्य एशिया में विजय की कोई संभावना नहीं थी, इसलिए बाबर ने काबुल में अपने सहयोगियों से विचार विमर्श किया। सलाह हुई कि उजबेकों से दूर किसी और देश की ओर जाकर अपना राज्य बनाने का प्रयास किया जाए। दो स्थानों पर विचार किया गया—एक, हिंदुस्तान दूसरा बदख्शाँ। कासिम बेग और शेरम तगाई नाम के सरदारों ने बदख्शाँ की ओर जाने की सलाह दी, लेकिन हिंदुस्तान की तरफ जाना

अधिक लोगों ने पसंद किया। भारत में इस समय उत्तरी भाग पर अफगानों का शासन था, जो आंतरिक संकटों से घिरे थे, इसलिए बाबर और उसके साथियों ने हिंदुस्तान में भाग्य आजमाने का निश्चय कर लिया।

बाबर ने पहले चार आक्रमण भारत के सीमांत प्रदेशों पर किए और भारत के तत्कालीन राजाओं की ताकत और राजनीतिक स्थिति को भाँपने का काम किया। 1519 में दो बार आक्रमण करके कुछ सीमांत प्रदेशों को जीतकर बाबर वापस चला गया। 1520 में बाबर और आगे बढ़ा और पंजाब के बड़े हिस्से पर कब्जा कर लिया। 1524 में चौथे आक्रमण में पंजाब के अधिकांश भाग पर कब्जा कर लिया गया और अपने प्रतिनिधि को सत्ता सौंपकर बाबर फिर वापस चला गया। उसके पीठ फेरते ही उसके प्रतिनिधियों को परास्त कर भारत से भगा दिया गया। अब बाबर ने हिंदुस्तान को जीतने के उद्देश्य से 1526 में आक्रमण किया। इसके परिणाम में पानीपत का पहला युद्ध हुआ और उत्तर भारत में मुगल सत्ता की नींव पड़ी।

18 अक्तूबर, 1525 को बाबर ने सेना के साथ भारत की ओर बढ़ना आरंभ किया। सबसे पहला पड़ाव याकूब-दह (काबुल नदी की एक सहायक नदी से बनी झील) के पश्चिम में डाला गया। दो दिन यहीं आराम करने के बाद वे फिर आगे चले। जहाँ भी बाबर की सेना रुकती थी, वहाँ नशीले पदार्थों का प्रयोग किया जाता था। खास नशा जिसका उल्लेख बाबर ने किया है, वे माजून एवं शराब थी। माजून भाँग मिलाकर बनाया जाने वाला कोई नशा था।

अगले पड़ाव पर हुमायूँ को सेना सहित आकर बाबर से मिलना था। हुमायूँ को आने में देर हो गई और बाबर का लश्कर हुमायूँ के इंतजार में बहुत दिन रुका रहा। हुमायूँ नियत समय देरी से आया तो बाबर ने उसे बहुत डाँटा-फटकारा। बिकराम (पेशावर) के पास बाबर कुछ दिन ठहरा रहा। यहाँ से कुछ ही दूरी पर बाबर शिकार के लिए गया। यहाँ गैंडों का झुंड मिला, जिनको दौड़ाया गया और शिकार भी किया गया। इसके आगे सिंधु नदी पार की गई। यहाँ सेना की गिनती करवाई गई, जो बारह हजार निकली। रास्ते में बाबर अपनी सेना में नई भर्तियाँ करता जा रहा था। उसे खबर लगी कि भारत के लोदी सुल्तान का पंजाब का सूबेदार दौलत खान लोदी लाहौर में बाबर का सामना करने की तैयारियाँ कर रहा है। सियालकोट तक जब बाबर पहुँच गया, तब उसने अपने जासूस लाहौर भेजे, ताकि वे लोदी सेनाओं के हालात के बारे में खबर ले आएँ। रास्ते में पड़ने वाले किलों को बाबर जीतता जा रहा था, जिन पर लोदियों का कब्जा था।

बाबर जब अपनी सेना के साथ पानीपत के नजदीक आया, तब उसने अपने

लोगों को हुक्म दिया कि वे आस-पास के इलाकों के निवासियों से अराबे (छकड़ा गाड़िया) छीनकर ले आएँ। सात सौ गाड़ियाँ इकट्ठी हो गईं। बाबर ने अपनी सेना के अफसर अलीकुली से कहा कि इन गाड़ियों को आपस में खाल के रस्सों से जोड़ दिया जाए। हर दो गाड़ियों के बीच छह-सात जाली की ओट लगाई गई। इनके पीछे गोलंदाज छुपा दिए गए। सभी बेगों और लड़ाई के जानकारों से सलाह ली गई। तय किया गया कि पानीपत में मकान और मुहल्ले बहुत हैं, इसलिए एक ओर पानीपत को रखा जाए और बाकी की तीन दिशाओं में अराबों और ओटों की पक्की आड़बंदी कर ली जाए। पानीपत शहर को दाईं ओर रखकर बाईं ओर खाइयाँ खोद ली गईं। खाइयों पर सौ सवार तक पार निकलने की व्यवस्था भी कर ली गई।

इब्राहीम लोदी की सेना की संख्या एक लाख बताई जा रही थी। उसके पास एक हजार हाथी होने की भी बात कही गई थी। इन खबरों को सुनकर बाबर की सेना में डर फैल गया था, लेकिन बाबर हिम्मत के साथ सबका हौसला बढ़ा रहा था। इब्राहीम लोदी को युद्ध का कोई अनुभव नहीं था। उसने न तो लड़ाई की सही व्यूह रचना की, न ही बाबर पर तब आक्रमण किया, जब वह खाइयाँ खोदने और अराबों को जमाने में व्यस्त था। बाबर ने पानीपत की मुख्य लड़ाई के पहले रात को चार-पाँच हजार सैनिकों को अनेक सरदारों के साथ इब्राहीम खान लोदी पर आक्रमण करने भेजा। ये लोग कोई सफलता प्राप्त नहीं कर पाए और वापस लौट आए।

26 अप्रैल, 1526 को युद्ध आरंभ हुआ। इब्राहीम लोदी ने सुबह ही बाबर की सेना के दाईं ओर आक्रमण कर दिया। बाबर ने तुरंत दाईं ओर अतिरिक्त सेना भेजी। इब्राहीम की विशाल सेना के आक्रमण को देखकर बाबर की सेना में कुछ घबराहट फैल गई। बाबर ने तुरंत दोनों ओर के तूलगमा को दाएँ-बाएँ जाकर तीर बरसाने का आदेश दिया।

बाएँ से बाबर का सेनापति मेहँदी ख्वाजा लड़ने के लिए आ गया। इब्राहीम की सेना उस पर हाथी लेकर झपटी। इस सेना को पीछे हटा दिया गया। इब्राहीम की सेना के चारों ओर बाबर के सैनिक पहुँचकर तीरों से हमला करने लगे। ज्यादा नजदीक आने पर तलवारों की लड़ाई आरंभ हो गई। इब्राहीम की सेनाओं में अव्यवस्था मच गई। न तो वे आगे बढ़ पा रहे थे और न ही पीछे लौट पा रहे थे।

लड़ाई सुबह के वक्त आरंभ हुई थी। दोपहर तक लड़ाई घमासान हो गई। धूल के इतने बादल उठे कि कुछ भी दिखाई देना बंद हो गया। शाम होते-होते इब्राहीम की सेनाएँ परास्त हो गईं। युद्धभूमि में चारों तरफ लाशों और घायलों का अंबार लग गया था। पाँच-छह हजार लोग तो एक ही जगह सुलतान इब्राहीम के पास मारे गए थे। हर कहीं लाशों के टीले बन गए थे।

बाबर की सेना ने अब भागने वालों का पीछा करना और उन्हें मारना आरंभ कर दिया। महावतों ने झुंड-के-झुंड हाथी लाकर भेंट किए। लाशों की किसी बड़ी ढेरी में इब्राहीम लोदी की लाश मिल गई, जिसका सिर काटकर बाबर के पास लाया गया।

बाबर ने तुरंत हुमायूँ को आगरा भेजा, ताकि वह आगरा और वहाँ के खजाने पर अधिकार कर ले। सेना की कुछ टुकड़ियों को इसी काम के लिए दिल्ली भेज दिया गया। बाबर खुद दो दिन बाद दिल्ली पहुँचा। उसने दिल्ली के किले और शहर को घूम-घूमकर देखा। इसके बाद बाबर आगरा चला गया, जहाँ हुमायूँ ने पहले ही पहुँचकर खजाने और किले पर कब्जा कर लिया था।

बाबर की यह विजय, जिसने भारतीय उपमहाद्वीप को गहराई तक प्रभावित किया, एक सैनिक विजय थी। एक ऐसे प्रदेश में, जहाँ की संस्कृति, लोक और भाषा से बाबर अनजान था, वहाँ उसकी एक सैनिक के तौर पर योग्यता ही इस जीत का कारण बनी। बाबर ने खुद ही अपनी युद्धक तैयारियों के बारे में बताया है कि किस तरह से उसने अपनी सेना के चारों तरफ सुरक्षा घेरा बनाया था और इब्राहीम लोदी की सेना किस तरह बिना सोचे-विचारे उसकी सेना पर आक्रमण करने चढ़ दौड़ी थी। इसी समय बाबर के तूलगमा ने दाईं और बाईं दोनों तरफ से आक्रमण कर दिया। इब्राहीम लोदी अपने वफादारों के साथ वीरता से लड़ता हुआ मारा गया और भारत का साम्राज्य बाबर के हाथ में आ गया।

बाबर के पास बेहतर तोपें थीं। तोपों को जमाने का तरीका अधिक प्रभावी था। मध्य एशिया में सतत युद्धों से सीखी गई तुगलुमा युद्ध पद्धति थी, जिसमें सेना के दो दलों को युद्ध से अलग कर शत्रु के दाएँ और बाएँ पक्ष पर अचानक आक्रमण किया जाता है। बाबर की सेना में अधिक अनुशासन और व्यवस्था भी थी।

बाबर की इस विजय को तत्कालीन परिस्थितियों के हिसाब से भारत के लिए अच्छा ही कहा जा सकता है, क्योंकि सल्तनत काल में भी सत्ता तो विदेशी ही थी। इस काल में धार्मिक सहिष्णुता बहुत कम थी और सांस्कृतिक तथा कला के क्षेत्र में भारत की लगातार अवनति हो रही थी।

मुगलों ने यहाँ बसने के बाद धार्मिक सहिष्णुता और समावेशी राजनीति का कुछ परिचय अवश्य दिया। विशेष तौर पर अकबर और जहाँगीर के समय यह संस्कृति बहुत विकसित हुई। औरंगजेब ने इसको बहुत हानि पहुँचाई और इसका परिणाम मुगल साम्राज्य के विघटन के रूप में हुआ। बाद में मुगल सम्राट् तो इतने ताकतवर रहे ही नहीं कि असहिष्णुता की नीति को जारी रख पाते।

पानीपत के पहले युद्ध में यद्धपि एक विदेशी आक्रांता से दिल्ली के लोदी

सुल्तान का मुकाबला हुआ। इब्राहीम लोदी अफगान था, इसलिए बाबर की तरह का विदेशी तो नहीं ही था। उसकी सेनाओं में भारत के स्थानीय सैनिक भी अवश्य ही शामिल रहे होंगे। रणनीति और हथियारों के मामले में स्थानीय सेना दोयम दर्जे की थी, इसकी हार भी हुई। लेकिन इसमें कोई संशय नहीं है कि इस सेना ने वीरता से युद्ध किया और वीरतापूर्वक युद्ध करते हुए बड़ी संख्या में सैनिक और सेनापति खेत रहे।

राणा साँगा जिनके पराक्रम से बाबर की सेना डरी हुई थी

मेवाड़ के राजा उस समय प्रसिद्ध योद्धा राणा साँगा थे। राणा साँगा मशहूर वीर थे और उनके शरीर पर अस्सी घावों के निशान उनकी वीरता की कहानी खुद ही कहते थे। राणा साँगा का विचार था कि बाबर लूटपाट करके भारत से वापस लौट जाएगा। लेकिन बाबर भारत में ही साम्राज्य स्थापित करना चाहता था। इस प्रकार राणा साँगा एवं बाबर के बीच युद्ध अनिवार्य हो गया। दोनों ओर की सेनाएँ पूरी तैयारी के साथ फतेहपुर सीकरी से एक मील दूर खानवा के पास एकत्र हो गईं। राजपूत सेनाओं ने बाबर की सेनाओं को आरंभिक झड़पों में बुरी तरह से हराया, जिसके कारण मुगलों की सेना में घबराहरट फैल गई।

बाबर ने चतुराई से एवं धार्मिक जिहाद का इस्तेमाल कर सेना को युद्ध के लिए तैयार किया। उसने यह भी कहा कि काबुल बहुत दूर है, इसलिए इस युद्ध को जीतने के अलावा कोई विकल्प नहीं है। 16 मार्च, 1527 को यह युद्ध हुआ। युद्ध लगभग बीस घंटे तक चला। किसी पक्ष ने पलायन नहीं किया। राणा साँगा युद्ध में घायल हो गए और उनके साथियों ने उन्हें युद्धक्षेत्र से हटा दिया। बाबर की तुगलुमा युद्ध नीति और तोपखाने के कारण बाबर की विजय हो गई। इस युद्ध के घावों से राणा साँगा की एक वर्ष बाद मृत्यु हो गई। इस युद्ध में हारने से राजपूतों की ताकत को बड़ा झटका लगा।

इस युद्ध के बाद बाबर ने चंदेरी पर आक्रमण किया, जिसके शासक मेदिनी राय राणा साँगा के सहयोगी थे। बाबर ने मेदिनीराय से शमशाबाद के बदले चंदेरी माँगा, पर मेदिनी राय ने इनकार कर दिया। 29 जनवरी, 1528 को बाबर ने चंदेरी पर हमला किया। राजपूत स्त्रियों ने जौहर किया तथा मेदिनीराय अपने साथियों सहित वीरगति को प्राप्त हुए। इन सब घटनाओं के बाद भी बाबर का साहस राजस्थान की ओर बढ़ने का नहीं हुआ। राजस्थान के वीर राजपूत यथावत राज्य करते रहे। नुकसान यह हुआ कि पूरे भारत में स्थानीय हिंदू राज्य स्थापित करने का काम स्थगित हो गया। □

वीर हेमचंद्र राय (हेमू) का बलिदान, जिसे हमने भुला दिया

पानीपत का दूसरा युद्ध

पानीपत के पहले युद्ध से स्थापित मुगल सत्ता जल्दी ही तब समाप्त हो गई, जब 1540 में बाबर का पुत्र हुमायूँ एक अफगान शेरशाह सूरी से 1539 में चौसा के युद्ध में तथा 1540 में बिलग्राम के युद्ध में निर्णायक तौर पर पराजित हो गया और जान बचाकर भारत से बाहर ईरान भाग गया। इस तरह से मुगलों को पंद्रह साल के शासन के बाद ही भारत से भागना पड़ा। शेरशाह की मृत्यु के बाद उसके उत्तराधिकारी अयोग्य सिद्ध हुए और ईरान के शाह की मदद से हुमायूँ ने मच्छीवाड़ा का युद्ध जीतकर 1555 में दिल्ली पर फिर से अधिकार कर लिया।

हुमायूँ अधिक दिन तक सत्ता का सुख नहीं भोग सका और 23 जनवरी, 1556 को उसकी मृत्यु हो गई। लेकिन हुमायूँ का यह साम्राज्य बहुत छोटा और कमजोर था। अफगान ताकत अभी तक बहुत मजबूत थी। इस समय अफगानों के तीन प्रमुख केंद्र थे। सिकंदर शाह सूर शिवालिक की पहाड़ियों में मानकोट दुर्ग में सेना तैयार कर रहा था। इब्राहीम सूर की सत्ता बंगाल में थी। आदिल शाह सूर बिहार में अपना राज्य स्थापित कर चुका था।

इसके अलावा मालवा में बाजबहादुर शासन कर रहा था। राजस्थान लगभग पूरा ही स्वतंत्र था। पश्चिम में गुजरात स्वतंत्र राज्य था। दक्षिण में बहमनी राज्य के विघटन से बने बीदर, बरार, अहमदनगर, बीजापुर तथा गोलकुंडा के स्वतंत्र राज्य थे। सुदूर दक्षिण में विजय नगर का शक्तिशाली राज्य था। सिंध और मुल्तान भी मुगल राज्य में शामिल नहीं थे।

हुमायूँ के पास उस समय दिल्ली और आगरा के आस-पास का प्रदेश,

पंजाब, काबुल और गजनी का प्रदेश था। हुमायूँ की मृत्यु के समय अकबर आगरा गुरुदासपुर से पंद्रह मील दूर कलानोर नाम क स्थान पर था। हुमायूँ की मृत्यु की खबर मिलते ही वहीं पर बैरम खान ने 14 फरवरी, 1556 को उसका राज्याभिषेक करवा दिया।

इस मौके का लाभ उठाते हुए आदिल शाह सूर ने अपने सेनापति हेमू को आगरा पर अधिकार करने हेतु भेजा। आगरा पर हेमू का आसानी से अधिकार हो गया। इसके बाद उन्होंने दिल्ली को भी सात अक्तूबर, 1556 को जीत लिया। इस तरह आगरा, दिल्ली, आज के बिहार और उत्तर प्रदेश तक का प्रदेश हेमू के अधिकार में आ गया। हेमू ने दिल्ली में अपना राजतिलक करवाकर 'विक्रमादित्य' की उपाधि धारण कर ली। इस प्रकार काफी दिनों के बाद दिल्ली पर एक हिंदू सम्राट् सिंहासन पर बैठा।

मुगलों के भारतीयकरण के संबंध में कितने भी तर्क दिए जाएँ। इतना तो तय है कि मुगलों का 1556 तक कोई भारतीयकरण नहीं हुआ था। बाबर मध्य एशिया के फरगना का निवासी था और उसे भारत में सफलता पहली बार 1526 में मिली थी। 1540 में मुगलों को भारत से भगा दिया गया था। यद्धपि यह काम अफगानों के हाथों हुआ था। 1555 में मुगलों को वापस सफलता मिली थी। मुगलों को भारत आए कुल तीस साल और सत्ता में रहते लगभग पंद्रह साल ही हुए थे। इसलिए 1556 में तो वे विदेशी आक्रमणकारी ही थे। हेमचंद्र राय, जिन्हें हेमू नाम से जाना जाता है, निःसंदेह एक भारतीय वीर थे और विदेशी मुगलों को रोकने के प्रयास में उन्होंने अपना बलिदान दिया। पर हमने अपने इतिहास में हेमू को उचित स्थान एवं सम्मान नहीं दिया, जो हमें अपने ही नायकों के प्रति अकृतज्ञ सिद्ध करता है।

"हेमू अथवा हेमराज मध्य युग के इतिहास में एक विशेष स्थान रखते हैं। तत्कालीन स्रोतों के अनुसार हेमू वैश्य थे और रेवाड़ी के बाजार में नमक बेचते थे, यद्यपि डॉक्टर ए.एल. श्रीवास्तव ने उन्हें ब्राह्मणों की भार्गव उपजाति का बताया है। इसलामशाह ने हेमू को अपनी सेना में लिया था और आदिलशाह के समय में उनका सम्मान बढ़ा और पदोन्नति हुई। धीरे-धीरे उन्होंने अपनी योग्यता से राजकीय सम्मान प्राप्त किया। आदिलशाह ने उनकी सैनिक प्रतिभा से संतुष्ट होकर उन्हें अपना वजीर और सेनापति बना दिया। आदिलशाह की तरफ से उसने चौबीस युद्धों में भाग लिया और बाईस में विजय प्राप्त की। उनकी सेना में हिंदू ही नहीं अफगान भी थे और वे सभी उनमें विश्वास करते थे। दिल्ली पर अधिकार करने के पश्चात् उन्होंने 'विक्रमादित्य' के नाम से अपने को स्वतंत्र शासक घोषित किया था।

सम्राट् हेमू पर अपने मालिक आदिलशाह से गद्दारी करने का आरोप लगाना गलत होगा, क्योंकि मध्य युग में तलवार के आधार पर राज्यशक्ति प्राप्त करना साधारण परंपरा थी। मोहम्मद आदिल शाह ने न केवल अपने भानजे को मारकर गद्दी पर अधिकार किया था, बल्कि उस समय दिल्ली उसके अधिकार में भी नहीं थी। इसके अतिरिक्त आदिलशाह विलासी और अयोग्य था। स्वयं उसके संबंधियों ने उससे सत्ता छीनने का प्रयास किया था। ऐसी स्थिति में हेमू द्वारा खुद को स्वतंत्र शासक घोषित करना गलत नहीं माना जा सकता। हेमू ने साधारण स्थिति से उठकर खुद को सम्राट् बनाया था, इससे उसकी योग्यता स्पष्ट होती है। यह बात और है कि उनकी सफलता अल्पकालीन थी।"

जब पंजाब में अकबर और बैरम खान को यह खबर मिली कि सम्राट् हेमचंद्र राय ने अपना राज्याभिषेक करा लिया है, तब वापस काबुल लौट जाने का विचार किया गया। परंतु अंत में दिल्ली को वापस जीतने का निर्णय लिया गया। मुगल सेना दिल्ली के लिए चल पड़ी और पानीपत के पास आ गई। हेमू भी अकबर को हराने के लिए सेना सहित पानीपत के पास आ गए। 5 नवंबर को, दोनों सेनाएँ पानीपत के ऐतिहासिक युद्ध के मैदान में मिलीं, जहाँ तीस साल पहले, अकबर के दादा बाबर ने इब्राहिम लोदी को हरा दिया था, जिसे पानीपत की पहली लड़ाई के रूप में जाना जाता है।

एच.जी. कीन ने लिखा है कि अकबर और उनके अभिभावक बैरम खान ने युद्ध में भाग नहीं लिया और युद्धक्षेत्र से 5 कोस (8 मील) दूरी पर बने रहे। बैरम खान ने 13 वर्षीय राजा को व्यक्तिगत रूप से युद्ध के मैदान में उपस्थित होने की अनुमति नहीं दी। उसे 5000 अच्छी तरह से प्रशिक्षित और सबसे वफादार सैनिकों का एक विशेष गार्ड प्रदान किया गया और युद्ध की सीमाओं से दूर एक सुरक्षित दूरी पर रख दिया। युद्ध के मैदान में मुगल सेना के हारने की स्थिति में बैरम खान ने उन्हें जीवन के लिए काबुल की ओर भागने का निर्देश दिया था।

इधर हेमू ने अपनी सेना का नेतृत्व खुद किया। हेमू की सेना में 1500 युद्धक हाथी, राजपूत और अफगान शामिल थे। हाथी के ऊपर से हेमू स्वयं अपनी सेना की कमान सँभाल रहे थे। ऐसा लग रहा था कि हेमू जीत की राह पर हैं और अकबर की सेना हार जाएगी।

अचानक एक तीर हेमू की आँख में लगा। हेमू के गिरते ही उनकी सेना भाग खड़ी हुई। हेमू के मृत शरीर को कई घंटों बाद खोजकर अकबर के शिविर में लाया गया। बैरम खान चाहता था कि अकबर अपनी तलवार से उनका सिर काटकर

गाजी की उपाधि धारण करे, पर अकबर ने केवल अपनी तलवार से उसके शरीर को छू दिया। बैरम खान ने सिर काट दिया। हेमू के समर्थकों ने इस जगह पर उनका एक स्मारक बनवाया, जो आज भी ग्राम सौदापुर, जींद, पानीपत में देखा जा सकता है। हेमू की पराजय का मुख्य कारण उनके तोपखाने का पहले ही मुगलों के हाथ में चला जाना था। डॉ. आर.पी. त्रिपाठी ने लिखा है—"उसकी पराजय एक दुर्घटना थी और अकबर को विजय दैवी संयोग से मिली थी।"

इस तरह मुगल सत्ता भारत में दोबारा स्थापित हुई। पानीपत के दूसरे युद्ध में भी यह साफ दिखाई देता है कि भारतीय सेना की वीरता में कोई कमी नहीं थी। रणनीतिक कमी अवश्य ही मानी जा सकती है। हेमू को खुद युद्ध के मैदान से दूर रहना चाहिए था, लेकिन उन्होंने पलायन व समर्पण नहीं किया और प्राण जाने तक युद्ध करके वीरता का परिचय दिया।

पानीपत के दूसरे युद्ध ने भारत में मुगल सत्ता की स्थापना कर दी, जो अगले लगभग 200 साल तक भारत की प्रमुख शक्ति बनी रही, लेकिन मुगल भारत की एकमात्र शक्ति कभी नहीं बन पाए, जैसा अकसर कहा जाता है। औरंगजेब की धर्मांधता एवं दक्षिण की नीति ने मुगल सत्ता को कमजोर कर दिया और 1707 में औरंगजेब की मृत्यु होने के बाद मुगल सत्ता तेजी से अपना असर खोने लगी।

□

मुगलों को चुनौती मिलती ही रही

बाबर और हुमायूँ के समय नए स्थापित मुगल साम्राज्य का क्षेत्र काफी कम था। इसमें दिल्ली और आस-पास के इलाके, पंजाब, उत्तर प्रदेश का कुछ भाग तथा बिहार का कुछ भाग ही शामिल था। सही मायने में मुगल साम्राज्य भारत की अनेक शक्तियों में एक था।

दक्षिण भारत में खानदेश,अहमदनगर आदि ताकतवर राज्य थे और सुदूर दक्षिण में विजय नगर साम्राज्य एक बड़ी ताकत था। राजस्थान में मेवाड़, मारवाड़, आमेर और रणथंभौर आदि स्वतंत्र राजपूत राज्य थे। गोंडवाना (जबलपुर और आस-पास का इलाका) में दुर्गावती नाम की गोंड रानी का शासन था। मालवा में बाजबहादुर नाम का राजा राज कर रहा था और गुजरात में मुसलिम राजा मुजफ्फर खान का शासन था। बिहार और बंगाल में अफगान शासक थे। अकबर ने अपने राज्य के विस्तार की नीति अपनाई। कुछ जगह उसे आसानी से सफलता मिल गई, लेकिन कुछ जगहों पर उसे कड़े संघर्ष का सामना करना पड़ा।

अकबर से मेवाड़ और गोंड़वाना का संघर्ष

अकबर को जिन जगहों पर कठिन संघर्ष का सामना करना पड़ा, उनमें सबसे प्रमुख नाम चित्तौड़ का है। मेवाड़ ने हमेशा मुगल सत्ता का विरोध किया था। कभी अपने घुटने नहीं टेके। खानवा के युद्ध में राणा साँगा की पराजय के बाद मेवाड़ की प्रतिष्ठा में कमी तो आई थी, लेकिन मुगलों का साहस मेवाड़ पर अधिकार करने का नहीं हुआ। मेवाड़ के राणाओं ने धीरे-धीरे अपना प्रभाव वापस बढ़ा लिया था। मेवाड़ ने अकबर के शत्रु मालवा के बाजबहादुर को भी अपने यहाँ शरण दी।

1567 में अकबर ने खुद ही चित्तौड़ पर आक्रमण किया। राणा उदय सिंह अपने सरदारों के परामर्श पर किले से बाहर जंगलों में चले गए और किले की रक्षा

का भार जयमल तथा फतेहसिंह नाम के सेनानायकों को सौंप दिया गया। पाँच महीने तक किले पर मुगलों का घेरा पड़ा रहा। अकबर को सफलता नहीं मिली। एक दिन जयमल जब किले की प्राचीन की मरम्मत करा रहे थे, तब वह अकबर की गोली का शिकार हो गए। हार को तय जानकर चित्तौड़ में एक बार फिर जौहर हुआ तथा राजपूतों ने मरणांतक युद्ध किया। किले पर कब्जा करने के बाद अकबर ने किले के सभी निवासियों की हत्या करवा दी और वहाँ सूबेदार नियुक्त कर वापस लौट गया।

मेवाड़ ने अभी भी हार नहीं मानी। चित्तौड़ का किला अवश्य अकबर के अधिकार में आ गया, किंतु मेवाड़ का अधिकांश भूप्रदेश अभी भी राणा उदय सिंह के ही अधिकार में था। 1572 में राणा उदय सिंह के पुत्र प्रताप सिंह गद्दी पर बैठे। प्रताप सिंह अपने पिता से भी अधिक जुझारू और वीर थे। महाराणा प्रताप ने यह शपथ ली कि जब तक वे अपनी राजधानी को मुगलों के कब्जे से नहीं छुड़ा लेंगे, तब तक बिस्तर पर नहीं सोएँगे और थाली में खाना नहीं खाएँगे।

अकबर चाहता था कि मेवाड़ उसकी अधीनता स्वीकार कर ले। पर राणा प्रताप किसी तरह तैयार नहीं हुए। अकबर ने समझौते के लिए राजा मानसिंह को भेजा, पर राणा प्रताप ने स्वीकार नहीं किया। राणा प्रताप मानसिंह के परिवार द्वारा मुगलों को अपनी बेटी देने के कारण उसे अपने से छोटा समझते थे।

1576 में मानसिंह और आसफखान के नेतृत्व में एक सेना भेजी गई। 18 जून, 1576 को हल्दीघाटी के मैदान में दोनों सेनाओं का सामना हुआ। राणा की सेना कम थी फिर भी उन्होंने मुगल सेना में खलबली मचा दी। खुद मानसिंह राणा प्रताप के भाले के आक्रमण से बाल-बाल बच पाया। भीषण लड़ाई के बाद यह युद्ध अनिर्णीत रहा। राणा प्रताप अरावली के पर्वतों में चले गए। उन्होंने कभी हार नहीं मानी और अपनी मृत्यु 1597 तक मेवाड़ को स्वतंत्र कराने का संघर्ष जारी रखा। धीरे-धीरे मेवाड़ के अधिकांश भू-भाग को राणा प्रताप ने मुगलों से मुक्त करा लिया। राणा प्रताप के इस स्वदेश प्रेम और त्याग तथा वीरता के कारण आज भी उनका नाम आदर का प्रतीक हैं। उन्होंने कभी भी मुगलों की अधीनता स्वीकार नहीं की। राजस्थान के दूसरे राज्यों ने मुगलों की अधीनता स्वीकार कर ली और मुगलों ने उनकी आंतरिक स्वतंत्रता को मान्यता दे दी।

मध्य भारत के एक छोटे से राज्य गोंडवाना ने भी अकबर की अधीनता मानने से इनकार किया और अपनी स्वतंत्रता के लिए प्राणों की आहुति दी। गोंड लोगों का राज्य वर्तमान जबलपुर, मंडला आदि क्षेत्रों में फैला था। अकबर के समय यहाँ के राजा वीरनारायण थे, जो अपनी माता दुर्गावती के संरक्षण में शासन कर रहे

थे। अकबर ने आसफ खान के नेतृत्व में एक सेना गोंडवाना पर कब्जा करने हेतु भेजी। चौरागढ़ के निकट दुर्गावती के नेतृत्व में आसफ खान से युद्ध लड़ा गया। रानी दुर्गावती युद्ध में मारी गईं और राजपूत स्त्रियों ने जौहर का आश्रय लिया। वीरनारायण और अनेक राजपूत युद्ध करते हुए मारे गए। रानी दुर्गावती के साहस, योग्यता और बहादुरी की कहानियाँ आज भी लोक साहित्य में कही-सुनी जाती हैं।

अकबर ने अपने कार्यकाल में मालवा, गोंडवाना, गुजरात, बिहार, बंगाल, कश्मीर, सिंध, उड़ीसा और खानदेश को मुगल राज्य में मिला लिया।

अकबर के पुत्र जहाँगीर ने भी मेवाड़ को अधीन करने के अनेक प्रयास किए। अनेक आक्रमण और युद्ध हुए और अंत में 1615 में मुगलों और मेवाड़ के बीच एक संधि हो गई। संधि मेवाड़ के लिए सम्मानजनक थी। इसके अनुसार मेवाड़ को चित्तौड़ लौटा दिया गया, साथ ही मेवाड़ के राणा को मुगल दरबार में व्यक्तिगत उपस्थिति से छूट प्रदान की गई तथा स्वीकार कर लिया गया कि मेवाड़ से कभी भी किसी वैवाहिक संबंध के लिए नहीं कहा जाएगा। दक्षिण में हालात वही बने रहे, जो अकबर के समय थे, यानी कि अहमदनगर, गोलकुंडा और बीजापुर राज्य स्वतंत्र बने रहे।

शाहजहाँ के शक्तिशाली शासन को चुनौती दी बुंदेलखंड के बुंदेलों ने

शाहजहाँ के कार्यकाल (1627-1658) में मुगल साम्राज्य अपनी शक्ति की पराकाष्ठा पर पहुँच गया था, लेकिन इस समय एक महत्त्वपूर्ण संघर्ष बुंदेलखंड में शुरू हुआ, जो हालाँकि दबा दिया गया, किंतु किसी-न-किसी रूप में बहुत बाद तक चलता रहा और इसकी अंतिम परिणति बुंदेलखंड की स्वतंत्रता में हुई।

बुंदेलखंड के शासक वीर सिंह बुंदेला जहाँगीर के कृपापात्र थे। उनका पुत्र जुझार सिंह उत्तराधिकारी हुआ, जो मुगल दरबार में रहता था और उनका पुत्र विक्रमजीत सिंह शासन की देखभाल करता था। विक्रमजीत सिंह से शाहजहाँ नाराज हो गया और उसने उसकी जाँच कराने का आदेश दिया। इससे नाराज होकर जुझार सिंह ने भी विद्रोह कर दिया और वे बुंदेलखंड चले गए।

शाहजहा ने बुंदेलखंड पर आक्रमण का आदेश दिया। 1629 में जुझार सिंह ने समझौता कर लिया। उसे दक्षिण के अभियानों में भेज दिया गया, जहाँ वह पाँच साल तक विभिन्न अभियानों में भाग लेता रहा। 1634 में ओरछा वापस आने के बाद उसने 1635 में गोंडवाना पर आक्रमण करके चौरागढ़ को जीत लिया और वहाँ के राजा प्रेमनारायण को मार दिया। एक अधीनस्थ राजा द्वारा दूसरे अधीनस्थ राजा पर बिना अनुमति आक्रमण करना सीधे केंद्रीय सत्ता को चुनौती माना गया।

तब औरंगजेब के नेतृत्व में एक सेना भेजी गई। इस युद्ध मे जुझार सिंह और उनका पुत्र विक्रमजीत सिंह मारे गए। बुंदेलों की राजधानी ओरछा को नष्ट कर दिया गया। ओरछा की गद्दी पर एक देवीसिंह को बैठा दिया गया।

बुंदेलों ने इस व्यवस्था को स्वीकार नहीं किया और महोबा के राजा चंपतराय तथा बाद में उनके पुत्र छत्रसाल (1649-1731) ने संघर्ष जारी रखा। चंपतराय की हत्या औरंगजेब ने तब करवा दी, जब छत्रसाल केवल बारह वर्ष के थे। छत्रसाल ने लगातार संघर्ष किया, मुगलों से अनेक युद्ध लड़े और बुंदेलखंड में अपनी स्वतंत्र सत्ता स्थापित कर ली, जिसकी राजधानी 'पन्ना' बनाई गई।

किसी भी देश पर राजनीतिक तौर पर कब्जा किया जाना सहज संभव है, क्योंकि एक शक्तिशाली सेना जैसे ही किसी राज्य की सेना को हरा देती है, वैसे ही आक्रमणकारी सेना के राजनीतिक अधिकारों में वृद्धि हो जाती है। किंतु जब आक्रमणकारी सेना लोक पर अत्याचार करती है। जनता के विश्वास और उसके सम्मान पर आक्रमण करती है, तब यदि वह लोक जाग्रत् हो, उसे अपनी परंपराओं और संस्कृति पर गर्व हो तो विरोध में खड़ा हो जाता है। लोक प्रतिरोध की शक्ति असीम होती है, जो बड़ी-से-बड़ी सैनिक ताकत को झुका सकती है।

इसी लोक की ताकत के कारण विदेशी आक्रमणकारियों को तब-तब कठिन प्रतिरोध झेलना पड़ा, जब उन्होंने आम जनता के विश्वासों का अपमान किया। जब भी हिंदुओं को अपमानित किया और धर्म-परिर्वतन के लिए शक्ति का प्रयोग किया, तब प्रतिरोध में कोई-न-कोई नायक उठकर खड़ा हो गया और उसने स्वतंत्रता एवं धर्म-संस्कृति की रक्षा के लिए अपना सबकुछ लुटा दिया।

सल्तनत काल में सैनिक विजय के बाद विदेशियों द्वारा लोक चेतना को कुचलने का पूरा प्रयास किया गया। परिणाम यह हुआ कि दिल्ली सल्तनत लगभग सौ वर्षों तक बहुत सीमित क्षेत्र में ही सिमटी रही। शासकों को लगातार विद्रोहों और जनता के असहयोग का सामना भी करना पड़ा।

सल्तनत का नए क्षेत्रों में विस्तार अलाउद्दीन खिलजी के समय आरंभ हुआ। अधिकतर इसका असर नए क्षेत्रों को लूटने और वार्षिक कर वसूलने तक ही सीमित रहा। मोहम्मद तुगलक के समय सल्तनत का अधिकतम विस्तार तो हुआ, पर लोक से नहीं जुड़ने के कारण यह विस्तार अस्थायी सिद्ध हुआ और केंद्रीय सत्ता के कमजोर पड़ते ही सल्तनत पहले से भी छोटे भाग में प्रभावी रह गई। दक्षिण में जो मुसलिम सत्ता स्थापित हुई, वह स्थानीय जनता को सत्ता में स्थान देने और अपनी धार्मिक भेदभाव की इच्छा पर अंकुश रखने के कारण ही स्थापित हो सकी।

1526 में पानीपत में बाबर की जीत के समय दिल्ली सल्तनत पर अफगानों का कब्जा था। अफगान जो भी हो, उस तरह से विदेशी नहीं थे, जैसे कि मुगल थे। 850 ईस्वी सन् तक अफगानिस्तान भारत की सनातन संस्कृति का ही हिस्सा रहा था। बिहार और बंगाल में भी अफगानों का प्रभाव था। पानीपत की लड़ाई में बाबर की जीत के बाद भारत के हिंदू राजाओं और अफगानों ने मिलकर विदेशी शत्रुओं के खिलाफ संघर्ष किया। राणा साँगा के साथ खानवा के युद्ध में अनेक अफगानों ने भी हिस्सा लिया था और बलिदान भी दिया था।

हुमायूँ को बिलग्राम और चौसा के युद्ध में हराकर भारत से बाहर निकालने का काम भी अफगानों और भारत के हिंदुओं ने मिलकर किया था। 1556 में पानीपत के दूसरे युद्ध में अफगान सेना के सेनापति हेमू थे, दुर्भाग्य से उनकी पराजय हो गई थी। अकबर ने अपने शासन काल के आरंभ में कट्टर धार्मिक नीतियों का पालन किया। चित्तौड़ को जीतने के बाद उसने जो मजहरनामा जारी किया था, वह धार्मिक कट्टरता और उन्माद का दस्तावेज था, लेकिन अकबर को शीघ्र ही समझ में आ गया कि भारत के हिंदुओं के साथ मिल-जुलकर रहने और उन्हें भी शासन प्रशासन में उचित हिस्सा दिए बिना भारत पर शासन करना बहुत कठिन है। अत: अकबर ने राजपूतों के साथ सम्मानजनक संधियाँ कीं। उन्हें आंतरिक स्वतंत्रता तो दी ही अपनी सेना में बड़े-बड़े पद भी दिए। धार्मिक अत्याचार बंद कर दिए गए। इस नीति के कारण ही मुगल साम्राज्य की जड़ें मजबूत हो गईं। जहाँगीर के समय भी कमोबेश यही नीति जारी रही। शाहजहाँ के समय धार्मिक कट्टरता के लक्षण प्रकट होने लगे, पर दारा शिकोह के रूप में एक समन्वयवादी और उदार शाहजादे के होने से संतुलन बना रहा।

औरंगजेब ने समय के चक्र को फिर उलटा घुमाना चाहा। धार्मिक भेदभाव, अत्याचार, धर्मपरिर्वतन का नया दौर आरंभ हुआ। परिणाम हुआ कि औरंगजेब ने सारे मुगल शासन के शक्ति स्रोतों को कमजोर कर दिया। जगह-जगह संघर्ष होने लगे और अंत में औरंगजेब को निराशा की हालत में ही 1707 में आखिरी साँस लेना पड़ी। औरंगजेब के बाद मुगल शासन का उतार आरंभ हो गया। बाद के बादशाहों ने फिर से धार्मिक सहिष्णुता और मिल-जुलकर रहने की नीति अपनाई, जिसके कारण लगातार कमजोर होते मुगल शासन का नाम निशान 1857 तक बना रहा। □

औरंगजेब की धर्मांध नीतियों के विरुद्ध संघर्ष

(जाट, मराठे, सिख और राजपूत)

औरंगजेब शाहजहाँ के चार पुत्रों में तीसरे नंबर का था। दारा शिकोह, शाह शुजा से छोटा और मुरादबख्स से बड़ा। यह वाक्य औरंगजेब के शासन के बारे में काफी कुछ कह देता है—'औरंगजेब एक महान् शासक था, पर उसकी असफलता भी अभूतपूर्व थी।' उसकी सफलता उसकी योग्यता, सैनिक संगठन, नेतृत्व और अवसर से लाभ उठाने की क्षमता तथा परिश्रम का परिणाम थी, वहीं उसकी असफलता मुख्यत: उसकी धार्मिक तंगदिली का परिणाम थी, जिसने मुगल साम्राज्य को इतना कमजोर कर दिया कि वह जल्दी ही पूरी तरह शक्तिहीन हो गया।

औरंगजेब ने शरीयत को अपने शासन का आधार बनाया। उसका राजत्व सिद्धांत इसलाम का राजत्व सिद्धांत था। वह 'दार-उल-हर्ब' (काफिरों के देश) को दार उल इसलाम (इसलामी देश) बनाना चाहता था। वह जीवन भर इसी नीति पर चलता रहा। इसी के लिए उसने अपने राज्य की बहुसंख्यक प्रजा, यानी हिंदुओं पर, सम्मान, धर्म, अर्थ आदि सभी प्रकार से इतना दवाब डाला कि वे धर्म परिर्वतन हेतु बाध्य हो जाएँ। इसी नीति के कारण उसका राजपूतों, जाटों, सिखों, मराठों से संघर्ष हुआ। इसी नीति पर चलकर उसने दक्षिण के शिया राज्यों गोलकुंडा और बीजापुर को समाप्त कर दिया और खुद दक्षिण में पच्चीस बरस मराठों से संघर्ष करते हुए मुगल राज्य का दक्षिण में ही विसर्जित कर आया।

औरंगजेब ने उन सभी प्रथाओं को बंद करा दिया, जो अकबर ने समाज को साथ जोड़ने के उद्देश्य से आरंभ की थीं। जैसे तुलादान, झरोखा दर्शन, हिंदू

राजाओं के माथे पर अपने हाथ से तिलक लगाना, दरबार में होली, दीवाली मनाना आदि। हिंदुओं को अपने मंदिरों की मरम्मत का अधिकार न रहा। उसके समय बनारस का विश्वनाथ मंदिर, मथुरा का केशवदेव मंदिर, पाटन का सोमनाथ मंदिर आदि तोड़े गए। 1679 में हिंदुओं पर 'जजिया' लगा दिया गया। हिंदुओं पर 'तीर्थयात्रा कर' लगा दिया गया। 1688 में हिंदुओं के त्योहारों पर रोक लगा दी गई।

औरंगजेब की धार्मिक नीति के बारे में जदुनाथ सरकार की पुस्तक 'अ शोर्ट हिस्टरी ऑफ औरंगजेब' का यह अंश सारी स्थिति को बयान कर देता है—

"इसलाम के उदय से ही मुसलिम राज्य की जो अवधारणा है, उसमें असली बादशाह अल्लाह होता है। जमीन पर जितने भी बादशाह हैं, वे उसके प्रतिनिधि मात्र हैं, जिनका प्रमुख कर्तव्य ईश्वरीय नियमों को पूरी प्रजा पर लागू करना मात्र है। प्रशासनिक अधिकारियों का मुख्य कार्य सच्चे विश्वास का प्रचार करना और उसे बढ़ाना है। इस तरह के राज्य में सच्चे मजबह से इनकार करना एक तरह से राज्य द्रोह है, क्योंकि इस प्रकार से धर्म से इनकार करने वाले सच्चे राजा से इनकार करते हुए राजा के दुश्मनों झूठे देवी-देवताओं को सम्मान देते हैं। इस प्रकार कट्टर इसलाम में मजहब के बाहर के किसी दूसरे विश्वास वालों को टॉलरेट करना एक तरह से पाप से समझौता करने के समान है। इस प्रकार इसलाम के बंदों का प्रमुख कर्तव्य बिना ईमान वालों को इसलाम के रास्ते पर लाना है। यह कार्य उनसे युद्ध करके किया जा सकता है, जिससे वे इसलामी राज्य के अधिकार में आ जाएँ और इसके बाद उन्हें इसलाम में शामिल कर लिया जाए। सैद्धांतिक तौर पर इसलामी सेना की सैनिक विजय के बाद अविश्वासी लोगों की पूरी जनसंख्या विजेता इसलामी सेना की गुलाम मान ली जाती है।"

इस प्रकार से विजित प्रदेश की पूरी जनसंख्या का इसलाम में शामिल करना और प्रत्येक विरोध को समाप्त करना इसलामी राज्य का आदर्श है। यदि कोई विश्वास न करने वाला राज्य में रह जाता है तो वह एक आवश्यक बुराई है और उस पर राजनीतिक और सामाजिक अयोग्यताएँ लागू करनी चाहिए। उसको राज्य की ओर से इसलाम कुबूल करने के लिए रिश्वत दी जानी चाहिए, ताकि वे सच्चे मजहब में आ जाए।"

इस प्रकार एक गैर-मुसलमान राज्य का नागरिक नहीं माना जा सकता। उसका स्टेटस केवल एक प्रकार के गुलाम का ही होगा। इसलामी राज्य में वह केवल राज्य के साथ एक अनुबंध (जिम्मा) में रह सकता है। इस राज्य में रहने के लिए उसे एक टैक्स (जजिया) देना होगा। उसे अपने कब्जे वाली जमीन के

लिए एक टैक्स (खिराज) देना होगा। उसे अच्छे वस्त्र नहीं पहनना चाहिए और इस प्रकार का व्यवहार करना चाहिए कि वह एक नीचे वर्ग से है। कोई भी गैर-मुसलमान घोड़े पर नहीं चढ़ सकता, हथियार नहीं बाँध सकता और उसे प्रत्येक मुसलमान के साथ सम्मान के साथ इस प्रकार व्यवहार करना चाहिए कि वह एक निचले वर्ग से आता है।

जिम्मी के लिए कुछ कानूनी प्रतिबंध और अयोग्यताएँ थीं। राज्य जो इस अनुबंध का दूसरा भाग था, वह जिम्मी को उसके जीवन और संपत्ति के अधिकार की सुरक्षा की गारंटी देता था। उसे उसके धर्म को मानने की आजादी कुछ शर्तों पर मिलती थी कि वह किसी नए मंदिर का निर्माण नहीं करेगा और अपने धर्म के रीति-रिवाजों को सार्वजनिक तौर पर नहीं मना सकेगा। पुराने मंदिरों की मरम्मत पर भी रोक थी, ताकि इन मंदिरों के नष्ट होने का मामला केवल समय के अधीन था, लेकिन औरंगजेब जैसे कुछ अति उत्साही लोगों ने मंदिरों के नष्ट होने के लिए समय की प्रतीक्षा करना भी उचित नहीं समझा और खुद ही उन्हें तोड़ना अधिक अच्छा समझा।"

हिंदुओं को धर्म परिवर्तन हेतु अनेक प्रलोभन भी दिए जाते थे। औरंगजेब ने अकबर द्वारा आरंभ की गई धार्मिक सहिष्णुता की नीति में आमूल चूल परिवर्तन कर दिया और यही उसके लिए तथा मुगल साम्राज्य की शक्ति व समृद्धि के लिए घातक सिद्ध हुआ। औरंगजेब के मुगल साम्राज्य को निम्नानुसार विरोध झेलना पड़ा—

1. जाटों का संघर्ष

मथुरा और आगरा के आस-पास जाटों का इलाका है। मथुरा का स्थानीय अधिकारी अब्दुल नबी हिंदू मंदिरों को तोड़ रहा था और उस पर हिंदू स्त्रियों को अपमानित करने के भी आरोप थे। उसने दारा शिकोह द्वारा केशव राय मंदिर में भेंट किए सोने के जंगले को उखाड़कर हटा दिया और बाद में 1670 में इस मंदिर को तोड़ दिया गया।

1669 में स्थानीय जाटों ने उनके नेता गोकुल के नेतृत्व में विद्रोह कर अब्दुल नबी को मार डाला। जाटों में बहुत गुस्सा था और गोकुल के साथ लगभग बीस हजार लोग इकट्ठा हो गए। इन लोगों ने अनेक छोटी मुगल सेनाओं को हराया। अंत में एक बड़ी मुगल सेना ने तिलपत के युद्ध में जाटों को हरा दिया। गोकुल को उसके परिवार सहित क्रूरता से मार डाला गया।

लेकिन जाट अभी भी नहीं दबाए जा सके। 1686 में जाटों ने राजाराम

के नेतृत्व में मुगलों पर हमले आरंभ किए। आगरा तक आक्रमण किया गया। सिकंदरा में अकबर के मकबरे को खोदकर अकबर की हड्डियाँ जला दी गईं। 1688 में राजाराम युद्ध में मार दिया गया। इसके बाद उसके भतीजे चूणामण ने संघर्ष जारी रखा। औरंगजेब की मृत्यु के बाद भी यह संघर्ष जारी रहा। 1722 में जाटों ने आगरा के पास ही भरतपुर में अपना स्वतंत्र राज्य स्थापित कर लिया। 1756 से 1763 तक राज करने वाले महाराजा सूरजमल बहुत प्रतापी सिद्ध हुए और इनके समय में यह जाट राज्य अपने शिखर पर पहुँच गया। 1761 में राजा सूरजमल ने आगरा को भी जाट राज्य में शामिल कर लिया। इस तरह जाटों ने ठीक मुगल साम्राज्य के बीचोबीच औरंगजेब के क्रूर और ताकतवर शासन के दौरान ही वीरतापूर्वक संघर्ष किया और मुगल साम्राज्य के बीच के इलाके में ही अपना स्वतंत्र जाट राज्य स्थापित कर लिया। 1761 में मुगलों का प्रमुख नगर आगरा भी जाटों के राज्य में शामिल कर लिया गया।

2. आक्रांताओं के विरुद्ध पंजाब में सिख संगत का संघर्ष

सिखों के प्रथम गुरु नानक देवजी का जन्म 1469 में हुआ था। इसके बाद 1708 तक सिखों के दस गुरु हुए। सिख पंथ जाति प्रथा के खिलाफ, कर्मकांडों के विरुद्ध और सबके कल्याण के लिए काम करने वाले पंथ के रूप में विकसित हुआ। गुरु नानक के बाद गुरु अंगद हुए, जिन्होंने लंगर की व्यवस्था को स्थायी रूप प्रदान किया। लंगर से छुआछूत और जाति प्रथा पर चोट पहुँची। गुरु अमरदास ने सती प्रथा का विरोध किया। गुरु अमरदास से अकबर भी प्रभावित था। चौथे गुरु रामदास से भी अकबर के अच्छे संबंध थे।

गुरु अर्जुन ने अपने और पिछले गुरुओं के उपदेशों का संकलन कराया और आदि ग्रंथ की रचना की। गुरु अर्जुन देव ने ही अमृतसर के स्वर्ण मंदिर की स्थापना की। जहाँगीर का पुत्र खुसरो जहाँगीर से विद्रोह करके जब पंजाब से जा रहा था, तब उसने गुरु अर्जुन से भेंट की। गुरु अर्जुन ने उसकी आर्थिक मदद भी की। इस बात से जहाँगीर गुरु से नाराज हो गया और उसने दो लाख रुपया जुर्माना गुरु से माँगा। गुरु ने इनकार कर दिया कि उनके पास उनका खुद का कुछ भी धन नहीं है।

जहाँगीर ने गुरु और उनके परिवार को बंदी बना लिया और उनकी संपत्ति जब्त कर ली। 1606 में गुरु को कठोर यातनाएँ देकर मार डाला गया। इस घटना के बाद ही सिख पंथ, जो अभी तक एक आध्यात्मिक पंथ था, में आक्रोश और अपमान के भाव ने जन्म ले लिया। इस घटना को मुगलों द्वारा सिख पंथ पर

आक्रमण माना गया। गुरु अर्जुन की पीड़ादायी मृत्यु ने सिखों को सैनिक संप्रदाय और गुरु को सैनिक संत बनने की प्रेरणा मिली। इसके पहले तक सिख हथियार नहीं रखते थे, लेकिन अब सिखों को शस्त्र धारण करने की आवश्यकता महसूस हुई।

खुद गुरु अर्जुन ने मरते समय अपने पुत्र और उत्ताराधिकारी हरगोविंद को संदेश पहुँचाया कि वह शोक न मनाए और अपने सिंहासन पर पूर्ण शस्त्र धारण करके बैठे और अपने सामर्थ्य के अनुसार बड़ी-से-बड़ी सेना रखे। इस प्रकार मुगल बादशाहों की क्रूर और गलत नीतियों के कारण सिख उनके विरोधी हो गए। छठे गुरु हरगोविंद, जो गद्दी पर बैठते समय केवल ग्यारह बरस के थे, ने पिता की आज्ञा का पूरी तरह पालन किया। जहाँगीर ने अब जुर्माने की राशि गुरु हरगोविंद से माँगी। उन्होंने भी पिता की तरह मना कर दिया। गुरु हरगोविंद को दो वर्ष तक ग्वालियर के किले में कैद रखा गया। 1628 में गुरु हरगोविंद का विवाद शाहजहाँ से भी हो गया, जिसके कारण उनकी मुगलों से झड़पें हुईं। इनमें वे जीत गए, पर खुद को तथा अपने धर्म को असुरक्षित समझकर कश्मीर की पहाड़ियों में कीरतपुर चले गए और वहीं 1644 में उनका देहांत हुआ।

नौवें गुरु तेगबहादुर (1664-1675) औरंगजेब के समय में हुए और उन्होंने औरंगजेब की कट्टर धार्मिक नीतियों का खुलकर विरोध किया। औरंगजेब ने उन्हें दिल्ली बुलाया और कैद कर लिया। उनसे इसलाम धर्म स्वीकार करने को कहा गया। गुरु के इनकार करने पर उन्हें पाँच दिन कठोर यातनाएँ देने के बाद उनकी हत्या कर दी गई। उनके पुत्र गुरु गोविंद सिंह ने उन्नीस वर्ष की अवस्था में गद्दी सँभाली, जो दसवें और आखिरी गुरु हुए। गुरु गोविंद सिंह ने सिखों को कट्टर सैनिक संप्रदाय में बदल दिया। उन्होंने सिखों को पूर्ण सैनिक शिक्षा दी और अस्सी हजार खालसाओं की एक सेना बना ली। औरंगजेब ने उनके विरुद्ध अनेक बार मुगल सेनाएँ भेजीं। स्थानीय मुगल अधिकारी उनसे लगातार लड़ते रहे। उनके दो पुत्र युद्ध में मारे गए और दो पुत्रों को जीवित ही दीवार में चुनवा दिया गया। गुरु गोविंद सिंह ने संघर्ष नहीं छोड़ा। अंत में वे दक्षिण भारत चले गए और औरंगजेब की मृत्यु के बाद ही पंजाब वापस लौटे। औरंगजेब की मृत्यु के बाद उसके पुत्र बहादुरशाह ने उत्तराधिकार के युद्ध में उनसे सहायता माँगी, जिसके लिए वे फिर दक्षिण भारत गए। वहीं सात अक्तूबर, 1708 को उनका देहांत हो गया।

गुरु गोविंद सिंह ने सितंबर 1708 में नांदेड़ में ही एक लक्ष्मण सिंह को अपना शिष्य बनाया और उसका नाम बदलकर 'बंदा सिंह बहादुर' रख दिया। गुरु ने एक हुक्मनामा जारी कर सिखों का नेता बंदा सिंह बहादुर को बना दिया था। बंदा बहादुर

ने पंजाब पहुँचकर मुगलों के विरुद्ध संघर्ष को आगे बढ़ाया। बंदा सिंह बहादुर ने उस वजीर खान की हत्या कर दी, जिसने दोनों साहिबजादों को दीवार में चुनवाया था। बंदा सिंह बहादुर ने सरहिंद पर अधिकार कर लिया और पहले सिख राज्य की स्थापना करके गोविंद सिंहजी के नाम के सिक्के चलवाए। बंदा सिंह बहादुर ने मुगलों से घोर संघर्ष किया और उनके अत्याचारों का समुचित बदला लिया गया।

मुगल बादशाह फर्रूखसियर की फौज ने बंदा सिंह बहादुर को गुरुदासपुर के गुरुदास नंगल गाँव में महीनों तक घेरे रखा। खाद्य सामग्री समाप्त हो जाने के कारण बंदा सिंह बहादुर ने आत्मसमर्पण कर दिया। 794 सिखों के साथ बंदा सिंह बहादुर को दिल्ली लाया गया। 5 मार्च से 13 मार्च, 1716 तक रोज 100 सिखों का कत्ल कर मार डाला गया। बंदा सिंह बहादुर की वीरगति के बाद सिखों में सामूहिक निर्णय लेने की परंपरा, यानी सरबत खालसा का प्रचलन आरंभ हो गया।

इसके बाद सिख राजनीतिक तौर पर खुद को संगठित करते रहे। 1761 तक वे इतने शक्तिशाली हो गए थे कि मराठा सेनापति सदाशिव राव भाऊ की सहायता आला सिंह जाट ने की थी। 1761 के बाद सिखों के कारण अफगानिस्तान से किसी आक्रमणकारी का पंजाब के मार्ग से आगे आना असंभव हो गया था। आगे जाकर 1799 में लाहौर को राजधानी बनाकर महाराजा रणजीत सिंह ने शक्तिशाली सिख साम्राज्य की स्थापना की थी, जिसके अधिकार में पेशावर और उसके आगे खैबर पास तक का इलाका था।

मराठों का संघर्ष, जिसने औरंगजेब को एवं मुगल साम्राज्य को नष्ट कर दिया

उत्तर भारत में केवल राजस्थान ही एक प्रदेश ऐसा था, जहाँ हिंदू सम्मान के साथ रह रहे थे। लेकिन दक्षिण में राजनीतिक शक्ति के संतुलन के कारण मुसलमान शासकों को हिंदुओं से सहायता लेनी पड़ीं थी और हिंदू तथा मुसलमान समाज एक दूसरे के साथ काफी कुछ समानता का व्यवहार कर सका था। दक्षिण में मराठे मुसलमानी राज्यों में अच्छे पदों पर थे। दक्षिण में हिंदुओं के सामाजिक और धार्मिक जीवन पर मुसलमान राज्य अनावश्यक हस्तक्षेप नहीं करते थे। इसके बाद भी शासन-प्रशासन में कुछ धार्मिक तत्त्व तो रहता ही था और समय-समय पर हिंदुओं को इसका अहसास करा दिया जाता था। सबसे पहले शिवाजी ने दक्षिण में एक स्वतंत्र हिंदू राज्य हिंदू पद-पादशाही का सपना देखा।

शिवाजी का जन्म 1627 में शिवनेरी के दुर्ग में हुआ था। उनके पिता शाहजी

भोंसले बीजापुर राज्य के एक सम्मानित सरदार थे। शिवाजी का उद्देश्य स्वतंत्र हिंदू राज्य की स्थापना करना था। एम.जी. रानाडे ने शिवाजी के जीवन को चार भागों में बाँटकर उनके उद्देश्य को स्पष्ट करने का प्रयास किया है।

आरंभ के छह वर्ष उनके जीवन का उद्देश्य अपने आस-पास के मराठा सरदारों को अपने साथ जोड़ना और अपनी रक्षा का प्रयत्न करना ही था। अगले दस वर्ष उनका बीजापुर राज्य से संघर्ष चला। इसमें अपनी रक्षा करना, राष्ट्रीय तत्त्वों को इकट्ठा करना और अपनी सीमाओं को बढ़ाना ही उनका लक्ष्य रहा। जीवन के तीसरे खंड 1662-1672 में उनका संघर्ष दक्षिण की ओर बढ़ रही मुगल शक्ति से हुआ और इसमें भी उन्हें सफलता मिली। जीवन के चौथे भाग 1674-1680 में उन्होंने अपने राज्य को कानूनी तौर पर स्थापित किया, अपना राज्याभिषेक कराया और 'छत्रपति' की उपाधि धारण की।

शिवाजी के जीवन तक यह संघर्ष केवल अपना स्वतंत्र हिंदू मराठा राज्य स्थापित करने का था, लेकिन शिवाजी के बाद यह संघर्ष विदेशी मुगल सत्ता, जिसका बादशाह औरंगजेब था, के विरुद्ध स्वतंत्रता और धर्म को बचाने का संघर्ष बन गया।

1680 से 1689 तक छत्रपति के पद पर शिवाजी के पुत्र संभाजी आसीन रहे। संभाजी का पूरा समय औरंगजेब से लड़ने और अपने राज्य को बचाने में ही निकल गया। 1682 में खुद औरंगजेब पाँच लाख की विशाल सेना के साथ दक्षिण आ गया और अपनी चिर अभिलाषा दक्षिण भारत को जीतने और इसलाम को फैलाने को पूरी करने में लग गया। संभाजी ने साहसपूर्वक इस विकट शत्रु का सामना सात वर्ष तक किया। 1689 में अपनी असावधानी के कारण संभाजी मुगलों द्वारा कैद कर लिये गए। औरंगजेब ने अपनी धर्मांध नीति के अनुसार ही संभाजी से मुसलमान बनने और अपने सभी किलों को सौंप देने की माँग रखी। संभाजी ने उसके प्रस्ताव को ठुकरा दिया। 21 मार्च, 1689 को संभाजी को क्रूरता-पूर्वक यातनाएँ देते हुए मार डाला गया और उनके शरीर के अवशेष अपमानजनक ढंग से फेंक दिए गए।

संभाजी ने अपनी मृत्यु के समय जिस साहस का परिचय दिया था, उसके कारण पूरा महाराष्ट्र एकसूत्र में बँध गया और अपने राजा की अपमानजनक मृत्यु का बदला लेने के लिए औरंगजेब के खिलाफ एक लोकयुद्ध आरंभ हो गया, जिसे मराठा स्वतंत्रता संग्राम भी कहा जाता है।

इस तरह के लोकयुद्ध में एक बड़ी ताकतवर और केंद्रित शत्रु सेना के विरुद्ध

लोगों के बिखरे हुए छोटे-छोटे दल सैनिक कार्यवाही करते हैं। अलग-अलग जब जहाँ जैसा मौका मिले, आक्रमण करते हैं और जब विरोधी द्वारा उन पर अधिक शक्ति से आक्रमण किया जाता है, तब भाग जाते हैं और उचित अवसर मिलने पर फिर हमला करते हैं। इस तरह के युद्ध को छापामार युद्ध कहा जाता है।

संभाजी की हत्या के बाद मराठों में स्थानीय स्तर पर जहाँ जिसको मौका मिला, अपने छोटे-छोटे दल बना लिये। ये दल मुगल सेनाओं पर अचानक हमला करते और नुकसान पहुँचाकर भाग जाते थे। मुगलों की रसद लूट लेते थे। उनके घोड़े खोलकर भगा ले जाते। इस तरह से मराठा छापामार औरंगजेब की बड़ी सेना को थोड़ा-थोड़ा करके नष्ट करते रहे। जिस मिकदार में दिल्ली से संसाधन दक्षिण की ओर आते रहे और मराठों के साथ हो रहे जनयुद्ध में नष्ट होते रहे, उसी मिकदार में मुगल प्रशासन कमजोर होता चला गया। इधर औरंगजेब और मुगल सेना का बड़ा भाग दक्षिण के इस आत्मघाती युद्ध में व्यस्त रहा उधर उत्तर में जाटों के राज्य की नींव आगरा के नजदीक ही पड़ गई। बुंदेलखंड में बुंदेला स्वतंत्र राज्य का आधार मजबूत हो गया और पंजाब में सिख स्वतंत्र सिख राज्य की सुगबुगाहट होने लगी।

मराठों का यह संघर्ष 1689 से 1700 तक शिवाजी के दूसरे पुत्र राजाराम के नेतृत्व में चलता रहा। राजाराम की मृत्यु के बाद उनकी पत्नी ताराबाई ने अपने चार साल के पुत्र शिवाजी द्वितीय के नाम से उसे गद्‌दी पर बैठाया और संघर्ष जारी रखा। मराठों ने एक-एक करके अपने किले जीतने आरंभ कर दिए। मुगल सेना किसी किले पर कब्जा करती और कुछ दिनों या महीनों के बाद मराठे उसे वापस छीन लेते। मराठों का साहस इतना बढ़ गया कि उन्होंने खुद औरंगजेब के शिविर पर आक्रमण करके शिविर को तहस-नहस कर दिया और उसका स्वर्ण शिखर ले उड़े।

अपनी वृद्धावस्था में औरंगजेब खुद सेना सहित किलों पर घेरा डालता घूमता रहा। जब तक वह एक किले को जीतता, तब तक खबर आती कि कोई दूसरा किला मराठों ने छीन लिया है। औरंगजेब की पूरी सेना हताश होने लगी। ताराबाई एक वीरांगना थी, जिनके पति छत्रपति राजाराम की मृत्यु इसी स्वतंत्रता युद्ध में हो गई थी। औरंगजेब जैसा शक्तिशाली मुगल बादशाह उस युवा स्त्री से लड़ रहा था, जिसके संसाधन कम थे, अपने आप में औरंगजेब की प्रतिष्ठा की धूमिल करने वाली बात थी। दक्षिण में लगभग पच्चीस वर्ष बिताने और आखिर में निराशा हाथ लगने के बाद औरंगजेब ने 1707 में वापस दिल्ली लौटने का निश्चय किया। लौटते हुए रास्ते में ही औरंगाबाद में उसकी मृत्यु हो गई।

औरंगजेब की मृत्यु के तुरंत बाद छत्रपति संभाजी के पुत्र साहू ने 12 फरवरी, 1708 में सतारा में छत्रपति साहू के रूप में राज्याभिषेक कराया। छत्रपति साहू ने 1749 में अपनी मृत्यु तक इस पद को धारण किया और उसके सहयोगी पेशवाओं (1713–1720 बालाजी विश्वनाथ, 1720–1740 पेशवा बाजीराव और 1740 से 1761 पेशवा बालाजी बाजीराव) ने मराठा ताकत को भारत की सर्वश्रेष्ठ शक्ति में बदल दिया। यहाँ तक कि खुद मुगल बादशाह मराठों का आश्रित हो गया और मराठों का प्रभाव दक्षिण से सुदूर उत्तर में अटक तक फैल गया। विदेशी शासन के विरुद्ध मराठों के इस सफल संघर्ष जैसा दूसरा उदाहरण मिलना कठिन है।

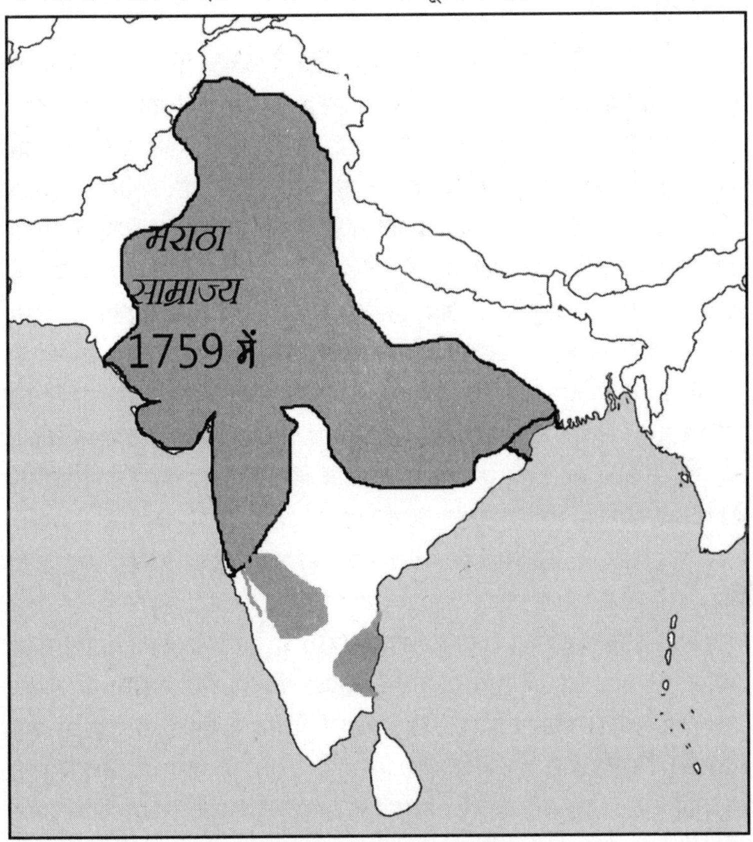

मराठा साम्राज्य अपने चरम पर

□

पानीपत का तीसरा युद्ध

एक पूरी मराठा पीढ़ी का बलिदान, जिसने उत्तर-पश्चिमी सीमा से आने वाले विदेशी आक्रांताओं का हौसला हमेशा के लिए तोड़ दिया

औरंगजेब की मृत्यु 1707 में हुई और उसके बाद मुगल सत्ता लगातार कमजोर होती चली गई। उसका प्रभाव क्षेत्र कम होता चला गया। अयोग्य बादशाहों और दरबारी षड्यंत्रों ने इस प्रक्रिया को तेजी से आगे बढ़ाया। दक्षिण में मराठा साम्राज्य की ताकत बढ़ती चली गई। ऐसे में 1739 ई. में ईरान के शासक नादिरशाह ने भारत पर आक्रमण करके पंजाब को जीत लिया। इसके बाद करनाल के पास हुए युद्ध में उसने मुगल बादशाह को हरा दिया। नादिरशाह ने विजेता के रूप में दिल्ली में प्रवेश किया। 22 मार्च, 1739 का दिन था, जब किसी बात पर नाराज होने पर उसने दिल्ली में नादिरशाही कत्लेआम का हुक्म जारी कर दिया। 8 घंटे में तीस हजार लोगों की हत्या कर दी गई, जिसमें हिंदू और मुसलमान दोनों शामिल थे। दिल्ली और आगरा को लूटकर नादिरशाह मई के महीने में वापस चला गया।

नादिरशाह के आक्रमण से मुगल सत्ता का बचा-खुचा सम्मान समाप्त हो गया। इसी बीच मराठा शक्ति का उत्थान हो चुका था और मराठे दिल्ली तक धावा मारने लगे थे। मुगल साम्राज्य की कमजोरी से भारत में अनेक क्षेत्रीय राज्य स्थापित हो गए। इनमें हैदराबाद, अवध, बंगाल, बिहार और उड़ीसा के स्वतंत्र राज्य एवं मराठा साम्राज्य प्रमुख थे। 1752 में पेशवा ने मुगल बादशाह से एक संधि की, जिसके द्वारा मुगल बादशाह ने मराठों को संपूर्ण भारत में चौथ वसूलने का अधिकार दे दिया और बदले में मराठों ने आवश्यकता पड़ने पर मुगल बादशाह को सहायता देने का वायदा किया। इस संधि से मराठे दिल्ली की राजनीति से सीधी तौर पर जुड़ गए थे।

मुगल दरबार में मुसलिम सरदार दो गुटों में बँटे हुए थे। एक गुट भारतीय

मुसलमानों का एवं दूसरा विदेशी मुसलमानों का गुट था। मराठे भारतीय मुसलमान गुट के समर्थक हो गए थे। ऐसी हालत में विदेशी मुसलमानों के गुट ने विदेश से सहायता पाने का प्रयास किया। यह सहायता उन्हें अफगानिस्तान के शासक अहमदशाह अब्दाली से मिल गई। इन दोनों गुटों में संघर्ष हुआ और विरोधी गुटों का समर्थन करते हुए मराठों और अब्दाली के बीच भी संघर्ष हुआ। इस संघर्ष की अंतिम परिणति 1761 के पानीपत के तृतीय युद्ध में हुई, जिसमें अब्दाली की जीत तो हुई, किंतु मराठों ने वीरतापूर्वक युद्ध करके अफगानों को इतनी चोट पहुँचाई कि उनकी सैनिक ताकत भी लड़खड़ा गई।

पानीपत के तीसरे युद्ध का भारत के इतिहास में महत्त्वपूर्ण स्थान है। इस युद्ध में हुए नुकसान से मराठा साम्राज्य कुछ काल के लिए कमजोर पड़ गया। यह वही समय था, जब अंग्रेज भारत में अपनी जड़ें जमाने के लिए संघर्ष कर रहे थे। जब मराठे पुनः अपनी शक्ति संचय कर रहे थे, तब अंग्रेजों को भारत में अपना विस्तार करने का मौका मिल गया, जिसकी अंतिम परिणति भारत में अंग्रेजी राज की स्थापना में हुई।

1752 में अहमदशाह अब्दाली ने भारत पर आक्रमण किया था, तब मुगल बादशाह ने पंजाब और मुल्तान उसे दे दिए थे। 1756 में दिल्ली के उस समय के वजीर गाजीउद्दीन ने, जो विदेशी मुसलमानों के गुट का विरोधी था, मराठों की सहायता से पंजाब और मुल्तान अब्दाली के प्रतिनिधि से वापस छीन लिये।

इस कारण और विदेशी मुसलमान गुट के नजीबुद्दौला के बुलाने के कारण 1757 में अब्दाली आया और उसने पंजाब पर फिर अधिकार कर लिया। दिल्ली आकर उसने नजीबुद्दौला को मीरबख्सी बना दिया। इसके बाद दिल्ली की यातना यानी 1739 की पुनरावृत्ति शुरू हुई। अब्दाली नादिरशाह की सेना में रह चुका था। अधिकतम शांत और आवेशहीन ढंग से उसने दिल्ली के निर्दोष लोगों के कत्लेआम का हुक्म दिया। एक अनुमान के अनुसार अठारह हजार नागरिक मारे गए थे। पूरे एक महीने तक उसने राजधानी में आतंक फैलाए रखा।

इसके बाद अब्दाली ने राजा सूरजमल के जाट राज्य पर आक्रमण किया। उसने नजीबुद्दौला और जहान खान को बीस हजार सैनिक देकर यह आदेश दिया—"उस जाट के राज्य में घुस जाओ। उसके हर शहर और जिले को लूटकर उजाड़ दो। मथुरा नगर हिंदुओं का तीर्थ है। मैंने सुना है, सूरजमल वहीं है। उस पूरे राज्य को तलवार के घाट उतार दो। जहाँ तक बस चले, उसके राज्य में और आगरा तक कुछ मत रहने दो। कोई चीज खड़ी न रहने पाए।"

उसके सैनिकों को खुली छूट मिल गई। 'जो कुछ भी वे लूट लेते, वह उनका ही हो जाता। जो भी नागरिकों का सिर काटकर लाता, वह उन्हें वजीर के तंबू के सामने डाल देता। उनका हिसाब रखा जाता और प्रत्येक सिर के लिए सरकारी कोष से पाँच रुपए दिए जाते।'*

मथुरा की रक्षा के लिए जाटों ने कड़ा मुकाबला किया

आदेशों का पालन करने में नजीब और जहान खान ने असाधारण उत्साह दिखाया। मथुरा पहुँचने से पहले ही उन्हें मथुरा के आठ मील उत्तर की ओर चौमुहा में दस हजार जाटों का सामना करना पड़ा। जाट किसानों ने दृढ़ निश्चय कर लिया था कि विनाशकारी लुटेरा उनके शरीर के ऊपर से गुजरकर ही ब्रज की पवित्र राजधानी तक पहुँच सकेगा।"

चौमुहा में ये दस हजार जाट नौ घंटे तक लड़े। इन्हें हराने के बाद ही अफगान सेनाएँ मथुरा को नष्ट कर सकीं। मथुरा में अकल्पनीय अत्याचार किए गए। हजारों नागरिकों की हत्या की गई। इसके बाद यही अत्याचार वृंदावन में किए गए। इन हत्याओं और लूटपाट के बाद अब्दाली वापस काबुल लौट गया। जाते-जाते अपने पुत्र तैमूरशाह को पंजाब और मुल्तान का सूबेदार बना गया।

1758 में दक्षिण से पेशवा के भाई रघुनाथ राव के नेतृत्व में मराठा सेना तैयारी के साथ आई और उसने सिंधु नदी तक धावा बोला। अब्दाली की सेना को हरा दिया गया और पंजाब एवं मुल्तान पर मराठा सूबेदार नियुक्त किया गया। रघुनाथराव वापस लौट गए। उनका स्थान दत्ताजी सिंधिया ने ले लिया।

अब्दाली 1759 में फिर वापस आया। उसके साथ एक मुठभेड़ में दिल्ली में यमुना नदी के किनारे बुराड़ी घाट पर दत्ताजी सिंधिया वीरगति को प्राप्त हो गए। इस घटना से पेशवाई बहुत चिंतित हो गई और अब्दाली का मुकाबला करने के लिए एक बड़ी सेना खुद पेशवा के भाई सदाशिव राव भाऊ के नेतृत्व में उत्तर भारत भेजने का निर्णय लिया गया। जिसका परिणाम पानीपत का तीसरा युद्ध हुआ।

पानीपत के युद्ध की घटनाएँ और इस पराजय से मिलने वाले सबक संक्षिप्त में इस प्रकार हैं—

मार्च 1760 में पुणे से यह विशाल सेना रवाना हुई। सेना में पेशवा का युवा पुत्र विश्वासराव, चचेरा भाई सदाशिव राव भाऊ एवं बहुत से बड़े मराठा सरदार तो

* History of the jats, (K.R. Kanoongo) Page-99-100.

थे ही, इब्राहिम खाँ गार्दी के नेतृत्व में दस हजार बंदूकों से लैस गार्दी सेना भी थी। सेना की कुल संख्या लगभग पचास हजार थी। सेना की सुरक्षा में उत्तर भारत के तीर्थस्थानों का दर्शन मिलेगा, यह सोचकर बहुत से आम नागरिक, महिलाएँ और बच्चे भी सेना के साथ चल पड़े थे। मराठा राज्य उस समय आर्थिक तंगी से गुजर रहा था, इसलिए तय किया गया कि सेना का खर्च मुहिम के दौरान ही स्थानीय राजाओं से वसूल किया जाए।

इस सेना ने अगस्त 1760 में दिल्ली पर कब्जा कर लिया। धन और अनाज की बहुत कमी थी। खर्च चलाने के लिए लालकिले के दीवाने आम की छत पर चढ़ी चाँदी निकाल ली गई। इसके बाद भी संकट दूर न होने पर खर्च पूरा करने के लिए दिल्ली से उत्तर-पश्चिम की ओर स्थित अस्सी किलोमीटर दूर अब्दाली के मजबूत ठिकाने कुंजपुरा पर हमला किया गया। कुंजपुरा उस समय अफगानों के अधिकार में एक ताकतवर किला था। यहाँ आठ हजार की ताकतवर अफगान सेना मौजूद थी। यहाँ दो लाख बोरे गेहूँ और बहुत सारा रुपया भी था। एक और मूल्यवान चीज यहाँ थी। दत्ताजी सिंधिया का सिर काटने वाला कुतुबशाह भी यहीं मौजूद था।

मराठों की पूरी सेना तेजी से कुंजपुरा की ओर बढ़ी और आक्रमण कर दिया। जल्दी ही कुंजपुरा का पतन हो गया। दत्ताजी सिंधिया का अपमान करने वाले कुतुबशाह का सिर काट दिया गया। यहाँ मराठा सेना को पर्याप्त अनाज और रुपया मिला। मराठा सेना कुंजपुरा में काफी दिन रुकी रही। वापस दिल्ली की ओर आते समय जब मराठी सेना पानीपत के पास थी, तभी खबर मिली कि अब्दाली ने यमुना पार कर ली है और उसकी सेना दिल्ली और इस मराठा सेना के बीच आ गई है।

ऐसे हालात में मराठा सेना ने पानीपत में ही रुकने का फैसला किया। सेना के अलावा यात्री भी साथ होने से लगभग एक लाख लोगों के भोजन का प्रबंध करना था। कुंजपुरा से मिला अनाज धीरे-धीरे समाप्त हो गया। सेना में भुखमरी के हालात पैदा हो गए। इसी समय उत्तर भारत की भीषण सर्दी का मौसम आ गया। मराठा सैनिकों के पास सर्दी से बचने के लिए गरम कपड़े भी नहीं थे। ऐसे हालात में मराठा सेना के पास युद्ध करते हुए अब्दाली की सेना को चीरते हुए दिल्ली की ओर निकल चलने के अलावा कोई उपाय नहीं बचा था। यही निर्णय लिया गया।

दिनांक था 14 जनवरी, 1761, इस दिन मराठा सेना सुबह-सवेरे ही तैयार होकर दिल्ली की दिशा में निकल पड़ी। इस दिन महाराष्ट्र में मकर संक्रांति का त्योहार धूमधाम से मनाया जा रहा था।

सेना के बाईं ओर इब्राहीम खान गार्दी के आठ हजार सैनिक थे। इब्राहीम खान के पीछे गायकवाड़ और विंचूरकर की लगभग 4000 घुड़सवार सैनिकों की पक्तियाँ थीं। गार्दियों के पलटन के दाईं ओर पेशवा की खास हुजरात घुड़सवार सेना के चौदह हजार वीर चल रहे थे। इन्हीं के बीच विश्वासराय और सदाशिव राव भाऊ के हाथी थे। गैर सैनिक जैसे सेवक, लुहार, ज्योतिषी, महिलाएँ, तीर्थ यात्री, अपाहिज सैनिक आदि को सेना ने बीच में रख लिया था। दाईं बाजू पर सिंधिया के दस हजार सैनिक चल रहे थे। इनके आगे की तरफ होल्कर की सेना थी। दो मील तक चौड़ाई और तीन मील तक गहरी यह सेना सुबह-सवेरे कोहरे के बीच ही दिल्ली की ओर तेजी से बढ़ती जा रही थी। जैसे ही अब्दाली को मराठा सेना के बढ़ते चले आने की खबर लगी, उसने तुरंत अपनी सेना को तैनात करना आरंभ कर दिया।

नजीब खान को उसके पंद्रह हजार सैनिकों के साथ मराठों की बाईं बाजू को रोकने का काम दिया गया। नजीब के साथ ही लखनऊ के नवाब शुजाउद्दौला को भी उसके तीन हजार घुड़सवारों के साथ तैनात कर दिया गया।

अब्दाली की अपनी खास सेना के उन्नीस हजार घुड़सवारों को वजीर शाहवली को सौंप दिया और उसे मराठों की सेना के मध्य भाग को रोकने का हुक्म दिया गया। दाईं ओर यमुना नदी के पास पंद्रह हजार भारतीय रोहिलों को तैनात किया गया। आठ-दस किलोमीटर के इलाके में फैली यह सेना मराठों के नजदीक आने का इंतजार करने लगी।

लगभग बीस किलोमीटर का फासला दौड़कर तय करते हुए गार्दियों की सेना छाजपुरा गाँव के नजदीक आ गई थी। यहाँ आकर इब्राहीम खान गार्दी ने रास्ता रोके खड़ी रोहिलों की अठारह हजार सेना को देखा। गार्दियों ने तुरंत तोपें तैयार कीं और दोनों ओर से गोलाबारी आरंभ हो गई। ग्यारह-साढ़े ग्यारह बजे तक सारे इलाके में धुएँ के बादल फैल गए थे और अंधकार छा गया था। गोले बरस रहे थे। तीर उड़ रहे थे। सैनिक मरकर या घायल होकर गिर रहे थे।

इब्राहीम खान ने अपनी बंदूकधारी पलटनों को आगे करके गोलियों की बारिश आरंभ कर दी। देखते-देखते बारह हजार रोहिले मारे गए। इसी समय विंचूरकर और गायकवाड़ के सैनिकों ने पीछे से निकलकर रोहिलों पर हमला बोल दिया। उनके आगे आ जाने के कारण गार्दियों को अपनी बंदूकें रोकनी पड़ीं। इस अचानक घटी घटना के कारण इब्राहीम खान का पक्ष कमजोर पड़ने लगा।

मध्य भाग में हुजरात और वजीर की सेना में घोर युद्ध आरंभ हो गया था। यहाँ

अब्दाली की तोपों ने मराठा सेना का बहुत विनाश किया। इसके बाद मराठा सिपाही जान की परवाह छोड़कर अब्दाली की सेना के भीतर घुस गए और सारी तोपों को बंद करा दिया। इसके बाद हुए भीषण युद्ध में अफगान सेना का बड़ा भाग नष्ट हो गया। वजीर शाहबली हिम्मत हार गया और मध्य का मैदान इस समय तक मराठा सेना के हाथ रहा।

लेकिन मराठा सेना और उसके जानवर भूखे-प्यासे थे। अब उनसे थकान के कारण खड़ा भी नहीं रहा जा रहा था। इसी समय अब्दाली ने अपनी सुरक्षित सेना को युद्ध में कूद पड़ने का आदेश दिया। इस नई ताजा दम सेना का सामना करने की ताव थकी हुई मराठा सेना में नहीं थी। इसी समय पेशवा के पुत्र विश्वासराव पर एक तोप का गोला गिरा। इस घटना ने निर्णायक मोड़ ले लिया। मराठा सेना हताश हो गई।

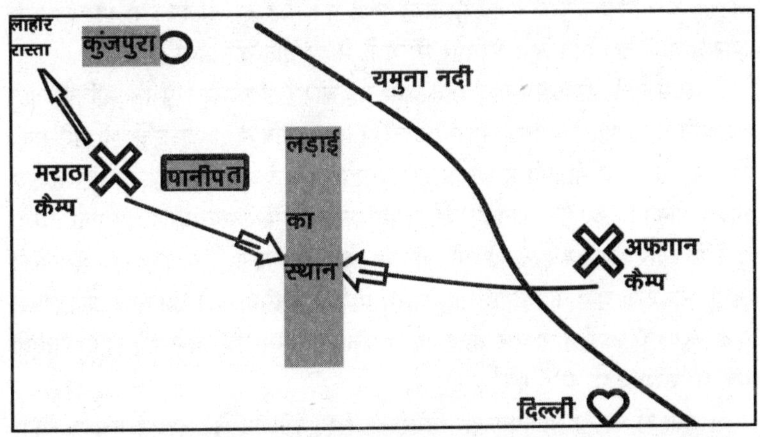

पानीपत के युद्ध की परिस्थितियाँ और स्थान

उधर दाईं बाजू पर होल्कर और सिंधिया के दस हजार सैनिक चल रहे थे। उनके सामने नजीब खान के पंद्रह हजार सिपाही थे। इन दोनों सेनाओं के बीच आरंभ से ही काफी फासला था। दोपहर के तीन बजे तक इन सेनाओं का सामना नहीं हो पाया था। इसी समय विश्वासराव के मारे जाने का समाचार आ पहुँचा।

मल्हारराव होल्कर और होल्कर सेना तथा सिंधिया सेना के दस्ते भी अब हिम्मत छोड़कर दिल्ली की दिशा में निकल चले। जनको जी सिंधिया ने भागने की जगह अपने पचास विश्वासपात्र साथियों के साथ हुजरात की सेना की मदद के लिए

जाने का निर्णय लिया। इन वीरों ने सदाशिव राव भाऊ की मदद के लिए जाकर घोर युद्ध किया। लेकिन मध्य भाग में अब मराठा सेना बहुत कम ही बची थी।

मध्य में अब जोरदार निर्णायक युद्ध आरंभ हो गया था। भाऊ साहब के बचे दस्ते को चारों ओर से घेरा जा रहा था। इस गड़बड़ी में दिल्ली की ओर का रास्ता खुल गया था। अब इसी रास्ते से घायल दमाजी गायकवाड़, विट्ठलराव विंचूरकर, साबाजी सिंधिया, अंताजी माणकेश्वर आदि अपने कुटुंब को लेकर निकल गए।

मध्य भाग में सदाशिवराव भाऊ के साथ ही युद्ध करते हुए यशवंतराव पँवार आदि वीरगति को प्राप्त हो गए। जनकोजी सिंधिया को जीवित पकड़ लिया गया और बाद में अब्दाली के शिविर में उनकी हत्या कर दी गई। पेशवा बाजीराव और मस्तानी के पुत्र शमशेर बहादुर ने भी भाऊ साहब के नजदीक ही रहकर घोर युद्ध किया। वे घायल हालत में किसी तरह घोड़े की पीठ पर पानीपत से निकल पाए और बाद में तीन दिन बाद भरतपुर में घावों से वीरगति को प्राप्त हो गए।

शाम होते-होते अफगान सेना जीत गई थी। पैंतीस हजार मराठा सैनिक वहीं युद्धभूमि में विश्रांति पा गए। लगभग पच्चीस हजार सैनिक अब्दाली के भी मारे गए। रात को अफगान सैनिकों ने भागते हुए मराठा सैनिकों का पीछा किया और हजारों भागते सैनिकों और गैर-सैनिकों की हत्याएँ कर दीं। पानीपत नगर पर हमला करके वहाँ से आठ हजार महिलाओं और बच्चों को गुलाम बना लिया गया। अफगानों ने अभी तक ऐसा युद्ध नहीं देखा था, जिसमें विरोधी सेना ने मरते दम तक प्राणपण से युद्ध किया हो और न तो हार मानी हो, न पलायन किया हो। अफगान सेना जीत तो गई, पर उसका भी भारी नुकसान हुआ।

पूना में पेशवा पानीपत की खबरों के लिए परेशान थे। उन्होंने पचास हजार की सेना लेकर पानीपत की ओर कूच कर दिया था। वे अपनी सेना सहित नर्मदा के किनारे तक जा पहुँचे थे। पानीपत की खबरों को जानने के लिए मन बेचैन था। इसी समय सोनीपत का एक व्यापारी, जो दक्षिण की ओर जा रहा था, को रोककर पेशवा के सामने पेश किया गया। उस व्यापारी ने पेशवा को बताया कि उसने सुना है कि पानीपत में शाह अब्दाली और दक्खनी लोगों की बड़ी जंग हुई है, जिसमें दक्खनी लोगों की पराजय हो गई है।

पेशवा ने सरदारों के हताहत होने के बारे में पूछा तो व्यापारी ने बताया—हमारे मुल्क में लोग कहते हैं, "दो मोती गलत, दस बीस अशरफियात, रुपयों की कोई गिनती नहीं।"

पेशवा समझ गए कि दो मोती का अर्थ विश्वासराव और सदाशिव राव से ही है और दु:ख में डूब गए।

पानीपत का यह तीसरा युद्ध विदेशी आक्रांता से वीरता से युद्ध करते हुए प्राण न्योछावर करने की अद्‌भुत दास्तान है। इस युद्ध में हालाँकि अब्दाली की जीत हो गई थी, पर उसको भी इतना ज्यादा नुकसान पहुँचा था कि उसकी भी शक्ति पर्याप्त क्षीण हो गई और इसके बाद फिर 1947 तक उत्तर पश्चिमी सीमा से किसी हमलावार की हिम्मत आक्रमण करने की नहीं हो सकी। लेकिन पानीपत के तीसरे युद्ध का अपरोक्ष परिणाम यह अवश्य हुआ कि यूरोपियन ताकतों को भारत में अपनी ताकत बढ़ाने का मौका मिल गया।

□

समुद्र के रास्ते यूरोपियनों का आगमन

एक मूर्खतापूर्ण बात बचपन से सुनते आ रहे हैं कि भारत की खोज सबसे पहले वास्को डी गामा ने की थी। क्या भारत कहीं गुमा हुआ था? भारत तो उस वक्त से फल-फूल रहा था, जब यूरोप अज्ञान और गरीबी के अँधेरे में डूबा हुआ था। यूरोप से भारत का जमीनी व्यापारिक रास्ता आटोमन साम्राज्य (तुर्की साम्राज्य) द्वारा लगभग (1453) के बाद बंद कर दिए जाने के कारण एक समुद्री रास्ते की खोज यूरोपियन लोगों की महती जरूरत बन गई थी। वास्को डी गामा ने उसी जरूरत से प्रेरित होकर यह अभियान चलाया और पहली बार यूरोप से भारत का समुद्री रास्ता खोज लिया। इस घटना को भारत की खोज कहना मजाक ही तो है!

भारत और यूरोप के बीच व्यापार ईसा पूर्व से हो रहा है। भारत के मसालों को यूरोप में बहुत पसंद किया जाता था। भारत से मसाले ले जाकर यूरोप में बेचना बहुत लाभ का सौदा था। यूनानी साम्राज्य के दिनों में व्यापार के पर्याप्त प्रमाण मिले हैं। तब यह व्यापार जमीनी रास्ते से होता था और मुख्यतया अरब व्यापारियों के माध्यम से होता था। ग्रीक और रोमन साम्राज्य के समय यूरोप का भारत से व्यापार जमीनी मार्ग से जारी रहा। तब यूरोप से भारत की जमीनी दूरी इतनी अधिक थी कि यूरोप के लोगों में एशिया को लेकर अनेक तरह की कल्पनाएँ और भ्रम फैले हुए थे।

मेडीटेरियन और यूरोप के हिस्से में इटालियन लोगों का वर्चस्व था। 1453 में तुर्की साम्राज्य द्वारा कॉन्सटेंटिनोपल पर अधिकार कर लेने के बाद ये सारे व्यापारिक रास्ते तुर्की के अधिकार में चले गए और पश्चिमी यूरोप के देशों, विशेषकर स्पेन और पुर्तगाल के लिए भारत से व्यापार करना असंभव हो गया। यूरोप में अब भारत के लिए समुद्री मार्ग ढूँढ़ने की आवश्यकता तेजी से महसूस की जाने लगी।

यूरोपियन जातियाँ समुद्री यात्राओं की अनुभवी थीं और उनके पास उस समय के हिसाब से उन्नत जहाजी बेड़े भी थे। इन जातियों में साहसी लोगों की कोई कमी

नहीं थी और इन साहसी लोगों में थी धन कमाने की ललक। भारत में बनी वस्तुएँ यूरोप में बहुत पसंद की जाती थीं और इनकी बहुत माँग थी। खूब धन कमाने का एक अच्छा जरिया था कि समुद्र के रास्ते भारत तक समुद्री जहाज से जाकर भारतीय वस्तुएँ सस्ते में लाकर महँगे दामों में बेची जाएँ। पुर्तगाल और स्पेन की सरकारों ने इस दिशा में गंभीर प्रयास किए। 1492 में स्पेन के नाविक क्रिस्टोफर कोलंबस को भारत की खोज हेतु भेजा गया। कोलंबस भारत के फेर में अमरीका जा पहुँचा। इसके तुरंत बाद ही 1498 में पुर्तगाल का नाविक वास्को डी गामा भारत के लिए समुद्री मार्ग खोजने निकला। पूरे अफ्रीका का चक्कर लगाकर 'केप ऑफ गुड होप्स' से होते हुए वास्को डी गामा अंततः केरल के कालीकट तट पर पहुँच गया। इन समुद्री रास्तों की खोज ने दुनिया के इतिहास में एक नया अध्याय आरंभ किया। इस तरह समुद्री रास्तों से जो यूरोपियन पहले-पहल भारत आए, वे व्यापार करने के उद्द्देश्य से ही आए थे। यह कहानी अलग है कि धीरे-धीरे इन लोगों ने भारत की राजनीतिक सत्ता भी हथिया ली।

वास्को डी गामा जुलाई 1497 में पुर्तगाल से निकला था। पुर्तगाल के राजा ने उसके साथ अनेक अपराधी प्रवृत्ति के लोगों को भी भेजा था। वास्को डी गामा के पहले कोई भी यूरोपियन कभी भी 'केप ऑफ गुड होप' के आगे नहीं गया था। वास्को डी गामा को भारतभूमि पर कदम रखने के लिए दस माह तक अनेक खतरों का सामना करते हुए यात्रा करना पड़ी थी।

भारत में केरल के कालीकट बंदरगाह के नजदीक जब वास्को डी गामा अपने साथियों के साथ पहुँचा, तब यह विचार किया गया कि एक अनजान भूमि पर खतरा भी हो सकता है, इसलिए सभी लोग तट पर नहीं जाकर कुछ चुने हुए लोगों को पहले भेजा जाए। कुछ लोग इस काम के लिए चुने गए और वे तैरकर किनारे तक गए। इन परदेशी व्यापारियों के आने की खबर पाकर कालीकट के राजा मानविक्रम, जिसे जमोरिन के नाम से जाना जाता है, के कर्मचारी उनके पास पहुँचे और राजा के पास चलने का आदेश दिया। उस समय कालीकट एक महत्त्वपूर्ण बंदरगाह था। सुदूर पूर्व से आने वाली व्यापारिक वस्तुएँ भी पहले कालीकट लाई जाती थीं। उसके बाद अरब व्यापारी उन्हें यूरोप और फारस पहुँचाते थे। इस बंदरगाह पर चीनी व्यापारी भी अकसर आते रहते थे।

राजा जमोरिन ने इन पुर्तगालियों की बात धैर्य से सुनी। वास्को डी गामा ने अपने साथ लाए कुछ कपड़े, हैट, शकर और शहद जमोरिन को उपहार में दिए। इस तुच्छ भेंट को देखकर उनके दरबारी हँसने लगे। जमोरिन के दरबार में स्वर्ण से कम कुछ भी उपहार के तौर पर नहीं दिया जाता था।

वास्को डी गामा ने खुद को पुर्तगाल का राजदूत बताया और व्यापारिक चर्चा करना चाही। उसे साफ बता दिया गया कि यदि पुर्तगाल के राजा के पास जमोरिन को भेंट करने के लिए यही तुच्छ उपहार हैं तो जमोरिन को उस देश से संबंध बनाने में कोई रुचि नहीं है। हाँ, अन्य सामान्य व्यापारियों की तरह उन्हें व्यापार करने की अनुमति दे दी गई। इन लोगों ने अपने साथ लाई वस्तुओं की दुकानें लगा ली। लेकिन स्थानीय लोगों ने इन चीजों में कोई रुचि नहीं दिखाई। तीन माह बाद वास्को डी गामा के जहाज वापस गए और अपने साथ स्थानीय वस्तुएँ ले गए। इन चीजों को यूरोप में साठ गुना अधिक दाम पर बेचा गया। इस बात से उत्साहित होकर पुर्तगाल के राजा ने एक नया ताकतवर बेड़ा भारत भेजने की तैयारी की, जिसे 1500 ईस्वी सन् में रवाना किया गया।

यह घटना यूरोपियनों की भारत में आमद की बाढ़ का आरंभ था। देखते-देखते डच, फ्रांसीसी और अंग्रेज व्यापारी भारत आने लगे। धीरे-धीरे इन कंपनियों की राजनीतिक महत्त्वाकांक्षाएँ बढ़ने लगीं। भारत में इस बार जो विदेशी शासन स्थापित हुआ, वह समुद्र के रास्ते आया था, लेकिन अभी इसे यूरोपियन जातियों का आक्रमण कहना ठीक नहीं होगा। अभी तो ये लोग व्यापार में ज्यादा-से-ज्यादा धन कमाने की होड़ में ही भारत आ रहे थे।

भारत में यूरोपियन कंपनियों के आने का क्रम निम्नानुसार है—

1. पुर्तगाली 1498
2. इंग्लिश ईस्ट इंडिया कंपनी 1600
3. डच ईस्ट इंडिया कंपनी 1602
4. डेनिश ईस्ट इंडिया कंपनी 1616
5. फ्रेंच ईस्ट इंडिया कंपनी 1664

पुर्तगाली

सन् 1498 में पहली बार आने के बाद पुर्तगाली लगातार आते रहे। उन्होंने 1510 में गोवा को बीजापुर से छीनकर उस पर अधिकार कर लिया। इसके बाद उन्होंने और भी कुछ इलाकों पर कब्जा जमा लिया। सोलहवीं शताब्दी के अंत तक पुर्तगाली कंपनी की ताकत कम हो गई। सत्रहवीं शताब्दी में उनके पास केवल गोवा, दमन और दीव ही बचे। ये तीनों प्रदेश 1961 तक पुर्तगाल की सरकार के पास रहे और 1961 में भारत सरकार ने सैनिक कार्यवाही करके वापस प्राप्त किए।

डच ईस्ट इंडिया कंपनी

डच ईस्ट इंडिया कंपनी का गठन ईस्वी सन् 1602 में हुआ था। भारत में इनके प्रमुख केंद्र पुलीकट और नागापट्टनम थे। 1667 में डच कंपनी का ब्रिटिश ईस्ट इंडिया कंपनी से समझौता हो गया, जिसके अनुसार डच कंपनी ने भारत का काम बंद कर दिया। वहीं ब्रिटिश कंपनी ने इंडोनेशिया में डच कंपनी को पूरी स्वतंत्रता दे दी। 1759 में बेदरा के युद्ध में ब्रिटिश कंपनी से हारने के बाद भारत में डच कंपनी का दखल समाप्त हो गया।

डेनिश ईस्ट इंडिया कंपनी

डेनिश ईस्ट इंडिया कंपनी भारत में 1616 में आई थी। इस कंपनी का मुख्यालय बंगाल में श्रीरामपुर में था। इस कंपनी ने ब्रिटिश कंपनी को अपनी सारी संपत्ति 1845 में बेचकर भारत छोड़ दिया।

फ्रेंच ईस्ट इंडिया कंपनी

फ्रेंच ईस्ट इंडिया कंपनी की स्थापना 1664 में हुई थी। यह कंपनी सीधी फ्रांस की सरकार के प्रति जवाबदेह थी। इनकी पहली फैक्टरी सूरत में स्थापित हुई थी। 1742 में डूप्ले के गवर्नर बनने के बाद ब्रिटिश कंपनी से अनेक युद्ध हुए और 1742 में बांडीवाश के युद्ध में पराजित होकर फ्रेंच कंपनी मुख्य प्रतिद्वंद्वी नहीं रह गई। फिर भी स्वतंत्रता के समय तक फ्रांस के कब्जे में पाँच स्थान बने रहे—

1. पांडिचेरी
2. तमिलनाडु में कराईकल
3. यानोन, आंध्र प्रदेश में
4. माहे, केरल में
5. चंद्रनगर, बंगाल में

भारत की स्वतंत्रता के बाद ये क्षेत्र भारत को वापस मिल सके।

ब्रिटिश ईस्ट इंडिया कंपनी

ब्रिटिश ईस्ट इंडिया कंपनी का गठन ईस्वी सन् 1600 में हुआ था। मुगलों से व्यापार की अनुमति प्राप्त करने के लिए जहाँगीर के दरबार में कंपनी का दूत स्टीफन हॉकिंग 1608 से 1611 तक रुका रहा, पर इसका अधिक लाभ नहीं हुआ। इसके बाद थामस रो जहाँगीर के दरबार में पहुँचा और उसने जहाँगीर से 1612 में सूरत में

फैक्टरी बनाने की इजाजत प्राप्त कर ईस्ट इंडिया कंपनी के लिए संपत्ति अर्जित करने का काम आरंभ किया। 1650 तक ईस्ट इंडिया कंपनी ने केवल व्यापार पर ध्यान दिया। इसके बाद ही राजनीतिक सत्ता पाने पर भी ध्यान दिया गया।

वह युद्ध, जिसे जीतकर ईस्ट इंडिया कंपनी ने भारत में शासन प्राप्त कर लिया, वह प्लासी का युद्ध था। यद्यपि मध्य एशिया से आए आक्रमणकारियों की तरह अंग्रेजों ने आक्रमण नहीं किया था। अनेक वर्षों से यहाँ रहने और व्यापार करने के कारण कंपनी की ताकत बढ़ गई थी। अनेक जगह कंपनी स्थानीय राजनीति में भी हिस्सा लेने लगी थी। बंगाल में उस समय मीर कासिम नवाब था। मीर कासिम अयोग्य और बिना पढ़ा-लिखा था। अनेक मामलों को लेकर कंपनी की उसके साथ ठन गई थी। नवाब के साथ कंपनी ने 1757 में प्लासी नामक जगह पर जो युद्ध लड़ा, उसका भारत में अंग्रेजी राज्य की स्थापना में महत्त्वपूर्ण स्थान है। अब इस युद्ध के बारे में जानते हैं।

प्लासी का युद्ध

ईस्ट इंडिया कंपनी मुख्यतया व्यापार के लिए आई थी और लगभग 150 वर्षों तक उसका ध्यान व्यापार पर ही रहा था। बंगाल में पहले पुर्तगालियों ने अपने गोदाम बनाए। अकबर और जहाँगीर के समय तक पुर्तगाली आराम से बंगाल में व्यापार करते रहे। पुर्तगाली स्थानीय लोगों पर अत्याचार भी खूब करते थे। उनको लोगों को ईसाई बनाने का भी काफी चस्का लगा हुआ था। पुर्तगालियों का मुख्य बसेरा हुगली नाम की जगह पर था, जो वास्तव में ओग्ली से बना है। ओग्ली का देशी भाषा में अर्थ गोदाम होता है। शाहजहाँ जब बादशाह हुआ, तब उसने पुर्तगालियों को समाप्त करने का निश्चय कर लिया। 1632 ईस्वी सन् में उन्होंने कासिम खान के नेतृत्व में एक बड़ी सेना पुर्तगालियों के उन्मूलन के लिए भेजी और उस सेना ने सफलतापूर्वक ऐसा किया भी। पुर्तगालियों द्वारा खाली किया व्यापारिक स्थान अब डच लोगों ने भरने का प्रयास किया।

अंग्रेज ईस्ट इंडिया कंपनी इस समय तक सूरत, मद्रास और बालेश्वर में एक-एक कोठी बनवा चुकी थी। अब उन्होंने बंगाल में भी अपना व्यापार बढ़ाने का विचार किया। बंगाल में अंग्रेज सबसे पहले 1650 में हुगली में आए और कुछ व्यापार आरंभ किया। 1652 में अंग्रेज ईस्ट इंडिया कंपनी को बंगाल के तत्कालीन सूबेदार शाह शुजा से एक अधिकार-पत्र मिल गया, जिसके अनुसार तीन हजार रुपया सालाना देने की शर्त पर उन्हें बंगाल में व्यापार करने का अधिकार मिल गया। अंग्रेजों ने धीरे-धीरे पटना, मालदा और ढाका में भी अपनी कोठियाँ बनवा लीं।

अंग्रेजों के व्यापार के सिलसिले में मुगल अधिकारी रुकावट डालते थे। 1686 में अंग्रेजों की मुगलों से सैन्य झड़प हो गई। इसके कारण अंग्रेजों ने सुरक्षा की दृष्टि से हुगली छोड़ दिया। अब वे सुतोनिटी गाँव में रहने लगे। कुछ समय बाद औरंगजेब ने अंग्रेजों को दिए पुराने फरमान की पुष्टि कर दी, जिससे उन्हें वार्षिक तीन हजार रुपए देकर बंगाल में व्यापार की अनुमति मिल गई। इसके बाद अंग्रेजों ने बंगाल के उस समय के सूबेदार नवाब इब्राहीम खान से अनुमति लेकर एक साधारण सा दुर्ग बना लिया, जो आज 'फोर्ट विलियम' के नाम से जाना जाता है।

बंगाल की सूबेदारी औरंगजेब ने अपने नाती अजीमुस्सान को सौंपी। अजीमुस्सान ने अंग्रेजों को सुतोनिटी, कलकत्ता और गोविंदपुर तीन गाँव खरीदने की अनुमति दे दी। ये तीनों गाँव अंग्रेजों ने तेरह सौ रुपए में खरीद लिये। कलकत्ता को एक प्रेसीडेंसी घोषित कर दिया गया और वहाँ एक प्रेसीडेंट की नियुक्ति कर दी गई, जिसकी सहायता के लिए एक काउंसिल थी। काउंसिल की सहायता से प्रेसीडेंट सारे बंगाल के व्यापार को देखने लगा।

अठारहवीं शताब्दी का आरंभ हो गया था। 1701 में बादशाह औरंगजेब ने मुर्शीद कुली खान को बंगाल का दीवान बनाकर भेजा। इस समय औरंगजेब दक्षिण में व्यस्त था और वृद्ध भी हो चुका था। इधर बंगाल में अजीमुस्सान और मुर्शीद कुली खान, दोनों पैसा इकट्‌ठा करने में लगे थे। मौका अच्छा देखकर अंग्रेजों ने 1700 से 1707 के बीच फोर्ट विलियम को मजबूत बना लिया। 1707 में औरंगजेब की मृत्यु होते ही उसके बेटों में उत्तराधिकार की लड़ाई छिड़ गई। इधर अंग्रेजों का व्यापार अच्छा खासा बढ़ गया और कलकत्ता की भी खूब तरक्की होने लगी।

मुर्शीद कुली खान एक बार फिर बंगाल का दीवान होकर लौटा। उसने अंग्रेजों को दबाने की कोशिशें जारी रखीं। अब अंग्रेजों ने सोचा कि दिल्ली के बादशाह से ही सीधा फरमान लेने का प्रयास किया जाए। 1715 में अंग्रेजों का प्रतिनिधि मंडल बादशाह के लिए उपहार लेकर दिल्ली के लिए रवाना हुआ। इस दल के साथ एक डॉक्टर भी था, जिसका नाम विलियम हैमिल्टन था। 1716 के अंत में बादशाह फर्रुखशियर बीमार पड़ गया। वैद्य लोगों की दवा से लाभ नहीं हुआ, तब विलियम हैमिल्टन ने अपने इलाज से बादशाह को ठीक कर दिया। बादशाह खुश हो गया। इसी मौके पर विलियम हैमिल्टन ने बादशाह से अंग्रेजों की अर्जी के लिए सिफारिश कर दी। 1717 के जून महीने में फरमान प्राप्त हो गया। इस फरमान में पहले की तरह तीन हजार रुपए देकर अंग्रेजों को पूरे बंगाल में व्यापार की अनुमति दी गई थी। इसी के साथ कलकत्ते के आस-पास के 38 गाँवों को खरीदने की अनुमति

भी थी। अंग्रेजों का अपना एक टकसाल भी खोलने की अनुमति इस फरमान में थी। अंग्रेजों ने मुर्शीद कुली खान के असहयोग के बावजूद धीरे-धीरे इन गाँवों पर कब्जा कर लिया।

1727 में मुर्शीद कुली खान नहीं रहा। मुर्शीद कुली खान की नवाबी गद्दी अब उसके दामाद शुजाउद्दीन को मिल गई। शुजाउद्दीन राजकाज में अधिक रुचि नहीं लेता था और अपने सलाहकारों पर निर्भर था। 1739 में शुजाउद्दीन का भी निधन हो गया।

इसी समय फारस से नादिरशाह आया और मुगल साम्राज्य को पूरी तरह तबाह करके चला गया। चारों ओर अराजकता फैल गई। मुगल बादशाह का नियंत्रण सीमित क्षेत्र में ही रह गया। अब इलाकों के सूबेदार अपने पदों को पुश्तैनी बनाने लगे। केवल कुछ धन भेजकर दिल्ली से पद की स्वीकृति अवश्य ले लेते थे। बंगाल की नवाबी अब सरफराज खान को मिल गई। ये महोदय भी विलासिता में किसी से पीछे नहीं थे। सरफराज खान ने अपने व्यवहार से अपने सहयोगियों को नाराज कर लिया।

उस समय अलीवर्दी खान सरफराज खान के मातहत पटना में डिप्टी गवर्नर था। सरफराज खान से नाराज लोगों की नजर अब अलीवर्दी खान पर आकर ठहर गई। अलीवर्दी खान को उन लोगों ने विद्रोह करने हेतु उकसाया। अलीवर्दी खान ने आक्रमण किया और 9 अप्रैल, 1740 को मुर्शिदाबाद के पास युद्ध में सरफराज मारा गया। अब अलीवर्दी खान नवाब बन गया। नागपुर में रघुजी भोंसले मराठा सरदार थे। रघुजी भोंसले ने अलीवर्दी खान से चौथ माँगी। न देने पर बंगाल पर मराठा सेना ने 1742 में आक्रमण कर दिया। 1742 से 1751 तक लगातार ये आक्रमण होते रहे। तब विवश होकर अलीवर्दी खान ने चौथ के बदले उड़ीसा प्रांत मराठों को सौंप दिया।

मराठों के बार-बार के आक्रमण के कारण बंगाल के व्यापार-धंधे सब कमजोर हो गए। अंग्रेजों को भी खुद की रक्षा की चिंता हुई। इस समय तक मराठों के आक्रमण के कारण अनेक लोग आस-पास के इलाकों से आकर कलकत्ता में बस गए थे। कलकत्ता धीरे-धीरे बड़ा शहर बन रहा था। एक अध्ययन के अनुसार 1752 में कलकत्ता की जनसंख्या एक लाख हो गई थी।

अलीवर्दी खान के कोई पुत्र नहीं था। केवल तीन लड़कियाँ थीं। सबसे छोटी लड़की अमीना बेगम का पुत्र सिराजुद्दौला था। सिराजुद्दौला पूरी तरह से अनपढ़, क्रूर और अयोग्य था। अलीवर्दी खान का अपने नाती पर खूब स्नेह था। 10 अप्रैल,

1756 को अलीवर्दी खान का निधन हो गया। अब सिराजुद्दौला बंगाल का नवाब बन गया।

सिराज ने आते ही पुराने अनुभवी कर्मचारियों को हटाकर अपने चारों ओर चापलूस और बदमाशों को इकट्ठा कर लिया। सिराजुद्दौला और अंग्रेजों के संबंध धीरे-धीरे बिगड़ने लगे। सिराजुद्दौला को उसके सलाहकारों ने कलकत्ता पर आक्रमण कर अंग्रेजों को लूटने की सलाह दी। उनके मत से कलकत्ता में अंग्रेजों के पास से अकूत धन मिल सकता था।

अंग्रेजों के साथ झगड़े के और भी कारण थे। अंग्रेजों ने नवाब को गद्दी प्राप्त करने के बाद नजराना नहीं भेजा था। वे नवाब की अनुमति के बिना किले की मरम्मत भी करा रहे थे आदि। 24 मई, 1756 को सिराज ने अंग्रेजों की कासिम बाजार की कोठी को लूट लिया। इसके बाद सिराजुद्दौला अंग्रेजों से कलकत्ता जीतने के लिए तीस हजार फौज लेकर निकल पड़ा। अंग्रेजों के पास तब कलकत्ता में केवल 275 सैनिक थे। 16 जून, 1756 को सिराज सेना सहित कलकत्ता की सीमा पर आ गया। अठारह जून से जो युद्ध आरंभ हुआ, वह 'लाल दीघी का युद्ध' कहलाता है। हार को तय समझकर 19 जून को बहुत से अंग्रेज नावों में बैठकर भाग गए। थोड़े से लोग ही बचे। इन लोगों ने हालवेल को अपना गवर्नर चुनकर युद्ध जारी रखने का निश्चय किया। 20 जून को अंग्रेजों ने आत्मसमर्पण कर दिया। रात को इन अंग्रेजों को एक कोठरी में बंद कर दिया गया। कहा जाता है कि कोठरी अठारह फीट लंबी और चौदह फीट चौड़ी थी और इसमें 146 आदमियों को बंद कर दिया गया था। रात की भयंकर गरमी में इनमें से तीस आदमी दम घुटने से मर गए। अंग्रेजों का कहना था कि 123 आदमी मरे थे। लेकिन इतनी छोटी कोठरी में 146 आदमी बंद किए ही नहीं जा सकते, इसलिए यह संख्या अतिरंजित मानी गई है। सिराज ने कलकत्ता में बहुत से मकानों को नष्ट कर दिया। मानिक चंद को कलकत्ता का गवर्नर बनाकर सिराजुद्दौला वापस मुर्शिदाबाद लौट गया।

कलकत्ता से चालीस मील दूर फलता नाम के गाँव में सभी अंग्रेजों ने आश्रय लिया। फोर्ट विलियम जहाज को ही गवर्नर हाउस घोषित कर दिया गया। बुरी जलवायु, खाने-पीने की तंगी और पहनने-ओढ़ने के कपड़े न होने से अंग्रेजों को बहुत तकलीफ उठानी पड़ी। सहायता के लिए मद्रास से गुहार की गई। मद्रास में क्लाइव डिप्टी गवर्नर था। उस समय एडमिरल वाटसन मद्रास में अपने युद्धक जहाजों के साथ उपस्थित था। युद्ध की तैयारी की गई। पाँच सौ पचास अंग्रेज सिपाही, नौ सौ चालीस मद्रासी सिपाही और चौदह तोपों के साथ पाँच युद्धपोत

तैयार किए गए। एडमिरल वाटसन के पास अपने अलग पाँच युद्धक जहाज थे। अक्तूबर 1756 को वाटसन और क्लाइव इन युद्ध पोतों के साथ कलकत्ता के उद्धार के लिए चल दिए। 15 दिसंबर, 1756 को ये लोग कलकत्ता आ पहुँचे।

उस समय कलकत्ता के गवर्नर मानिक चंद ने दो हजार सिपाही तैयार किए और अंग्रेजी सेना का रास्ता रोकने के लिए 'बजबज' नाम की जगह पहुँच गया। क्लाइव जहाज से उतरकर अपनी सेना सहित 'बजबज' की ओर पैदल मार्ग से चल दिया। गंगा के मार्ग से एडमिरल वाटसन के जहाज भी बजबज आ गए। 29 दिसंबर, 1756 को मानिकचंद से क्लाइव की मुठभेड़ हो गई। क्लाइव की सेना की जीत हुई और बजबज का किला अंग्रेजों के नियंत्रण में चला गया। मानिकचंद और उसकी सेना कलकत्ता की ओर भाग खड़ी हुई।

बजबज का किला तोड़-फोड़ कर नष्ट कर दिया गया। अब कलकत्ता की ओर पैदल मार्च आरंभ हुआ। एडमिरल वाटसन गंगा के रास्ते जहाज लेकर चला। 2 जनवरी, 1757 को कलकत्ता में फोर्ट विलियम पर भी कब्जा कर लिया गया। मानिकचंद हुगली की ओर भाग खड़ा हुआ। इस तरह से कलकत्ता पर फिर से ईस्ट इंडिया कंपनी का कब्जा हो गया। अब क्लाइव और वाटसन ने नवाब के विरुद्ध युद्ध की घोषणा कर दी। अंग्रेजों का अगला निशाना हुगली था। जहाज से क्लाइव और सेना हुगली पहुँची और आसानी से उसे जीत लिया। नवाब के दो हजार सैनिक, जो हुगली की रक्षा के लिए तैनात थे, भाग खड़े हुए। हुगली को जलाकर नष्ट कर दिया गया।

ये सारी खबरें सुनकर सिराजुद्दौला चालीस हजार घुड़सवार सैनिक और साठ हजार पैदल सैनिक लेकर कलकत्ता की ओर चल पड़ा। अंग्रेजों के पास कुल 2100 सैनिक और चौदह तोपे थीं। 5 फरवरी, 1757 को क्लाइव ने अपनी छोटी सेना के साथ आक्रमण कर दिया। एक अच्छा खासा युद्ध हुआ और क्लाइव किसी तरह वापस फोर्ट विलियम में आ गया। इसके बाद संधि की बातचीत चली। 9 फरवरी 1757 को संधि हो गई। यह संधि पूरी तरह अंग्रेजों के लिए लाभदायक थी। नवाब ने अंग्रेजों के सारे दावे स्वीकार कर लिये। इसके साथ ही नवाब के दरबार में अंग्रेजों का एक प्रतिनिधि रहेगा, यह भी तय हुआ।

इसी समय इंग्लैंड और फ्रांस के बीच यूरोप में युद्ध छिड़ गया था। बंगाल में चंदननगर फ्रांसीसियों का मुख्य केंद्र था। अंग्रेजों ने नवाब से माँग की कि उन्हें चंदननगर में फ्रांसीसियों पर आक्रमण करने की अनुमति दी जाए। नवाब ने इनकार कर दिया। फिर भी लार्ड क्लाइव ने चंदननगर का अभियान आरंभ कर दिया और

12 मार्च, 1757 को चंदननगर के पास अपना खेमा डालकर फ्रांसीसी गवर्नर को अपना किला खाली करने को कहा। गवर्नर के इनकार करने पर उसने हमला कर दिया। 23 मार्च को चंदननगर को जीत लिया गया।

उस समय सिराजुद्दौला के व्यवहार से उसके बहुत से साथी नाराज चल रहे थे, उन सभी से क्लाइव ने संपर्क करना आरंभ कर दिया। बहुत से हिंदू जमींदार सिराज के कट्टर धार्मिक अत्याचारों से दु:खी थे। उमीचंद, दुर्लभराय आदि गुप्त तौर पर क्लाइव से मिल गए। हुगली के फौजदार नंदकुमार भी इसमें शामिल थे। सिराज के रिश्तेदार मीरजाफर को भी अपनी तरफ मिला लिया गया। तय हुआ कि मीरजाफर मौका पाते ही नवाब के विरुद्ध क्लाइव की ओर से युद्ध करेगा। उमीचंद को बीस लाख रुपए का लालच दिया गया। इस हेतु जो समझौता-पत्र बनाया गया, वह नकली और असली दो बनाए गए। असली में उमीचंद को कुछ भी देने का उल्लेख नहीं था।

12 जून को क्लाइव ने प्लासी की ओर कूच कर दिया। जानकारी मिलने पर नवाब भी सेना सहित प्लासी की ओर चल पड़ा। 22 जून को क्लाइव प्लासी पहुँच गया। प्लासी में एक आम का खूब बड़ा बाग था, क्लाइव की सेना ने उसी बाग में आश्रय लिया। नवाब भी सेना सहित प्लासी पहुँच गया था।

23 जून, 1757 को सुबह से ही नवाब की सेना ने आक्रमण आरंभ कर दिया। सब मिलाकर क्लाइव के पास तीन हजार सैनिक और आठ छोटी तोपें थीं और नवाब पचास हजार सैनिक तथा 53 बड़ी तोपें लेकर आक्रमण के लिए आया था। दिन के ग्यारह बजे तक दोनों तरफ से तोपें दागी जाती रहीं। क्लाइव की सेना आम के पेड़ों के कारण सुरक्षित हो गई थी। नवाब की फौज में जरूर क्लाइव के तोपों से काफी नुकसान हुआ।

इसी समय पानी बरसने लगा। नवाब की असावधानी से उसका सारा बारूद गीला हो गया। क्लाइव की बारूद अच्छी तरह ढकी हुई थी। यह सोचकर कि क्लाइव की भी बारूद खराब हो गई होगी, नवाब के सेनापति मीर मदन ने एक हजार सैनिक लेकर आक्रमण कर दिया। क्लाइव की तोपों ने इस सेना के अधिकतर भाग को सेनापतियों सहित नष्ट कर दिया। आम के बाग के दाईं ओर मीरजाफर, दुर्लभ राय और इयार लुत्फ खान तथा उनकी सेना निष्क्रिय खड़ी रही।

परंपरा में मीरजाफर को धोखेबाजी का प्रतीक माना जाता है। यह सोच है कि अगर मीरजाफर दगा नहीं करता तो सिराज हारता नहीं। लेकिन यह पूर्ण सत्य नहीं है। क्लाइव के पास केवल तीन हजार सैनिक थे। दगा करने वाले तीनों सरदारों ने

भी निष्क्रियता की नीति अपनाई थी। वे कभी भी क्लाइव की तरफ से लड़े नहीं थे। इसके बाद भी सिराज के पक्ष में कम-से-कम पच्चीस हजार सेना थी। अगर इस सेना को उचित नेतृत्व एवं साहस दिया जाता तो अंग्रेजों की जीत नहीं हो सकती थी, लेकिन सेनापति मीर मदन मारा जा चुका था। सिराजुद्दौला के बस का कुछ नहीं था। उसके बस में जो था, वह उसने किया। चार बजे के लगभग युद्ध में अंग्रेजों को अधिक नजदीक आया देखकर वह एक ऊँट पर चढ़कर युद्ध भूमि से भाग निकला। ऐसा होते ही नवाब की सेना की हिम्मत टूट गई और पूरी सेना भागने लगी। क्लाइव ने आकर नवाब की खाली छावनी पर अधिकार कर लिया। गिनती करने पर पता चला कि अंग्रेजों की ओर से 24 लोग मारे गए थे और 39 लोग घायल हुए थे।

अंग्रेजों की तरफदारी का इनाम मीरजाफर को दिया गया और उसे नवाब बना दिया गया। सिराजुद्दौला को गिरफ्तार करके उसकी राजधानी में लाया गया। यहाँ मीरजाफर के लड़के ने उसकी निर्ममतापूर्वक हत्या कर दी।

इसके विश्लेषण से पता चलता है कि कम संख्या वाली प्रशिक्षित एवं अनुशासित फौज अधिक संख्या वाली अनुशासनहीन फौज को हरा सकती है। इसी के साथ यह भी साफ हो गया कि सेना के पुराने तरीके और हथियार अब आगे काम नहीं आ सकते थे। इस युद्ध से पता लगता है कि मुसलमान बादशाह और नवाबों की कट्टर धार्मिक नीति तथा भेदभाव ने भी उनकी प्रजा के हिंदुओं को नाराज कर दिया था, जो मौका मिलते ही इनसे छुटकारा पाने के लिए अंग्रेजों का साथ देने में भी गुरेज नहीं करते थे। 1765 में दिल्ली के बादशाह शाहआलम ने अंग्रेजों को बंगाल, बिहार और उड़ीसा की दीवानी सौंप दी थी। 1773 में अंग्रेज गवर्नर वारेन हेस्टिंग्स ने राजधानी मुर्शिदाबाद की जगह कलकत्ता बना ली।

□

1761 से 1818 ईस्वी तक अंग्रेजों को भारत से बाहर निकालने का संघर्ष

अठारहवीं शताब्दी भारत के लिए बहुत उथल-पुथल का समय था। लगभग आठ सौ वर्षों के लंबे संघर्ष के बाद मराठों, सिखों और राजपूतों ने विदेशी मूल के शासन को बहुत कमजोर करने में सफलता प्राप्त कर ली थी। मुगल साम्राज्य का सूरज डूब रहा था। मराठा साम्राज्य का सूरज ऊपर चढ़ रहा था। मराठे भारत में हिंदू पद पादशाही स्थापित करने के काम में प्राणपण से लगे हुए थे। ईस्ट इंडिया कंपनी भी भारत में राजनीतिक ताकत पा चुकी थी और उसे आगे बढ़ाना चाहती थी। इस समय तक भारत में मुसलमानों की जो नई पीढ़ी थी, उसमें अधिकता स्थानीय लोगों की थी, जिन्होंने किसी-न-किसी कारण से धर्म बदला था। जो विदेशी मूल के मुसलमान भी थे, उनका संबंध अब तक विदेशों से कट चुका था और उन्होंने भी भारत को ही अपना देश स्वीकार कर लिया था। इस प्रक्रिया में हिंदू और देशी परिवर्तित मुसलमानों में पहले से अधिक सामाजिक और व्यक्तिगत निकटता हो गई थी। भारत के अधिकांश मुसलिम राजाओं ने भी अपनी नीतियाँ इस तरह की कर ली थी, जिनमें हिंदुओं के साथ अधिक भेदभाव नहीं होता था। विदेशी मूल के कुछ मुसलमान अवश्य ऐसे थे, जो भारत से बाहर अपना मूल देखते थे और अभी तक भारत को अपना देश स्वीकार नहीं कर पाए थे। इन लोगों को मराठा ताकत से बहुत खतरा पैदा हो गया था। 1761 में इन्हीं विदेशी मुसलमानों ने अहमदशाह अब्दाली को भारत पर आक्रमण करने का न्योता दिया था।

अभी इस काल की भारत की सर्वोच्च शक्ति का फैसला नहीं हुआ था। बाजी जमी हुई थी। 1761 तक भारत में मराठों की सर्वोच्चता स्थापित हो चुकी थी, किंतु पानीपत के युद्ध में भारी नुकसान के बाद मराठों की सर्वोच्चता प्रश्नों

के घेरे में आ गई थी। अभी मुगल बादशाह के पास भी कुछ ताकत बाकी थी। पानीपत के तीसरे युद्ध में हुए नुकसान के कारण विदेशी मुसलमानों का धड़ा भी कमजोर हो गया था। दक्षिण में हैदराबाद का निजाम मराठों के लिए चुनौती बना हुआ था। बंगाल में अंग्रेज ताकतवर हो गए थे। कर्नाटक में मैसूर का राज्य भी ताकतवर हो रहा था।

इस समय तक भारतीय मूल के मुसलमानों को भारत की विविधता में शामिल मान लिया गया था, लेकिन यूरोपियन भारत में विदेशी के रूप में ही थे। न केवल भाषा के मामले में, अपने रूप-रंग, संस्कृति और व्यवहार के मामले में भी। सबसे बढ़कर यह कि उनका अपने मूल देशों से लगातार संपर्क बना हुआ था और भारत से संबंधित नीतियाँ भी उनके मूल देशों के नियंत्रण-निर्देशन में ही तैयार और कार्यान्वित होती थीं। अंग्रेज भारत में रहने नहीं आते थे। व्यापारी, सैनिक या अधिकारी बनकर आते थे और उनकी कोशिश रहती थी कि कुछ समय के बाद धन कमाकर वापस अपने देश लौट जाएँ और वहाँ एक अच्छी जिंदगी बिताएँ। ईस्ट इंडिया कंपनी का उद्देश्य भारत से अधिक-से-अधिक धन कमाकर इंग्लैंड भेजना था। ईस्ट इंडिया कंपनी भारत की राजनीति के खिलाड़ियों की एक मजबूत प्रतिद्वंद्वी बन चुकी थी, इसलिए उसका संघर्ष अब दूसरी शक्तियों से होना अवश्यंभावी था। ब्रिटिश ईस्ट इंडिया कंपनी का सबसे पहले संघर्ष मुगल बादशाह से ही आरंभ हुआ।

मुगलों एवं अंग्रेजों का युद्ध (बक्सर का युद्ध)

मराठों ने दिल्ली पर अधिकार करने के बाद भी नाममात्र के लिए ही सही, मुगल बादशाह को बनाए रखा था। नादिरशाह और अहमदशाह अब्दाली ने भी दिल्ली जीतने के बाद अपना शासन स्थापित करने का प्रयास नहीं किया और लूटपाट करके ही वापस लौट गए। यहाँ तक कि अंग्रेजों ने भी 1857 तक मुगल राज्य को नाम के लिए ही सही, बनाए रखा। मुगल सम्राट् 1752 में ही मराठों का आश्रित हो गया था। मुगलों से हुई रक्षा संधि के कारण मराठों को अहमदशाह अब्दाली से पानीपत के तीसरे युद्ध में सीधे टकराना पड़ा।

1759 में शाह आलम द्वितीय मुगल बादशाह हुआ। आलम द्वितीय की समस्याएँ अनेक थीं। उत्तर में अहमदशाह अब्दाली, पूर्व में अंग्रेज ईस्ट इंडिया कंपनी और उसका खुद का वजीर गाजीउद्दीन आदि से वह परेशान था। दुर्भाग्य से उसके संरक्षक मराठा 1761 में पानीपत के दूसरे युद्ध में हार गए। उसके लिए खतरा

बने अफगान आक्रांता भी पानीपत में लगे घाव चाटने में व्यस्त हो गए थे। ऐसे समय में पूर्व में ईस्ट इंडिया कंपनी की प्रगति रोकने के लिए शाह आलम द्वितीय ने अवध के नवाब शुजाउद्दौला तथा बंगाल के नवाब मीर कासिम के साथ संधि कर ली। इस संधि के बाद 1764 में इन तीनों की संयुक्त सेनाओं ने बिहार में प्रवेश किया। अंग्रेजों की ओर से हेक्टर मुनरो ने सामना किया। 23 अक्तूबर, 1764 को बक्सर नामक जगह पर दोनों सेनाओं का मुकाबला हुआ। अवध, मुगल बादशाह और मीर कासिम की संयुक्त सेना की संख्या लगभग चालीस हजार से साठ हजार के बीच थी, वहीं अंग्रेजों की कुल सेना केवल सात हजार थी। युद्ध भीषणता से लड़ा गया और इसमें अंग्रेज सेनाओं के 847 अंग्रेज और 2000 देशी सैनिक मारे गए, पर जीत अंग्रेजों की हुई। इस युद्ध ने भारत में अंग्रेजों की सैनिक श्रेष्ठता को निर्विवाद तौर पर स्थापित कर दिया और उन्हें भारत की प्रमुख राजनीतिक शक्तियों में से एक बना दिया। इस युद्ध के बाद हुई संधि से बादशाह अंग्रेजों का पेंशनर बन गया और 1857 तक मुगलों ने अंग्रेजों के विरुद्ध कुछ भी करने का साहस नहीं किया। 1764 में मिली इस सफलता से अंग्रेजों का बंगाल पर कब्जा और मजबूत हो गया और 1772 में बंगाल पर उनका सीधा नियंत्रण भी स्थापित हो गया। इस युद्ध में अवध की सेनाओं की भी पराजय हो जाने से अवध का साहस भी टूट गया। 1773 में अवध के साथ बनारस की संधि की गई, जिसके अनुसार अवध का नवाब पूरी तरह से अंग्रेजों का आश्रित हो गया।

मराठों द्वारा अंग्रेजों को बाहर निकालने का प्रयास

शिवाजी राजे ने हिंदू पद पादशाही की स्थापना के उद्देश्य से महाराष्ट्र में मराठा राज्य की स्थापना करने में सफलता प्राप्त कर ली थी। मराठा साम्राज्य भारत की प्रमुख ताकत बन चुका था, इसलिए यह अनिवार्य था कि उनका उभरती हुई अंग्रेजी ताकत से मुकाबला होता। मुगल बादशाह अब निर्णायक रूप से भारत की प्रमुख शक्ति नहीं रह गया था। अब फैसला मराठा ताकत और विदेशी ताकत ईस्ट इंडिया कंपनी के बीच होना था। अंग्रेज और मराठा ताकत के बीच सबसे लंबा और कठिन संघर्ष 1773 से 1818 तक चला, जिसकी अंतिम परिणति अंग्रेजों की विजय में हुई।

अंग्रेजों की बंबई परिषद् पूना में अपना प्रभाव बढ़ाना चाहती थी और सालसेट तथा बसीन के बंदरगाहों पर कब्जा करना चाहती थी, लेकिन मराठों की ताकत के भय से वे कुछ कर नहीं पा रहे थे। मौका उनको मराठों के आंतरिक झगड़ों के कारण जल्दी ही मिल गया। महान् पेशवा माधव नारायण राव, जिन्होंने अपने छोटे

से कार्यकाल में ही मराठा साम्राज्य को पानीपत की हार से उबारकर वापस भारत की प्रमुख ताकत बना दिया, का निधन केवल 32 वर्ष की अवस्था में ही 1772 में हो गया। अगले पेशवा नारायणराव की हत्या उनके चाचा रघुनाथ राव ने 1773 में कर दी, जो खुद पेशवा बनना चाहता था, लेकिन मराठा सरदारों ने इस अपराध को माफ नहीं किया और नारायण राव की विधवा पत्नी के गर्भ में स्थित बालक को पेशवा मान लिया गया। उसके वयस्क होने तक शासन की व्यवस्था देखने के लिए मराठा सरदारों की एक कमेटी नियुक्त कर दी गई।

इन घटनाओं से निराश होकर रघुनाथ राव ने अंग्रेजों से सहायता माँगी। अंग्रेज तो इस मौके की तलाश में थे ही। बंबई काउंसिल ने बिना कलकत्ता काउंसिल की अनुमति के रघुनाथ राव को संरक्षण देकर उसके साथ सूरत की संधि कर ली। संधि के अनुसार उसे सैनिक सहायता देना स्वीकार किया गया तथा भविष्य में रघुनाथ राव यदि पूना दरबार से कोई संधि करता है तो उसमें अंग्रेजों को एक पक्ष माने जाने की बात थी। 1775 में रघुनाथ राव अंग्रेजों की सैनिक सहायता के साथ पूना की ओर बढ़ा। अर्रास नाम की जगह पर युद्ध हुआ, जिसमें कोई निर्णय नहीं हो सका। कलकत्ता काउंसिल ने हस्तक्षेप करके सूरत की संधि को निरस्त करा दिया और इसके स्थान पर 1776 में पुरंदर की संधि हुई, जिसके द्वारा कंपनी ने खुद को मराठों के आंतरिक मामले से अलग करने का प्रयास किया।

परंतु बंबई काउंसिल ने इस संधि को नहीं माना और 1778 में एक सेना रघुनाथ राव के समर्थन में भेज दी। इस सेना ने पेशवा की सेना से मात खाई और अब अंग्रेजों को अपमानजनक 'बादगाँव की संधि' स्वीकार करनी पड़ी। उस समय भारत का गवर्नर जनरल वारेन हेस्टिंग्स था, उसने बादगाँव की संधि को स्वीकार नहीं किया और बंगाल से एक शक्तिशाली सेना जनरल गोडार्ड के नेतृत्व में पूना पर आक्रमण करने हेतु भेजी। इस सेना को प्रारंभ में सफलता मिली, जब उसने 1780 में अहमदाबाद और बेसीन पर अधिकार कर लिया। लेकिन इस सेना को 1781 में हराकर पीछे हटा दिया गया। इस तरह पूना की रक्षा हो गई। एक और अंग्रेज सेना कैप्टेन पोफम के नेतृत्व में बंगाल से सिंधिया के विरुद्ध भेजी गई। इस सेना ने 3 अगस्त, 1780 को ग्वालियर के किले पर अधिकार कर लिया और फिर सीपरी नामक जगह पर फरवरी 1781 में सिंधिया की सेना हार गई।

अक्तूबर 1781 में पूना दरबार और अंग्रेजों के बीच सालबाई की संधि हो गई इसके कारण अगले बीस साल तक अंग्रेजों और मराठों के बीच शांति बनी रही और अंग्रेजों को अपनी शक्ति बढ़ाने का अवसर मिल गया।

मराठा सरदार और सेना अंग्रेजों को देश से बाहर निकालने के लिए कृतसंकल्प थे। अंग्रेजों और मराठों के बीच युद्ध का अगला दौर 1803 से 1805 के बीच चला। दुर्भाग्य से इस समय मराठों में आंतरिक फूट चरम पर पहुँच चुकी थी। होल्कर और सिंधिया एक-दूसरे के शत्रु बने हुए थे। पेशवा बाजीराव द्वितीय अयोग्य थे। पेशवा और सिंधिया ने आपस में एक समझ बना ली थी, जिसके अनुसार पेशवा ने सिंधिया को होल्कर के विरुद्ध तथा सिंधिया ने पेशवा को उसके राजनीतिक शत्रुओं के विरुद्ध सहायता देने का वचन दिया था।

सिंधिया और होल्कर में मालवा में संघर्ष आरंभ हो गया। यशवंतराव होल्कर अपने समय के महान् सेनापति थे। उन्होंने मालवा में सिंधिया के क्षेत्रों को लूटा, सिंधिया की कुछ सेनाओं को हराया। इसी बीच पेशवा ने यशवंत राव होल्कर के भाई बिठोजी की पूना में हत्या करा दी।

यशवंतराव होल्कर अपनी सेना सहित पूना की तरफ बढ़े और 25 अक्तूबर, 1802 को पूना के निकट पेशवा और सिंधिया की सम्मिलित सेनाओं को बुरी तरह हरा दिया। पेशवा पूना छोड़कर अंग्रेजों के पास चले गए और 31 दिसंबर, 1802 को अंग्रेजों के साथ बेसीन की संधि कर ली। संधि के अनुसार अंग्रेजों से सैनिक सहायता ली और बदले में मराठा राज्य की विदेश नीति को अंग्रेजों के पास गिरवी रख दिया गया। इस संधि से अंग्रेज कंपनी को भारत में सर्वोच्च स्थिति प्राप्त हो गई, लेकिन इसकी पुष्टि तभी हो सकी, जब इसके आगे हुए मराठा अंग्रेज युद्धों में अंग्रेजों की जीत हो गई। सभी मराठा सरदारों ने इस संधि को अपना अपमान माना और उन्होंने अपने मतभेद भूलकर संयुक्त रूप से अंग्रेजों का मुकाबला करने का निश्चय किया।

अंग्रेजों ने युद्ध की विस्तृत रणनीति बनाई। उत्तर और दक्षिण दोनों इलाकों में अंग्रेजों ने एक-एक शक्तिशाली सेना तैयार की। उत्तर की सेना का नेतृत्व जनरल लेक और दक्षिण की सेना का नेतृत्व आर्थर वैलेजली को सौंपा गया। 23 सितंबर, 1803 को औरंगाबाद के पास असई के युद्ध में वैलेजली ने सिंधिया और भोंसले की संयुक्त सेनाओं को परास्त किया। 29 नवंबर को अमरगाँव के युद्ध में भोंसले की पुनः पराजय हुई। उत्तर भारत में भी अंग्रेजों को सफलता मिली। जनरल लेक ने अगस्त 1803 में अलीगढ़ पर अधिकार कर लिया और सितंबर में दिल्ली पर अधिकार करके अंधे और वृद्ध मुगल बादशाह शाहआलम को अपने संरक्षण में ले लिया। 18 अक्तूबर को आगरा पर भी अधिकार कर लिया गया। 1803 में लासवारी के युद्ध में सिंधिया की सेना बुरी तरह से हार गई और चंबल के दक्षिण

के सभी प्रदेश सिंधिया के हाथ से निकल गए। इस प्रकार दो प्रमुख मराठा सरदार भोंसले और सिंधिया को पाँच महीने में ही पराजित कर दिया गया और दोनों से अलग-अलग संधिया की गईं। भोंसले से 'देवगाँव की संधि' और सिंधिया से 'सुर्जी अर्जुनगाँव की संधि' की गई। दोनों ही संधियाँ अंग्रेजों के लिए लाभदायक और मराठा सरदारों के लिए अपमानजनक थीं।

प्रतापी होल्कर राजा यशवंतराव ने अंग्रेजों को लोहे के चने चबवा दिए

लेकिन अभी यशवंतराव होल्कर बाकी थे। यशस्वी यशवंतराव होल्कर अपने समय के महान् वीर सेनानी थे, जो अंग्रेजों के इरादों और अंग्रेजों से खतरों को भली-भाँति समझते थे। अप्रैल 1804 में होल्कर से युद्ध आरंभ हुआ। होल्कर ने अंग्रेजों के मित्र राज्य जयपुर पर आक्रमण किया तो अंग्रेज युद्ध में उतर पड़े। यशवंत राव होल्कर ने कर्नल मौन्सन को मुकुंददारा दर्रे के युद्ध में बुरी तरह से पराजित किया। होल्कर ने अब दिल्ली पर घेरा डाल दिया। लेकिन दिल्ली पर अधिकार करने में होल्कर को सफलता नहीं मिली। इसी समय अंग्रेजों ने होल्कर के मित्र जाट राजा को अपनी ओर मिलाकर उनसे संधि कर ली।

यशवंतराव होल्कर अंग्रेजों के विरुद्ध सारे देश को एक करना चाहते थे। इसी उद्देश्य से होल्कर सेना सहित अमृतसर तक गए, ताकि सिख महाराजा रणजीत सिंह से सहायता ली जा सके, परंतु यह उद्देश्य पूरा नहीं हुआ। होल्कर और अंग्रेजों के बीच जनवरी 1806 में राजपुरघाट की संधि हो गई। यह संधि एक तरह से बराबरी की संधि थी।

इसके बाद अगले 11-12 साल तक मराठों और अंग्रेजों के बीच शांति बनी रही। लेकिन दोनों ही पक्ष जानते थे कि यह शांति अस्थायी है और निर्णायक मुकाबला जल्दी ही होगा। इस दौरान अंग्रेज अपनी कूटनीति, जिसमें सहायक संधि प्रमुख थी, के बल पर अपना राज्य क्षेत्र बढ़ाते रहे।

अंग्रेजों और मराठों के बीच निर्णायक संघर्ष 1817-18 में हुआ, जिसके बाद अंग्रेज निर्विवाद तौर पर भारत की प्रमुख राजनीतिक ताकत बन सके। 1817-18 के पहले ही अंग्रेजों ने अलग-अलग मराठा सरदारों से कूटनति और ताकत के बल पर नई संधिया करके उन्हें कमजोर कर दिया था। 1817 में पूना की संधि से पेशवा की मराठा संघ के प्रमुख की हैसियत समाप्त कर दी गई थी। सभी मराठा सरदार अपमानित अनुभव कर रहे थे और अपने राजनीतिक हालात को सुधारना चाहते थे। 5 नवंबर, 1817 को पेशवा ने किरकी की अंग्रेज रेसीडेंसी पर आक्रमण कर उसे

जला दिया। आप्पा साहब भोंसले ने नागपुर में और मल्हारराव होल्कर ने इंदौर में अंग्रेजों के विरुद्ध हथियार उठा लिये।

भोंसले की सीतावाल्डी के युद्ध में 26 नवंबर, 1817 को पराजय हुई। यशवंतराव होल्कर स्वर्गवासी हो चुके थे। होल्कर सेना को 21 दिसंबर, 2017 को महिदपुर में अंग्रेजों ने हरा दिया। भोंसले का अधिकांश राज्य अंग्रेजों ने छीन लिया। होल्कर राज्य ने 6 जनवरी, 1818 को मंदसौर संधि से सहायक संधि स्वीकार कर ली और अपनी विदेश नीति अंग्रेजों को सौंप दी। सिंधिया और गायकवाड़ ने युद्ध में भाग नहीं लिया और बिना युद्ध के ही अपने यहाँ एक अंग्रेज रेजीडेंट रख लिया तथा अंग्रेजों की श्रेष्ठता मान ली। पेशवा पहले तो 1 जनवरी, 1818 को कोरेगाँव के युद्ध में और फिर 20 फरवरी को आस्थी में पराजित हो गए। पेशवा से पूरा राज्य ले लिया गया और बिठूर में जागीर और पेंशन देकर निर्वासित कर दिया गया। इस प्रकार विदेशी ताकत अंग्रेजों से मराठों का लंबा संघर्ष 1818 ई. में समाप्त हो गया।

मैसूर, निजाम, मराठा शक्ति और अंग्रेजों के बीच संघर्ष

मैसूर राज्य पहले विजय नगर राज्य का हिस्सा था। जब विजय नगर राज्य का पतन हो गया, तब मैसूर पर बोदेयर वंश का शासन हो गया। हैदर अली मैसूर राज्य की सेना में था। धीरे-धीरे हैदर अली एक सैनिक के पद से आगे बढ़कर मैसूर राज्य के प्रधान के पद पर पहुँच गया। राजा केवल शोभा की वस्तु रह गया और पूरी राजशक्ति हैदर अली के पास पहुँच गई। बंगाल में अंग्रेजों को मिली सफलता के कारण मद्रास की अंग्रेज सरकार दक्षिण में भी उसी तरह की सफलता पाने को उत्सुक थी। अंग्रेजों ने दक्षिण की राजनीति में प्रत्यक्ष हस्तक्षेप करना आरंभ कर दिया इसी कारण 1766 में हैदर अली और अंग्रेजों के बीच युद्ध आरंभ हो गया। 1769 में हैदर अली ने मद्रास पर आक्रमण कर दिया और अंग्रेजों पर इतना दवाब डाला कि उन्हें मद्रास की संधि करने पर विवश होना पड़ा। यह संधि दो बराबर की शक्तियों में संधि की तरह थी और अंग्रेज इसे पसंद नहीं करते थे।

1779-80 में दक्षिण की सभी शक्तियाँ अंग्रेजों को समाप्त करने के लिए एक हो गई थीं, यानी हैदर अली, मराठा दरबार और हैदराबाद का निजाम। जुलाई 1780 में हैदर अली ने एक बड़ी सेना सहित अंग्रेजों के विरुद्ध कर्नाटक के मैदान में प्रवेश किया। अंग्रेजों ने दो सेनाएँ हैदर अली के मुकाबले के लिए भेजीं। एक सेना कर्नल बेली के नेतृत्व में तथा दूसरी सेना हैक्टर मुनरो के नेतृत्व में भेजी गई। हैदर अली के पुत्र टीपू ने कांजीवरम के नजदीक कर्नल बेली की सेना को पूरी तरह से नष्ट कर

दिया। इससे घबराकर हैक्टर मुनरो वापस मद्रास लौट गया।

1781 और 1782 में युद्ध होते रहे, पर कोई अंतिम निर्णय नहीं हो सका। इसी दौरान 7 दिसंबर, 1782 को हैदर अली की मृत्यु हो गई। उसके पुत्र टीपू ने युद्ध जारी रखा। दोनों पक्ष लंबे युद्ध से थक चुके थे, इसलिए मार्च 1784 में मंगलौर की संधि हो गई, जिसमें दोनों पक्षों ने एक-दूसरे के जीते हुए प्रदेश और युद्धबंदी वापस लौटा दिए।

लेकिन 1789 में फिर से युद्ध आरंभ हुआ, जब टीपू ने अंग्रेजों के मित्र राज्य ट्रावनकोर पर आक्रमण किया। जनरल मीडोस को मैसूर पर आक्रमण के लिए भेजा गया। टीपू ने इसे हराकर भगा दिया। 1790 में खुद कार्नवालिस ने मैसूर पर आक्रमण किया और 1791 में बंगलौर को जीत लिया, 1792 में वह राजधानी श्रीरंगपट्टम तक जा पहुँचा। निराश होकर टीपू को संधि की प्रार्थना करना पड़ी। 1792 में श्रीरंगपट्टम की संधि हुई, जिसके अनुसार टीपू को अपना आधा राज्य देना पड़ा, जिसमें से मराठों, निजाम और अंग्रेज, तीनों को हिस्सा मिला। टीपू के दो पुत्र भी बंधक के तौर पर अंग्रेजों के पास रखने पड़े। इस युद्ध के बाद अंग्रेजों की स्थिति दक्षिण में भी बहुत मजबूत हो गई।

1796 में मैसूर के नाम मात्र के हिंदू राजा की मृत्यु हो गई थी और टीपू ने उसके उत्तराधिकारी को भी गद्‌दी पर बैठाने से इनकार कर दिया। उसने अपनी सेना को मजबूत बनाया और अंग्रेजों के मित्र फ्रांसीसियों से संबंध मजबूत बनाने का प्रयास किया। मराठों और निजाम को अपनी ओर मिलाकर तत्कालीन लार्ड कार्नवालिस ने 1799 में टीपू के विरुद्ध युद्ध की घोषणा कर दी। अंग्रेजों की एक सेना ने वैलूर से चलकर और दूसरी सेना ने बंबई से चलकर मैसूर पर आक्रमण किया। लगातार दो पराजयों के बाद टीपू श्रीरंगपट्टम के किले में शरण लेने पर मजबूर हुआ और 4 मई, 1799 को हुए युद्ध में टीपू अपने किले की दीवार पर युद्ध करता हुआ मारा गया। इस तरह भारत में अंग्रेजों की एक और चुनौती समाप्त हो गई।

सिखों ने मुगलों, अफगानों और अंग्रेजों के दाँत खट्टे किए

गुरु नानकदेवजी का जन्म लाहौर के नजदीक तलवंडी गाँव में एक हिंदू परिवार में 1469 में हुआ था। गुरु नानक देवजी ने पूरे जीवन सामाजिक और धार्मिक कुरीतियों के खिलाफ काम किया। गुरु नानक देवजी के बाद चौथे गुरु तक सिख पंथ आध्यात्मिक उत्थान के उद्‌देश्य तक सीमित रहा। सिखों के पाँचवें

गुरु अर्जुन देवजी ने गुरु नानक देव के उपदेशों को 'आदि ग्रंथ' के रूप में संकलित किया।

मुगल सम्राट् जहाँगीर ने 1606 में पाँचवें गुरु अर्जुन देवजी की हत्या करवा दी थी, इससे लोगों में बहुत असंतोष पैदा हो गया था। गुरु ने अपने पुत्र हरगोविंदजी को अगला गुरु अपनी मृत्यु के पहले ही घोषित कर दिया था एवं उन्हें उपदेश दिया कि वो सिखों को एक सैनिक ताकत में बदलने के लिए कार्य करें। गुरु हरगोविंदजी को जहाँगीर ने ग्वालियर के किले में कैद रखा। दो साल बाद उन्हें छोड़ दिया गया। कैद से निकलने के बाद भी उन्होंने सिख सेना को ताकतवार बनाने का काम जारी रखा। नौवें गुरु तेगबहादुरजी की औरंगजेब ने 1675 में हत्या करवा दी। उनके पुत्र गुरु गोविंद सिंह दसवें गुरु हुए, जिन्होंने सिखों को एक बड़ी सैनिक ताकत में बदल दिया। गुरु गोविंद सिंहजी ने मुगल सेनाओं के खिलाफ तेरह युद्ध लड़े। गुरु गोविंद सिंहजी के चार पुत्र थे। दो बड़े साहिबजादे मुगलों के साथ 1704 के चमकौर के युद्ध में वीरगति को प्राप्त हो गए। दो छोटे साहिबजादे, जिनकी उम्र नौ एवं छह साल की थी, को मुगलों ने पकड़ लिया। उनसे इसलाम ग्रहण करने हेतु कहा गया। उन्होंने मना कर दिया। मुगलों ने दोनों छोटे बच्चों को दीवार में जिंदा ही चुनवा दिया।

1761 में पानीपत के तीसरे युद्ध के बाद मराठों और अफगानों के कमजोर हो जाने के कारण सिखों को फिर उभरने का अवसर मिल गया। पंजाब में 12 छोटे-छोटे सिख राज्यों की स्थापना हो गई, जिन्हें 'मिसल' कहा जाता था।

महाराजा रणजीत सिंह ने अफगानों को उनके ही घर में घुसकर पीटा

सुकेरचकिया मिसल के प्रधान महासिंह के 1780 में जनमे पुत्र रणजीत सिंह ने सिखों को संगठित किया और स्वतंत्र सिख राज्य की नींव डाली। रणजीत सिंह ने लाहौर को अपनी राजधानी बनाया। भारत के पूरे उत्तर-पश्चिमी इलाके को उन्होंने विदेशी आक्रांताओं से मुक्त करा लिया। अफगानों को अनेक बार हराया। 1808 तक उन्होंने एक विशाल सिख राज्य की स्थापना कर ली। अंग्रेज रणजीत सिंह के विस्तार से भयभीत थे, इसलिए उन्होंने रणजीत सिंह के साथ 1809 में 'अमृतसर की संधि' कर ली। इस संधि के अनुसार सतलुज नदी के पूर्व में महाराजा रणजीत सिंह ने आगे नहीं बढ़ने का वचन दिया और अंग्रेजों ने सतलुज के पश्चिम में रणजीत सिंह के विस्तार को स्वीकार कर लिया। रणजीत सिंह ने

सतलुज के पश्चिम में अपने राज्य का बहुत विस्तार किया। उसने 1809 में काँगड़ा जीत लिया। धीरे-धीरे सतलुज के पश्चिम में स्थित सभी राज्यों पर कब्जा कर लिया गया। 1813 में रणजीत सिंहजी ने अटक पर भी अधिकार कर लिया, जो भारत की प्राकृतिक सीमा का छोर था। 1818 में मुल्तान और 1819 में कश्मीर पर भी अधिकार कर लिया। 1823 में पेशावर को भी जीत लिया गया। रणजीत सिंहजी की मृत्यु 1839 में हुई, लेकिन तब तक एक बड़ा सिख साम्राज्य स्थापित हो गया था।

महाराजा रणजीत सिंह की मृत्यु के तुरंत बाद ही सिखों में आंतरिक झगड़े होने लगे, जिससे अंग्रेजों को सिख राज्य में हस्तक्षेप करने का मौका मिल गया। गद्दी के उत्तराधिकारी खड्गसिंह की मृत्यु 5 नवंबर, 1840 को हो गई और इसी दिन खड्ग सिंह पुत्र नौनिहाल सिंह की भी मृत्यु हो गई। इसके बाद नौनिहाल सिंह की पत्नी ने अपने अल्पवयस्क पुत्र के पक्ष में अधिकार की माँग की। रणजीत सिंहजी के एक और पुत्र शेर सिंह ने भी दावा पेश किया और दोनों पक्षों ने अंग्रेजों से सहायता माँगी। 1841 में शेर सिंह महाराजा बन गया। 1843 में शेर सिंह और उसके पुत्र की हत्या कर दी गई। महारानी जिंदा कौर के पुत्र अल्पवयस्क पुत्र दिलीप सिंह को गद्दी पर बैठाया गया। इस समय तक सिख सेना बहुत ताकतवर हो गई थी और सेना ही महत्त्वपूर्ण निर्णय लेने लगी थी। कहा जाता है कि सेना की ताकत कम करने के लिए सत्ताधारियों ने ही उसे अंग्रेजों से लड़ाई के लिए उकसाया था।

अंग्रेज भी पंजाब जीतने हेतु उत्सुक थे, इसलिए उन्होंने सीमावर्ती स्थानों पर अपनी सेना एकत्र कर ली। उन्होंने सतलुज के पूर्व में स्थित लाहौर राज्य के इलाकों पर कब्जा कर लिया। सिख सेना के बड़े सरदार तेज सिंह और गुलाब सिंह अंग्रेजों के मित्र थे। उनके कहने से सिख सेना सतलुज के किनारे आ गई। 13 दिसंबर, 1845 को सिख सेना ने सतलुज के पार अपने ही इलाके में कदम रखा और अंग्रेजों ने इसी को बहाना बनाकर युद्ध की घोषणा कर दी। सिख और अंग्रेज सेना के बीच चार युद्ध हुए, जिनमें तीन में, यानी मुदकी, फीरोजशाह और सोबराँव में अंग्रेजों की जीत हुई। बुदवाल के युद्ध में अंग्रेजों की पराजय हुई। 20 फरवरी, 1846 को अंग्रेजों ने लाहौर पर अधिकार कर लिया और 9 मार्च को लाहौर की संधि हुई।

इस संधि के अनुसार महाराजा दिलीप सिंह से सतलुज के दक्षिण के सभी भागों से और व्यास तथा सतलुज नदी के बीच की भूमि कंपनी को प्राप्त हो गई।

अंग्रेजों ने युद्ध की क्षतिपूर्ति डेढ़ करोड़ रुपए माँगी और उसके एवज में कश्मीर और हजारा के सूबे छीन लिये गए। कश्मीर को महाराजा गुलाब सिंह को एक करोड़ में बेच दिया गया और शेष पचास लाख शीघ्र चुकाने का महाराजा ने वादा किया। लाहौर दरबार की सेना की संख्या भी सीमित कर दी गई। पंजाब में स्थायी तौर पर अंग्रेज सेना और रेजीडेंट को नियुक्त कर दिया गया।

इस संधि के बाद भी स्थिति में तनाव बना ही रहा। शीघ्र ही लाहौर के सरदारों को पता लग गया कि अंग्रेजों का असली इरादा सिख राज्य पर कब्जा करने का है। लाहौर दरबार को गुलाब सिंह को कश्मीर सौंपने का आदेश भी पसंद नहीं आया। जल्दी ही मुल्तान के सूबेदार मूलराज के असंतुष्ट होकर विद्रोह करने से अंग्रेजों को अगला मौका भी मिल गया। इस विद्रोह में शीघ्र ही दूसरे ताकतवर सरदार शेर सिंह और छत्तरसिंह भी शामिल हो गए। लाहौर दरबार अभी भी अंग्रेजों के खिलाफ नहीं था।

16 नवंबर, 1848 को रामनगर और 13 जनवरी, 1849 चिलियानवाला का अनिर्णायक युद्ध हुआ। अंतिम युद्ध गुजरात नाम की जगह पर भीषणता से लड़ा गया और सिख शक्ति निर्णायक तौर पर पराजित हो गई। 29 मार्च, 1849 को पंजाब को अंग्रेजी राज्य में शामिल कर लिया गया। ऐसा करने से अंग्रेजी राज्य की सीमाएँ भारत की प्राकृतिक सीमाओं तक जा पहुँचीं और वह अंतिम ताकत, जो अंग्रेजों को चुनौती दे सकती थी, समाप्त हो गई। लेकिन अभी अंग्रेजों को भारत से भगाने का एक और प्रयास कुछ ही वर्षों बाद 1857 में होने वाला था।

□

1857 का महासंग्राम

लार्ड डलहौजी 1856 में अपना कार्यकाल समाप्त कर वापस इंग्लैंड चला गया, लेकिन जाते-जाते भारत के जनमानस में एक गहरा असंतोष छोड़ गया। ईस्ट इंडिया कंपनी के भारत में दो ही उद्देश्य थे। व्यापारिक लाभ अधिक-से-अधिक बढ़ाना और अपना साम्राज्य बढ़ाना। अंग्रेज भारत से अधिक-से-अधिक धन इंग्लैंड ले जाना चाहते थे। इसके कारण पूरे भारत के लोगों की आर्थिक हालत बिगड़ गई थी। भारतीय जनमानस में कंपनी के प्रति असंतोष बढ़ता जा रहा था। इसके चिह्न पहले से दिखाई दे रहे थे। 1806 के बाद ही अनेक जगहों पर समय-समय पर स्थानीय विद्रोह हो चुके थे। 1857 में असंतोष का विस्फोट हो गया और अंग्रेजी साम्राज्य की जड़ें हिल गईं।

1857 के विद्रोह के बारे में अनेक इतिहासकारों का मत इसे एक सैनिक विद्रोह मानने के पक्ष में है, वहीं कुछ विद्वान् इसे राष्ट्रीय स्वतंत्रता का प्रथम संग्राम बताते हैं। इस संग्राम की विशेषता यह थी कि यह संग्राम भारत के किसी एक वर्ग या हिस्से तक ही सीमित नहीं था। यह सही है कि सभी गोरे लोग एक तरफ थे, पर सभी काले लोग एक तरफ नहीं थे। कैप्टेन मेडले ने लिखा है कि अंग्रेजी कैंपों में एक श्वेत व्यक्ति के अनुपात में 20 काले व्यक्ति थे। विद्रोह को दबाने वाली सेना में बड़ी संख्या में भारतीय सैनिक शामिल थे। दोनों तरफ से युद्ध के दौरान ज्यादातियाँ की गईं। आरंभ में दिल्ली, कानपुर, लखनऊ, झाँसी में कुछ अंग्रेज औरतों और बच्चों की हत्या स्वतंत्रता सेनानियों के हाथों हुई। बाद में अंग्रेजों ने जघन्य हत्याकांड किए। नील ने इस बात पर गर्व प्रकट किया कि उसने सैकड़ों भारतीयों को बिना मुकदमे के ही फाँसी पर लटका दिया था। इलाहाबाद के आस-पास शायद ही ऐसा कोई पेड़ होगा, जिस पर किसी भारतीय को फाँसी पर न लटकाया गया हो।

सावरकरजी ने '1857 का प्रथम स्वातंत्र्य समर' इस पर शोधपरक पुस्तक लिखकर इसे भारतीय स्वतंत्रता का प्रथम समर सिद्ध किया है।*

विद्रोही सैनिकों ने दिल्ली, बरेली और इलाहाबाद में लूटपाट की, जिसमें भारतीय लोगों को भी लूटपाट का शिकार बनाया गया था। इतिहासकार डॉक्टर सेन तथा चौधरी इसे स्वतंत्रता संग्राम मानते हैं, क्योंकि ये विस्तृत क्षेत्र में फैला था और इसका उद्देश्य विदेशी शासन को हटाना था। इस विद्रोह के कारणों में अंग्रेज कंपनी की नीतियों के प्रति संचित क्रोध के अलावा तात्कालिक कारण भी शामिल थे। भारतीय रियासतों में बेचैनी का माहौल था, क्योंकि कंपनी की नीति मौका मिलते ही इन रियासतों को कंपनी के राज्य में मिलाने की थी और अनेक रियासतों, यथा झाँसी, अवध, नागपुर आदि को कंपनी में मिला लिया गया था। अंग्रेज मुगल बादशाह को धीरे-धीरे पूरी तरह शक्तिहीन करते जा रहे थे और उसका सम्मान भी नहीं करते थे, इसलिए अनेक मुसलमानों में बेचैनी थी।

कंपनी के शासन में भारतीयों के लिए पद और सम्मान पाने के मौके कम हो गए थे। ऊँचे पद केवल अंग्रेजों के लिए ही सुरक्षित थे। इसके पहले ऐसा कभी नहीं हुआ था। अंग्रेजों की भूमि कर व्यवस्था से भी अनेक जगह भारी असंतोष था। अनेक जमींदारों से भूमि छीन ली गई थी। अंग्रेजों की आर्थिक नीतियों के कारण भारतीय हस्तशिल्प और व्यापार पूरी तरह से नष्ट हो गया था। सभी विजेता जातियों की तरह अंग्रेज भारतीयों को हीन समझते थे। अधिकारी वर्ग भारतीयों के प्रति बहुत कठोर और घृणा से भरा था। वे अकसर इन्हें अपशब्द कहते थे।

अंग्रेजों का एक उद्देश्य भारतीयों को ईसाई बनाना भी था। कंपनी के अध्यक्ष मैंग्लस ने ब्रिटिश हाउस ऑफ कामंस में कहा था—"दैवयोग से भारत का विस्तृत साम्राज्य ब्रिटेन को मिला है, ताकि ईसाई धर्म की पताका भारत के इस छोर से दूसरे छोर तक फहरा सके। प्रत्येक व्यक्ति को शीघ्रताशीघ्र समस्त भारतीयों को ईसाई बनाने के महान् कार्य को पूर्णतया संपन्न करने में अपनी समस्त शक्ति लगा देना चाहिए।"

1850 में धार्मिक अयोग्यता अधिनियम लाया गया। इसके द्वारा तय किया गया कि धर्म बदलने से पैतृक संपत्ति के भाग से वंचित नहीं किया जा सकता है। इसका सीधा लाभ ईसाई बनने वाले लोगों को होना था। सैनिकों के वीरता दिखाने पर मिलने वाले पुरस्कार आदि भी बंद कर दिए गए थे।

---

* विनायक दामोदर सावरकरजी की प्रभात प्रकाशन से प्रकाशित पुस्तक '1857 का स्वातंत्र्य समर'

सैनिकों को अकसर समुद्र पार जाने का आदेश दिया जाता था, जिसे भारतीय सैनिक पसंद नहीं करते थे। 1839-42 में जो सैनिक अफगानिस्तान जाकर आए थे, उन्हें समाज में वापस जाति में स्वीकार नहीं किया गया। भारतीय सेना का अंग्रेज और देशी सैनिकों का अनुपात भी भारतीय सैनिकों के पक्ष में था। 1856 में 45,000 अंग्रेज सैनिक और 2,38,000 हजार भारतीय सैनिक थे।

चर्बी वाले कारतूस इस असंतोष की आग में घी सिद्ध हुए, जिसने इस विद्रोह को भड़का दिया। दरअसल भारतीय सेना को प्रयोग के लिए नई राइफलें दी गई थीं, जिनकी मारक क्षमता पुरानी राइफलों से ज्यादा थी। इन राइफलों के कारतूस को दाँतों से खोलना पड़ता था। यह आरोप था, जो बाद में पुष्ट भी हुआ कि इन कारतूसों में गाय और सूअर की चर्बी का प्रयोग किया जाता है। इस घृणित चिकने पदार्थ को मुँह से खोलने के विरोध को अनुशासनहीनता मानकर कुचल दिया गया। 29 मार्च, 1857 को बैरकपुर छावनी में इन कारतूसों का उपयोग करने से सैनिकों ने मना कर दिया और एक सैनिक मंगल पांडे ने अपने अंग्रेज अफसर की हत्या कर दी।

1857 के स्वतंत्रता संग्राम की मुख्य ऊर्जा शक्ति क्या थी? कोई कहता है, चर्बी वाले कारतूस थे। कुछ लोग कहते हैं, देशी राज्यों से डलहौजी द्वारा किया छल ही इसका प्रमुख कारण था, लेकिन ये सभी कारण सीमित प्रभाव ही रखते थे। अगर चर्बी वाले कारतूस ही कारण थे तो दक्षिण के सिपाहियों में असंतोष क्यों नहीं हुआ? देशी राज्यों से किया गया छल ही कारण था तो पंजाब, जिसके साथ अभी आठ साल पहले ही छल हुआ था, गदर में शामिल क्यों नहीं हुआ? जो भी हो, यह सही है कि पूरे उत्तर भारत में एक आंतरिक जन-असंतोष था, जो विस्फोट के लिए तैयार था।

इस घटना को ठीक उसी तरह देखा जा सकता है, जैसे औरंगजेब के विरुद्ध विद्रोह की घटनाओं को। भारत में जब भी आक्रमणकारी विजेताओं ने धर्म के आधार पर अत्याचार किए और धर्मपरिवर्तन की नीति को प्राथमिकता दी, तब-तब भारत के जनमानस ने उन्हें स्वीकार नहीं किया और मौका मिलते ही उन्हें बाहर निकालने की कोशिश की। यदि विद्रोह करने की परिस्थितियाँ नहीं थीं तो असहयोग तो किया ही। या शासकों से दूरी बना ली। अपने आप में सिकुड़कर अपना दायरा सीमित कर जीते रहे।

ठीक इसी प्रकार की परिस्थितियाँ ईस्ट इंडिया कंपनी के शासन में उत्पन्न हो गई थीं। कंपनी मात्र एक लाभ कमाने वाली व्यापारिक संस्था थी। शासन करने हेतु कंपनी के पास न तो कोई कानूनी आधार था, न ही जनकल्याण के कोई मापदंड थे।

कंपनी के अधिकांश अधिकारी और कर्मचारी न तो राजनीतिज्ञ थे, न ही किसी भी तरह से नैतिकतावादी। इनमें से अधिकतर भारत में ईसाई धर्म के प्रचार को अपना कर्तव्य मानते थे। कंपनी की सफलता के साथ अनेक पादरी भी भारत आ गए थे, जो ईसाइयत को फैलाने के काम को ही अपने जीवन का लक्ष्य मानते थे।

हमें स्मरण रखना चाहिए कि अकबर ने अपनी धर्म-संबंधी जिज्ञासाओं के कारण अनेक पादरियों को भी गोवा से आगरा आमंत्रित किया था। जो पादरी अकबर से मिले और आगरा में रहे, उन्होंने पूरा प्रयास किया कि अकबर ईसाई धर्म को अपना ले। अनेक बार उनको आशा भी बँधी कि अकबर ईसाई धर्म को मानने की घोषणा करने ही वाला है। पर पादरियों की यह आशा कभी पूरी नहीं हुई। कहने का आशय यह है कि जब अंग्रेजों के पास भारत में कोई ताकत नहीं थी, तब भी पादरियों का लक्ष्य भारत के लोगों को उस धर्म में लाना ही था, जिसे वे सच्चा धर्म मानते थे। 1757 के प्लासी के युद्ध और 1764 के बक्सर के युद्ध के बाद अंग्रेजों की ताकत में पर्याप्त वृद्धि हो गई थी। विशेष तौर पर 1818 में जब मराठा साम्राज्य की ताकत को पूरी तरह से तोड़ दिया गया और अंग्रेज कंपनी ही भारत की प्रमुख शक्ति बन गई, तब इन पादरियों ने खुलकर धर्म-परिवर्तन कराने का काम आरंभ कर दिया था। इस काम के लिए प्रलोभन, धमकी आदि सभी का उपयोग किया जाता था।

भारत की जनता ने इस तरह की हरकतों को पसंद नहीं किया और 1857 के विद्रोह की पीठिका तैयार हो गई। चाहे चर्बी वाले कारतूसों का मामला हो या सैनिकों को धार्मिक मान्यता के विरुद्ध विदेशी धरती पर भेजने का मामला, सभी को धर्म पर आक्रमण के तौर पर देखा गया। मुसलमान वर्ग को यह प्रतीति थी कि कल तक उनकी शासक की भूमिका थी, जो अब समाप्त कर दी गई थी। अंग्रेज मुगल बादशाह का किसी-न-किसी बहाने नित्य अपमान किया करते थे।

हम देखते हैं कि गदर के बाद कंपनी का शासन समाप्त करके ब्रिटिश सरकार ने भारत के प्रशासन को जब अपने हाथ में ले लिया, तब 1858 की विक्टोरिया की घोषणा के बाद सभी नागरिकों को आम माफी तथा अपने धर्म को मानने की आजादी की गारंटी दी गई। इसी कारण देखते-ही-देखते लोग अंग्रेजों के साथ सहयोग करने लगे। लोग अंग्रेजी भाषा पढ़ने लगे। अंग्रेजी कायदों को मानने समझने लगे और अंग्रेजों के प्रशासन में सहयोग भी देने लगे। इससे सिद्ध होता है कि भारतीय मूल्य पूरी तरह से धर्मनिरपेक्ष रहे हैं। जब भी इनकी संस्कृति और सभ्यता को चोट नहीं पहुँचाई जाती, तब तक सत्ताधारियों के धर्म और वर्ण से इन्हें

दिक्कत नहीं होती। ईस्ट इंडिया कंपनी के कर्मचारी सत्ता मिलते ही उन्मत्त हो गए थे और भारतीयों के साथ बहुत अपमानजनक ढंग से पेश आने लगे थे। भारतीयों का आर्थिक शोषण भी इन घटनाओं का एक कारण था।

1857 का ज्वार भारत के बहुत बड़े इलाके में फूटा। अनेक सैनिकों, राजाओं रजवाड़ों और आम जनों ने अंग्रेजों को भारत से बाहर निकालने की मुहिम में अपना योगदान दिया और प्राण भी दिए।

विद्रोह का आरंभ और विस्तार

29 मार्च, 1857 को बैरकपुर की छावनी में सबसे पहले चर्बी वाले कारतूसों के प्रश्न पर वीर मंगल पांडे ने अपने अंग्रेज अफसर को मार दिया। इसी घटना को विद्रोह का आरंभ माना जाता है। मंगल पांडे और उनके कुछ साथियों को फाँसी की सजा दी गई। कुछ और भी छावनियों, जैसे अंबाला और लखनऊ में भी इस तरह की घटनाएँ हुईं। मेरठ छावनी में 10 मई को विद्रोह बड़े पैमाने पर आरंभ हो गया जब पैदल टुकड़ी 20 एन.आई. और तीसरी घुड़सवार सेना ने अपने अंग्रेज अफसरों को मार दिया और वे दिल्ली की ओर चल पड़े। 11 मई को ये सैनिक यमुना पर नावों के पुल को पार कर दिल्ली पहुँच गए और रास्ते में मिलने वाले अंग्रेजों को मारने लगे। इन सैनिकों के साथ मेरठ की जेल में बंद कैदी भी थे, जिन्हें हमला करके जेल से निकाल लिया गया था।

मेरठ से आए सैनिकों ने किले में जाकर मुगल बादशाह जफर से मिलने की माँग रखी। मुलाकात होने पर उन्होंने अपने आने का मकसद बताया और जफर से कहा कि वे उनका नेतृत्व सँभाल लें। जफर ने कहा कि उन्होंने इन सिपाहियों को यहाँ नहीं बुलाया है और उनके पास धन तथा हथियार कुछ भी नहीं है, लेकिन आखिर में इन सिपाहियों को अपना संरक्षण दे दिया।

12 मई तक शहर में कोई यूरोपियन नहीं बचा था। जो बच गए थे, वे किसी तरह से शहर से भाग गए थे। बहादुर शाह जफर ने इसी दिन शहर में एक जुलूस निकलवाया, जिसमें वे खुद शामिल हुए और इस जुलूस में यह घोषणा की गई कि मुगल राज्य फिर से बहाल हो गया है। जफर ने शहर की स्थिति को काबू करने और शांति स्थापित करने की कोशिश की। जफर ने कुछ अंग्रेजों को, जिनमें औरतें और बच्चे शामिल थे, लाल किले में पनाह दी, यह संख्या 52 बताई गई है।

जनरल विल्सन के नेतृत्व में अंग्रेजों की फौज दिल्ली की ओर निकल पड़ी। अंग्रेजी फौज रास्ते में जो भी भारतीय मिले, उसे मारती हुई, गाँवों को जलाती

हुई चलती रही। इधर दिल्ली में शहजादे अबू बक्र को बागी घुड़सवार सेना का सेनापति बना दिया गया था, वह अपनी सेना को लेकर मेरठ पर कब्जा करने के इरादे से निकल पड़ा। 30 मई की शाम को दोनों फौजों का अचानक सामना हिंडन पर हो गया। लड़ाई में देशी फौज हार गई और भागकर दिल्ली वापस आ गई। दिल्ली का प्रशासन एक और शहजादे मिर्जा मुगल को सौंप दिया गया था। अंग्रेजों ने रिज पर मार्चा संभाल लिया। ऊँचाई के कारण रणनीति की दृष्टि से यह जगह अंग्रेजों के लिए लाभदायक थी।

क्रांति का नेतृत्व ग्रहण करने के बाद बहादुर शाह जफर ने एक जाहिर नामा निकाला, जिसमें हिंदू और मुसलमान दोनों से ही मिलकर देश में शांति और सुव्यवस्था स्थापित करने और अंग्रेजों के विरुद्ध संघर्ष करने का आह्वान किया गया था। बहादुर शाह ने सारे देश में गोवध निषेध की आज्ञा जारी कर दी थी और उन कुछ कट्टर मुसलमानों के हिंदुओं के विरुद्ध जिहाद की बातों को सख्ती से रोकने की बात कही थी।

रिज पर लगातार हमले किए जा रहे थे। अंग्रेजों का लगातार नुकसान हो रहा था, पर पंजाब की तरफ से उनको लगातार मदद मिल रही थी। इधर बरेली की सेनाएँ दिल्ली आ गईं और उनके सेनापति बख्त खान को दिल्ली की सारी विद्रोही सेनाओं का नेता मान लिया गया। बख्त खान ने अंग्रेजों पर अनेक सफल आक्रमण किए, पर अंग्रेजों को रिज से हटाना संभव नहीं हुआ। अंग्रेजों को पंजाब की तरफ से मिलने वाली सहायता, नए सिपाही और रसद के कारण उनका पक्ष मजबूत होता गया।

क्रूरता के लिए मशहूर अंग्रेज जनरल ब्रिगेडियर जान निकल्सन 14 अगस्त को रिज पर जा पहुँचा। उसके साथ 1000 ब्रिटिश सिपाही, 600 फौजी घुड़सवार थे, जो सभी के सभी भारतीय थे। निकलसन की छवि बहुत ही क्रूर और योग्य सेनापति की थी। इसके आने के कारण रिज पर मौजूद सैनिकों में उत्साह की लहर दौड़ गई। दिल्ली लगभग तीन माह तक लड़ती रही थी। सितंबर आते-आते अंग्रेजों की तोपें शहर पर जबरदस्त गोलाबारी करने लगी थीं, जिससे बहुत नुकसान हो रहा था। 14 सितंबर के दिन अंग्रेजों ने शहर पर कब्जा करने के लिए हमला किया। भीषण लड़ाई हुई। दिल्ली की गलियों और मकानों से भी अंग्रेजों से भीषण मुकाबला किया गया। इस दिन शहर के भीतर ही अंग्रेजों का भारी नुकसान हुआ। अंग्रेज दिल्ली शहर के एक हिस्से से आगे नहीं बढ़ सके। और दो दिन तक अंग्रेज दिल्ली में आगे नहीं बढ़ सके। 17 सितंबर की सुबह बहादुर शाह जफर ने किला

छोड़ दिया और हुमायूँ के मकबरे में चले गए। यहीं से उन्हें अंग्रेजों ने 21 सितंबर को गिरफ्तार कर लिया। उनके साथ मौजूद तीन शाहजादों ने भी आत्मसमर्पण कर दिया और उन्हें हड़सन नाम के अंग्रेज ने बेरहमी से गोली मार दी। दिल्ली के निवासियों की लूट और हत्या की नई कहानी आरंभ हुई। दिल्ली से अनेक अभागे लोग अपने घर छोड़कर भागे और यदि जिंदा बच गए तो जंगलों में भूखे-प्यासे बड़ी तकलीफों के बीच रहे। बहादुरशाह जफर के आत्मसमर्पण के समय जफर के जीवन की गारंटी दी गई थी। लाल किले में मुकदमा चलाकर 9 मार्च, 1858 को जफर को देश से बाहर निर्वासित करने का फैसला सुनाया गया। 7 अक्तूबर, 1858 को जफर को दिल्ली से बर्मा के लिए ले जाया गया। जफर और उनके साथ के चंद लोग 8 दिसंबर, 1858 को रंगून पहुँच गए, जहाँ 7 नवंबर, 1862 को उनकी मृत्यु हो गई। भारत से मुगल साम्राज्य के आखिरी बादशाह के गुजर जाने से तारीख का एक पन्ना पूरी तरह से पलट गया।

□

अंग्रेज कंपनी के विरुद्ध झाँसी का संघर्ष

1857 में झाँसी बुंदेलखंड का एक स्वतंत्र राज्य था। झाँसी में समाज के सभी वर्गों और जातियों के लोग समरसता से निवास करते थे। जैसा कि नाम से ही पता चलता है, बुंदेलखंड—बुंदेला लोगों को देश है। पहले झाँसी ओरछा राज्य का भाग हुआ करता था। ओरछा के राजा छत्रसाल ने मुगलों से संघर्ष करके बुंदेलखंड में एक स्वतंत्र बुंदेला राज्य का निर्माण कर लिया था। सन् 1729 में बुंदेलखंड पर इलाहाबाद के सूबेदार अहमदशाह बंगश ने आक्रमण किया था, उस युद्ध में छत्रसाल बड़ी मुसीबत में फँस गए थे। निरुपाय होकर उन्होंने तत्कालीन पेशवा बाजीराव प्रथम को अपनी सहायता के लिए बुलाया था। बाजीराव ने तुरंत जाकर छत्रसाल की सहायता की और उनके राज्य की रक्षा की। प्रसन्न होकर छत्रसाल ने बाजीराव को अपने राज्य का एक हिस्सा दे दिया, जिसमें झाँसी शामिल थी।

पेशवा बाजीराव को बुंदेलखंड में मिले भाग के छोटे-छोटे टुकड़े हो गए और उन पर अलग-अलग मराठा अधिकारी शासन करने लगे। 1770 में झाँसी का सूबेदार रघुनाथ हरि नेवलकर को बना दिया गया। इनके अधिकार में झाँसी धीरे-धीरे तरक्की करने लगी। झाँसी साहित्य और संस्कृति का एक बड़ा केंद्र तो बन ही गया, उसकी सैनिक ताकत में भी बढ़ोतरी हुई। 1794 में रघुनाथ हरि ने संन्यास ले लिया, तब उनके भाई शिवराज भाऊ सूबेदार बने।

सन् 1804 में शिवराज भाऊ के साथ अंग्रेजों की एक संधि हुई, जिसमें पारस्परिक मित्रता तथा सैन्य सहायता की बात की गई थी। 1806 में शिवराम भाऊ ने ब्रिटिश अधीनता मान ली और इसके एवज में अंग्रेजों ने उनको और उनके उत्तराधिकारियों को झाँसी का शासक स्वीकार कर लिया। 1838 में शिवराव भाऊ के सबसे छोटे बेटे गंगाधर राव झाँसी के राजा बन गए।

उधर 1818 ई. में अंग्रेजों से हारने के बाद पेशवा बाजीराव द्वितीय ने

बुंदेलखंड के अपने सभी अधिकार अंग्रेजों को सौंप दिए और खुद कानपुर के पास बिठूर में अंग्रेजों के पेंशनभोगी के रूप में निवास करने लगे। बलवंत राव ताँबे नामके मराठा सेनापति पेशवा बाजीराव द्वितीय के छोटे भाई चिमनाजी अप्पा के सहयोगी थे। बलवंत राव वाराणसी जाकर अस्सी घाट के पास भवन बनवाकर निवास करने लगे थे। बलवंत राव के पुत्र का नाम मोरेश्वर ताँबे था। इन्हीं मोरेश्वर ताँबे की एक पुत्री का जन्म इसी बनारस वाले घर में हुआ। इस बच्ची का नाम मणिकर्णिका रखा गया। 1838 ई. में मोरोपंत ताँबे को पेशवा बाजीराव द्वितीय ने अपने पास बिठूर बुला लिया। मणिकर्णिका या 'मनु' यहीं बड़ी होने लगी। उसके पिता और पेशवा बाजीराव उसे प्यार से छबीली नाम से पुकारते थे। इसी कन्या का विवाह 1842 ई. में झाँसी के राजा गंगाधर राव के साथ झाँसी में ही संपन्न हो गया और मराठी परंपरा के अनुसार विवाह के बाद उसका नाम बदलकर 'लक्ष्मीबाई' रख दिया गया। इस विवाह के बाद मनु के पिता भी झाँसी आकर रहने लगे।

1851 में लक्ष्मीबाई को एक पुत्र की प्राप्ति हुई, किंतु यह पुत्र तीन माह की अवस्था में ही चल बसा। गंगाधर राव 1853 में गंभीर रूप से बीमार पड़ गए। 20 नवंबर, 1853 को गंगाधर राव ने अपने ही कुल के बालक को गोद लेकर उसका नाम दामोदर राव रखा। 21 नवंबर को गंगाधर राव की मृत्यु हो गई।

अब रानी लक्ष्मीबाई ने अंग्रेज सरकार को आवेदन-पत्र लिखकर दामोदर राव को उत्तराधिकारी मान्य करने का अनुरोध किया और उसके वयस्क होने तक स्वयं ही राज्य चलाने का प्रस्ताव किया। उस समय अंग्रेज गवर्नर डलहौजी था, जो किसी भी तरह अन्यायपूर्वक भी भारत में अपने अंग्रेजी राज्य को बढ़ाना चाहता था। उसने रानी का यह आवेदन अस्वीकार कर दिया और झाँसी को अंग्रेजी राज में मिला लिया। 27 फरवरी, 1854 को डलहौजी ने झाँसी राज्य के अधिग्रहण के आदेश पर हस्ताक्षर कर दिए और रानी को पाँच हजार रुपए मासिक की वृत्ति निश्चित कर दी गई। झाँसी का किले पर अंग्रेजों ने अधिकार कर लिया और झाँसी का महल तथा राजा की व्यक्तिगत संपत्ति रानी के पास ही रहने दी गई। रानी के साथ-साथ झाँसी की प्रजा को भी अंग्रेजों के इस निर्णय से बहुत आघात लगा, लेकिन उस समय कोई और उपाय न होने से इस निर्णय को स्वीकार कर लिया गया।

रानी ने बड़ी हिम्मत से काम लिया। पुराने नौकरों का वेतन कुछ कम करके उन्हें नौकरी पर रहने दिया। कुछ दिनों बाद ही अंग्रेज सरकार ने उनकी पेंशन की रकम उनके स्वर्गीय पति के कर्ज के सिलसिले में बंद कर दी। रानी ने काशी जाने की अनुमति माँगी, जो नहीं दी गई।

झाँसी शहर में अंग्रेज गौ हत्या भी करने लगे। रानी ने अंग्रेजों से निवेदन भी किया कि झाँसी में गायों की हत्या न की जाए, पर अंग्रेजों ने यह विनती नहीं मानी। यह समय ऐसा था, जब अंग्रेजों से अनेक राजे-महाराजे और जनता असंतुष्ट थे और मौके की तलाश में थे, जब अंग्रेजों को देश से निकाल बाहर किया जाए। उत्तर भारत में 1857 में क्रांति की योजना तैयार हो गई थी और 27 मार्च, 1857 को बैरकपुर में मंगल पांडे ने विद्रोह का आरंभ कर दिया। विद्रोह की खबर धीरे-धीरे सभी स्थानों तक फैल गई थी।

झाँसी में मौजूद अंग्रेजी सेना में भी विद्रोह की आहट आने लगी। झाँसी में मौजूद अंग्रेज रानी के पास गए और उनसे कहा कि वे उनकी रक्षा करें और झाँसी की व्यवस्था सँभाल लें। सुरक्षा की दृष्टि से अंग्रेज झाँसी के किले में परिवार सहित पहुँच गए। 6 जून, 1857 को सिपाहियों ने हिंसा आंरभ कर दी और दो अंग्रेजों को मार डाला, जो किले के बाहर किसी जरूरत के लिए निकले थे। क्रांति वाले छह सौ सिपाहियों ने किले को घेर लिया। 8 जून को अंग्रेजों ने इस शर्त पर आत्मसमर्पण कर दिया जाए कि उन्हें सागर जाने दिया जाए। किले से 65 अंग्रेज निकले, जिनमें पुरुष, स्त्रियाँ और बच्चे शामिल थे। इन लोगों को झाँसी के झोकन बाग में ले जाया गया। रानी की जानकारी के बिना रिसालदार काले खाँ ने हुक्म दिया कि इन कैदियों को मार डाला जाए। इन सबको सिपाहियों ने मार डाला। इसके बाद ये सिपाही दिल्ली की ओर चले गए।

प्रशासन की कोई व्यवस्था न होने से झाँसी का शासन महारानी लक्ष्मीबाई ने सँभाल लिया। उनकी सरकार ने प्रशासन का काम करना आरंभ कर दिया। इसके बाद लगभग ग्यारह महीने तक रानी लक्ष्मीबाई ने झाँसी का प्रशासन बहुत अच्छी तरह से चलाया। नगर की सुरक्षा-व्यवस्था को मजबूत किया गया। नागरिकों के हित में अनेक कार्य किए गए। नए सैनिकों की भर्ती की गई और नगर की दीवारों की मरम्मत कराई गई। लक्ष्मणराव को प्रधानमंत्री बनाया गया। जवाहर सिंह को प्रधान सेनापति दीवान बनाया गया। प्रधान गोलंदाज 'गुलाम गौस खान' को बनाया गया।

अंग्रेजों ने इस स्वतंत्रता संग्राम को दबाने के लिए विस्तृत योजना बनाई। ह्यूरोज के नेतृत्व में सेंट्रल इंडिया फील्ड फोर्स बनाई गई। 15 जनवरी, 1858 को ह्यूरोज सेना के साथ सीहोर से निकला। पहले वह भोपाल आया। भोपाल की बेगम ने अंग्रेजों से मित्रता निभाते हुए ह्यूरोज की आवभगत की और अपनी ओर से उसे सात सौ सैनिकों की मदद भी की।

भोपाल से ह्यूरोज सागर की ओर बढ़ा। रास्ते में राहतगढ़ के किले को जीतकर वहाँ पर मिले सैनिकों की हत्या कर ह्यूरोज आगे बढ़ा। इसके आगे गढ़ाकोटा पर अंग्रेजों ने अधिकार कर लिया। जनरल स्टुअर्ट को ह्यूरोज ने चंदेरी पर अधिकार करने भेजा। चंदेरी में सात दिन तक युद्ध हुआ, इसके बाद ही चंदेरी का पतन हो सका। ह्यूरोज बीस मार्च को झाँसी के आठ मील पास पहुँच गया और उसने हमले की तैयारियाँ आरंभ कर दीं।

झाँसी शहर के आस-पास एक सुदृढ़ परकोटा बना हुआ था। इसमें चार दरवाजे थे, ओरछा फाटक, सैयद फाटक, सागर फाटक और लक्ष्मी फाटक। किला शहर के बीच में था। ह्यूरोज समझ गया कि पहले शहर पर अधिकार करने के बाद ही किले पर अधिकार ही पाएगा।

झाँसी में अंग्रेजों के आने की खबर फैल गई। इस समाचार से झाँसी की जनता में हड़कंप मच गया। लड़ाई करने का दृढ़ निश्चय तो था ही, अब रानी ने जोरों से युद्ध की तैयारियाँ आरंभ कर दीं। फौज में नई भरती हो रही थी और सैनिकों को प्रशिक्षित किया जा रहा था। शहर के परकोटे पर फौजें लगा दी गईं। बुर्ज पर बड़ी-बड़ी तोपें चढ़ा दी गईं। गोला-बारूद इकट्ठा किया जाने लगा। शहर में खाने-पीने की सामग्री का संग्रह कर लिया गया। राव साहब और तात्या टोपे, जो कालपी में मौजूद थे, से सहायता माँगी गई।

अंग्रेज सरकार ने झाँसी के अधीन गाँव-गाँव में सूचना भेज दी कि झाँसी पर हमला किया जाएगा। इसलिए सब लोग अपने भले-बुरे के लिए चेत जाएँ। जीतने के बाद तीन दिनों तक अंग्रेज सरकार सारे मुल्क का विजन करेगी और उसका यह नियम है कि पाँच बरस से ऊपर और अस्सी बरस तक के बूढ़ों तक को मार डाला जाएगा। इसलिए लड़ाई के दिनों में कोई झाँसी न जाए।

मार्च 1958 का साल था। गरमी आरंभ हो रही थी। अंग्रेजों ने शहर की प्राचीर के बाहर अपने खेमे लगा लिये और मोर्चाबंदी करने लगे। शहर के चारों ओर जगह-जगह पर अंग्रेजी पलटनें उतरती दिखाई देने लगीं। चारों तरफ हलचल हो रही थी। रात में रानी लक्ष्मीबाई ने भी शहर की दीवालों पर घूम-घूमकर पूरी तैयारियाँ कराईं। सब बुर्जों पर मोर्चे बाँधकर तोपें चढ़ा दी गईं और गोलंदाज खड़े कर दिए गए। बुर्जों पर सिपाहियों की टुकड़ियाँ और उनके साथ भरोसे के सरदार भी नियुक्त कर दिए गए।

अंग्रेजों ने मोर्चों पर तोंपे बाँधकर शहर पर गोलाबारी आरंभ कर दी। रानी ने जगह-जगह पर अधिक सैनिक तैनात कर दिए और झाँसी के मोर्चों से अंग्रेजों पर

गोलाबारी होने लगी। शहर पर अंग्रेजों की तोपों के गोले गिरने लगे। अनेक घर टूटने लगे और आम नागरिक मरने लगे। अंग्रेजों की तोपों के गोले किले पर भी गिर रहे थे। किले में किसी छत पर गोला पड़ता तो वह फटकर बड़ी भयंकर आवाज करता था और छत को तोड़ते हुए नीचे गिरता था। अंग्रेजों की तोपें आधुनिक थीं और उनके सैनिक प्रशिक्षित थे। झाँसी के शहर और किले को भारी नुकसान होने लगा।

झाँसी की प्राचीर से जो तोपें चल रही थीं, उनसे भी बहुत से अंग्रेज सिपाही मारे जा रहे थे। चौथे दिन दोपहर में किले के दक्षिण बुर्ज की तोप पर अंग्रेजों का गोला गिरा और वह तोप बंद हो गई। पश्चिमी बुर्ज वाले गोलंदाज ने अंग्रेजों की उस तोप को निशान बना दिया, जिसने दक्षिणी बुर्ज की तोप को नष्ट किया था। अंग्रेजों की गोलाबारी रात में भी जारी रहती थी। भारी तोप के गोले आसमान में उड़ते हुए छोटी सी गेंद जैसे दिखाई देते थे। लड़ाई के सातवें दिन झाँसी के पश्चिमी मोर्चे को अंग्रेजों ने तबाह कर दिया। रात में कुशल कारीगरों ने कंबल ओढ़कर उस बुर्ज की मरम्मत कर दी।

युद्ध के आठवें दिन युद्ध और भीषण हो गया। बंदूकों, तोपों नरसिंहों, नगाड़ों, बिगुल आदि से भारी कोलाहल हो रहा था। धूल-धुआँ, बारूद, गोले, बंदूकों और मनुष्यों की चीखें वातावरण को भयानक बना रही थीं। शहर पर हो रही अनवरत गोलाबारी से अनेक नागरिक हताहत हो गए थे। नागरिक खुले में निकलने में डर रहे थे और किसी सुरक्षित स्थान को ढूँढ़कर वहाँ छुपे हुए थे।

तात्या टोपे पंद्रह हजार फौजें लेकर झाँसी की सहायता के लिए कालपी से निकले और 31 मार्च की रात को बेतवा के कछार में झाँसी के नजदीक आ गए। 1 अप्रैल, 1858 को तात्या टोपे ने अपने मोर्चे बाँधे और तोपें चलाना आरंभ कर दिया। ह्यूरोज ने भी थोड़ी सेना झाँसी के किले को घेरे रखने के लिए छोड़कर बाकी फौज तात्या से लड़ने के लिए भेज दी गई।

झाँसी के लोग इस लड़ाई पर झाँसी के भाग्य का निर्णय समझते थे। झाँसी के लोग युद्ध देखने के लिए परकोटे की दीवारों पर आकर जम गए। दोनों ओर के सिपाही बेपरवाह लड़ रहे थे। दुर्भाग्य से तात्या टोपे की सेना हारने लगी। तात्या टोपे अपनी तोपें बेतवा के किनारों पर छोड़कर सेना सहित वापस चले गए। छोड़ा हुआ सारा सामान अंग्रेजों को मिल गया। तात्या टोपे की इस हार को देखकर झाँसी की जनता में हाहाकार मच गया। झाँसी की रानी अभी भी निराश नहीं हुई और नए सिरे से लड़ाई की तैयारियाँ आरंभ की गईं। रानी ने खुद प्रत्येक मोर्चे पर जाकर गोला-बारूद और सैनिकों की व्यवस्था की तथा सैनिकों का हौसला बढ़ाया।

इस तरह लगातार ग्यारह दिन तक लड़ाई चलती रही, पर झाँसी ने हार नहीं मानी। 2 अप्रैल, 1858 को अंग्रेज झाँसी शहर की दीवार के दक्षिणी भाग में एक बड़ी दरार बनाने में कामयाब हो गए। ह्यूरोज ने तुरंत झाँसी शहर में घुसने की योजना तैयार कर ली। 3 अप्रैल को सुबह-सुबह अंग्रेज सेना अनेक मजदूरों के सिर पर घास के बड़े-बड़े बोझ रखवाकर दीवार के नजदीक आ गए और दीवार के किनारे घास की सीढ़ी बनाकर अंग्रेज सैनिक दीवार पर चढ़ने लगे। दीवार पर झाँसी के जो सिपाही मौजूद थे, उनमें से कुछ भाग गए और कुछ ने यथाशक्ति अंग्रेजों को रोकने का प्रयास किया। जैसे ही रानी लक्ष्मीबाई ने यह नजारा देखा, उनको आवेश आ गया और वे अपने कुछ निजी सैनिकों की छोटी सी टुकड़ी लेकर किले से नीचे उतर पड़ीं और शहर में घुसे आ रहे अंग्रेजों से युद्ध करने लगीं। अंग्रेज मकानों के पीछे छुपकर गोलियाँ चलाने लगे। ऐसे में रानी के साथ चल रहे एक पचहत्तर वर्ष की उमर के सरदार ने उनसे कहा कि इस समय आगे जाकर गोली का निशाना बनना बेकार है। अंग्रेज मकानों की आड़ लेकर गोलियाँ चला रहे हैं। सैकड़ों अंदर आ गए हैं। शहर के सब फाटक खोल दिए गए हैं। अत: आप किले में सुरक्षित पहुँचकर कोई युक्ति सोचें। रानी ने उसकी बात मान ली और अपने सैनिकों सहित किले में जाकर किले के दरवाजे बंद कर दिए गए।

अंग्रेज सभी फाटकों से शहर में आने लगे और उन्होंने पाँच बरस से लगाकर अस्सी बरस तक का जो भी पुरुष मिला, उसे गोली या तलवार से मारना आरंभ कर दिया। शहर के कुछ हिस्सों में आग भी लगा दी गई। भयभीत शहर निवासी इधर-उधर भाग रहे थे। जिसको जहाँ सुरक्षा की संभावना लगी, वह वहीं जाकर छुपने का प्रयास करने लगा। शहर के बीचोबीच एक बगीचा था, जिसका नाम भिड़े का बाग था। अनेक लोग बगीचे में जाकर बैठ गए। उन्होंने अंग्रेज अधिकारी से उन्हें नहीं मारने का निवेदन किया। उस अधिकारी को दया आ गई और उन सबको अभय दे दिया गया। लगभग बीस हजार स्त्री, पुरुष और बच्चे इस प्रकार भिड़े के बाग में जाकर अपनी जान बचाने में सफल हो गए।

अंग्रेज लोगों के घरों में घुसकर हत्याएँ और लूटपाट करने लगे। हजारों लोगों की हत्याएँ की गईं। हालत यह थी कि अंग्रेजों की एक टुकड़ी किसी घर से सारा माल-असबाब लूटकर निकलती थी और दूसरी टुकड़ी उसी घर में लूट के लिए पहुँच जाती थी। जब उन्हें कुछ नहीं मिलता था, तब घर के पुरुषों को तुरंत गोली मार दी जाती थी।

महारानी लक्ष्मीबाई ने अपने सहयोगियों से चर्चा करके तैयारी करके रात में

शहर के बाहर निकल जाने का निर्णय लिया। महारानी लक्ष्मीबाई चार अप्रैल की रात के बारह बजे के बाद घोड़े पर सवार होकर किले के बाहर निकलीं। उनके पिता श्री मोरोपंत ताँबे एवं अन्य सरदार और रिश्तेदार भी हथियारबंद होकर घोड़े पर सवार होकर साथ हो गए। खजाने में जो कुछ धन था, उसे एक हाथी पर लाद लिया गया और हाथी को बीच में कर लिया गया। रानी के साथ दो सौ जान पर खेल जाने वाले पुराने सैनिक थे। इसके अलावा एक हजार के लगभग अफगान सिपाही भी साथ थे। रानी ने पुरुष वेश धारण किए हुए था और वे हथियारों से पूरी तरह लैस थीं। रानी सफेद रंग के अपने घोड़े पर बैठी थीं और उन्होंने अपनी पीठ पर अपने बारह वर्ष के पुत्र को बाँध लिया था।

इस तरह तैयारी करके रानी अपने सैनिकों के साथ किले से उतर पड़ीं और बीच शहर से होकर दरवाजे से बाहर निकलीं। सारा शहर उस समय जल रहा था। अंग्रेज सैनिक मृत्यु के दूत की तरह चारों और घूम रहे थे। इसके बाद भी सैकड़ों लोग रानी को देखने और विदा करने के लिए रास्ते के किनारों पर खड़े हो गए। जैसे ही महारानी शहर से निकलीं, अंग्रेजों को खबर मिल गई। अंग्रेजों ने तुरंत ही शोर मचाकर सबको सावधान कर दिया और तोप चलाने लगे। महारानी और उनके साथी लड़ते-भिड़ते हुए शहर से बाहर निकल पड़े। चारों ओर सवार ही सवार थे। अंग्रेजों को यह पता नहीं लग पाया कि रानी का घोड़ा कौन सा है।

रानी लक्ष्मीबाई और उनके साथी अंग्रेजों के घेरे को पार करके कालपी के रास्ते पर निकल पड़े। जैसे ही ह्यूरोज को रानी के निकल जाने की सूचना मिली, वह क्रोध से पागल हो गया। क्रोध से पागल ह्यूरोज को खबर मिली कि भारतीय सैनिकों की एक टुकड़ी उत्तर-पूर्व की ओर जाते हुए देखा गया है। उसने तुरंत ही रानी का पीछा करने के लिए कैप्टन रोबिंसन और फोर्ब्स के नेतृत्व में सैनिकों को रवाना किया।

रानी सारी रात बिना थके घोड़े की पीठ पर यात्रा करती रहीं और एकदम सुबह भांडेर पहुँच गईं, जो झाँसी से लगभग सौ किलोमीटर दूर है। 5 अप्रैल, 1858 को शुक्रवार था। रानी उस दिन प्राय: उपवास पर थीं। रानी ने भांडेर में अपने साथियों से दामोदर के लिए दूध, कुछ खाने के लिए एवं अपने सेवकों के लिए कुछ व्यवस्था करने को कहा। खाना-पीना पूरा भी नहीं हुआ था कि खबर मिली कि बड़ी तेजी से अंग्रेजों की तीन अश्वारोही टुकड़ियाँ भांडेर की तरफ आ रही हैं और उनके साथ तोपें भी हैं। क्षण भर में ही सभी लोग तैयार होकर आगे निकल

पड़े। इसी समय रानी को उनके साथ के अफगान सैनिकों की टुकड़ी के सरदार ने कहा कि उनकी टुकड़ी आगे बढ़कर कर्नल मोनसन के साथ युद्ध करेगी और रानी कालपी की ओर निकल जाएँ। ऐसा ही हुआ। भांडेर के ठीक पहले ही अफगानों ने कर्नल मोनसन को रोक लिया और घोर युद्ध छिड़ गया। रानी कुछ चुने हुए साथियों मुंदर, काशी, रघुनाथ सिंह और गुलमुहम्मद के साथ कालपी की ओर निकल गईं। मेजर फोर्ब्स की टुकड़ी के साथ लेफ्टीनेंट वाकर भी था। वह एक बड़ी सैनिक टुकड़ी लेकर रानी का पीछा करने लगा।

भांडेर से कुछ आगे पहुँचने पर रानी ने बचे साथियों के साथ वाकर का सामना किया। वाकर के साथ खुद रानी ने युद्ध किया। अपनी तलवार से रानी ने उसकी कमर पर करारा वार किया। वाकर की कमर में चमड़े के खोल में रखी रिवॉल्वर से वो वार टकराया। वाकर घोड़े से नीचे गिर पड़ा और उसके साथी उसे उठाकर वापस भाग गए। रानी बचे हुए साथियों के साथ कालपी पहुँच गईं।

झाँसी में अंग्रेजों ने सात दिन तक खूब लूटपाट और हत्याएँ कीं। इसके बाद लोगों को अभय दिया गया और शहर की साफ-सफाई कराई गई। बचे हुए नागरिकों के लिए कुछ मूलभूत सुविधाएँ जुटाई गईं।

अब आरंभ हुआ रानी के आश्रित सरदारों, कर्मचारियों और रिश्तेदारों को ढूँढ़कर उनको फाँसी देने का काम। लक्ष्मीबाई के पिता मोरोपंत तांबे भी रानी के साथ ही झाँसी से निकले थे। रात में शहर में ही भटक जाने के कारण वे शहर से निकल नहीं पाए थे और उन्होंने किले के पास ही एक छोटी सी पहाड़ी पर आश्रय ले लिया था। उनका एक पैर किसी शत्रु की तलवार के वार से घायल हो गया था। सुबह होने पर मोरोपंत अपने कुछ साथियों के साथ किसी तरह युद्ध करते हुए झाँसी से निकल गए और दतिया की ओर चल पड़े। दतिया का राजपरिवार अंग्रेजों का मित्र था। ताँबे ने दतिया के बाहर ही एक पानवाले से अनुरोध किया कि वह उनको शरण दे दे। उस पानवाले ने मोरोपंत से स्वर्ण मुद्राएँ ले लीं और उन्हें अपने घर ले गया। उसके बाद जाकर राजा को सारी सूचना दे आया। राजा के लोग आकर मोरोपंत को पकड़ ले गए। मोरोपंत को अंग्रेज सरकार के हवाले कर दिया गया। अंग्रेज सरकार उन्हें लेकर आई और उन्हें फाँसी दे दी गई। इसी तरह खोज-खोजकर अंग्रेजों द्वारा फाँसियाँ दी जा रही थीं।

उधर रानी लक्ष्मीबाई कालपी जाकर तात्या टोपे और राव साहब से मिल गईं। कालपी में एक बड़ी सेना इकट्ठी हो गई थी। अनेक तोपें भी इकट्ठा कर ली गई थीं। पर्याप्त गोला-बारूद भी इकट्ठा किया गया था। रानी ने कालपी की ओर

बढ़ने वाली अंग्रेज सेना को बीच में कोंच नाम की जगह पर रोकना निश्चित कर लिया। कोंच नगर के चारों ओर गहरी खाइयाँ खुदवा दी गईं। इन खाइयों में अनेक सैनिक छुपा दिए गए। जनरल ह्यूरोज 6 मई, 1858 को कोंच के नजदीक आ गया। उसकी सहायता के लिए बिग्रेडियर स्टुअर्ट भी साथ में था। अंग्रेज सेना के नजदीक आते ही रानी ने अपने सैनिकों के साथ आक्रमण कर दिया और घोर युद्ध आरंभ हो गया। भारतीय वीरों की सेना को कमजोर होते देख रानी ने कुशल सेनापति होने का परिचय देते हुए अपने सैनिकों को पंक्तिबद्ध कर उन्हें सुरक्षा और अनुशासन के साथ युद्धक्षेत्र से बाहर निकाल लिया। रानी द्वारा इस तरह से कुशलतापूर्वक सेना को बचाकर ले जाने की तारीफ खुद अंग्रेजों ने की है। मई का महीना था। भीषण गरमी पड़ रही थी। अनेक ब्रिटिश सैनिक और सेनापति तेज गरमी के कारण बीमार पड़ गए और उन्हें रानी का पीछा करने के काम को छोड़कर वापस लौटना पड़ा। इस युद्ध के समय रानी के साथ मौजूद एक स्त्री योद्धा गंगा वीरगति को प्राप्त हो गई। सारी सेना कालपी वापस लौट आई और विचार करके निर्णय लिया गया कि कालपी में मोर्चा बनाकर यही अंग्रेजों से मुकाबला किया जाए। इसी समय बांदा के नवाब, जो पेशवा बाजीराव प्रथम के वंशज थे, अपनी सेना के साथ कालपी आ गए और रानी तथा तात्या टोपे के साथ मिल गए।

7 मई, 1858 से लेकर 20 मई तक रानी कालपी की सेना को व्यवस्थित करती रहीं। तोपों को मोर्चों पर लगा दिया गया और लड़ाई की सारी तैयारियाँ की गईं। राव साहब ने यह निर्णय लिया कि कालपी में सेना का नेतृत्व अब वे खुद करेंगे। रानी लक्ष्मीबाई को 250 लाल कुर्ती वाले सैनिक दे दिए गए और उन्हें कालपी के उत्तर दिशा की रक्षा का भार सौंप दिया गया।

22 मई को कालपी पर आक्रमण करने का दिन ह्यूरोज ने नियत किया। गरमी बला की थी। उसने बीस मई को 700 ऊँट सवार और 700 पैदल सैनिक अपनी सहायता के लिए और बुला लिये। इधर राव साहब की सेना में भी युद्ध की तैयारियाँ हो रही थीं। 22 मई की सुबह ही अंग्रेजों ने आक्रमण आरंभ कर दिया। मीलों तक फैले हुए क्षेत्र में युद्ध आरंभ हो गया। इस युद्ध में ब्रिगेडियर स्टुअर्ट की सेना को रानी की टुकड़ी ने पूरी तरह से हरा दिया। ब्रिगेडियर स्टुअर्ट का घोड़ा मारा गया। वह जमीन पर खड़ा होकर किसी तरह अपनी जान बचाता रहा। ब्रिगेडियर की रक्षा के लिए ह्यूरोज ने तुरंत 700 ऊँटों की सेना को भेजा, जिसने किसी तरह स्टुअर्ट की जान बचाई। महारानी लक्ष्मीबाई असीम साहस के साथ तलवार लेकर घोड़े पर बैठकर लड़ती रहीं। उनकी नीली चंदेरी की पगड़ी न

जाने कब गिर गई, उन्हें होश ही नहीं था। उनका रणचंडी का रूप देखकर अनेक ब्रिटिश गोलंदाज गोलियाँ चलाना भूल गए।

बांदा के नवाब की सेना और झाँसी की रानी की सेना संकट में पड़ने पर उन्होंने राव साहब की सेना से मदद की अपेक्षा की। पता लगा कि राव साहब पहले ही युद्ध छोड़कर पश्चिमी दिशा में चले गए हैं। रानी अपनी सेना सहित कालपी नहीं लौटीं। वह भी पश्चिम दिशा की ओर चली गईं। 23 मई को जनरल ह्यूरोज ने विजयी होकर कालपी में प्रवेश किया, वहाँ उसे बहुत सारी युद्ध सामग्री और खाद्य भंडार प्राप्त हुआ। जनरल ने सोचा कि उसका काम पूरा हो गया है, इसलिए उसने 1 जून से छुट्टी पर जाने की घोषणा कर दी। लेकिन वह भूल गया कि अभी महारानी लक्ष्मीबाई का साहस बाकी था और जनरल ह्यूरोज को आराम करने का मौका नहीं मिलने वाला था। झाँसी की सेना को अंग्रेजों ने पूरी तरह नष्ट हुआ मान लिया था, लेकिन रानी ने अपने साथियों के साथ ग्वालियर पर कब्जा करके अंग्रेजों के लिए गंभीर चुनौती खड़ी कर दी।

कालपी में पराजित होने के बाद भारतीय सेना और सभी सेनानायक गोपालपुरा आ गए और एक गुप्त स्थान पर बैठकर आपस में विचार विमर्श किया कि आगे क्या किया जाए। कोई रास्ता नहीं मिल रहा था, तभी महारानी ने कहा कि ग्वालियर पर आक्रमण करके हम सिंधिया की पूरी सेना, गोला-बारूद और किला तथा महल पर अधिकार कर लेंगे। इसके अलावा हमारे सामने अब कोई रास्ता नहीं है। ऐसा लगा, जैसे गहरी निराशा के पलों में आशा की एक अग्निशिखा प्रज्वलित हो गई है। यह योजना रानी की ही बनाई गई थी, क्योंकि बाद में अंग्रेज अफसर के.आर. मेलसन ने लिखा है कि ऐसी बड़ी और दुस्साहसपूर्ण योजना बनाने की मानसिक बनावट महारानी लक्ष्मीबाई के अलावा किसी और में नहीं थी। उन्होंने ही अपने साथियों पर प्रभाव डालकर यह निर्णय मानने को राजी किया था।

रानी ने कहा, मध्य भारत के सर्वश्रेष्ठ नगर ग्वालियर पर अधिकार करना होगा। राव साहब और बांदा के नवाब बोले कि यह संभव नहीं है। किंतु तात्या टोपे ने रानी का समर्थन किया। सोचा गया कि जियाजी राव सिंधिया को मिलाना चाहे संभव न हो, पर ग्वालियर की पूरी सेना और अस्त्र-शस्त्रों को अपने साथ मिलाया जा सकता है। इसके बाद दक्षिण की ओर जाकर वहाँ से अंग्रेजों के विरुद्ध अभियान को गति दी जा सकती है।

पूरी सेना को सूचना दे दी गई कि अगले दिन सूरज उगने से पहले सभी लोग

ग्वालियर की ओर प्रस्थान करेंगे। जब यह सेना तेजी से ग्वालियर की ओर चल पड़ी, तब अंग्रेजों को इसकी खबर लगी। खबर सुनते अंग्रेज चिंतित हो गए। अंग्रेजों के सभी प्रमुख सेनापतियों राबर्टसन, ब्रिगेडियर स्टुअर्ट आदि को तुरंत ग्वालियर की ओर जाने का निर्देश दिया गया। लार्ड केनिंग ने तब कहा कि अगर सिंधिया विद्रोहियों से मिल गए तो मुझे इंग्लैंड के लिए बोरिया बिस्तर बाँधना पड़ेगा।

ग्वालियर शहर के पहले सिंधिया शासक महादजी सिंधिया थे। दौलतराव सिंधिया के शासन में ग्वालियर के किले के पश्चिम में उनकी सेना की छावनी थी, इसलिए 'लश्कर' के नाम से पहचानी जाती थी। लश्कर के बाड़े में प्रवेश करने से पहले गोरखी महल था। यहीं पर सिंधिया परिवार का निवास और खजाना भी था। ग्वालियर के किले से लश्कर आने के रास्ते पर फूल बाग का महल और उद्यान था। किले की दक्षिणी दिशा में छह मील दूर मुरार नदी के किनारे ब्रिटिश छावनी थी। किले से मुरार जाने के रास्ते पर सबसे पहले 'सोन रेखा' नाम का एक नाला पड़ता था, जो आज भी मौजूद है। यह नाला किले के पूर्व की ओर कोटे की सराय तक जाता है। ठीक इसी नाले के बाद ओवर ब्रिज बना हुआ है, जो रेलवे स्टेशन पर जाकर खत्म होता है। उस समय ग्वालियर में 10,000 की सेना महाराजा सिंधिया के नियंत्रण में थी और 8,000 से अधिक सैनिक ग्वालियर कंटीजेंटी में थे, जो अंग्रेजों के नियंत्रण में थे, लेकिन इसका खर्चा सिंधिया सरकार देती थी। कंटीजेंट सेना को तात्या टोपे ने बातों से ही अपनी तरफ मिलाने में सफलता प्राप्त कर ली थी।

सभी भारतीय सैन्य नेता ग्वालियर के पास अमायन गाँव में आ गए और वहीं से उन्होंने महाराजा सिंधिया को चिट्ठी लिखी तथा उन्हें अपने साथ मिलने का निमंत्रण दिया। उस समय सिंधिया सरकार और अंग्रेजों के बीच आपस में संधि थी और सिंधिया सरकार इस युद्ध में उलझना नहीं चाहती थी। युद्ध होने की दशा में उनका समर्थन अंग्रेजों की तरफ होना तय था। 1 जून, 1858 की सुबह जयाजीराव सिंधिया 8,000 सेना और 26 तोपें लेकर मुरार से दो मील दूर बहादुरपुर गाँव जा पहुँचे। युद्ध आरंभ होता, इसके पहले ही उनकी सेना के अधिकतर सैनिक राव साहब और महारानी की सेना से जाकर मिल गए।

यह हाल देखकर महाराजा जयाजीराव सिंधिया आगरा के रास्ते धौलपुर चले गए। राजपरिवार की स्त्रियाँ नरवर के किले में चली गईं। इस तरह ग्वालियर राव साहब, झाँसी की रानी और तात्या टोपे के अधिकार में आ गया। रानी की सलाह न मानकर राव साहब अपना राज्य-अभिषेक कराने और उत्सव मनाने में समय नष्ट

करने लगे। 3 जून को राव साहब ने फूलबाग में भव्य समारोह किया और नाना साहब पेशवा को पूरे राज्य का पेशवा घोषित किया तथा राव साहब बने उनके प्रतिनिधि। तात्या टोपे बनाए गए सेनापति। 12 जून को जनरल ह्यूरोज अपनी सेना के साथ ग्वालियर के नजदीक अमायन गाँव में आ पहुँचा। अब जाकर तात्या टोपे और राव साहब को चिंता हुई। तात्या टोपे रानी के पास गए और उनसे कहा कि अंग्रेज सेना बिल्कुल पास आ गई है, अब आपसे सहायता की प्रार्थना है। रानी ने कहा, जिस समय युद्ध की तैयारियाँ करनी चाहिए थीं, उस समय आप लोग उत्सव मना रहे थे। मैं तो एक मामूली स्त्री हूँ, आपको क्या परामर्श दे सकती हूँ। तात्या टोपे ने अपनी पगड़ी महारानी के चरणों में रख दी। रानी पिघल गईं और सेना का नेतृत्व स्वीकार कर लिया। रानी को मालूम था कि इतनी थोड़ी सी तैयारी में जीतने की आशा बहुत कम है, लेकिन फिर भी उन्होंने उत्साह और संकल्प के साथ तैयारियाँ आरंभ कर दीं। पूरी घुड़सवार सेना का दायित्व रानी को सौंप दिया गया और कोटे की सराय की लगभग 10,000 सेना की पूरी जिम्मेदारी रानी को दे दी गई।

रानी के साथ झाँसी से आए हुए रघुनाथ सिंह, गुल मोहम्मद, रामचंद्र राव देशमुख आदि लोग थे। महारानी ने इन सभी को बुलाया और कहा कि खतरे की हालत देखते ही तुम लोग बालक दामोदरराव को लेकर सुरक्षित स्थान पर चले जाना। मेरे बचे हुए आभूषण और धन देकर भी उसकी रक्षा करना। अंग्रेज जीतने पर मेरे बच्चे से भी बदला ले सकते हैं, इसलिए इसको सुरक्षित स्थान पर ही रखना। यह व्यवस्था करने के बाद रानी युद्ध की तैयारियों में लग गईं।

16 जून के दिन भीषण गरमी थी। जनरल ह्यूरोज की सेनाएँ मुरार की तरफ बढ़ने लगीं। राव साहब रात को ही सेना की एक टुकड़ी लेकर मुरार पहुँच गए थे। 16 जून को उनका ह्यूरोज से जबरदस्त मुकाबला हुआ। दो घंटे की घोर लड़ाई के बाद ह्यूरोज ने मुरार पर अधिकार कर लिया। 16 जून की सारी रात रानी और दूसरे नेताओं ने कंपू से कोटे की सराय तक मोर्चे बँधवाए। रानी ने खुद कोटे की सराय से फूलबाग के बीच के मोर्चे की कमान सँभाल ली।

17 जून का सूरज उगा। आज उसे एक महान् वीरांगना का रण-कौशल देखने की उत्सुकता थी। महारानी सुबह जल्दी तैयार हो गईं। रानी का घोड़ा राजरत्न घायल हो गया था, इसलिए सिंधिया सरकार के घुड़साल से एक नया घोड़ा छाँट लिया। रानी ने ग्वालियर कंटीजेंटी के सैनिकों की ड्रेस, यानी सफेद पजामा और लाल कुरता पहना। सिर पर सफेद रंग का चंदेरी साफा बाँधा। गले

में मोतियों का कंठा धारण किया और हाथ में रत्नजड़ित तलवार लेकर घोड़े पर सवार होकर युद्ध के लिए तैयार हो गई।

ब्रिगेडियर स्मिथ अपनी सेना लेकर कोटे की सराय के पास पहुँच गया। युद्ध करते हुए अंग्रेजी सेना सोन रेखा नाले तक आ गई। स्मिथ ने लेफ्टीनेंट कर्नल लेंस को फूलबाग पर हमला करने का आदेश दिया। भीषण युद्ध करते हुए कर्नल लेंस और वायल्स फूलबाग की तरफ बढ़ने लगे। अब रानी से सीधा मुकाबला आरंभ हुआ। रानी प्राणों को दाँव पर लगाकर युद्ध करने लगी और सैनिकों का उत्साह बढ़ाने लगीं। दिन के तीन बजने तक रेंस की सेना तितर-बितर होने लगी। संकट देखकर ह्यूरोज ने आठवीं हूजर सेना को रेंस की मदद के लिए भेजा। इस नई ताजा दम सेना के दवाब से भारतीय फौज बिखरने लगी। इसी बीच कैप्टन हिनीज ने फूलबाग पर कब्जा कर लिया।

रानी, रघुनाथ सिंह और मुंदर आदि पंद्रह-सोलह वीर अलग-थलग पड़ गए। ये लोग समतल जमीन पर खड़े थे, जिसके आस-पास की जमीन ऊँची थी। इसी ऊँची जमीन से आठवीं हूजर सेना इन लोगों पर टूट पड़ी। मुंदर को एक गोली लगी और वह गिर गई। रानी ने मुड़कर मुंदर पर गोली चलाने वाले को तलवार के वार से मार दिया। इसी समय रानी के माथे पर तलवार का करारा आघात लगा। माथे का दाहिना भाग दाहिनी आँख तक कट गया। रानी का पीछा कर रहे लेफ्टीनेंट रेनी को रघुनाथराव ने गोली का निशाना बना लिया। रानी के घोड़े ने धीरे-धीरे सोनरेखा नाला पार कर लिया। तभी एक गोली रानी की छाती में लगी और वे घोड़े की पीठ पर ही औंधी गिर पड़ीं। अंग्रेजों का दस्ता सोनरेखा नाले के उस पार से ही वापस लौट गया। रानी के अनुचरों ने रोते हुए रानी को घोड़े की पीठ से उतारा। चेहरे का खून साफ किया। युद्ध में थके हुए पैरों से जूते उतारे। रानी ने आखिरी बात कही कि अंग्रेज उनके शरीर को छू नहीं पाएँ।

पास में ही बाबा गंगादास की कुटिया थी, जिसके पास रानी को लिटा दिया गया। शाम हो गई थी। रामचंद्र राव देखमुख सदा अपने साथ गंगाजल रखता था, उसने रानी के मुँह में गंगाजल डाला। रात को शरीर छोड़ने के बाद रानी को वहीं मौजूद घास के ढेर पर लिटाकर अग्नि संस्कार कर दिया गया। इस तरह भारतीय वीरता की दैदीप्यमान दीपशिखा बुझ गई, लेकिन हमारे हृदय में उनकी वीरता और बलिदान की छवि आज भी प्रखर है।

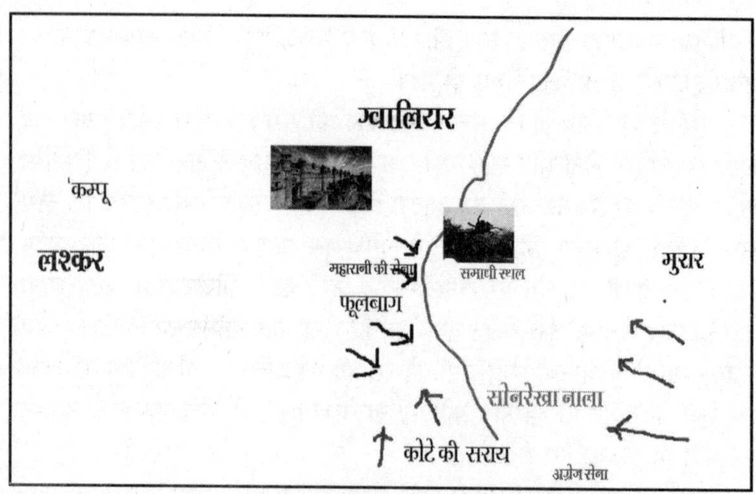

महारानी लक्ष्मीबाई के ग्वालियर में आखिरी युद्ध के स्थान

□

यह बात है कि हस्ती मिटती नहीं हमारी

मध्य एशिया में जिस इस्लामी शक्ति का जन्म हुआ उसने बहुत कम समय में विश्व के बड़े भूभाग को अपने प्रभाव में ले लिया। लेकिन जब उसने भारत पर आक्रमण किया तब सारा गणित ही बदल गया। भारत में आकर इस शक्ति को प्रतिरोध और शौर्य का असली स्वाद चखना पड़ा। 712 में अरबों ने भारत के उत्तर-पश्चिमी भाग सिंध पर आक्रमण किया, जिसे कुछ सफलता तो मिली पर सिंध के लोगों द्वारा इसलाम धर्म में परिवर्तित कराने के सभी प्रयासों का भरपूर प्रतिरोध किया। अरबों की सत्ता को सिंध में लगातार लोगों का विरोध झेलना पड़ा। परिणाम यह हुआ कि लगातार तीन शताब्दियों तक के प्रयासों के बाद अरबों के पास सिंध में केवल दो छोटी सी जगहें बची थीं। एक मंशूरा और दूसरा मुल्तान।

सिंध पर इस आक्रमण के बाद किसी मुसलिम सुल्तान को दिल्ली में पैर जमाने में लगभग पाँच सौ वर्ष लगे। पाँच सौ साल!! इसी तथ्य से पता कि भारत के लोगों ने खूँखार आक्रांताओं को कैसा जवाब दिया था। यह नहीं भूलना चाहिए कि उस समय के मध्य एशिया के आक्रांता बहुत ही क्रूर कट्टर और भयानक थे।

ब्रिटिश अधिकारी एवं इतिहासकार विंसेंट स्मिथ ने लिखा है—

1. प्रारंभिक आक्रमणकारियों की भयावहता

"स्मिथ ने कुतुबुद्दीन ऐबक के बारे में लिखा है—वह अपने समय के मध्य एशिया के भयावह लड़ाकों का एक उदाहरण था—क्रूर और कट्टर। उसके जोश और अपने साथियों के लिए उसके द्वारा दी गई छूटों ने उसे अपने समय के खून के प्यासे इतिहासकारों का प्यारा बना दिया था। वे सभी उसकी तारीफें किया करते थे। कुतुबुद्दीन ऐबक एवं उसके समान अन्य आक्रमणकारियों को मूर्तिपूजक

हिंदुओं, जो शस्त्रविहीन हों, की सामूहिक हत्या करने में आनंद आता था। इन आक्रमणकारियों की बड़ी सफलता का राज उनकी क्रूर भयंकरता में छिपा था, जिसके कारण इनका प्रतिरोध बहुत ही ज्यादा खतरनाक बन गया था और अनेक बार विनीत भाव से समर्पण कर देना भी उपयोगी सिद्ध नहीं होता था।"

इतिहास के आधुनिक पाठकों को अधिकतर वह इतिहास पढ़ने को मिलता है, जो आक्रमणकारियों के दरबारी इतिहासकारों द्वारा लिखा गया है और जिसमें उन आक्रमणकारियों, जिन्होंने क्रूरतापूर्वक लाखों भारतीयों की हत्या की, उनकी प्रशंसाएँ की गई हैं, लेकिन कब्र से कोई आवाज नहीं उठती और हिंदू नजरिए से इन युद्धों का इतिहास कभी नहीं लिखा गया, केवल राजपूताना के कुछ इतिहास को छोड़कर। भारतीय मध्यकालीन इतिहास का अधिकांश भाग एलफिंसटन के विवरण के आधार पर तैयार किया गया है, जिसने अपने लेखन का पूरा भवन मध्यकालीन मुसलिम इतिहासकारों के लेखन के आधार पर तैयार किया है, मेरे विचार से वह सामग्री अनेक प्रकार से त्रुटिपूर्ण एवं पूर्वग्रह से ग्रस्त है।"*

विन्सेंट स्मिथ के इस विवरण से यह साफ पता लगता है कि वर्तमान में पढ़ाए जा रहे मध्यकालीन इतिहास में अधिकांशतः उन आक्रांताओं का महिमामंडन है, जो क्रूरता और अत्याचारों के बल सफल हो गए। क्या शक्ति एवं क्रूरता के बल पर किए गए कब्जे की कहानी ही सच्चा इतिहास होती है? जिन्होंने खूब संघर्ष एवं प्रतिरोध किया, अनेक बलिदान किए, पर किसी कारणवश हार गए। इतिहास में उनको उचित श्रेय मिलना ही चाहिए। हारने वाला क्यों और किस कारण से हारा। उसकी हार की जनमानस पर क्या प्रतिक्रिया हुई। आम जनता की सहानुभूति जीतने वाले के साथ रही या हारने वाले के साथ, आदि बातों का भी महत्त्व होना ही चाहिए।

फैज अहमद फैज का शेर है—

'जिस धज से कोई मकतल में गया,
वो शान सलामत रहती है
ये जान तो आनी-जानी है
इस जान की कोई बात नहीं।'

तो हम मध्यकालीन इतिहास में देखते हैं कि भारतीयों ने सुनिश्चित मृत्यु

* The Oxford History of India; Page-223.

और हार के खतरे को देखते हुए भी खूँखार आक्रांताओं का मुकाबला पूरी वीरता और साहस से किया। इनकी शान को स्थापित करने का काम हाथ में लिया जाना चाहिए। भारतीय इतिहास में विदेशी आक्रमणों और उन आक्रमणकारियों से किए गए मुकाबलों से भारतीय जनता की कुछ खास प्रवृतियों की जानकारी मिलती है, जिनके कारण भारतीय सभ्यता पूरी तरह से मिटाई नहीं जा सकी और बार-बार उठकर खड़ी होती रही।

इस भूमि के निवासी अपनी परंपरा से ही पूरी तरह से धर्म निरपेक्ष रहे हैं। सनातन परंपरा में धर्मनिरपेक्षता नाम का कोई शब्द इसलिए नहीं है कि यहाँ की संस्कृति में धर्म के आधार पर भेदभाव का विचार ही मौजूद नहीं है। 'वसुधैव कुटुम्बकम्' कहते ही धर्म के आधार पर किसी को ऊँचा और किसी को नीचा मानने का आधार समाप्त हो जाता है।

जिस समय तक अन्य धर्मों का वजूद अस्तित्व में आया, तब तक सनातन के सभी प्रमुख ग्रंथ लिखे जा चुके थे। इसलिए धार्मिक भेदभाव की परिकल्पना ही इन ग्रंथों में नहीं है। सनातनी भारतीयों ने कभी भी किसी देश या राज्य पर इस कारण आक्रमण नहीं किया कि वहाँ के लोग किसी दूसरे धर्मों को मानने वाले हैं और उनके धार्मिक विश्वासों को बदलना आवश्यक है। भारत के भीतर आंतरिक युद्ध तो होते थे, पर विजेता कभी भी विजित पर इस आधार पर अत्याचार नहीं करता था कि विजित का धर्म या विश्वास दूसरा है।

आक्रांताओं के पहले के हमारे शासकों ने कभी भी धर्म-आधारित राज्य नीति नहीं बनाई। अरबों से हमारा व्यापार बहुत पुराने समय से होता आ रहा है। जब अरबों ने मुसलिम धर्म अपना लिया और वे मुसलमान के तौर पर भारत आए, तब भी उनके साथ पहले ही की तरह का व्यवहार किया जाता रहा। इसी प्रकार जब यूरोपियन आए, तब उनके साथ भी धर्म के आधार पर कोई भेदभाव नहीं किया गया। मुसलमान सैनिक और सरदार राजपूतों तथा मराठों की सेना का अनेक बार अंग रहे। कभी भी उनके साथ धार्मिक आधार पर भेदभाव नहीं किया गया। विदेशियों का (जो इसलाम में आ चुके थे) जब शासन स्थापित हुआ, तब प्रजा ने उसे आसानी से स्वीकार कर लिया। विरोध तब ही होता था, जब शासक वर्ग प्रजा के धार्मिक विश्वासों पर चोट पहुँचाता था और धार्मिक आधार पर भेदभाव करता था।

सारा इतिहास इस तरह के उदाहरणों से भरा है कि आक्रांता ने जीत के बाद दूसरे धर्मों के पूजा-स्थलों को नुकसान पहुँचाया। इस तरह के उदाहरण विरले हैं कि हिंदू राजाओं ने जीत के बाद दूसरे धर्म के स्थलों को नुकसान पहुँचाया हो!

विजय नगर साम्राज्य अपने समय का शक्तिशाली हिंदू राज्य था। यहाँ के राजाओं ने कभी भी दूसरे धर्म के धार्मिक स्थलों को नुकसान नहीं पहुँचाया। दक्षिण में शिवाजी ने भी इसी नीति का पालन किया। राजस्थान में राजपूत हमेशा ही आक्रांताओं से संघर्ष करते रहे, पर इस संघर्ष के दौरान उन्होंने दूसरे धर्म और धर्म स्थलों को कभी निशाना नहीं बनाया।

जिन शासकों ने प्रजा की धार्मिक स्वतंत्रता का ध्यान रखा, प्रजा ने उनका हमेशा आदर किया। मुगलों के शासन काल में अकबर, जहाँगीर और शाहजहाँ के शासन को हिंदुओं ने आदर दिया। यहाँ तक कि दिल्ली के अनेक हिंदू बिना मुगल बादशाह का झरोखा दर्शन किए खाना नहीं खाते थे। आम जनता की यह सोच कभी नहीं थी कि जो बादशाह झरोखा दर्शन दे रहा है, वह विधर्मी है। इस तरह की घटना किसी भी ईसाई या मुसलमान देश में सोचना भी कठिन है। इससे सिद्ध होता है कि इस देश के निवासी अपने स्वभाव से ही धर्मनिरपेक्ष हैं।

लेकिन इस आम जनता के विश्वासों और धर्म पर जब-जब किसी शासन द्वारा चोट की गई, तब-तब आम जन विरोध में उठ खड़े हुए। औरंगजेब इसका सबसे अच्छा उदाहरण है, जो बहुत ही शक्तिशाली और क्रूर बादशाह था और धार्मिक आधार पर अत्याचार करने की उसकी नीति थी। औरंगजेब और उसकी नीतियों के खिलाफ देश के हर कोने से विद्रोह उठ खड़ा हुआ था। इस प्रबल विद्रोह के कारण शक्तिशाली मुगल साम्राज्य धीरे-धीरे अपने अवसान को प्राप्त हो गया।

सन् 1764 के बाद जब ईस्ट इंडिया कंपनी भारत में शक्तिशाली हो गई, तब उसने ईसाई धर्म के प्रचार का प्रयास किया। धर्म-परिवर्तन को प्रोत्साहन दिया गया। 1857 की क्रांति के अनेक कारण थे, किंतु यह धार्मिक नीति उसका एक प्रमुख कारण था। 1858 में भारत का शासन कंपनी से ब्रिटिश सरकार ने हस्तगत कर लिया और ईसाई धर्म के प्रचार एवं धर्म-परिवतन को प्रोत्साहन की नीति छोड़ दी गई, तब अंग्रेज बिना किसी कठिनाई के शासन करते रहे। भारतीय जनमानस उस शासक को पसंद करता, जिसका धर्म चाहे जो हो, पर प्रजा के धार्मिक विश्वासों को चोट नहीं पहुँचाए।

अंग्रेजों को बंगाल में पैर जमाने का अवसर मिलने का एक प्रमुख कारण यह था कि बंगाल का नवाब धार्मिक उत्पीड़न की नीति पर उतर आया था। विशेष तौर पर सिराजुद्दौला क्रूर और अत्याचारी था और उसने धार्मिक भेदभाव तथा अत्याचार की नीति अपना ली थी। उसके अत्याचारों से पीड़ित बंगाल के प्रभावशाली हिंदुओं ने खुलकर या दबे-छुपे यह कामना की थी कि सिराजुद्दौला का शासन समाप्त हो

जाए और अंग्रेज जीत जाएँ, ताकि उनको इस धार्मिक उत्पीड़न से छुटकारा मिल सके। 1857 में दिल्ली में हुई घटनाओं को भी इसी परिप्रेक्ष्य में समझा जा सकता है। बहादुरशाह जफर मुसलिम थे और उनकी छवि धार्मिक तौर पर सहिष्णु बादशाह की थी। वहीं अंग्रेज उस समय धार्मिक भेदभाव और उत्पीड़न के प्रतीक बन चुके थे। क्रांति में शामिल होने वाले हिंदुओं ने अंग्रेजों को हटाकर बहादुर शाह जफर के शासन को वापस लाने का प्रयास किया। बहादुरशाह जफर ने बादशाहत का ऐलान करते ही सारे देश में गौहत्या पर प्रतिबंध लगा दिया था।

पंजाब की घटनाओं से हम इस प्रवृत्ति को और अच्छी तरह से समझ सकते हैं। भारत की उत्तर-पश्चिमी सीमा से लगातार हुए आक्रमण और आक्रमणकारियों द्वारा किए गए सतत धार्मिक अत्याचारों के प्रतिरोध के लिए सिख पंथ का जन्म हुआ। महाराजा रणजीत सिंह ने विशाल और ताकतवर सिख साम्राज्य स्थापित कर लिया। महाराजा रणजीत सिंह की मृत्यु के कुछ ही वर्षों बाद अंग्रेजों ने पंजाब के राज्य को चालाकी और ताकत के बल पर कंपनी के राज में मिला लिया। यह सब 1848 ई. में हुआ। इसके दस साल के अंदर ही 1857 का विद्रोह हुआ। सामान्य बुद्धि यह कहती है कि पंजाब के सिखों को 1857 के गदर में अंग्रेजों का विरोध करना चाहिए था। पर हुआ इससे उलटा, पंजाब के सिखों की सहायता से ही अंग्रेजों ने गदर को दबाने में सफलता हासिल की। ऐसा क्यों हुआ ? ऐसा इसलिए हुआ कि सिखों के जहन से अभी विदेशी आक्रमणकारी मुसलमानों के अत्याचार की याद मिटी नहीं थी। अंग्रेजों के विरुद्ध मुगल बादशाह का साथ देने का परिणाम वापस मुगल शासन की स्थापना हो सकता था, जिसके लिए सिख तैयार नहीं थे, इसलिए 1857 के गदर में सिखों ने अंग्रेजों का साथ दिया। आम लोगों ने हमेशा उस शासक को पसंद किया, जो चाहे उनके धर्म का न हो, पर उनकी धार्मिक आजादी को मान्यता देता हो।

इतिहास में हम बार-बार देखते हैं कि विदेशी आक्रमणकारियों ने अपने राजनीतिक और रणनीतिक स्वार्थों के लिए धर्म का बार-बार इस्तेमाल किया। जब भी उनको लगता था कि उनका पक्ष कुछ कमजोर है और उनके सिपाहियों का मनोबल गिरा हुआ है, वे तुरंत अपने संघर्ष को जिहाद घोषित कर देते थे और सैनिकों की धार्मिक आस्थाओं का दोहन करते थे। 1527 में जब बाबर का राणा साँगा के साथ युद्ध होने वाला था और बाबर की सेना राजपूतों की वीरता के किस्से सुनकर घबरा रही थी, तब बाबर ने यही तरीका अपनाया था। 1565 में विजय नगर पर चार मुसलिम पड़ोसी राज्यों ने मिलकर जिहाद के नाम पर ही हमला किया था। औरंगजेब दक्षिण के राज्यों को जीतने और दबाने के लिए लगातार पच्चीस वर्षों तक जो युद्ध लड़ता

रहा, उसे भी उसने जिहाद ही पुकारा था। भारत के राजाओं ने कभी भी धार्मिक कार्ड का इस्तेमाल नहीं किया और किया भी तो बहुत ही कम अवसरों पर किया गया होगा।

इस तरह से भारत के आम जन का धर्म-निरपेक्ष होना भारत की एक कमजोरी भी रही और ताकत भी। कमजोरी यह कि शत्रुपक्ष धर्म के आधार पर लाभ उठाने का प्रयास करता था, पर ऐसा प्रयास भारतीय राजा कभी नहीं करते थे। इस नीति का लाभ यह था धर्मनिरपेक्ष राजा को उसकी प्रजा का आम समर्थन मिलता था। यदि विदेशी शासन की स्थापना हो भी जाती थी तो आम जनता अपनी पहले की ही तरह की जिंदगी जीती रहती थी। उसकी दृष्टि में शासक का धर्म अधिक महत्त्व नहीं रखता था।

आधुनिक समय में जब संविधान का निर्माण हो रहा था, तब संविधान सभा में यह बात उठी थी कि संविधान में भारत को धर्मनिरपेक्ष राज्य घोषित किया जाना चाहिए या नहीं? तब यही तय पाया था कि भारत के आम लोग अपनी प्रकृति में ही धर्म-निरपेक्ष होते हैं, अत: इस तरह की शब्दावली की ज़रूरत ही नहीं है।

2. भारत में स्थानीय शासन तंत्र ऐतिहासिक तौर पर ही मजबूत है और लोग अपने गाँवों में शांति से जीवन बिताते रहे हैं। इन्हें केंद्रीय सत्ता और युद्धों से ज्यादा लेना-देना कभी नहीं रहा

भारत का ग्रामीण समाज अलग-थलग और स्थानीय स्वशासन से चलता था। गाँव अपने आप में पूरी इकाई थे। कोई भी केंद्रीय सत्ता हो, उसको कर देने तक ही लोगों का संबंध था। यही कारण था कि देश के शक्ति, केंद्रों में हो रही उथल-पुथल से आम जनजीवन को अधिक मतलब नहीं रहता था। अनेक बार यह भी देखा गया कि राजनीतिक युद्धों को आम जनता दृष्टा के भाव से देखती रहती थी। जब बहादुरशाह जफर और उसके पुत्रों को हुमायूँ के मकबरे से गिरफ्तार करके हड़सन नाम का सैनिक अधिकारी ले जा रहा था, तब तमाशबीन इतने अधिक थे कि यदि वे अंग्रेजों पर आक्रमण कर कैदियों को छुड़ाने का निश्चय कर लेते तो ऐसा ही हुआ होता, पर ऐसा कुछ नहीं हुआ। बंगाल में प्लासी के युद्ध के बाद भी अंग्रेज सैनिकों की संख्या इतनी कम थी कि यदि स्थानीय लोग उन पर हमला कर देते तो अंग्रेजों का बचना संभव नहीं था।

आम जनता केवल तभी उद्वेलित होती थी, जब उस पर अत्याचारों, विशेष तौर पर धार्मिक अत्याचारों की अति हो जाती थी और उन्हें कोई योग्य नेतृत्व मिल जाता था। इस तरह की परिस्थितियाँ सिंध में मोहम्मद बिन कासिम के बाद भारत

में औरंगजेब के समय पैदा हुई थीं और शिवाजी के नेतृत्व में महाराष्ट्र में पूरी आम जनता अत्याचारियों के विरुद्ध उठ खड़ी हुई थी।

3. यहाँ के निवासी वीरता के मामले में संसार में किसी से कम नहीं हैं

आने वाले हर विदेशी आक्रमणकारी का मुकाबला वीरता से किया गया। अधिकतर मौकों पर अपनी जान की परवाह नहीं की गई। मध्य एशिया से आने वाले आक्रमणकारी बेहतर हथियारों, घोड़ों एवं सैनिक रणनीति से लैस थे। अपनी क्रूरता, धन लूटने के उत्साह और धार्मिक उन्माद के कारण भी उनको सैनिक बढ़त हासिल थी। हथियारों तथा घोड़ों की दृष्टि से कमजोर होते हुए भी भारत के राजाओं ने आक्रांताओं से तब तक युद्ध किया, जब तक कि जीत या मृत्यु में से एक का वरण नहीं कर लिया गया। सिकंदर के आक्रमण का पोरस ने इसी ढंग से मुकाबला किया। पोरस के अनेक संबंधी और पुत्र इस युद्ध में मारे गए। खुद पोरस को भी नौ गंभीर घाव लगे, पर उसने हार नहीं मानी।

712 ई. में जब मोहम्मद बिन कासिम ने सिंध पर आक्रमण किया, तब देवल के निवासियों ने हार नहीं मानी। विशाल सेना के सामने चार हजार सैनिक मरते दम तक लड़ते रहे। जीतने के बाद देवल के निवासियों से मृत्यु या इसलाम में से एक चुनने का विकल्प दिया गया और उन्होंने वीरतापूर्वक मृत्यु का चयन किया। मोहम्मद बिन कासिम का मुकाबला जब राजा दाहिर से हुआ, तब राजा दाहिर ने भी वीरतापूर्वक तब तक युद्ध किया, जब तक वह वीरगति को प्राप्त नहीं हो गया। लेकिन इससे भी संघर्ष समाप्त नहीं हुआ। दाहिर की विधवा रानीबाई के नेतृत्व में सिंध की स्त्रियों ने रावर के किले से वीरतापूर्वक युद्ध किया और उसके 15,000 सैनिकों ने घेरा डालने वाले अरबों पर पत्थरों और चक्रों की भयंकर वर्षा की। जब और आगे युद्ध चलाना असंभव हो गया तो राजपूत-प्रथा के अनुसार रानी ने अन्य स्त्रियों के साथ जौहर कर लिया।

सिंध पर अरबों का कब्जा हो तो गया, पर अरबों को पहली बार एक गंभीर समस्या का सामना करना पड़ा। अभी तक अरबों ने जिन-जिन इलाकों को जीता था, वे एक तो जल्दी ही पराजित हो गए थे, दूसरे वहाँ के लोगों ने बिना प्रतिरोध के इसलाम को स्वीकार कर लिया था। सिंध के निवासियों ने बिल्कुल ऐसा नहीं किया। अनेक लोगों की हत्या कर दी गई, तब भी नहीं। ऐसे में आक्रांता क्या करता? सारे निवासियों को मारना संभव नहीं था। तब तक केवल ईसाई और यहूदी 'अहले किताब' थे, जिन्हें इसलामी राज्य में जजिया देकर रहने की इजाजत थी। हिंदू इस वर्ग में नहीं आते थे। मोहम्मद बिन कासिम को हिंदुओं को भी इसी वर्ग में शामिल करना

पड़ा, जो जजिया देकर इसलामी राज्य में रह सकते थे। जजिया के बदले में राज्य की ड्यूटी इनकी सुरक्षा की हो जाती है। अपनी संस्कृति के प्रति सिंधी हिंदुओं के प्रेम की भावना के कारण इसलामी कानून की नई व्याख्या की गई। इसके बाद भी सिंध के लोगों ने विदेशी शासन, जिसकी भाषा, संस्कृति, रीति-रिवाज स्थानीय नहीं था, को स्वीकार नहीं किया। जब भी मौका मिलता था, सिंध के स्थानीय लोग विदेशी अरबों पर आक्रमण कर देते थे। धीरे-धीरे हालात ऐसे हो गए थे कि अरबों को अपनी सुरक्षा के लिए महफूजा नाम की सुरक्षित जगह बनानी पड़ी, जहाँ वे सुरक्षित रह सकें। ऐसा नहीं है कि 712 से 1,000 ईस्वी सन् तक अरबों ने भारत के दूसरे भागों में प्रवेश का प्रयास नहीं किया। अरबों ने सेनाएँ भारत में गुजरात और मालवा तक भेजीं। गुजरात के चालुक्य, प्रतिहार राजाओं और मालवा के परमार वंश ने उन्हें परास्त कर भगा दिया। इस तरह से लगभग तीन सौ वर्षों तक विदेशी आक्रमणकारियों को सिंध की सीमा पर ही रोककर रखा गया और वहाँ भी वे बड़ी कठिनाई से ही अपनी उपस्थिति बनाए रख सके।

बाद के वर्षों में इसलामी सत्ता अरबों से तुर्कों के हाथों में आ गई, जो अधिक कट्टर, जुझारू और लड़ाके थे। इन तुर्कों ने आज के अफगानिस्तान के इलाके में सबसे पहले अपना आधार बनाया और गजनवी वंश ने 950 ईस्वी सन् के बाद भारत के सीमावर्ती राज्य हिंदूशाही पर आक्रमण आंरभ किए। हिंदूशाही राज्य ने अपनी पूरी ताकत से मुकाबला किया। राजा जयपाल हार गए और उन्हें अपनी हार तथा अपमान से इतनी लज्जा आई कि उन्होंने अग्नि प्रवेश कर लिया। जयपाल के बाद उनके पुत्र और फिर पौत्रों ने लगभग पचास साल तक आक्रांता गजनवियों को अपने पराक्रम से दूर ही रोककर रखा। महमूद गजनवी ने जब भारत के भीतर आक्रमण आरंभ किए, तब भी उसका सामना उन्होंने वीरता से किया। सोमनाथ की रक्षा के लिए चालुक्य राजा भीमदेव ने प्राणपण से प्रयास किया था। भारत के अलग-अलग इलाकों से आए हुए लगभग पचास हजार सैनिकों ने गजनवी को कड़ी टक्कर दी। महमूद गजनवी जब सोमनाथ को लूटकर लौट रहा था, तब गुजरात के विभिन्न राजाओं ने मिलकर उसे समाप्त करने का प्रयास किया। महमूद को जब पता लगा कि एक लाख तलवारें उसके लौटने के रास्ते पर उसका इंतजार कर रही हैं, तब उसे मजबूरी में कच्छ के रण से होकर वापस जाना पड़ा। माना जाता है कि यहाँ भी एक राजपूत ने सोमनाथ के अपमान का बदला उससे ले ही लिया, रण में राह बताने के नाम पर उसने उसे रेगिस्तान में भटका दिया। गजनवी की बहुत सारी सेना कच्छ के रण में ही समाप्त हो गई और वह किसी तरह कुछ लोगों के साथ गजनी पहुँच सका। महमूद गजनवी के

आक्रमण से इतना अवश्य हुआ कि पंजाब के बड़े भाग पर उसके उत्तराधिकारियों का अधिकार काफी वर्षों तक रहा।

लगभग 150 वर्ष और बीत गए पर विदेशी आक्रमणकारी पंजाब से आगे भारत में भीतर की ओर नहीं बढ़ पाए। गोरी वंश का उद्भव अफगानिस्तान के 'गोर' इलाके में हुआ और उसने भारत पर आक्रमण आरंभ किए, तब दिल्ली और उसके आस-पास चौहान वंश का शासन था। गुजरात में चालुक्य राजा थे। जब मोहम्मद गोरी ने गुजरात पर आक्रमण किया, तब उसे गुजरात के नाबालिग राजा मूलराज द्वितीय ने माउंट आबू के पास बुरी तरह हराकर भगा दिया। गोरी ने 1191 में दिल्ली पर आक्रमण किया और तब पृथ्वीराज चौहान ने उसे परास्त कर भाग जाने दिया। गोरी घायल अवस्था में किसी तरह जान बचाकर भाग पाया। अगले वर्ष 1192 में गोरी ने फिर आक्रमण किया, इसमें छल से ही पृथ्वीराज की सेना को हराया जा सका।

गोरी ने कन्नौज पर आक्रमण किया, तब जयचंद ने भी समर्पण नहीं किया। कन्नौज की विजय जयचंद की मृत्यु के बाद ही संभव हो सकी। गुलाम वंश का दिल्ली पर अधिकार हो गया, किंतु दिल्ली के आस-पास के राजा हमेशा ही मुश्किलें पैदा करते रहे। राजस्थान को झुकाना हमेशा एक बड़ी चुनौती बना रहा। राजस्थान में किसी क्षेत्र को जीत लिया जाता था, पर मौका मिलते ही वह फिर आजाद हो जाता था। दिल्ली के आस-पास के क्षेत्रों को निरापद बनाने के लिए बलबन को अत्यधिक क्रूरता करनी पड़ी, तभी दिल्ली के शासक कुछ शांति की साँस ले पाए।

अलाउद्दीन खिलजी वह पहला शासक बना, जिसने गुजरात और दक्षिण में थोड़ी-बहुत सफलता पाई। चित्तौड़ को भी जीता गया, पर चित्तौड़ जल्दी ही फिर स्वतंत्र हो गया। पंद्रहवीं शताब्दी के आते-आते अधिकतर प्रदेशों ने अपनी स्वतंत्रता वापस प्राप्त कर ली। दक्षिण में विजय नगर साम्राज्य ताकतवर हिंदू साम्राज्य की स्थापना हो गई। बहमनी साम्राज्य भी सुदृढ़ बना, जो विदेशी मुसलमानों द्वारा केंद्रीय सत्ता से छुटकारा पा लेने का नतीजा था, लेकिन दक्षिण के इन मुसलिम राज्यों को कट्टर धार्मिक नीति अपनाने और धार्मिक अत्याचार करने की नीति को छोड़ना पड़ा। प्रशासन में हिंदुओं को उचित जगह देना पड़ी और उनकी धार्मिक स्वतंत्रता को मान्यता देना पड़ी। दक्षिण में 1565 के बाद दो ही प्रमुख राज्य बच पाए—एक बीजापुर और एक गोलकुंडा। बीजापुर के राज्य की धार्मिक नीति कुछ संकुचित थी। उसके प्रतिरोध में शिवाजी उठ खड़े हो गए। धार्मिक अत्याचारों का जवाब जनता ने शिवाजी को हर प्रकार की सहायता देकर किया और देखते-ही-देखते बीजापुर और गोलकुंडा के राज्य कमजोर होते चले गए। औरंगजेब की धार्मिक नीति ने तो इतने

अधिक विद्रोहों को हवा दी कि औरंगजेब के साथ मुगल साम्राज्य का भी अंत हो गया। इस सारी परंपरा और इतिहास में लाखों लोगों ने धार्मिक अत्याचारों और भेदभाव के विरुद्ध संघर्ष में अपना योगदान दिया। कितने ही हिंदू वीरों ने अपने प्राणों की आहुति दी। भारतीय आम जनता धर्म निरपेक्ष सदा से रही, पर उसने धार्मिक भेदभाव को कभी सहन नहीं किया।

4. अपनी परंपरा, अपनी संस्कृति और स्त्रियों की रक्षा के लिए भारतीय लोग किसी भी हद तक त्याग कर सकते हैं

अनेक बार यह घटना हुई कि अपनी परंपरा, धर्म, संस्कृति तथा व्यक्तिगत सम्मान की रक्षा के लिए हजारों युवा स्त्रियाँ अपने दुधमुँहे छोटे-छोटे बच्चों को गोद में लेकर अग्नि में कूद गईं। विश्व के इतिहास में ऐसा त्याग कहीं और देखा-सुना नहीं गया। सिंध में राजा दाहिर के परिवार की स्त्रियों ने जौहर का आश्रय लिया। चित्तौड़ पर अलाउद्दीन खिलजी के आक्रमण के समय जौहर किया गया। अलाउद्दीन खिलजी तथा अकबर के चित्तौड़ पर आक्रमण के समय जौहर किया गया। चंदेरी पर बाबर के आक्रमण के अवसर भी जौहर का सहारा लिया गया। अनेक उदाहरण हैं, जब अपने सम्मान की रक्षा के लिए परम बलिदान दिए गए। असंभव है कि इन घटनाओं का आक्रांताओं के मन पर प्रभाव न पड़ा हो। निश्चय ही इन घटनाओं से आक्रांताओं को उसके शत्रु की वीरता और संकल्प का पता लगा। यही कारण रहा कि विजेता विजित का सम्मान करने हेतु बाध्य हुए और भारत के अनेक इलाके आंतरिक तौर पर सदा ही स्वतंत्र बने रहे।

5. देश से दगाबाजी करने वालों की कभी कमी नहीं रही

भारतभूमि के निवासियों की इतनी अधिक सकारात्मक विशेषताएँ होने के बाद भी इतिहास में बार-बार यह देखने में आता है कि यहाँ ऐसे लोग हमेशा रहे, जिन्होंने अपने देश और अपने लोगों से किसी-न-किसी लालचवश धोखा किया और शत्रु से मिलकर उसकी मदद की। जब भारत पर सिकंदर का आक्रमण हुआ था, तब राजा आंभी सबसे पहले सिकंदर के साथ मिल गया था। उसने सिकंदर की हर प्रकार से सहायता की। सिंध पर मोहम्मद बिन कासिम के आक्रमण के समय देवल पर विजय भी एक देशद्रोही की मदद से ही हुई थी। सोमनाथ पर महमूद गजनवी के आक्रमण के समय भी एक देशद्रोही ने अंदर से किले द्वार खोल दिए थे। मोहम्मद गोरी के आक्रमण के समय कन्नौज के जयचंद ने पृथ्वीराज से अपनी शत्रुता के चलते पृथ्वीराज की

मदद नहीं की। प्लासी के युद्ध के दौरान मीरजाफर अपनी फौज को लेकर युद्ध में तटस्थ बना रहा। इस तरह के अनेक उदाहरणों से हमारा इतिहास भरा पड़ा है।

हमारी सभ्यता और संस्कृति, जिसने अनेक महान् वीर पैदा किए, समय-समय पर उसने ही न जाने क्यों कुछ देशद्रोहियों को भी पैदा किया। इसके कारणों पर अनेक बातें कही जा सकती हैं। जातिवाद के भेदभाव के कारण इस तरह के लोगों को प्रेरणा मिलती थी? भय और लालच के कारण ऐसा होता था? अनेक तर्क दिए जा सकते हैं, लेकिन परंपरा में यह एक प्रवृत्ति रही है और इससे सावधान रहने की हमेशा ही आवश्यकता है।

6. भारतीयों का स्वभाव से अंतर्मुखी होना भी घातक सिद्ध हुआ

इतिहास में यह प्रवृत्ति बार-बार देखने में आती है कि भारतीय लोग अपने स्वभाव से ही अंतर्मुखी हैं। इनकी चिंता का क्षेत्र अपना परिवार, अपना समाज अपना राज्य और कभी-कभार ही राष्ट्र होता है। राष्ट्र के बाहर क्या हो रहा है इसके प्रति यहाँ के लोगों में उपेक्षा का ही भाव रहता है। इस प्रवृत्ति का अनेक बार नुकसान हुआ है।

जब पहली बार विदेशी इसलामी आक्रांता भारत में आए, तब भारतीयों ने उनके युद्ध के तौर-तरीकों और उनकी रिवायतों को जानने का प्रयास नहीं किया। राजपूतों की अपनी एक युद्धनीति थी, जिसमें अनेक निषेध थे। रात होते ही युद्ध बंद कर दिया जाता था। किसी शत्रु द्वारा हार मान लेने पर उसे छोड़ दिया जाता था। संधि का प्रस्ताव आने पर उसे उचित और ईमानदार माना जाता था तथा उसका आदर किया जाता था।

इस लापरवाही का नुकसान अनेक बार उठाना पड़ा। मोहम्मद गोरी को 1191 में तराईन के मैदान से जिंदा भाग जाने दिया। उसका पीछा नहीं किया गया। 1192 में तराईन के दूसरे युद्ध में गोरी ने पृथ्वीराज चौहान को संधि का संदेश भेजा। इस पर तुरंत विश्वास कर लिया गया और राजपूत लापरवाह हो गए। अचानक सुबह-सुबह गोरी ने पृथ्वीराज पर आक्रमण कर दिया। राजपूत उस समय दैनिक क्रियाओं में लगे थे। उन्होंने सँभलकर सामना करने की कोशिश की, पर तब तक बहुत देर हो चुकी थी। इसका परिणाम उत्तर भारत में विदेशी शासन की स्थापना के रूप में हुआ। बहुत बाद में जाकर शिवाजी ने इस बात को समझा और युद्धनीति में छल और चालाकी को शामिल किया, जिसका परिणाम मराठा राज्य की स्थापना में हुआ।

भारत से बाहर मध्य एशिया में युद्ध के उपकरणों के क्षेत्र में भी नई-नई

खोजें हो रही थीं। इन नए आविष्कारों के प्रति भारतीयों की उपेक्षा का भाव बहुत हानिकारक सिद्ध हुआ। विदेशी आक्रमणों के समय विदेशी सेना के पास मौजूद नए हथियारों और उनकी युद्धनीति की जानकारी न होने से, वास्तविक युद्ध के समय बहुत हानि उठानी पड़ती थी। उदाहरण के लिए, जब बाबर सेना लेकर आया तो उसके पास एक तोपखाना था। उस समय तक भारत में तोपखाने के विषय में जानकारी बहुत कम थी। इस तोपखाने ने इब्राहीम लोदी की सेना का भारी विनाश किया। समय के हिसाब से जानकारी के अभाव से भारतीय सेनाओं को युद्ध में बहुत नुकसान उठाना पड़ा। बाबर ने युद्ध में तुगलुमा पद्धति का उपयोग किया। इस पद्धति में सेना की दो टुकड़ियाँ सुरक्षित रखी जाती थीं, जो युद्ध के दौरान शत्रु के पीछे जाकर दाएँ तथा बाएँ से आक्रमण कर देती थीं। युद्ध का यह तरीका पोरस से युद्ध करते समय सिकंदर ने भी अपनाया था। मध्य एशिया में बहुत पहले से यह तरीका उपयोग हो रहा था। भारतीयों ने इस पद्धति को सीखने का प्रयास नहीं किया, परिणाम पानीपत और खानवा के युद्ध में करारी हार हुई।

अंग्रेजों के पास भी भारतीयों से बेहतर अस्त्र-शस्त्र थे। उनका सैनिक प्रशिक्षण और सैन्य रणनीति बेहतर थी। अंग्रेजों के साथ हुए लगभग हर युद्ध में देखा गया कि अंग्रेजों की छोटी सी सेना ने बहुत बड़ी भारतीय सेनाओं को हरा दिया। प्लासी के युद्ध में अंग्रेजों के पास कुल सेना लगभग तीन हजार थी, जबकि भारतीय सेना की संख्या पचास हजार थी। 1 अप्रैल, 1858 को झाँसी में बेतवा के किनारे तात्या टोपे और जनरज ह्यूरोज के युद्ध में तात्या के पास लगभग बीस हजार फौज थी, जबकि अंग्रेजों की कुल फौज आठ हजार के लगभग थी, जिसमें से अधिकांश झाँसी के किले के घेरे में थी। इसके बाद भी भारतीय फौजों की पराजय हो गई।

अंतर्मुखी होने की यह प्रवृत्ति भारतीयों में आज भी पाई जाती है। आज भी लोग सिंध के बारे में कुछ नहीं जानते हैं, जिसका उल्लेख हमारे राष्ट्रगान में है। सिंधु नदी, जिसके नाम के आधार पर हिंदुस्तान नाम पड़ा, के बिना हिंद का होना कैसा ? पर बहुत कम लोग हैं, जिन्हें सिंधु नदी में दिलचस्पी है। अपने आस-पड़ोस के देशों के बारे में यह उपेक्षा का भाव हमें सदियों से नुकसान पहुँचाता रहा है। इस प्रवृत्ति को दूर किए जाने की महती आवश्यकता है।

7. भारतीय सैनिक अधिकांश मौकों पर युद्ध के ऊँचे आदर्शों का पालन करते थे

वैदिक काल से भारत में युद्धनीति एक सुविचारित नीति थी, जो पीढ़ियों से एक

पीढ़ी से दूसरी पीढ़ी तक पहुँचती रही। इस युद्धनीति में मानवीय तत्त्वों का समावेश था। इसके अनुसार तीन तरह की युद्ध विजय होती थी—पहली को 'धर्म विजय' कहा जाता था। इस तरह की विजय में पराजित राजा को अपने राज्य पर शासन करने का अधिकार अधीनस्थ राजा के तौर पर दे दिया जाता था। दूसरी विजय 'लोभ विजय' कही जाती थी। इस तरह की विजय में पराजित राजा का राज्य एवं खजाना छीन लिया जाता था, पर उसे शारीरिक तौर पर नुकसान नहीं पहुँचाया जाता था। तीसरी विजय 'असुर विजय' कहलाती थी। इसमें पराजित के राज्य और धन के साथ उसका जीवन भी छीन लिया जाता था और उसके परिवार को गुलाम बना लिया जाता था। तीसरी तरह की इस विजय को हेयदृष्टि से देखा जाता था।

लेकिन विदेशी इसलामी आक्रांताओं की पहली कड़ी के रूप में मोहम्मद बिन कासिम ने जब पहली बार 712 में भारत पर आक्रमण किया और सफलता प्राप्त की, तब भारत को एक नई प्रकार की युद्धनीति का अनुभव हुआ, जो असुर विजय से भी आगे की चीज थी। इसके पहले भारतीय राजाओं ने अनेक बार इन विदेशी आक्रमणकारियों को हराया था। अरब आक्रांता जुनैद को कश्मीर के ललितादित्य मुक्तापीड़ ने बुरी तरह हराया था, लेकिन भारतीय लोग और राजा उस शत्रु के भयानक इरादों और परंपराओं का अनुमान लगाने में विफल रहे, जिनसे उनका मुकाबला था। इस बार जिस शत्रु से सामना था, वह जीतने पर सभी पुरुषों की हत्या कर देता था। स्त्रियों के साथ बलात्कार किया जाता था। उन्हें बेचा जाता था। बच्चों को गुलाम बना लिया जाता था। धर्म-परिवर्तन कर लेने पर जरूर कुछ उदारता बरती जाती थी। भारत के लोगों ने इस खूनी और बर्बर नीति का अनुभव अनेक बार किया। अकबर ने जब ईस्वी सन् 1568 में चित्तौड़ किले को जीता, तब किले में मौजूद लगभग 25,000 नागरिकों की हत्या करवा दी। जब अहमदशाह अब्दाली ने पानीपत के तीसरे युद्ध में 14 जनवरी, 1761 को विजय प्राप्त की, तब लगभग एक लाख निर्दोष लोगों की हत्या की गई और औरतों तथा बच्चों को गुलाम बना लिया गया।

□

संदर्भ सूची

English

1. Invaders and Infidels : Sandeep Balakrishna
2. Alexander The Great : Philip Freeman
3. The Aryan Invasion Theory and Indian Nationalism : Shrikant Talageri
4. India That Is Bharat : J. Sai Deepak
5. A book of Conquest : Manan Ahmed Asif
6. History of India As Told By Its Own Historians The Muhammadan Period : Prof. John Dowson, M.R.A.S.
7. Hampi to Vijaynagar : Sanjay Shankar
8. Alexander The Great, The Macedonian Who Conquered The World
9. Alexander The Great Makers of History : Jacob Abbott
10. Foreign trade and Commerce in Ancient India : Prakash Charan Prasad
11. What is Nationalism : Romila Thapar
12. The Lost River : Michel Denino
13. Invasion That Never Was : Michel Denino
14. Military History of India : Jadunath Sarkar
15. Fall of the Mughal Empire : Jadunath Sarkar
16. Negationism in India : Koenraad Elst

हिंदी

1. भारत में सांप्रदायिकता की समस्या और हिंदू प्रतिरोध का इतिहास : डॉ. मोहन लाल गुप्ता
2. हिंदुओं की संघर्षगाथा : लक्ष्मीनारायण अग्रवाल
3. महाराजा सूरजमल : कुँवर नटवर सिंह
4. प्लासी का युद्ध : तपन मोहन भट्टाचार्य
5. बाबरनामा : एफ.जी. टेलबोट, अनुवाद : युगजीत नवलपुरी
6. अद्‌भुत भारत : ए.एल. बाशम
7. प्राचीन भारत : एल.पी. शर्मा
8. मध्यकालीन भारत : एल.पी. शर्मा
9. झाँसी की रानी : महाश्वेता देवी
10. झाँसी की रानी : वृंदावन लाल वर्मा
11. आँखों देखा गदर : विष्णु भट्ट गोडसे शास्त्री, अनुवाद : अमृतलाल नागर
12. मध्यकालीन भारत का इतिहास : आशीर्वादी लाल श्रीवास्तव

□□□